PENELOPE DOUGLAS

CAINDO

Traduzido por Carol Dias

1ª Edição

The GiftBox
EDITORA

2023

Direção Editorial:	**Arte de Capa:**
Anastacia Cabo	Bianca Santana
Preparação de texto:	**Fotos de Capa:**
Mara Santos	khfanfus (123RF) e billberryphotography
Revisão Final:	(iStock)
Equipe The Gift Box	**Tradução e diagramação:**
	Carol Dias

CIP-BRASIL. CATALOGAÇÃO NA PUBLICAÇÃO

D768c

Douglas, Penelope
Caindo / Penelope Douglas ; tradução Carol Dias. - 1. ed. - Rio de Janeiro : The Gift Box, 2023.
348 p. (Fall away ; 4)

Tradução de: Falling away
ISBN 978-65-5636-254-0

1. Romance americano. I. Dias, Carol. II. Título. III. Série.

CDD: 813
CDU: 82-31(73)

Para todas as pessoas que tiveram pais ruins.
Nós vamos ficar bem.

AGRADECIMENTOS

Aos meus pais, dois que me ensinaram o caminho certo e um que me ensinou o errado, porém todos me amaram. Aprendi que honestidade e confiança valem ouro e que o caráter e a integridade são valiosos. Agradeço.

Ao meu marido e filha, ambos se sacrificaram para ver estes personagens vivos. Devo vários passeios no parque à minha filha e ao meu marido... bem, você sabe o que te devo, querido. E vou chegar lá. Em breve. Muito em breve. Prometo.

À minha rede de apoio na New American Library, todos que aguentam minhas perguntas sem fim e trabalham duro para proteger minha visão para a série Fall Away. Agradeço a Kerry, Isabel e Courtney por sua confiança, conselhos e ajuda.

À Jane Dystel da Dystel & Goderich Literary Management, que me encontrou, graças a Deus por isso! Você está sempre trabalhando e sempre me sinto importante. Agradeço a você, Miriam e Mike, por ficarem por dentro de tudo e cuidarem de mim.

Para minha equipe nas ruas, a House of PenDragon, que é um grupo maravilhoso de mulheres — e um cara — que se apoiam e criaram uma comunidade de amizade e momentos de diversão. Nem preciso dizer, mas morro de rir vendo suas conversas on-line e adoro ver como vocês ficaram próximos. Bananas para sempre!

A Eden Butler, Lisa Pantano Kane, Ing Cruz e Marilyn Medina, que estão sempre disponíveis para ver uma cena ou oferecer uma rápida opinião emergencial. Agradeço por passarem comigo por este processo e pela honestidade.

A Vibeke Courtney. Direto e reto, isso é tudo você. Se eu nunca tivesse te conhecido, pode ser que nem tivesse tentado escrever um livro. E, sem você, nunca teria tido sucesso. Minha escrita era praticamente só narração antes de você colocar as mãos nela e me ajudou a criar minha própria voz. Gratidão, gratidão, gratidão.

Aos leitores e resenhistas, agradeço por manterem meu trabalho vivo e por mostrarem tanto amor e apoio! Seu *feedback*, pensamentos e ideias têm sido incrivelmente importantes no desenrolar dessas histórias e sempre escrevo com vocês em mente. Espero poder continuar a dar a vocês personagens que queiram ler uma e outra vez!

PRÓLOGO

K.C.

Três anos inteiros.

Tive um namorado por três anos inteiros e ainda tinha mais orgasmos quando estava sozinha.

— Caramba, gata, que delícia. — Seu sussurro estava sonolento e molhado em meu pescoço quando ele arrastou os lábios preguiçosos pela minha pele.

As malas. Foi isso que esqueci de adicionar à minha lista de afazeres para amanhã. Não era como se eu fosse me esquecer de fazê-las para a faculdade, mas tudo precisava estar na lista para eu riscar depois de feito.

— Você é tão gostosa. — Os lábios de peixe de Liam faziam cócegas em meu pescoço com selinhos lentos. Antes me fazia querer rir, mas agora meio que me dava vontade de mordê-lo.

E passar na farmácia, lembrei. Queria fazer um estoque da minha pílula para não ter que me preocupar por um tempo. *As malas e a farmácia. As malas e a farmácia. As malas e a farmácia.* Não se esqueça, K.C.

Liam empurrou o quadril entre as minhas pernas e rolei os olhos.

Ainda estávamos vestidos, mas não tinha certeza se ele percebeu.

Se eu não estivesse tão cansada, riria. Ele raramente ficava bêbado, afinal — esta noite só rolou porque era uma festa do final do verão. E embora eu nunca tenha sido dominada pelo desejo de transar, adorava que ele viesse para cima de mim em toda oportunidade. Fazia-me sentir desejada.

Mas hoje não estava rolando.

— Liam — resmunguei, torcendo os lábios ao tirar sua mão do meu seio —, acho que precisamos terminar a noite, ok? Vamos trancar o carro e caminhar até a sua casa.

Estávamos ali dentro há meia hora — eu tentando satisfazer sua fantasia de transar em lugares arriscados e ele tentando… Inferno, nem sei o que ele estava tentando fazer.

Sentia-me culpada por não estar mais tanto no clima ultimamente.

Sentia-me culpada por não ajudá-lo a ficar no clima hoje. E sentia-me culpada por ficar adicionando coisas na minha lista de afazeres enquanto ele estava tentando — foco no *tentando* — entrar no clima comigo.

Não fazíamos amor há bastante tempo e eu não sabia mais qual era o meu problema.

Sua cabeça afundou em meu ombro e deixei o peso dos seus oitenta quilos desabar sobre o meu corpo.

Ele não se mexeu e soltei um suspiro, relaxando no banco do passageiro do seu Camaro, meus músculos queimando por tentar suportar seu peso esse tempo todo.

Ele desistiu. *Graças a Deus.*

Mas então gemi, percebendo que seu corpo tinha ficado um pouquinho quieto demais, exceto pelo ritmo lento e suave de sua respiração.

Ótimo. Agora ele estava desmaiado.

— Liam — sussurrei, sem ter certeza do motivo, já que estávamos completamente sozinhos no seu carro na rua escura e silenciosa da casa da minha amiga Tate Brandt. Arqueando a cabeça, falei em seu ouvido, que estava quase coberto por seu cabelo loiro. — Liam, acorda! — ofeguei, já que seu peso estava atrapalhando que eu inalasse oxigênio.

Ele gemeu, mas não se mexeu.

Joguei a cabeça de volta para o encosto do banco e travei os dentes. O que eu ia fazer agora?

Fomos ao Loop hoje para uma última festa antes de as aulas começarem na próxima semana e depois Tate e seu namorado, Jared Trent, deram uma festa na casa dele, que calhava de ser bem ao lado da dela. Falei para a minha mãe que dormiria aqui quando, na verdade, estava planejando passar a noite com meu namorado.

Que agora estava desmaiado.

A casa de Tate estava trancada, eu não sabia como dirigir o carro dele e a última coisa que faria era ligar para a minha mãe e pedir uma carona.

Esticando a mão para o puxador, abri a porta e tirei a perna direita de debaixo da de Liam. Empurrei seu peito, o levantando o suficiente para me contorcer debaixo de seu corpo e sair do carro. Ele gemeu, mas não abriu os olhos, e me perguntei se deveria estar preocupada com o quanto ele tinha bebido.

Inclinando-me para dentro, vi seu corpo subir e descer em movimentos calmos e estáveis. Peguei as chaves que ele deixou cair no chão e minha bolsinha com o celular, fechando a porta e trancando o carro.

Liam não morava muito longe e, mesmo sabendo que era pedir demais, teria que acordar Tate. Se é que Jared a estava deixando dormir.

Passei as mãos pelo meu vestido de verão branco sem alças e fui em silêncio pela calçada com minhas sandálias de strass. Era demais para a corrida, porém queria estar bonita na festa. Era a última vez que eu veria algumas dessas pessoas. Por um tempo, de todo jeito.

Apertando a bolsinha — pequena o bastante para caber apenas o telefone e algum dinheiro — na mão, subi a rampazinha do quintal de Jared até os degraus da frente de sua casa. Não havia nenhuma luz brilhando lá dentro, mas eu sabia que ainda haveria gente aqui, já que a rua ainda estava cheia de carros desconhecidos e ouvi uma batida baixa de música soar. A letra dizia algo sobre "juntar-se à loucura".

Virei a maçaneta, entrei na casa e virei a cabeça para o corredor da sala.

E parei. Congelada. *Mas que...?*

O cômodo estava escuro, nenhuma luz além do brilho azul da tela do rádio.

Talvez houvesse outra luz na casa. Talvez outras pessoas ainda estivessem aqui. Eu não podia dizer.

Tudo o que pude fazer foi ficar parada naquela porra de lugar, meus olhos ardendo e um caroço se formando na garganta com a visão de Jaxon Trent quase nu por cima de outra garota.

Olhei para longe na hora, fechando os olhos.

Jax. Neguei com a cabeça. *Não.* Eu não ligava para isso. Por que meu coração estava batendo tão rápido?

Jaxon Trent era o irmão mais novo do namorado da Tate. Nada mais. Só uma criança.

Uma criança que me observava. Uma criança com quem quase nunca falei. Uma criança que parecia uma ameaça só de estar parado perto de mim.

Uma criança que parecia menos criança a cada dia.

E agora ele não parava nem para respirar. Virei o corpo na direção da porta, não querendo que ele — ou ela — me vissem, mas...

— Jax — a garota ofegou. — Mais. Por favor.

E parei, incapaz de me mexer de novo. *Apenas saia, K.C. Você não se importa.*

Apertei a maçaneta, respirando rápido, mas não me movi. Não conseguia.

Não sabia por que minhas mãos estavam tremendo.

Mordendo o lábio inferior, virei o corredor de novo e o vi com a garota.

Meu coração batia como uma britadeira no peito. E doía.

A garota — não a reconhecia da escola — estava completamente nua, deitada de bruços no sofá. Jax estava atrás e espalhado por cima dela e, julgando por seu jeans abaixo da bunda e o movimento dos seus quadris, estava dentro dela.

Não se despiu completamente para fazer amor com ela. Nem dava para olhar no rosto dela. Eu não me surpreendia. Com a arrogância que mostrava na escola, Jax podia fazer o que quisesse, e fazia.

Erguendo-se com um dos braços, usou o outro para envolver o rosto dela e girar o queixo para si, antes de se inclinar e cobrir a boca da garota com a sua.

Liam nunca me beijou daquele jeito. Ou eu nunca o beijei daquele jeito.

A garota — cabelo longo e loiro em volta de seu rosto e espalhado sobre os ombros — o beijava com força total, suas mandíbulas se movendo com sincronia, a língua e o dente dele trabalhando nela.

Os quadris macios e malhados de Jax se enterravam nela em movimentos lentos e saborosos, sua mão deixando o rosto dela para correr por suas costas e então deslizar por baixo de seu corpo para envolver o seio. Ele não fazia uma coisa de cada vez. Todas as partes do seu corpo estavam nisso e tudo que fazia parecia bom.

E por que não seria? Jax era cobiçado pelas garotas desta cidade por algum motivo, afinal de contas. Ele era suave, confiante e bonito. Não era o meu tipo, mas não dava para negar que era sexy. De acordo com Tate, ele era parte ameríndio.

Sua pele era como caramelo — macia, imaculada e de aparência quente. Seu cabelo era castanho bem escuro, quase preto, e caía até metade das costas. Ficava trançado em partes e preso em um rabo de cavalo no meio da nuca, geralmente o tempo todo. Nunca vi seu cabelo solto.

Deveria ter 1,80m de altura e provavelmente ficaria mais alto que o irmão em pouco tempo. Vi Jax no campo de lacrosse da escola e na academia onde nós dois malhávamos. Seus bíceps e tríceps se flexionavam ao se manter por cima da garota, movendo o corpo na direção do dela. Com a luz da lua vindo pela janela, pude ver o V em seu torso descendo pelo abdômen e mais abaixo.

Ele não quebrou o ritmo ao sussurrar em seu ouvido e, como se tivesse recebido uma ordem, a garota abaixou o pé no chão, dobrou o joelho e arqueou as costas.

CAINDO

Jax jogou a cabeça para trás e mostrou os dentes, se afundando mais nela, e fiquei encarando, sem perceber traçando a marca no interior do meu pulso.

Queria que fosse assim comigo. Queria ficar sem respirar como ela. Ofegante e desesperada. Apaixonada e faminta.

Liam já tinha me feito feliz e, quando estragou as coisas, eu o aceitei de volta, porque pensei que o relacionamento valia a pena.

Mas agora, vendo-o assim… Eu sabia que algo estava faltando.

Não sei quando a lágrima escorreu, mas senti cair no meu vestido e pisquei rapidamente, secando o rosto.

Então meu olhar captou algo, e pisquei de novo, percebendo que havia mais alguém na sala. Outra garota, quase nua de sutiã e calcinha.

Engoli um suspiro, prendi a respiração e então engoli em seco de novo. *Que merda é essa?*

Ela andou pela sala — deveria estar perto da janela, porque não a tinha visto até agora — e se abaixou, beijando Jax com força.

Uma bile ácida subiu pela minha garganta.

— Argh! — rosnei, tropeçando para trás e batendo na parede oposta da entrada da casa. Atrapalhada, abri a porta da frente e saí voada sem olhar para trás.

Pulei as escadas e tinha chegado na grama correndo quando uma voz profunda ordenou por trás de mim:

— Para!

Não parei.

Dane-se ele. Dane-se Jaxon Trent. Não sabia por que estava brava e quem ligava para isso?

Passei pelo gramado e corri para a calçada, querendo estar de tênis em vez de sandálias que faziam meus pés tropeçarem.

— Para ou eu vou te derrubar no chão, K.C.! — O berro de Jax por trás de mim era uma ameaça e me obriguei a parar subitamente.

Merda. Meus olhos foram da direita para a esquerda, procurando uma forma de escapar. Ele não faria aquilo de verdade, né?

Cheguei mais perto devagar, observando-o descer as escadas e caminhar até mim. Estava usando calças, graças a Deus. Mas acho que aquilo era fácil, já que ele nunca a tirou. O jeans de lavagem escura estava pendurado em seus quadris e pude ver com clareza os músculos que emolduravam seu abdômen em V. Era um corpo de nadador, mas eu não tinha certeza se ele realmente nadava. Do jeito que seu jeans mal cobria o quadril, chutei que ele não estava usando boxers, ou qualquer coisa por baixo. Pensei no que estava dentro das calças e um calor se acumulou na minha barriga. Travei as coxas.

Abaixei os olhos, me perguntando como conseguiria lidar com sua visão. Ele era apenas uma criança. Fazia aquilo com muitas garotas?

Parou na minha frente, pairando sobre mim, já que era uns bons vinte centímetros mais alto.

— Está fazendo o que aqui? — acusou.

Calei a boca e franzi o cenho para o ar ao seu redor, ainda evitando contato visual.

— Você foi embora com o merda do seu namorado já faz uma hora — pontuou.

Mantive os olhos afastados.

— K.C.! — Enfiou a mão na minha cara, estalando os dedos algumas vezes. — Vamos processar o que você acabou de ver aqui. Entrou na minha casa sem ser convidada no meio da noite e me testemunhou transando com uma garota na privacidade da minha própria casa. Agora vamos seguir. Por que está vagando por aqui sozinha no escuro?

Finalmente olhei para cima e bufei. Sempre tive que esconder o jeito como meu rosto pegava fogo ao ver seus olhos azuis. Para alguém tão sombrio e selvagem, seus olhos eram muito fora de lugar, porém nunca pareceram errados. Eram da cor de um mar tropical. A cor do céu pouco antes das nuvens de tempestade aparecerem. Tate chamava de azure. Eu chamava de inferno.

Cruzando os braços sobre o peito, respirei fundo.

— Liam está bêbado demais para dirigir, ok? — rebati. — Desmaiou no carro.

Ele olhou na rua para onde o carro de Liam estava parado e estreitou os olhos para mim antes de fazer uma careta.

— Então por que você não pode dirigir com ele para casa? — indagou.

— Não sei dirigir carro manual.

Ele fechou os olhos e negou com a cabeça. Passando as mãos pelo cabelo, parou e o segurou em punho.

— Seu namorado é um idiota do caralho — murmurou, abaixando a mão e parecendo nervoso.

Rolei os olhos, sem querer entrar nessa. Ele e Liam nunca se deram bem e, embora não soubesse o motivo, entendia que era muito por culpa de Jax.

Eu o conhecia há quase um ano e, embora soubesse de poucos detalhes — ele gostava de computadores, seus verdadeiros pais não estavam por perto e ele pensava na mãe do irmão como sua própria mãe —, o cara ainda era um mistério para mim. Tudo que eu sabia era que ele me olhava às vezes e, recentemente, era com desdém. Como se estivesse decepcionado.

Ergui o queixo e mantive o tom monótono:

— Sei que Tate vai ficar com Jared hoje e não queria acordar o pai dela para me deixar dormir lá. Preciso que ela me ajude a levar Liam para casa e entrar na dela. Ela está acordada? — indaguei.

Ele negou com a cabeça, mas não sei se era para dizer que não ou como quem diz "só pode ser brincadeira".

Enfiando a mão no bolso do jeans, pegou a chave do carro.

— Vou te levar para casa.

— Não — falei, apressada. — Minha mãe acha que vou ficar na Tate hoje.

Ele estreitou os olhos para mim e me senti julgada. Sim, estava mentindo para minha mãe para passar a noite com meu namorado. E sim, tenho dezoito anos e ainda não tenho permissão para ser livre como uma adulta. *Para de me olhar desse jeito.*

— Não se mexa — ordenou, depois virou e entrou na casa.

Menos de um minuto depois, saiu da casa e foi andando pelo jardim de Tate, indicando com o queixo para eu segui-lo. Assumi que ele tinha uma chave, então corri até o seu lado quando ele estava subindo os degraus.

— E o Liam? — Não podia deixar meu namorado dormindo no próprio carro a noite toda. E se algo acontecesse com ele? Ou passasse mal? E o pai de Tate teria um ataque se eu tentasse trazê-lo para dentro.

Jax destrancou a porta — não tinha certeza se era a chave de Tate ou Jared — e entrou no saguão escuro. Virando para mim, acenou a mão com um grande movimento, me convidando a entrar.

— Vou fazer Jared me seguir em seu carro e dirigir o do babaca para casa dele, okay? — Estreitou os olhos, parecendo entediado.

— Não o machuque — avisei, cruzando a soleira e passando por ele.

— Não vou, mas ele merece.

Virei para encará-lo, arqueando uma sobrancelha.

— Ah, você acha que é muito melhor, Jax? — Sorri. — Sequer sabe o nome daquelas vagabundas?

Sua boca se apertou na hora.

— Elas não são vagabundas, K.C. São amigas. Eu teria me certificado de que qualquer namorada minha soubesse dirigir um carro manual e não ficaria bêbado a ponto de não conseguir mantê-la em segurança.

Sua resposta rápida me desestabilizou e imediatamente abaixei os olhos, odiando a onda de culpa que formigou em minha pele.

Por que eu estava tentando afastá-lo? Jax definitivamente conseguia me irritar, mas não era um cara mau. Seu comportamento na escola com certeza era melhor do que o do irmão no passado. Era respeitoso com os professores e amigável com todo mundo.

Quase todo mundo.

Respirei fundo e endireitei os ombros, pronta para engolir um punhado do meu orgulho.

— Obrigada. Obrigada por levar Liam para casa — disse, oferecendo a chave a ele. — Mas e a sua — gesticulei com a mão, tentando encontrar a palavra certa — suas… garotas?

— Vão esperar. — Deu um sorriso espertinho.

Rolei os olhos. *Oookay.*

Esticando a mão, soltei meu coque frouxo e arrumei o cabelo castanho sobre os ombros. Mas então ergui os olhos quando notei Jax se aproximando.

Seu tom era baixo e forte, sem nem um pingo de humor.

— A menos que você queira que eu me livre delas, K.C. — sugeriu, chegando mais perto, seu peito quase esfregando o meu.

Se livrar delas?

Neguei com a cabeça, afastando seu flerte. Reagi do mesmo jeito no último outono, quando nos conhecemos pela primeira vez e todas as outras depois disso que ele fez uma observação sugestiva. Era minha resposta segura e padrão, porque não conseguia me permitir reagir de nenhuma outra maneira.

Mas dessa vez ele não estava sorrindo ou sendo arrogante. Ele deveria estar falando sério. Se eu dissesse para se livrar delas, ele se livraria?

E quando ele esticou o dedo e roçou minha clavícula de maneira lenta e macia, deixei o tempo parar ao considerar a ideia.

A respiração quente de Jax no meu pescoço, meu cabelo todo emaranhado em meu corpo, minhas roupas rasgadas no chão, tudo enquanto ele mordia meus lábios e me fazia suar.

Ai, Jesus. Prendi a respiração e olhei para longe, estreitando os olhos para colocar a cabeça no lugar. *Que droga é essa?*

Mas então Jax riu.

Não era uma risada simpática. Não era uma risada que dizia que ele só estava brincando. Não, era uma risada que me dizia que eu era a piada.

— Não se preocupe, K.C. — Sorriu, me olhando como se eu fosse patética. — Estou bem ciente de que sua boceta é preciosa demais para mim, okay?

Oi?

Afastei sua mão da minha clavícula.

— Quer saber? — disparei, meus dedos se fechando em punho. — Não consigo acreditar que estou dizendo isso, mas você faz Jared parecer um cavalheiro.

E o merdinha sorriu ainda mais.

— Amo meu irmão, mas vamos esclarecer uma coisa. — Chegou mais perto. — Ele e eu não temos nada a ver.

É. Meu coração não batia por Jared. Os pelos em meus braços não se arrepiavam ao redor dele também. Eu não ficava consciente de onde ele estava e do que estava fazendo em todos os segundos que estávamos no mesmo ambiente. Jax e Jared eram muito diferentes.

— Tatuagens — murmurei.

— O quê?

Merda! Falei aquilo em voz alta?

— Hm… — gaguejei, encarando de olhos arregalados o que estava na minha frente, que calhava de ser seu peito nu. — Tatuagens. Jared tem. Você não. Como pode? — perguntei, finalmente olhando para cima.

Suas sobrancelhas se uniram, mas ele não parecia bravo. Era mais… atordoado.

As costas, os ombros, os braços e parte do torso de Jared eram cobertos por tatuagens. Até mesmo o melhor amigo de Jared e Jax, Madoc, tinha uma. Era de se pensar que, com essas influências, Jax teria feito pelo menos uma, mas não. Seu torso longo e os braços não tinham marcas.

Esperei, enquanto ele me encarava e lambia os lábios.

— Tenho tatuagens — sussurrou, parecendo perdido em pensamentos. — Muitas.

Não sei o que vi em seus olhos, mas sabia que nunca tinha enxergado antes.

Afastando-se, ele não olhou nos meus olhos ao se virar para deixar a casa. Fechou a porta, trancou e passou pelos degraus da varanda em silêncio.

Momentos depois, ouvi o Boss de Jared e o Camaro de Liam ligarem e saírem na rua escura.

E, uma hora depois, ainda estava acordada na cama de Tate, passando o dedo sobre o lugar onde ele tocou minha clavícula e me perguntando sobre aquele Jaxon Trent que eu não conhecia.

CAPÍTULO UM

K.C.

Dois anos depois...

Shelburne Falls era uma cidade de tamanho médio ao norte de Illinois. Não era pequena demais, porém grande o suficiente apenas para ter seu próprio shopping. A olho nu, era pitoresca. Doce em sua originalidade de não ter duas casas iguais, e receptiva em sua maneira de dizer posso te ajudar a carregar as compras até o carro.

Segredos eram mantidos por trás de portas fechadas e havia sempre muitos olhares curiosos. Mas o céu era azul, as folhas farfalhavam ao vento como uma sinfonia natural e as crianças ainda brincavam do lado de fora, em vez de ficarem focadas em videogames o tempo *todo*.

Eu amava o lugar. Mas também odiava quem eu era aqui.

Quando fui para a faculdade há dois anos, fiz a promessa de passar todos os meus dias tentando ser melhor do que era. Seria uma namorada atenciosa, uma amiga confiável e a filha perfeita.

Eu mal voltava para casa, escolhendo passar o verão passado como conselheira em um acampamento de verão em Oregon e visitando minha colega de quarto, Nik, na casa dela em San Diego. Minha mãe começou a se gabar do meu estilo de vida ocupado e meus antigos amigos não pareciam sentir muito a minha falta, então funcionava.

Shelburne Falls não era um lugar ruim. Era perfeito, na verdade. Mas eu era menos do que perfeita aqui e não queria voltar para casa até poder mostrar a todos que era mais forte, mais durona e mais inteligente.

Mas essa merda bateu no meu ventilador. De verdade.

Não apenas voltei para a cidade mais cedo do que queria, mas meu retorno foi após uma ordem judicial. *Que baita impressão, K.C.*

Meu telefone tocou e pisquei, respirando fundo e saindo dos meus próprios pensamentos. Ajustando as cobertas, sentei na cama e destravei a tela do meu Galaxy.

— Tate, oi. — Sorri, sem nem me importar de dizer "alô". — Você acordou cedo.

— Desculpa. Não queria te acordar. — Sua voz animada era um alívio.

— Não acordou. — Joguei as pernas para fora da cama e fiquei de pé, me esticando. — Estava levantando agora.

Tate foi minha melhor amiga em todo o ensino médio. Ainda era, eu acho. No último ano da escola, porém, mudei nossa amizade. Não fiquei ao seu lado quando ela precisou e agora ela mantinha dois passos de distância entre nós quando eu estava por perto. Não a culpava. Estraguei tudo e não tive coragem de falar sobre o assunto. Ou pedir perdão.

E, apesar das palavras de "sabedoria" que minha mãe sempre repetia, eu deveria ter feito isso. *Pedir desculpas é se rebaixar, K.C. Nada é um erro de verdade até que você admita que se arrepende. Até lá, é apenas diferença de opinião. Nunca se desculpe. Te enfraquece na frente dos outros".*

Mas Tate seguiu. Acho que percebeu que eu precisava mais dela do que ela precisava que eu pedisse desculpas.

No geral, eu tinha duas certezas. Ela me amava, mas não confiava em mim.

Ela estava mastigando alguma coisa enquanto falava e ouvi a geladeira ser fechada no fundo.

— Queria garantir que você tinha se acomodado e estava confortável.

Puxei a camisola para baixo por sobre a barriga ao caminhar para as portas francesas.

— Tate, tenho que agradecer muito a você e ao seu pai por me deixarem ficar aqui. Sinto-me um peso.

— Está brincando? — explodiu, sua voz aguda de surpresa. — Você é sempre bem-vinda e pode ficar por quanto tempo precisar.

Depois que cheguei a Shelburne Falls na noite passada — de avião e depois de táxi —, rapidamente arrumei minhas roupas no antigo quarto de Tate, tomei banho e procurei nos armários alguma comida que pudesse precisar. Acabou que eu não precisava de nada. Os armários e a geladeira estavam cheios de comida fresca, o que era estranho, considerando que o pai de Tate estava no Japão desde maio e não voltaria até o outono.

— Obrigada — pedi, abaixando a cabeça. Sentia-me culpada por sua generosidade. — Minha mãe deve amolecer durante o verão — afirmei.

— Qual o problema dela? — Sua pergunta honesta me surpreendeu.

Soltei uma risada amarga ao abrir as portas da varanda para deixar o cheiro da brisa de verão entrar.

— Meu registro policial não combina com sua sala de estar branca como um lírio. Esse é o problema dela, Tate.

PENELOPEDOUGLAS

Minha mãe morava a algumas quadras daqui, então era divertido que ela realmente tivesse pensado que fugiria das fofocas por não me deixar ficar em casa enquanto completava o serviço comunitário. Aquelas vacas do Rotary Club ficariam atrás dela de todo jeito.

Isso não era engraçado. Eu não deveria rir.

— Seu "registro policial" — Tate repetiu. — Nunca pensei que esse dia chegaria.

— Não me provoque, por favor.

— Não estou provocando — garantiu. — Estou orgulhosa de você.

Oi?

— Não por quebrar a lei — adicionou, rapidamente. — Mas por se impor. Todo mundo sabe que eu teria um registro na polícia se não fosse por Jared e Madoc dando o jeito deles. Você comete erros como todo mundo, mas, se me perguntar, aquele babaca do Liam recebeu o que merecia. Então, sim. Estou orgulhosa de você.

Fiquei em silêncio, sabendo que ela estava tentando me fazer sentir melhor sobre largar meu namorado — meio que violentamente — depois de cinco anos de relacionamento.

Mas logo neguei com a cabeça e inalei o ar puro da manhã. Todo mundo pode cometer erros, mas nem todo mundo é preso.

Eu poderia ser melhor. Bem melhor. E seria.

Endireitando as costas, segurei o telefone com uma das mãos e inspecionei as unhas com a outra.

— Quando você virá para casa? — indaguei.

— Não por algumas semanas. Madoc e Fallon saíram de férias ontem para o México e Jared está no "acampamento de comandantes" até primeiro de julho. Vou visitar meu pai semana que vem, mas, por enquanto, estou aproveitando a oportunidade enquanto Jared está fora para enfeitar o apartamento.

— Ah — refleti, encarando distraída as árvores da casa ao lado. — Aí vêm as velas perfumadas e as almofadas — provoquei.

— Não se esqueça das capas para a privada com babados e abajures.

Nós rimos, mas a minha era forçada. Não gostava de ouvir sobre a vida deles, da qual eu não fazia parte. Jared e Tate iam para a faculdade e moravam juntos em Chicago. Ele estava no ROTC ou algo do tipo e foi fazer uma sessão de treinamento na Flórida. Seu melhor amigo, Madoc — que era meu colega de classe no ensino médio —, já tinha se casado e ia para a faculdade em Chicago com Jared, Tate e sua esposa, Fallon, que eu mal conhecia.

Eles formavam um grupinho do qual eu não fazia mais parte e subitamente um peso se alojou no meu coração. Sentia falta dos meus amigos.

— Enfim — prosseguiu —, todo mundo vai voltar para casa em breve. Estamos pensando em acampar no 4 de julho, então faça um favor a si mesma. Prepare-se. Enlouqueça. Não tome banho hoje. Use um conjunto de sutiã e calcinha que não combine. Compre um biquíni sexy. Enlouqueça. Entendeu?

Biquíni sexy. Acampar. Tate, Fallon, Jared, Madoc e suas loucuras. Dois casais e eu de vela.

Beleeeza.

Olhei para a casa escura ao lado, onde o namorado de Tate já morou. Seu irmão, Jax, costumava viver lá também e do nada quis perguntar para Tate sobre ele.

Loucura.

Neguei com a cabeça, lágrimas se acumulando em meus olhos.

Tate. Jared. Fallon. Madoc.

Todos loucos.

Jaxon Trent, e todas as chances que ele me deu e eu nunca aproveitei. Loucura.

Lágrimas silenciosas desceram, mas fiquei calada.

— K.C.? — Tate chamou, quando eu não disse nada. — O mundo tem planos para você, amada. Esteja pronta ou não. Você pode estar no banco do motorista ou do passageiro. Agora vai arrumar um biquíni sexy para o acampamento. Entendeu?

Engoli o pedaço de palha de aço que se alojou na minha garganta e assenti.

— Entendi.

— Agora vai abrir a gaveta de cima da minha cômoda. Deixei dois presentes lá quando fui em casa no último fim de semana.

Minhas sobrancelhas se estreitaram pelo caminho.

— Você estava em casa?

Queria não ter perdido sua passagem aqui. Não nos víamos há cerca de um ano e meio.

— Bem, queria garantir que estava limpa — respondeu, e fui até a parede oposta, onde estava sua cômoda — e que você tivesse comida. Desculpa não ter podido ficar para te receber.

Abrindo a gaveta, congelei na hora. Prendi a respiração e meus olhos se arregalaram.

— Tate? — Minha voz parecia o guincho de um ratinho.

— Gostou? — provocou, o sorriso espertinho em seu rosto era praticamente visível pelo telefone. — É à prova d'água.

Estendi a mão trêmula e tirei o vibrador Jack Rabbit roxo, que ainda estava na embalagem plástica.

Ai, meu Deus.

— É grande! — disparei, deixando cair o telefone e o vibrador. — Merda! — Nervosa, peguei o telefone do tapete e me abracei, rindo. — Você é maluca. Sabia?

O delicioso som de sua risada preencheu meus ouvidos e fui de chorar para rir em um instante.

Houve um tempo em que eu era mais experiente que Tate. Quem imaginaria que ela me compraria meu primeiro vibrador?

— Eu tenho um igual — falou. — Está me ajudando na ausência de Jared. E o iPod tem um rock raivoso — pontuou.

Ai, é verdade. Olhei a gaveta de novo, vendo o iTouch já aberto com fones de ouvidos enrolados nele. Ela já deve ter colocado algumas músicas.

— *Vai* te ajudar a esquecer aquele babaca. — Ela estava falando de Liam. Motivo de eu ter arrumado problemas em primeiro lugar.

— Pode me ajudar a esquecer K.C. Carter — provoquei. Abaixando-me, peguei o vibrador e meio que comecei a me perguntar que tipo de bateria ele usava. — Valeu, Tate. — Esperava que minha voz soasse verdadeira. — No mínimo, já me sinto melhor.

— Use os dois — ordenou. — Hoje. E também use a expressão *filho da puta* em algum momento. Você vai se sentir bem melhor. Acredite em mim.

E então desligou sem dizer adeus.

Tirei o telefone da orelha e o encarei, confusão rasgando meu sorriso. Eu já tinha dito "filho da puta". Só que nunca em voz alta.

— Tenho certeza de que deve estar nervosa, porém, depois do primeiro dia, vai ficar muito mais fácil. — O diretor Masters caminhava rápido pelo corredor da minha antiga escola e eu tentava acompanhar. — E, depois de dez dias — prosseguiu —, vai ser tão confortável quanto um par antigo de sapatos.

Por dentro, admiti que nunca tive permissão de ficar com sapatos por tempo o bastante para eles ficarem confortáveis, mas acreditaria em sua palavra.

— Só não entendo — falei, sem ar por estar quase correndo ao seu lado e tentando manter o ritmo — como alguém que não tem experiência em ensinar, que não estudou para isso, deveria fazer oito alunos estarem prontos para o último ano.

Foi a coisa mais idiota que eu já tinha ouvido.

Quando descobri que seria mandada para casa para completar meu serviço comunitário, fiquei um pouco irritada e bem aliviada. Embora certamente não quisesse que ninguém descobrisse a idiotice que me fez ser presa, também não tinha onde viver em Phoenix no verão. Voltar para casa tinha sido uma sorte.

Mesmo quando minha mãe me falou que eu ficaria na casa vazia dos Brandt em vez de envergonhá-la com minha presença em sua casa, ainda pensei que era melhor do que ficar no Arizona, sabendo que meu ex estaria em *nosso* apartamento com outra pessoa.

Mas ensinar? Quem pensou nessa atrocidade?

— Você não vai ensinar — o diretor rebateu, virando a cabeça só o bastante para eu ver a lateral de seu rosto. — Será mentora. Há diferença. — E então parou e virou para me encarar. — Deixa eu te dizer uma coisa sobre ensinar. Você pode ter os melhores professores do mundo com os melhores recursos cientificamente comprovados que o dinheiro pode comprar e mesmo assim falhar. Alunos precisam de atenção. É isso. — Cortou o ar entre nós com as mãos. — Eles precisam do seu tempo particular, ok? Você tem oito jovens de dezessete anos e não estará sozinha. Há outros mentores e professores dando aulas de verão na escola. As líderes de torcida e a banda estarão por aqui também e os nossos garotos do lacrosse no campo quase todo dia. Acredite em mim, a escola vai estar lotada este verão. Haverá muitas garantias de segurança para você, se precisar delas.

— Você segura a mão de todos os mentores assim?

Ele sorriu e se virou para continuar andando.

— Não. Mas também não tenho outros mentores cumprindo serviço comunitário.

Argh. Felizmente tinha me esquecido disso por cinco segundos.

— Sinto muito. — Estremeci. — Sei que é uma situação estranha.

— Uma situação de muita sorte.

Amava a animação em sua voz. Nosso diretor sempre foi fácil de conversar.

— Deve ser ideal voltar para casa no verão para completar suas horas. E em um lugar confortável, com o qual você está acostumada.

Sim, sobre isso...

— Como eu consegui este projeto? — arrisquei, agarrando a bolsa marrom de couro de Tate do ensino médio que tinha encontrado em seu armário esta manhã.

— Pedi que você viesse.

Sim, mas...

— As informações sobre você apareceram no meu e-mail — explicou. — Eu te conhecia, confiava, na maior parte do tempo, e sabia que você brilhava na escrita. A senhorita Penley ainda usa alguns de seus resumos e relatórios para mostrar aos outros alunos. Sabia disso?

Neguei com a cabeça e o segui pelas escadas para o segundo andar, onde minha nova turma deveria estar.

Eu amava escrever. Sempre amei. Era uma merda na apresentação oral, debates ou contar histórias, mas me dê caneta, papel e, em alguns momentos, meus pensamentos se encaixavam perfeitamente.

Se a vida pudesse ser editada como uma história, eu arrasaria.

— E eu também sabia que você tinha tido experiência com crianças nos acampamentos de verão — prosseguiu —, então me pareceu um bom encaixe.

Minhas rasteirinhas batiam no chão de tijolos lisos quando chegamos ao segundo piso.

— Mas você disse que minhas informações apareceram no seu e-mail? — indaguei. — Quem enviou?

— Nunca descobri. — Franziu as sobrancelhas, parecendo curioso. — Achei que era alguém responsável do Departamento Penitenciário. — E então ele parou na frente do que costumava ser, ou talvez ainda fosse, o laboratório de química do doutor Porter. — E isso me lembra — apontou um dedo — que suas circunstâncias especiais não precisam ser divulgadas. Acredito não precisar te dizer isso, mas quero deixar claro. Esses alunos não estão aqui para saberem o motivo de você ter vindo. Entende?

— Sim, senhor. Claro. — Segurei a alça da bolsa pendurada sobre meu ombro, envergonhada. — E obrigada por confiar em mim nisso.

Seus olhos azuis suavizaram e ele me lançou um sorrisinho.

— Esta será a sua sala. — Acenou para o laboratório do doutor Porter e me entregou as pastas que estavam em sua mão. — Avaliações informando como estão os alunos, anotações dos professores, planos de aula e cópias de planilhas. Estude, e até segunda-feira, K.C.

E então ele foi embora, me deixando olhar ao redor e entender o terreno. Eu tinha tantas perguntas. Esses alunos tinham dezessete anos. E se eles não quisessem ouvir alguém que era apenas alguns anos mais velha? O que eu faria com problemas de comportamento? Claro, Jared e Jaxon Trent não estavam mais na escola, mas eu tinha certeza de que outros babacas os substituíram. E por que teríamos mentoria no laboratório de química? Eles não precisavam coletar minhas impressões digitais para trabalhar com menores?

Ai, espera. Já coletaram minhas impressões digitais.

Ri sozinha, percebendo que era melhor do que chorar. As coisas mudam.

Quando se está no ensino médio, você pensa que é inteligente demais e que seus planos sempre vão funcionar. Acha que estará no caminho do sucesso com dinheiro no bolso e uma agenda lotada, porque é importante demais e se tornou exatamente a pessoa que sempre quis ser assim que saiu do ensino médio.

O que ninguém te conta é que você fica mais confusa aos vinte anos do que estava aos dezessete. E, olhando pela janela na porta da sala, esfreguei os pelos arrepiados dos meus braços, me perguntando se estaria ainda mais confusa aos 25 do que estava agora. A estrada estava limpa antes, mas agora estava tão lamacenta que eu mal conseguia andar.

Mas tudo que eu faria neste verão era caminhar. Já que perdi a carteira por um ano, deixei Nik levar meu carro para San Diego com ela e me consolei com o fato de que não tinha nenhum amigo na cidade — não agora, pelo menos — que fariam o fato de eu não estar dirigindo ser um fardo.

Escola e academia. Ocasionalmente, mercadinho. Estes eram os únicos lugares para onde eu iria e eles todos ficavam a uma caminhada saudável, mas administrável, da casa de Tate.

Decidi voltar para lá, optando por não pisar um pé na sala até precisar. Merecia minha punição, mas não fazia ser mais fácil passar o verão inteiro em um prédio quente e mofado, cheio de pessoas que não queriam estar lá muito mais do que eu.

Saindo da escola, achei o iPod de Tate e enfiei os fones no ouvido. Passei pela playlist de reprodução e não consegui evitar o sorriso ao perceber que não conhecia uma única música que ela tinha selecionado.

Amava o gosto musical de Tate, mesmo antes de conhecê-la. Porém, ao longo dos anos, me cansei de brigar com a minha mãe por causa das músicas que ela ouvia saindo do meu quarto e desisti. De todas as músicas. Raramente ouvia qualquer coisa, porque sua voz sempre invadia meus pensamentos e estragava.

Clicando em *Take Out the Gunman*, de Chevelle, aumentei tanto o volume que meus ouvidos doeram. Mas ainda abri um enorme sorriso quando aquela voz sexy começou e fogos de artifício começaram a explodir no meu peito. Não conseguia ouvir minha voz falando na minha cabeça nem nada além, apenas o som da música, que me fazia rir, meu coração bater e minha cabeça balançar no caminho para casa.

As ruas da vizinhança estavam calmas, um ou outro carro passando, e o sol nas minhas pernas parecia tão agradável que só então percebi o quanto tinha sentido falta da minha cidade natal no verão.

As árvores verdes exuberantes se postavam ao meu redor, suas folhas dançando com a brisa. O cheiro dos gramados sendo cortados e dos churrascos sendo preparados para o jantar. As crianças correndo atrás dos carrinhos de sorvete quando ele encostou no meio-fio.

Amava tudo aquilo e, pela primeira vez em muito tempo, fiquei tranquila. Mesmo com os problemas em que me meti.

Percebi que ninguém estava esperando por mim, nem estava me observando, e muito menos me incomodando. Em algum momento, minha mãe ligaria. Em algum momento, teria que dar mentoria na segunda. E em algum momento teria que voltar ao meu diploma de ciências políticas no outono.

Porém, neste momento, eu estava livre.

E com muito calor. Passei os dedos pela testa, secando um pouco de suor. Era uma coisa que Arizona vencia Shelburne Falls. Menos umidade lá.

Mas me vesti o mais elegante que pude. Uma saia branca de crochê que fez minhas pernas bronzeadas parecerem muito mais maravilhosas do que eram, mas me mantive conservadora com uma blusa fina branca de botões. Já grudava demais nas minhas costas. Desabotoei a camisa e tirei, jogando sobre a bolsa-carteiro e ficando só com a fininha branca de baixo.

Meu cabelo escuro passava dos ombros, e agora que o vento e o suor da caminhada estavam me bagunçando, queria ter prendido.

Subindo no meio-fio, passei pela rua vazia e subitamente senti meu coração despencar até a barriga.

Ai, não.

Olhando para o vasto gramado verde do parque da cidade, vi o Camaro de Liam estacionado em frente à loja de bagles. Liam. Meu ex-namorado que me traiu duas vezes e deveria ficar em Phoenix no verão. *Merda!*

Joguei a cabeça para trás e fechei os olhos. *Maldita sorte.*

Cerrei os dentes e cada músculo do meu corpo tensionou.

Mas então me sacudi, assustada. Uma súbita vibração apareceu, fez meus pés formigarem e subiu por minhas pernas.

Abri os olhos e virei para ver que tinha parado no meio da rua que queria atravessar antes de o Camaro chamar minha atenção. Pisquei, encarando de olhos arregalados um carro — na verdade, vários carros — que estavam lá parados, me encarando e querendo que eu saísse do caminho. Quanto tempo eles ficaram lá antes que eu percebesse?

Arrepios subiram por minha coluna e estremeci, esquecendo Liam. Mal notei os outros carros. Tudo que consegui ver foi o da frente. Preto, encarando-me pelas janelas escuras.

O Mustang GT.

O Mustang GT de Jaxon Trent.

CAPÍTULO DOIS

K.C.

Não estava esperando por isso. Nem por um minuto pensei que Jax estaria na cidade.

Corri para o outro lado da rua, presa em um estranho torpor, Chevelle soando em meus ouvidos. Virando, observei seu Mustang parado lá.

O que ele estava fazendo?

Finalmente deu partida e saíram lentamente em carreata, um veículo após o outro, todos equipados e seguindo seu rastro.

Minha língua seca parecia uma lixa em minha boca. Mais carros passaram por mim, soprando minha saia curta nas coxas, e me senti como se tivesse ficado presa no meio de um maldito desfile.

Mas que droga era essa?

Alguns veículos eu conhecia. Já que Liam, Jared e Tate costumavam correr no Loop, aprendi pelo menos algumas coisas. Por exemplo, que o carro de Jax era um Mustang e ainda sabia que era o dele, porque notei que estava escrito "ameríndio" na placa. O carro de trás era de Sam, um garoto que se formou comigo. Era um Dodge Challenger, mas eu não fazia ideia de que ano. Havia outro Mustang, um Chevy SS e alguns Fords e Pontiacs.

E então havia uns bem nada a ver.

Subarus? Hyundais? Aquilo era um MINI Cooper?

O irmão de Jax, Jared, iria preferir comer a própria língua do que ser visto num carro desses. E eles estavam todos modificados também, com uma pintura estranha e enormes aerofólios.

Uau.

Mas havia um monte deles. Fiquei lá parada, encarando, um carro após o outro passando por mim, todos fazendo seus próprios sons diferentes, seus motores mandando vibrações pelo chão aos meus pés e subindo pelo meu corpo, fazendo minha barriga zumbir.

Apertei as coxas e estremeci, enojada comigo mesmo.

Eu não estava molhada.

Não.

Mas estava sim. Estava completamente excitada e não conseguia me lembrar da última vez que meu corpo queimou desse jeito.

Olhei mais uma vez, vendo o Mustang de Jaxon Trent dobrar a esquina e desaparecer.

Passei as próximas horas tentando me manter o mais ocupada possível. Sem amigos, sem carro, com pouco dinheiro, fiquei inquieta demais. E mente vazia é oficina do diabo.

O tédio era a raiz de todos os problemas e, aparentemente, os meus ainda estavam morando na casa ao lado.

O que havia de errado comigo? Não tinha nem visto o cara ainda. Ele nem desceu do carro e tudo que meu cérebro fazia era pensar nele. Imaginá-lo. Em seu carro. Vestido de preto como sempre. Tocando-me ao som daquela música de Chevelle. Como estava a aparência dele agora?

Quando finalmente cheguei em casa, troquei a roupa para a de academia e fui, determinada a queimar algumas calorias na aula de kickboxing. Depois fiquei na sauna, esperando drenar todos os impulsos sexuais que tive hoje.

Na maior parte do tempo, funcionou. Eu estava até respirando de maneira uniforme agora.

Assim que voltei para casa, tomei banho, passei um pouco de maquiagem, sequei o cabelo e depois procurei nas minhas roupas por uma calça de moletom e uma regata.

Até que vi algumas peças de Tate ainda nas gavetas.

Sorri, esticando a mão para pegar um par de shorts jeans cortados. Vesti, amando como ficava confortável e ainda parecia bem fofo. Eram largos, frouxos no meu quadril, mas não eram nem grandes demais nem curtos demais. Vestindo minha blusa rosa, olhei no espelho, me perguntando o que minha mãe diria. Ela dizia que roupas cortadas eram muito desleixadas e, embora gostasse de Tate, enfatizou que sua música e estilo não deveriam ser replicados.

Mas ela não estava aqui e, se ninguém me veria, não teria problema nenhum.

Passei o resto da noite espalhada no chão da sala, comendo macarrão com queijo, debruçada nos arquivos que o diretor Masters me deu. Embora ele tivesse me dado planos de aula, digitei algumas anotações para mim mesma no meu laptop, adicionando algumas atividades de diário que eu amava fazer nas minhas aulas da faculdade. As aulas seriam de segunda a quinta-feira, de oito e quinze ao meio-dia, e a mentoria terminaria na metade de julho. Depois disso, minhas cem horas estariam completas e eu estaria livre pelo restante do verão.

Fiquei encarando a mesma frase por uns quinze minutos e fechei os olhos, completamente puta pelo barulho lá fora.

A festa barulhenta na casa ao lado tinha começado como um zumbido de fundo há duas horas, mas agora era uma mistura de risos, gritos, motores escandalosos ligando e desligando na vizinhança e explosões constantes de música que pareciam bombas realmente detonando por baixo da casa de Tate. Cerrei os dentes e reclamei para ninguém:

— Não acredito que nenhum dos vizinhos reclama disso.

Afastei-me do tapete e fui até a janela da sala de jantar para dar uma olhada no que estava rolando, quando ouvi alguém bater na porta da frente.

— Julieta? — uma voz cantarolou. — Qual luz abre a sombra deste balcão? — As palavras familiares fizeram meu coração flutuar e eu sorri.

— Romeu, Romeu — chamei, dando meia-volta até a porta da frente. — Onde estás, Romeu?

Abri a porta, esticando a mão para minha prima Shane e a deixando me puxar para o seu corpo, depois me derrubasse para trás, arqueando minhas costas e fazendo meu cabelo arrastar no piso de madeira. Ela me segurou firme.

— Os pelos do seu nariz precisam ser aparados, prima.

Ergui a cabeça.

— Você está com bafo de cocô.

Ela me puxou para cima de novo e beijou minha bochecha antes de entrar na sala.

— Como você está? — indagou, agindo como se não fizesse um ano que não nos víamos.

— De boa. E você?

— Nada que alguns drinks ou uma bala na cabeça não cure.

Hesitei, vendo-a se jogar na poltrona. Mesmo que mal nos víssemos desde que a faculdade começou, conversávamos pelo menos uma vez na semana e ao longo do tempo suas piadas me deixavam mais e mais desconfortáveis. Aqueles comentariozinhos eram muito constantes.

Shane era minha única prima e, desde que éramos filhas únicas, crescemos próximas. Gostava do seu jeito com as palavras e seu humor fácil, mas ainda não apagava a suspeita de que estava tendo dificuldades de sair de casa e abrir as asas.

— Cuidado — avisei. — Pode ser que eu realmente comece a me preocupar com alguém além de mim mesma.

— Essa seria nova — provocou, dobrando as mãos sobre a barriga. — Então... você está bem mesmo, Julieta?

Ela era a única pessoa que me chamava pelo meu nome real — Juliet Adrian Carter. Todos os outros me chamavam de K.C.

— Estou bem. — Acenei, sentando no chão e abrindo as pernas ao lado do computador. — E você?

— Melhor agora que você está em casa.

Shane se formou este ano e vai embora para a Califórnia no outono. Porém, mesmo lá, ela não terá muita liberdade. Seus pais só concordaram em pagar as mensalidades de uma universidade fora do estado se ela morasse com a avó — por parte de pai — em San Francisco.

Shane não ficou muito contente, mas aceitou. Embora eu ache que ela gosta de Shelburne Falls — tem vários amigos —, ela estava procurando por um ambiente que tivesse mais de 10% de população afroamericana.

Seu pai era preto. Ele amava estar aqui e, pelo que eu sabia, se sentia confortável, mas Shane queria mais diversidade, mais cultura, mais tudo.

Ela limpou a garganta e se apoiou nos joelhos.

— O que você está fazendo? — A pergunta parecia uma acusação.

Olhei em seus deslumbrantes olhos castanhos.

— Preparando-me para o meu serviço comunitário. Serei monitora dos futuros alunos do último ano no verão.

— Foi o que ouvi. — Ainda me encarava como se estivesse confusa. — Mas quero saber por que você está escondida em casa quando, pela primeira vez na vida, Liam ou Sandra Carter, aquela fodida, não te prenderam em uma coleira.

— Você sabe que eu te amo — comecei —, mas tenho uma bela e pacífica casa e um vibrador lá em cima. Estou bem — brinquei. — Além disso, acha mesmo que eu deveria procurar problemas, Shane?

— Você não teria que procurar muito longe. — Sua voz provocante parecia sexy. — Não percebeu que tem uma festa rolando na casa ao lado.

Ah. Agora eu entendi. Olhei para as suas roupas, percebendo que usava uma minissaia prata e uma regata branca. Diferente da minha, a dela tinha lantejoulas ao redor do decote e em uma longa tira na frente. Com sua pele negra e o cabelo escuro e liso caindo abaixo das omoplatas e pernas enormes, ela era incrivelmente bonita.

Eu me perguntava se Jax já tinha reparado nela, mas neguei com a cabeça. Não importava.

— Sim, eu percebi — murmurei. — Acho que as vibrações da música estão estremecendo as bases dessa casa, na real.

— Bem, eu vou. E você também.

— Não, não vou. — Soltei uma risada amarga e abri um pacote de chiclete de hortelã, jogando na boca. — Jax vai me causar problemas e não tenho nenhum desejo de estar lá.

— Sim, tem sim. Todo mundo quer estar lá. E toda garota se dá bem com Jax.

Não consegui evitar. Ergui o rosto e lancei um olhar para ela que certamente era uma carrancazinha desagradável. Mas rapidamente desviei para baixo de novo. Imagens de Jax fodendo aquelas duas garotas há dois anos piscaram na minha mente e pensei em todo mundo que ele já transou desde então e…

Fechei a embalagem de papel no punho.

Por que ele me afetava tanto? Jaxon Trent era apenas um garoto arrogante que gostava de me irritar no ensino médio — porém, por alguma razão, a droga do meu corpo reagia mais a ele do que ao namorado que tive por cinco anos. E mesmo que não tivesse considerado o que ele fez ou não enquanto eu estava fora, não podia parar de pensar nisso de jeito nenhum agora.

Ai, Jesus Cristo. Esperava que Shane nunca tivesse dormido com ele.

Quase perguntei.

— Bem, eu não — resmunguei. — Jax nunca foi flor que se cheire. Ele vai pra faculdade?

— Para Clarke — respondeu rápido, e pisquei.

Clarke College?

Era local. Perto o bastante para ele morar em Shelburne Falls. Mas também era particular e tinha avaliações muito altas entre o meio acadêmico. Minhas bochechas ficaram quentes de vergonha por pensar que ele não tinha nível para faculdade. Ele tinha, e iria para uma faculdade bem melhor do que a minha.

— Então ele ainda morou aqui ao lado o ano inteiro com Katherine? — sondei.

— Não, ela se casou com o pai de Madoc no ano passado e se mudou para o apartamento dele na cidade. Deu a casa para Jax quando ele se formou no ensino médio.

Então aquela era a casa de Jax agora.

Fechei o laptop.

— Qual é a desses carros aí fora?

Seus lábios cheios e pintados de um vermelho vivo, se abriram em um sorriso, mostrando seus dentes brancos e perfeitos.

— Muita coisa mudou, Juliet.

— Você não é esfinge para fazer tanto enigma. O que foi que mudou?

Ela deu de ombros.

— Difícil de explicar — começou, apoiando-se para trás e descansando os braços na lateral da cadeira. — Você precisa ver. Nós vamos para a festa e você vai se divertir.

Neguei com a cabeça.

— Nenhuma de nós vai lá. Eu vou ficar fora de problemas e você é praticamente menor de idade e não tem uma companhia para a festa — afirmei, levantando-me.

Seus olhos praticamente brilharam.

— Ah, não — ofegou, colocando a palma da mão no peito. — Não posso ficar sem uma companhia — falou, ficando de pé.

Encarei-a.

— O que você está fazendo?

Ela saiu da cadeira e foi na direção da entrada, sorrindo, com a mão ainda no peito.

— Sem uma companhia, pode ser que eu faça algo idiota — provocou, ainda se afastando — como aceitar uma bebida misteriosa com alguma droga de um ex-presidiário que quer me levar para o andar de cima e me apresentar a alguns amigos. — Abriu a porta quando eu me levantei do chão. — Tchau — gritou.

E então saiu pela porta da frente, batendo-a.

— Shane! — rosnei, correndo atrás dela.

Droga, droga, droga! Abri a porta, pisei na varanda e... *merda!* Girando, voltei em casa e enfiei os pés nos meus chinelos que estavam largados na entrada.

Abrindo a porta de novo, corri para fora, pulando todos os degraus da varanda e pousando no caminho de tijolos.

Argh, aquela garota!

Ela sumiu. Virando para a esquerda e para a direita, não conseguia ver seu top branco brilhante de nenhum dos lados. Ela já estava na festa e respirei uma e outra vez, tentando acalmar o tornado que se formou no meu estômago.

Dezoito anos. Sem uma companhia. E a pessoa mais próxima que já tive de uma família de verdade em muito tempo. Todos bons motivos para ir buscá-la.

Olhei para a minha roupa. Desleixada e bagunçada, em peças que ficavam penduradas em mim, o cabelo desengonçado nas ondas naturais que não alisei depois do banho e quase nenhuma maquiagem.

Bem, a parte boa era que eu não atrairia nenhuma atenção indesejada. Isso era certo.

Atravessei o gramado, sentindo as folhas afiadas pinicarem meus tornozelos. O sol tinha se posto há uma hora, mas a umidade ainda estava no ar e minhas costas resfriaram subitamente na leve camada de suor que já as cobria.

A longa entrada de carros estava lotada — duas fileiras, cinco em cada — e a rua era um maldito estacionamento. Reconheci a maioria dos carros que tinha visto mais cedo. Diferentes marcas e modelos, algumas com pintura e design escandalosos, outros mais calmos, limpos e de aparência chique. Havia até carros parados no meio da alameda Fall Away, como se os moradores da vizinhança não fossem precisar da própria para dirigir hoje à noite.

Percebi que a garagem — que ficava do outro lado da casa — havia sido ampliada de dois para três veículos e a casa tinha sido pintada de branco, embora as persianas tivessem mudado de azul-marinho para preto.

Meus ouvidos adoraram a nova música que começou e eu realmente tinha reconhecido. *Heaven Knows*, de Pretty Reckless. Nik escutava bastante na faculdade.

As pessoas estavam espalhadas conforme eu caminhava para a varanda e passava pela porta aberta, tentando não pensar na última vez em que estive aqui.

Mas aí não consegui pensar em mais nada ao murchar imediatamente, olhando boquiaberta para o interior da casa.

Ai, meu Deus. Uau.

Mais do que o exterior tinha sido atualizado. Meus olhos foram para cima, para baixo e ao redor, absorvendo a pintura nova, que deixava a casa bem mais convidativa, e o carpete na sala que foi arrancado para revelar o piso de madeira brilhante. Tudo nos cômodos que consegui dar uma olhada foi adaptado para um solteiro e suas festas.

Três enormes telas planas estavam alinhadas na parede da sala de jogos, onde a mesa de bilhar ainda ficava. A mobília da sala de estar tinha sido substituída por sofás de couro e mais telas planas; quando olhei para os fundos da casa, também reparei em uma cozinha reformada.

"Muita coisa mudou, Juliet". A voz de Shane voltou para mim. É, dava para ver.

Katherine Trent — ou agora Katherine Caruthers — tinha uma bela casa anteriormente, mas isso era... bem, não sabia como descrever.

Demais? Generoso? Intenso. Definitivamente intenso.

Gostava das paredes vermelhas da sala, o azul-meia-noite na sala de jogos e o tom de cappuccino no saguão. Gostava das imagens em moldura preta de ameríndios usando cocares e joias nas paredes que levavam ao segundo andar; e, mesmo que sofás de couro preto geralmente me assustassem, aqueles da sala não eram vagabundos. Eram profundamente luxuosos e de aparência cara. Tudo parecia muito bem cuidado e limpo.

— K.C.?

Girei, ficando cara a cara com Liam.

E engoli a porra do meu chiclete.

Estremeci, sem nem tentar esconder o olhar na minha cara. Ver seus olhos de cachorrinho que caiu da mudança e expressão educada me deu uma vontade repentina de cuspir fogo na sua carinha idiota. É sério que isso estava acontecendo comigo agora mesmo?

Ele ficou parado na porta, de mãos dadas com a mesma ruiva que encontrei com ele na boate na semana passada. Ela usava um vestido preto sem alças e o cabelo era volumoso e sexy, caindo ao redor de seu rosto.

Ótimo. E eu escolhi logo hoje para ser rebelde na minha aparência. Balancei a cabeça para afastar a ironia.

Quando ele me traiu no ensino médio, eu o aceitei de volta. Burra. Senti que tinha feito algo de errado — algo para afastá-lo — e ele parecia verdadeiramente arrependido do que fez. Depois de ver como Jared tratou Tate na maior parte do tempo na escola, me senti grata por ter um namorado que me trazia flores quando eu estava doente e que aguentava o comportamento da minha mãe.

Quando o peguei me traindo de novo há algumas semanas, cheguei ao limite.

— Liam. — Suspirei, tentando parecer entediada. — Jax não te odeia? Por que você está aqui?

Seu rosto se desfez e foi a primeira vez que fiquei feliz por Jax desprezá-lo. Embora também estivesse insinuando que Jax concordava que eu estivesse aqui, o que poderia não ser verdade também.

— *Todo mundo* está aqui, K.C. — Liam colocou a outra mão no bolso. — Essa é a Megan, a propósito.

— Eu te aviso quando der a mínima para isso — murmurei.

Ele prosseguiu, me ignorando.

— Eu a trouxe para casa para conhecer meus pais. — *Não ligo*. — Vamos morar juntos, K.C.

Meus joelhos quase se dobraram e soltei uma risada de choque.

— Está brincando, né?

Megan arqueou a sobrancelha, parecendo insatisfeita por ter de tolerar a minha presença, e Liam estreitou os olhos, com certeza sem rir de mim.

Endireitei-me na hora.

— Uau, sinto muito.

— Oi? — Megan rebateu.

— Ah, sinto muito por antecedência. Para quando ele te trair — expliquei. — Acha mesmo que ele não vai?

Ela sorriu, parecendo presunçosa, como se soubesse algo que eu não sabia, e cruzei as mãos nas costas, passando o dedo pela cicatriz.

— Homens que não estão satisfeitos traem — provocou. — E, pelo que eu ouvi, você era bem insatisfatória.

Pasma, eu a assisti fingir colocar um pau na boca e engasgar.

Mal vi Liam lhe dar um olhar estranho. Tudo que consegui ouvir foi meu coração batendo nos ouvidos, seu sorriso pomposo jogando uma verdade na minha cara. Ela estava me imitando. Liam tinha dito a ela...

Não.

O cômodo estava cheio demais, e esfreguei os antebraços, tentando acalmar meus arrepios, mesmo com o rosto quente de vergonha. Eles ficaram lá, me encarando, e era minha vez de agir, mas tranquei a boca, procurando em meu arsenal mental, que estava em branco, pelo que eu deveria fazer na sequência.

CAINDO

Mas eu não tinha nada. Eu era insatisfatória. Era patética para ele. O que deveria fazer agora? O que deveria dizer?

Tate. Ela saberia o que responder.

— Você nem conseguia fazer um boquete decente, né? — Megan provocou.

Diga algo!

Arrepios surgiram em meus braços e me senti gelada, piscando devagar e com força. Era tanto frio.

Mas então uma onda de calor tocou minhas costas e eu ofeguei, minhas pálpebras vibrando com o súbito alívio de calor.

— Liam. — A voz de Jax o saudou, quando ele passou os braços pela minha cintura e me envolveu na fornalha quente que era sua pele.

— Jax — Liam murmurou, seu tom nada amigável. Abri os olhos e vi que os dele revezam entre mim e o homem que me abraçava, provavelmente se perguntando que droga estava acontecendo.

Inferno, nem eu sabia.

Olhando para baixo, vi as mesmas belas mãos e longos dedos de Jax, sujos de graxa, presos na frente da minha cintura. Ergui as mãos e agarrei seus antebraços que estão mais grossos do que da última vez em que o vi.

Não sabia por que ele tinha feito isso. Tudo que eu sabia era que não estava mais machucada, não estava sozinha, nem me sentindo uma idiota.

Ele entendeu meu movimento como um convite e me trouxe para mais perto do peito.

— Como vai? — perguntou para Liam.

— Bem — respondeu, ainda olhando entre mim e Jax com suspeita. — E você? — prosseguiu.

Notei que Megan estava encarando Jax acima da minha cabeça, o começo de um sorriso nos lábios.

— Bem — Jax devolveu, o tom monótono. — Mas sua nova namorada está sendo uma vadia e está me irritando. Se chatear K.C. de novo, ela vai cair fora.

Uma risada ofegante escapou do meu peito e levei a mão à boca. *Ai, meu Deus!*

Os olhos de Megan se acenderam e Liam apenas encarou Jax, negando com a cabeça, como se quisesse ir para cima dele.

Mas ele sabia que não deveria. Esta era a casa de Jax, sua festa, e Liam sabia que, se acabasse em briga, ninguém ficaria ao seu lado.

Calor se espalhou por meu rosto e abaixei os olhos, sabendo muito bem que eles estariam muito satisfeitos com o que estava acontecendo. Não era para eu gostar de um cara ficar me defendendo. Não deveria querer que Jax me protegesse. Eu mesma deveria fazer isso. Mas que droga é essa?

Liam olhou entre nós, depois pegou a mão de Megan, virou e foi embora.

Quando os dois desapareceram pela porta da frente, Jax abaixou os braços lentamente, as mãos passando pelos meus braços nus antes de seu toque desaparecer de uma vez. Não consegui evitar a decepção.

Estava com frio de novo.

Virando, dobrei os braços sobre o peito, fazendo uma cara séria. E forcei a repentina bola de golfe que se alojou na minha maldita garganta.

Merda.

Meus olhos costumavam estar na altura de seu pescoço, mas agora eu encarava a parede que era o seu peito. Seu tanquinho aparentemente forte e os ombros largos faziam com que me sentisse muito, muito pequena. Sem dúvidas do motivo de eu estar me sentindo tão quente há um minuto. Seu corpo seria como um cobertor para o meu.

E então meu estômago revirou, vendo que seus mamilos estavam perfurados.

Bem, aquilo definitivamente era novo.

Ele tinha dois barbells, um em cada furo, e subitamente senti como se estivesse em uma montanha-russa.

Fechei a cara, me perguntando por que não conseguia tirar os olhos dali. Não gostava de piercing de mamilos, então que droga era essa?

Forcei minha expressão a virar — assim eu esperava — uma leve carranca e finalmente olhei para cima.

O Inferno Azul arqueou a sobrancelha para mim e eu murchei. Nada tinha mudado. E mesmo assim tudo tinha mudado.

Enquanto eu estava fora, Jaxon Trent se tornou um homem.

CAPÍTULO TRÊS

K.C.

Apenas o seu cabelo estava igual. Ainda escuro, como café preto, mas com um brilho lindo. Seu rosto ainda era macio e sem barba, mas agora era mais angular com maçãs esculpidas, um nariz reto e fino e lábios cheios e moldados.

E suas sobrancelhas pretas e retas apenas enfatizavam os olhos mais azuis que um ser humano já teve. Dava para ver aquelas joias a cinquenta metros de distância.

Eu tinha certeza daquilo.

Ele estava sem camisa, é claro, e as marcas do seu abdômen e cintura fina eram difíceis de deixar de encarar. Mas eu olhava para longe, fechava a cara, dava uma olhadinha bem rápida, depois encarava de novo. Seus braços estavam bem maiores do que da última vez que os vi.

Ele era grande.

E tinha dezenove anos.

E era problemático.

E assustador.

Franzi as sobrancelhas o máximo que pude e voltei a encontrar seu olhar. Seus lábios estavam torcidos em um sorriso.

— Não se preocupe. Eu sei. — Suspirou, cortando-me antes que eu pudesse falar. — Você é uma mulher independente que pode lutar suas próprias batalhas, blá, blá, blá, etc, etc. Apenas diga obrigado.

Ah.

Ele achou que eu estava brava pela situação com Liam. Aquilo funcionava. Arqueei uma sobrancelha raivosa para aumentar o efeito, sem nem agradecer.

Ele sorriu, provavelmente se divertindo por eu tê-lo desafiado.

— Está procurando sua prima? — indagou.

Acenei.

— Vem cá. — E pegou minha mão.

A sujeira de carro em suas mãos se esfregou nas minhas e eu a segurei com firmeza, um sorriso que eu não deixaria sair coçando os cantos da minha boca.

Eu gostava da sensação. Arenosa, empoeirada, viva.

Tudo sempre foi muito limpo para mim. Em todos os momentos da minha vida, minhas unhas das mãos e dos pés estavam feitas, esfregadas. Minhas roupas sempre combinavam e minha maior decisão era se eu deveria usar as sapatilhas prateadas ou pretas.

Agora as mãos sujas de Jaxon Trent se fundiam com minhas palmas suadas e eu me perguntava como seria a sensação dele em todos os outros lugares do meu corpo.

Olhei ao nosso redor, vendo as pessoas nos encarando. Seus olhos visivelmente absorviam a visão de Jax segurando minha mão por trás de si, a ponto de um olhar confuso surgir em seus rostos. Algumas pessoas pareciam surpresas e outras poucas — a maioria mulheres — torciam os narizes e olhavam para longe, irritadas.

Apertei sua mão uma última vez — com força —, porque não queria soltar nunca e então arranquei a minha rapidamente. Jax só olhou para trás por um segundo, provavelmente para se certificar de que eu não tinha saído correndo.

— Isso é ridículo — murmurei, o seguindo pela cozinha. — Existe uma capacidade máxima em uma casa como eles têm para restaurantes e elevadores?

Jax me ignorou como se fosse uma pergunta retórica. Deslizamos pela multidão, dando um passo para o lado quando três caras apareceram na porta dos fundos.

— Shane vem aqui de vez em quando — comentou. — Mas não se preocupe. Ninguém mexe com ela.

— Nem você? — sugeri, o seguindo para o jardim dos fundos.

Por favor, diga que não transou com a minha prima. Por favor, por favor, por favor.

Ele continuou andando, virando a cabeça apenas de leve.

— Especialmente eu.

Exalei, tentando manter a calma e os pensamentos no lugar. Até olhar em volta. O jardim dos fundos era insano e não consegui deixar de ficar boquiaberta.

— Hm, eu... — Aquilo era uma jacuzzi? — Só vim para levar Shane para casa. A casa de Tate, quero dizer.

— Imaginei. — Não conseguia ver seu rosto, mas sabia que ele estava concordando. Seu rabo de cavalo subia e descia pelas costas. — Viu? — Virou e gesticulou pelo portão. — Ela está bem.

Mas eu mal tinha registrado minha prima sentada em uma cadeira de jardim, falando bem perto de outra garota.

— Mas que droga é essa? — explodi, meus olhos queimando por não piscarem.

Agora entendi o motivo de parecer que a casa de Tate estava tremendo. A festa na casa ao lado tinha se espalhado por seu jardim dos fundos.

— K.C.! — Shane sorriu, com os olhos cheios de mistério, sentada de pernas cruzadas. Notei que ela estava com um copo vermelho em uma das mãos, porém, para ser sincera, minha cabeça estava em outro lugar agora.

A antiga cerca de madeira que separava os dois jardins tinha sumido.

Foi substituída por uma parede maravilhosa de antigos tijolinhos vermelhos, que foram furados para deixar espacinhos por onde era possível olhar. A cada um metro de parede havia uma coluna de tijolos, com uma lâmpada em cima. Onde era preciso pular a antiga cerca de madeira, agora era apenas passar por um sólido portão de madeira para se aventurar no jardim vizinho. O que fazia dois espaços se tornarem um.

Aparentemente, Jax estava usando os dois jardins para a festa de hoje. Como eu não reparei na nova cerca quando cheguei aqui? E como não tinha reparado na festa que estava praticamente em cima de mim quando estava dentro da casa, trabalhando? E como Jax, que só tinha dezenove anos, conseguia tanto álcool? E como ele pagava por todas essas coisas?

Shane tinha voltado para a conversa que estava tendo com a garota, então a deixei lá e segui Jax para o jardim de Tate, até a variedade de peças de carro espalhadas em uma mesa dobrável. Vários homens estavam olhando o maquinário, inspecionando, separando as coisas, tanto faz.

Neguei com a cabeça, em transe.

— Jax, que droga é essa que você está fazendo aqui? — perguntei, baixinho.

Não era minha intenção soar tão nervosa ou acusatória, mas estava preocupada. Tudo isso custava dinheiro. Muito dinheiro.

Sabia que Jax era talentoso e inteligente, especialmente com computadores, então nunca duvidei que ele estivesse se saindo bem. Já o tinha ouvido dizer que a vida inteira de uma pessoa estava on-line e que dava para controlar ou ser vulnerável.

E não era preciso conhecer bem Jax para saber que ele gostava de controle.

Mas ter tudo isso? Tão jovem?

PENELOPE DOUGLAS

Ele pegou uma ferramenta e pareceu que iria continuar trabalhando no que tinha parado.

— Do que você está falando? — indagou.

Ele estava se fechando.

Jax nunca tinha confiado em mim. Nunca dei motivos para ele pensar que eu me importava, mas sabia que seu pai estava na prisão por abusar dele, sua mãe estava fora de alcance e ele tinha passado boa parte da vida no sistema. Até que seu meio-irmão, Jared, começou a ter um papel ativo em sua vida.

Logo depois, a mãe de Jared assumiu a custódia de Jax e eles têm sido uma família desde então.

Mas agora ela se casou, saiu da cidade e, pelo que parece, Jax estava sobrevivendo muito bem sozinho.

Percebendo que havia várias pessoas próximas em cadeiras de jardim, cheguei perto da mesa e falei baixinho:

— A casa foi reformada. Você tem vários aparelhos eletrônicos caros lá e carros que valem quase meio milhão de dólares na rua. Quem são essas pessoas?

As festas do irmão dele costumavam ter metade dos convidados. Certamente era bem menos impressionante, mas bem mais confortável do que este caos.

Jax largou a ferramenta, pegando uma chave Phillips.

— Os carros são dos meus amigos, não meus.

Fiquei lá parada, estudando-o.

Ele olhou para cima e travou os olhos nos meus, soltando um suspiro irritado.

— Ok, vou mais devagar, K.C. Primeiro, um *amigo* é alguém com quem você gosta de passar o tempo. Alguém com quem você é legal e que confia…

— Vai se ferrar — falei, bufando e dobrando os braços sobre o peito de novo.

— Ela foi presa — uma garota ao lado riu — e ainda pensa que é superior.

Que droga é essa?

Perdi o ar, ouvindo as pessoas rirem e bufarem ao redor daquela área, todos reagindo ao que ela disse.

Todo mundo sabia?

— Temos uma reclamação de barulho!

Pulei, me virando para ver dois policiais uniformizados parados no portão aberto.

A conversa terminou e todo mundo ergueu a cabeça, encarando os dois homens vestidos de preto.

Engoli o nó na minha garganta e senti o suor na minha testa. Shane e eu éramos menores em uma festa com álcool. Minha mãe me deserdaria se recebesse outra ligação da polícia.

Ou talvez eles apenas acabassem com a festa. Hmmm... funcionaria para mim. Shane estaria segura e eu, fora de problemas.

— Ei — Jax saudou e então voltou ao trabalho.

Estreitei os olhos, vendo seus longos dedos trabalhando.

— Okay, podem voltar à festa. — Um dos policiais acenou para todos, rindo de sua própria piada, e os outros seguiram, rindo e iniciando as conversas de novo.

— Ei, cara. — O mesmo policial que tinha acabado de falar veio até a mesa e apertou a mão de Jax. — Trouxe Tim para ver Evo. — Apontou o polegar para o policial de aparência mais jovem atrás de si.

Jax falou levemente, apontando com o queixo.

— Na garagem. Vai lá.

Os policiais saíram, agindo como se não percebessem os menores bebendo, a rua lotada que deveria ser um risco em casos de incêndio e a enorme quantidade de barulho que vinha da casa.

Virei para Jax, completa e totalmente confusa.

— O que está acontecendo?

"Muita coisa mudou, Juliet."

Ah, jura, pensei. Jared recebeu uma multa ou duas por reclamações de barulho em suas festas. Por que Jax não recebeu?

Parou o que estava fazendo e inclinou a cabeça, me analisando. Seu olhar desceu por meu corpo, pela regata rosa e os shorts cortados de Tate. Sentindo-me autoconsciente na hora, prendi o cabelo por trás da orelha e enfiei as mãos nos bolsos, afastando o olhar de seu escrutínio.

Mas então prendi a respiração quando Jax se esticou e tirou meu cabelo de detrás da orelha.

— Estava perfeito antes. — Sua voz soou rouca, como se a boca estivesse seca.

Ele sustentou meu olhar e me senti sobrecarregada por sua presença. Queria que ele não me olhasse. Queria que não me tocasse. Queria que não me deixasse de joelhos toda vez que estávamos perto um do outro.

Abaixando as ferramentas, falou alto.

— Saiam todos daqui por um momento. Vão pegar outra bebida.

Assisti todos os caras deixarem seus brinquedos, outros se erguerem das cadeiras, arrastando os pés no chão de tijolos. Olhando para cima, vi Shane me observar ao sair, as sobrancelhas erguidas e lambendo os lábios para esconder um sorriso.

O que significava aquilo?

Virei para ir embora também, mas Jax pegou meu braço.

— Fica.

Ele me soltou e girou, vindo ficar na minha frente e então se apoiando na mesa ao falar.

— Lembra quando a gente se conheceu? — Sua voz suave me lembrava chocolate. — Eu te disse que era velho o bastante para te desmontar. Lembra disso?

Engoli em seco e olhei para longe. Sim, lembrava. Repassei aquela conversa várias vezes na cabeça.

E também como seus olhos me comeram naquela noite. Como ele queria me dar carona para casa. Como ignorei as ligações de Liam e dormi pensando no novo garoto na cidade. Meu corpo esquentava ao pensar naquilo. Foi a primeira vez que dormi pelada.

Ele me deu um sorriso gentil e olhou para baixo.

— Cara, eu queria te desmontar, K.C. — sussurrou, e então me olhou direto nos olhos. — Queria muito estar dentro de você.

Não.

Recuei, mas ele pegou minha mão, me segurando.

Por favor, não faça isso.

Ele acariciou meus dedos com o polegar e meus olhos vibraram com o formigamento que se espalhava em meu braço. Sua voz macia, seu toque, sua gentileza...

Ele mal sussurrou e meu coração doeu, batendo muito forte.

— Queria te fazer gozar com tanta força que você perderia esse sorrisinho de escárnio para sempre — falou, suave. — Queria provar o quanto você estava molhada por mim. Te queria debaixo de mim, se contorcendo, suando e implorando.

Fechei os olhos, meu peito apertado. *Se contorcendo. Suando.* Aquela não era eu. Nunca daria prazer a ele.

Jax continuou, ficando de pé e movendo-se até ficar rente ao meu peito.

— Eu costumava fantasiar em te prender contra os armários da escola e correr a mão pela parte interna da sua coxa, ouvindo você gemer.

Meus joelhos tremeram, prestes a cederem, e senti o calor entre as minhas pernas. Ele precisava parar.

— Queria sua boca na minha — sussurrou, seu hálito roçando minha testa. — E suas pernas em volta da minha cintura enquanto você me cavalgava. — *Ai, meu Deus.* — Cara, eu te queria, K.C. Queria te desfazer. — Seus lábios estavam tão próximos do meu rosto que eu podia sentir a umidade da sua respiração enquanto sussurrava: — Eu queria te sujar.

Ele agarrou meus punhos, e eu ofeguei antes de fechar a boca novamente. Suas mãos pegavam fogo no meu corpo e minha respiração ficou trêmula quando ele se inclinou, quase tocando meus lábios.

— Mas então eu te conheci. — Sua voz ficou mais dura e cortante e meus punhos doíam onde ele apertou. — Você é medrosa, frouxa e eu nunca conheci ninguém tão desesperada para fugir de si mesma.

Ele puxou meu pulso entre nós, virando o interior para mostrar a cicatriz de cinco centímetros. Passando o polegar sobre ela, fechou a cara para mim, parecendo enojado.

Lágrimas queimaram meus olhos.

Ele sabia. Como ele sabia?

Pressionando os dentes um no outro a ponto de doer, olhei para ele, soltando a mão de seu aperto.

Andando para trás, afastei as lágrimas e endureci a mandíbula, determinada a não mostrar minha derrota a ele.

E ao sair dali, passando pela casa de Jax, nem mesmo diminuí o ritmo ao pegar uma bebida abandonada na mesa da cozinha e jogar em um amplificador antes de ir embora. Vagamente ouvi um zumbido, estática enchendo o cômodo com a minha partida.

CAPÍTULO QUATRO

K.C.

Sentei na beira da cama de Tate na manhã seguinte, passando o polegar para frente e para trás na cicatriz irregular da parte interna do meu punho, que estava no meu colo. Era longa, fina e na diagonal, porém bem escondida.

Medrosa e frouxa. Neguei com a cabeça devagar, sentindo uma lágrima fria pousar em meu braço.

Jaxon Trent era um babaca.

Todo mundo pensava que me entendia. Jax, Jared, Madoc, Liam, minha mãe… todo mundo.

Todo mundo, menos Tate e Shane. Elas eram a única família que eu realmente tinha, porque eram as únicas que sabiam de tudo.

"Nunca conheci ninguém tão desesperada para fugir de si mesma."

Coloquei o longo cabelo por trás da orelha e funguei. Ele estava certo sobre isso. Imediatamente a memória me atingiu, como se tivesse acontecido ontem.

— *Katherina, venha aqui* — *meu pai chamou. Estava sentado perto da janela, usando calças azuis e um roupão.*

Mastiguei as unhas, encarando a minha mãe, assustada. Mas ela não me olhava. Por que ela não me olhava?

Eu tinha quatro anos e eles não me diziam o que estava errado, mesmo que eu continuasse perguntando. Tudo que eu sabia era que meu pai não podia mais morar em casa. Seu cabelo estava bagunçado e ele nunca teve barba antes.

— *Katherina.* — *Acenou com a mão para mim, querendo que eu fosse.*

— *Papai, sou a Juliet* — *murmurei, e minha mãe beliscou minhas costas.*

Vi o rosto do meu pai parecer triste e abaixei as mãos, porque queria que ele me amasse.

— Só estou brincando. — Sorri o máximo que pude. — Sou Katherina.

E corri para a segurança e o amor dos braços do meu pai, segurando apertado, embora ele pensasse que eu era minha irmã.

Não conseguia acreditar, e odiava admitir, mas o babaca estava certo. Eu não era minha irmã morta, Katherina, e, pior ainda, eu nem sabia mais quem era Juliet. Eu mal existia.

De que sorvete K.C. gostava? Porque eu só comia aquele, para não confundir os delírios de felicidade do meu pai. Eu tinha que usar Mary Janes para ir à igreja todo domingo, só porque eram os sapatos favoritos da K.C.? Odiava Mary Janes, mas não, era para eu gostar, então decidi apenas que gostava e esqueci que odiava. O que eu queria ser quando crescesse? Ou, espera. O que K.C. queria ser? Porque o papai gostava de falar sobre isso com ela e eu tentava não chateá-lo.

Na morte, minha irmã era perfeita. Ela nunca roía as unhas, tinha mal comportamento ou ouvia músicas ruins. Ela era bonita, perfeita e viva. Era Juliet que estava morta.

Arrastei-me, em transe, não dormi quase nada na noite anterior, e tirei os shorts e camisa do pijama, entrando no banheiro. Liguei o chuveiro e entrei, meus membros pesados se movendo só o que precisavam, sobrecarregados com a porra da derrota.

Medrosa e frouxa.

Joguei a cabeça para trás e estremeci quando a água quente derramou um calor bem-vindo por toda a minha pele. O clima do lado de fora estava quente e molhado, e mantive a temperatura do lado de dentro em 26°C, sem querer aumentar a conta de luz dos Brandt no meu período ali. Porém, embora parecesse que eu estava constantemente secando suor da testa, queria que ficasse mais quente. Abri a torneira, aumentando a temperatura de agradável para fervendo, e não me importei se era demais. Eu não estava mais com frio.

"... se contorcendo, suando e implorando."

Inclinei a cabeça, apoiando-a na parede do banheiro, e fechei os olhos.

"Queria provar o quanto você estava molhada por mim."

Chupando o lábio inferior, senti a piscina de fogo entre as pernas e minha cabeça caiu, como se estivesse flutuando.

Poderia ser o calor do chuveiro. Ou a memória da sua respiração no meu rosto. Sempre tinha cheiro de maçã, peras e chuva.

Como o verão. Como o hálito de alguém poderia ter cheiro de verão?

Eu costumava fantasiar em te prender contra os armários da escola...

Passando as mãos por dentro da coxa molhada, o desejo era inegável. Deveria tê-lo deixado me comer no ensino médio, mas tive medo de que ele destruísse a minha vida. Estava com medo de ele me confundir. E aqui estava eu, tão confusa quanto antes, e deveria tê-lo deixado me comer. Dez vezes por dia, quando quisesse, porque, pelo menos, eu seria Juliet de novo e teria sentido alguma coisa.

Levei as mãos entre as pernas e corri o dedo médio ao longo da minha fenda, rolando os quadris na mão.

Ai, Deus, aquilo era bom. Respirei fundo, esfregando a mão mais rápido.

Eu era grata pelo menos por uma das coisas que minha mãe tinha me encorajado. Cera. Optei por tirar tudo. Eu amava, e me perguntava se Jax gostaria daquele tipo de coisa. Meus dedos esfregavam contra a pele macia e a pressão crescia na minha barriga pelo prazer da pele contra pele.

Meus dedos deslizaram para dentro das dobras, e estendi a outra mão para segurar meu seio, querendo que fosse as dele me apertando, me amassando, sua língua girando na minha boceta.

Merda. Acabei de dizer "boceta".

Eu nunca dizia palavras como aquela, mas Nik usava constantemente e, de certa forma, não parecia fora de lugar falar agora.

Gemi, girando os dedos ao redor do clitóris, sentindo a pulsação dura como uma arma automática. Eu o queria.

A língua de Jax em mim, o jato quente do chuveiro encharcando seu corpo em gotas brilhantes. Queria lamber todas elas.

Mas ele estava fazendo toda a ação no momento. Sua língua saiu para lamber meu quadril, meu estômago, depois parou beijando meus seios antes de ficar de pé. Agarrando-me por trás do cabelo, olhou-me nos olhos e sussurrou na minha boca:

Quero suas pernas em volta da minha cintura enquanto você me cavalga.

— Ai, meu Deus — gritei, esfregando meu clitóris mais e mais rápido. — Sim.

Eu estava latejando, pegando fogo, e queria o que nunca quis com

Liam. Deixando o chuveiro aberto, saí de lá e disparei para o quarto, molhando o tapete todo. Abrindo a gaveta da mesinha de cabeceira, tirei o vibrador e caí na cama, de costas.

Abrindo as pernas, girei o botão o máximo que dava e ouvi o zumbido ficar cada vez mais alto. Passando a cabeça ao redor do meu clitóris, engasguei com as ondas de prazer preenchendo minha barriga.

Puta merda!

Comecei a sentir ondinhas rolando pela minha barriga. Meus olhos tremularam e se fecharam e arqueei as costas na cama, querendo mais, precisando de mais.

Ai, Deus.

Passando o vibrador na minha entrada, mordi o lábio inferior. As vibrações eram tentadoras e boas demais.

— Ah. — Gemi, sentindo os tremores dentro do meu corpo.

"Eu queria te sujar."

— Jax. — Minha voz tremeu enquanto eu bombeava o pênis ao redor da minha entrada, sem penetrar, apenas massageando e provocando. Minhas pernas tremiam de prazer pelo que estava acontecendo dentro de mim.

— Ai, Deus! — gritei, abrindo mais as minhas pernas.

Calor exalou de mim e quis mais aquilo do que já quis qualquer coisa. As profundas vibrações pulsavam em zumbidos rápidos dentro do meu útero.

Ai, Deus. Mais rápido, mais rápido, mais rápido.

Arqueei as costas e movi o brinquedo para cima e ao redor, de uma maneira cada vez mais áspera, massageando meu clitóris.

— Ai, Deus. Porra! — gritei, tremendo e puxando o ar, o ciclone entre as minhas pernas me atravessando. — Sim!

Gozei, ofegante e gemendo, e agarrei em um punho o cabelo na parte de trás da minha cabeça.

Meus braços doíam de exaustão e lentamente relaxei os olhos, que estavam apertados.

Jesus. Pisquei, vendo o teto branco entrar em foco.

O que eu acabei de fazer?

— Sabe, se você puder falar comigo em algum momento no nosso breve futuro, seria óóótimo, está bem? — Shane imitou o cara de *Como enlouquecer seu chefe*, ao me seguir pelos corredores da escola na segunda.

— Por que mesmo você está aqui? — indaguei, soando tão irritada como me sentia. Eram oito em ponto da manhã no meu primeiro dia de mentoria, mas Shane estava em suas férias de verão, sem motivo para estar aqui além de ser uma pedra no meu sapato.

— Estou fazendo a transição da nova chefe das líderes de torcida. — Sorriu. — Vou passar bastante tempo aqui. — Arqueou uma sobrancelha, com sarcasmo, que era para ser uma ameaça, quando finalmente notei o short de spandex e o sutiã esportivo que estava usando.

Argh. *Droga. Droga, droga, droga, droga.* Pensei que estaria segura na escola, pelo menos.

Desde a festa na última quinta, ela estava atrás de mim para que eu contasse o que tinha acontecido com Jax.

Sem comentários.

Eu me tranquei, me preparando para a mentoria, e passei os dias restantes de liberdade na academia ou deitada pegando um bronzeado no jardim de trás, embora aquilo fosse desconfortável, já que a parede de tijolos facilitava ver através dela. Jax apareceu lá no jardim dele ontem e imediatamente colocou os amigos de volta para casa quando interromperam meu bronze. Não que Jax fizesse algo para me deixar confortável, mas eu estava agradecida, mesmo que tenha me levantado na hora e entrado também.

Por sorte, foi a única vez que o vi também. Ouvi seu carro pela manhã e no meio da noite, entrando e saindo em horários estranhos, mas a coisa era essa. Eram entradas e saídas *constantes*. O cara praticamente não ficava parado e, quando chegava em casa, dava as costas e saía minutos depois.

Resisti ao impulso de espiar pelas janelas e andei evitando Shane e as mensagens de Tate e da minha colega de quarto, Nik.

— Olha — falei, agarrando a maçaneta do laboratório de química —, desculpa ter te evitado. Estou nervosa, ok? — E aquilo era verdade. Eu estava praticamente estrangulando a alça da bolsa de Tate. — Só me dê alguns dias para me ajustar. Podemos jantar na quarta à noite. Que tal?

Shane torceu os lábios carnudos para o lado, parecendo não gostar, mas não pude evitar. As palavras de ódio de Jax na outra noite ainda flutuavam pela minha mente, um sussurro sempre presente, e, para piorar, eu tinha me masturbado pensando nele no dia seguinte. Sério?

Nesse momento, uma bela caminhada prolongada com o iPod de Tate parecia o paraíso. De verdade, era a única companhia que eu precisava.

— Tudo bem. — Sua resposta murmurada tirou um pouco do peso em meus ombros. — Quer uma carona para casa? Termino às onze. Vou ficar por aqui — ofereceu.

— Não. — Neguei com a cabeça e sorri. — Estou gostando das caminhadas. — Era mais como se estivesse ansiosa por elas.

Ela me deu um sorriso brincalhão, seus olhos ainda divertidos.

— Mas está tão quente. É sério?

— Gosto do calor.

— Gosta? — Seus olhos brilharam com malícia e ela recuou de costas, se afastando.

Eu sorri. É, acho que era estranho. No começo, pensei que viver em Phoenix fosse me acostumar com as altas temperaturas, mas Shelburne Falls tinha um tipo diferente de calor. A espessura do ar saturado deixava tudo com uma sensação de umidade. Era molhado e deixava cada poro da minha pele sensível e consciente. Eu estava constantemente ciente do jeito como a bainha da minha saia coral roçava nas minhas coxas e do calor que emanava do meu peito e fazia a camisa grudar na pele. Minha nuca já estava ensopada e, embora estivesse feliz por ter vestido uma blusa leve branca sem mangas, queria ter deixado o cabelo preso em vez de solto. Jogando-o por cima de um dos ombros para ficar sobre o peito, girei a maçaneta e entrei na sala.

O cheiro me atingiu na mesma hora, me fazendo parar. Não vinha a uma sala de aula dessa escola há dois anos e o cheiro me trouxe memórias agridoces. A escola inteira tinha o mesmo cheiro. Bolas de basquete e cartolina. Inalei, subitamente me sentindo sozinha, mas em casa. Não tinha nada da época em que estive aqui pela primeira vez. Sem namorado. Sem melhor amiga. Mas foi aqui a última vez que estive feliz.

— Oi, senhorita Penley — falei na hora, tentando parecer menos nervosa do que estava.

— K.C.! — Sorriu um daqueles sorrisos em que se pode ver ambas as fileiras de dentes. — Ouvir que você viria me ajudar fez o meu dia.

Acenei, olhando em volta do laboratório quase vazio. Poucos alunos — ou possíveis mentores, julgando pelo fato que tinham pastas como a minha — estavam sentados em mesas ao redor da sala.

Era estranho ver a senhorita Penley aqui, já que literatura e classes de escrita eram ministradas sempre em uma sala tradicional. Esta aqui fazia minhas pernas endurecerem de medo, enquanto a dela fazia meus dedos se enrolarem com o conforto. O laboratório de química era o lugar de que eu menos gostava, porque odiava ciências. Felizmente, eu tinha Tate para me ajudar a passar naquelas matérias.

— Bem. — Dei de ombros. — Só espero poder ajudar.

Ela acenou com a mão, me dispensando.

— Vai ficar tudo bem — garantiu. — Vou ficar na sala e aqueles são os outros quatro mentores que ficarão aqui também. É por isso que estamos no laboratório. Bastante espaço.

Acenei, aquilo finalmente fazendo sentido.

Ela continuou falando e organizando os arquivos na mesa:

— Você vai ficar em uma mesa com quatro alunos. Passaremos a primeira meia hora, ou algo assim, revisando o básico: organizando ideias, a principal e os detalhes de apoio, depois o processo de revisão. A maioria desses alunos ainda precisa de muita prática na formação das teses. Você já tem as anotações sobre eles. — Parou para me olhar. — Quando nos dividirmos em grupos, quero que cada um deles compartilhe um parágrafo e discuta como poderiam melhorá-lo. Simplesmente quero que analisem o trabalho de hoje e quero que vejam como está o deles em relação ao dos outros.

Aquilo parecia bem fácil.

— Entendi.

Analisando a sala de novo, percebi que todos os mentores estavam sozinhos, então fui até uma mesa vazia e esvaziei a bolsa. Olhei para o relógio perto da porta e comecei a contar as três horas e cinquenta minutos até poder ir embora. Tinha duas sessões, cada uma com uma hora e quarenta e cinco, com quatro alunos em cada. Alguns vinham para outras mentorias, então trocavam entre física, inglês ou qualquer das aulas de matemática que precisassem. E, como a cereja no topo do bolo, tínhamos todos nossa pausa de quinze minutos para um lanche ou navegar no Facebook.

Um dos mentores — acho que seu nome era Simon, se me lembro corretamente de quando estudamos juntos — sorriu para mim e acenei de volta como cumprimento.

Os alunos chegaram, a maioria deles depois do horário inicial das oito e quinze, e deixei meus olhos vagarem conforme cada um tomava seu assento. Reconheci alguns, mas não conhecia nenhum deles. Estavam terminando o ano de calouros quando me formei.

Eu parecia assim tão jovem há apenas dois anos? Usava tanta maquiagem?

Quando a senhorita Penley começou a explicação, mostrando exemplos no projetor do que seriam trabalhos excelentes, notei que quase nenhum deles prestava atenção.

Isso deveria ser difícil para ela. Alguns dos alunos claramente não ligavam. Secretamente, jogavam no celular por baixo da mesa. Sussurravam uns com os outros, ignorando Penley. Rabiscavam nos cadernos.

E me lembrei de que aquilo era o que eu fazia nas aulas de ciências no ensino médio. Não era que eu não me importasse. Só fiquei cansada daquela batalha.

Então parei de tentar. Fiz o suficiente e nada além.

Agora queria ter tentado um pouco mais e não tinha tanto medo de me expor. Talvez, se tivesse buscado novas experiências, saberia o que queria fazer com a minha vida. No momento, minhas opções pareciam limitadas, porque me segurei no ensino médio e estava há dois anos tendo aulas de Ciências Políticas na faculdade para jogá-las fora.

Queria que aqueles alunos soubessem que sua educação daria escolhas a eles. Era um momento valioso.

Penley encerrou a aula e direcionou os alunos para os seus mentores. Fiquei onde estava, apoiando os cotovelos na mesa e forçando um sorriso relaxado quando um garoto e três garotas vieram se sentar.

— Oi, eu sou a K.C. — cumprimentei.

O garoto ergueu o indicador, mas não fez contato visual.

— Jake. — E escondeu o rosto nas mãos, bocejando alto.

Jake pode estar drogado.

Olhei ao redor da mesa para as três garotas. Conhecia uma delas. A irmã mais nova de alguma amiga do ensino médio com quem não tinha contato. As outras duas eram desconhecidas, mas as três me olhavam como se eu fosse um cabelo na sopa delas.

Aquilo era algo que não me deixava nervosa. Eu não tinha problemas para enfrentar mulheres da minha geração.

Continuei encarando-as, erguendo a sobrancelha em expectativa.

A de cabelo escuro finalmente falou.

— Sou Ana. Essas são Christa e Sydney.

Sydney eu conhecia. Sua irmã era um doce. Mas ela parecia uma merdinha.

Tinha um longo cabelo ruivo repartido de lado, caindo em grandes e volumosos cachos por suas costas e sobre o peito. Seus olhos castanhos deslumbrantes realçavam a tonalidade do seu cabelo, e a maquiagem e as unhas eram perfeitas.

A bela tez asiática de Ana brilhava, e seu longo cabelo preto brilhante era perfeito, assim como os olhos escuros.

Christa tinha um cabelo loiro em um corte bob pontudo. Embora fosse a mais apagadinha do grupo, eu sabia por conhecer Tate que aquelas eram quem normalmente mostravam sua grandiosidade mais tarde.

Todas as meninas estavam vestidas iguais. Shorts e regatas.

Sorri, calma.

— Prazer em conhecer todos vocês. — Peguei suas papeladas, que eram redações que escreveram no final do ano letivo, incluindo esboços e rascunhos, e entreguei a eles mesmos. — Cada um deve compartilhar um parágrafo para discutirmos que melhorias podemos fazer. Quem gostaria de ir primeiro.

Ninguém se manifestou. Jake estava sentado ao meu lado, parecendo pronto para dormir. Ana olhou para longe, Christa e Sydney me deram um sorriso afetado, me desafiando.

— Alguém? — indaguei, um sorriso pinicando meu rosto. Lembrei-me das minhas aulas, em que ninguém era voluntário. Agora eu sabia como era ser professor.

Ergui as mãos.

— Posso ler se alguém quiser me dar a redação. Dessa vez.

Jake enfiou a sua na minha cara, ainda sem fazer contato visual.

— Obrigada, Jake. — Alívio me encheu. Limpei a garganta, lendo em voz alta. — O que você faz quando está com fome? Pode ir em um *drive--through* ou passar em uma loja. Para oitocentos e quarenta e dois milhões de pessoas no mundo, eles não conseguem comida assim tão fácil. — Limpei a garganta de novo, ouvindo as garotas à minha frente rirem. — É um bom parágrafo de abertura. — Acenei, mantendo a voz leve e olhando para Jake, mesmo que ele não me encarasse. — Fazer uma pergunta logo de cara é uma boa forma de prender o leitor. E gostei da sua voz.

— Ele mal falou desde que nos sentamos — Sydney provocou. — Como você pode ter gostado da voz dele?

— Estou falando do tom que surge na escrita dele — expliquei, como se ela já não soubesse. — Expressões como "passar em uma loja", quando a maioria das pessoas teria dito "ir a uma loja" ou "dirigir até uma loja". Essa é a voz dele. Faz a escrita soar natural.

Reparei, pelo canto do olho, que Jake me olhava. Virei para ele, querendo ser o mais gentil possível. A verdade era que ele precisava de muito trabalho. Sua escolha de palavras era chata e ele usava adjetivos no lugar de advérbios, e suas frases fluíam como lama.

Mas eu não jogaria tudo aquilo em cima dele hoje.

— Duas sugestões: a estatística que você escreveu não foi creditada. Os leitores não saberão de onde você tirou aquela informação e não vão confiar se não disser qual foi o site, artigo ou texto a que está se referindo.

— "A que está se referindo" — Sydney imitou e o papel amassou na minha mão.

— Algum problema? — indaguei, rebatendo-a.

Ela rolou os olhos e sussurrou algo para Christa.

— Outra coisa — continuei, tentando ignorá-la —, há certa linguagem passivo-agressiva aq-qui — gaguejei, notando Christa rindo por trás da mão e Sydney roubando olhares para mim. — Você pode querer dar uma apimentada — tentei continuar com Jake — ao dizer… — E então as três garotas riram juntas, e eu parei.

— O que foi? — Tentei manter a voz baixa.

As garotas abaixaram as mãos e dobraram os lábios entre os dentes para esconder os sorrisos. Christa suspirou, simpática.

— Só não tenho certeza por que nossa mentora é alguém que já foi presa. *Filha da…*

Estreitei os olhos e sentei direito. Como elas sabiam? Minha mãe definitivamente não disse a ninguém. E o diretor Masters certamente também não. Que droga era essa?

— Tudo certo por aqui? — Penley circulou por nossa mesa.

Meu peito abaixou em um suspiro forte.

— Você pode querer dizer: "Para oitocentos e quarenta e dois milhões de pessoas no mundo" — continuei, focando em Jake — "a solução para a fome se prova mais difícil". Usar palavras como os pronomes "eu", "você" e "ele" e derivados deixa o texto fraco, então tentamos usar formas mais impessoais para deixar melhor. Entende?

Penley se moveu para a próxima mesa, e olhei ao redor da minha, vendo que todas as garotas estavam concentradas em algo do lado de fora da janela.

Jake deu de ombros.

— Acho que sim. Tenho que voltar e escrever a coisa toda?

Neguei com a cabeça, sorrindo.

— Hoje não.

— Ai, meu Deus! — Christa deu pulinhos na cadeira e se inclinou no balcão embaixo da janela, espiando. — Ele tirou a camisa! — sussurrou para as amigas.

Elas saíram da cadeira, Ana quase caindo no processo, e correram para a janela, dando risadinhas.

Neguei com a cabeça, me divertindo, para ser honesta. Meio que sentia falta de ser doida por garotos.

Sydney virou para as amigas.

— Minha irmã disse que ele é ainda melhor sem as calças.

Uma delas pulou para cima e para baixo, a outra choramingou.

Eu me perguntava de quem as duas estavam falando, e então me lembrei de que o diretor Masters comentou sobre o time de lacrosse praticar todos os dias.

Andando até a janela, parei ao lado das garotas e olhei para fora.

Meus ombros afundaram e eu rosnei. *Pooorra*. Meu coração subitamente parecia ser grande demais para minha caixa torácica ao assistir um Jaxon Trent seminu correndo ao redor do campo, todos os outros vindo atrás com garrafas de água.

— Caramba, ele é um gostoso — Ana sussurrou, arrumando o cabelo, como se Jax pudesse mesmo vê-la. Tive vontade de puxá-la pelo colarinho e fazê-la se sentar. Ele não era um pedaço de carne.

Mas engoli a vontade. Olhando lá para fora, observei Jax e o restante do time pegarem seus Gatorades e se jogarem na grama, o suor no peito deles brilhando com os raivosos raios de sol. Seu cabelo estava molhado e ele usava shorts pretos longos como um profissional. Fechei a boca antes que *eu* gemesse.

Ele ficou lá sentado, sorrindo e conversando com um colega de time, e amei que, mesmo daqui, podia ver seus olhos azuis de parar o coração.

Parecia não perceber que três adolescentes estavam olhando para ele antes de cair de costas, descansando.

— Garotas — engasguei, minha boca seca demais. — Temos trabalho a fazer. Vocês estão aqui por algum motivo. E eu estou aqui para ajudar. — Estiquei o braço, gesticulando para que voltassem à mesa.

Mas Sydney não se mexeu.

— Não, você está aqui porque é uma fodida também — devolveu. — Vamos ao banheiro.

E assisti as três pegarem as bolsas e saírem. Franzindo a testa para o relógio, cerrei os dentes, percebendo que ainda faltavam três horas.

Por sorte, a segunda sessão foi mais tranquila. Depois que Jake e as garotas saíram, peguei um grupo de três garotos e relaxei na hora, percebendo que eles eram bem mais fáceis. Os caras sempre queriam fazer o que fosse pedido para você calar a boca. Não havia argumentação, maldade ou conversinha. Além de um pouquinho de flerte, o único problema era o desinteresse.

Seria um verão longo pra caramba.

Ao meio-dia, todos os alunos saíram da sala para aproveitar o restante do dia de verão e finalmente coloquei a mão na bolsa para olhar o telefone.

Quatro mensagens. Não, cinco.

> Tate: Jax não está feliz! Você explodiu o alto-falante dele? HAHA

Ótimo. Falei horrores no ouvido dela por cortar a luz de Jared para encerrar uma de suas festas. Nunca deixaria de ser zoada por isso. Outra de Tate.

> Tate: Só um aviso. Jared vai te ligar quando tiver tempo. Precisa te perguntar alguma coisa.

Hmm… okay.

> Nik: Tédio. Tédioooo. Como você está?

Ri baixinho, sentindo falta da minha amiga. Estava prestes a ligar para ela, mas decidi olhar as outras mensagens primeiro.

> Mãe: Precisamos nos encontrar para almoçar esta semana. Ligue hoje à noite.

Almoçar? Peguei a bolsa, jogando por cima do ombro, e saí da sala, encarando o telefone. Por que minha mãe queria almoçar?

Quando arrumei problemas, ela não fez nada para me ajudar. Falou comigo só o sufuciente para me avisar que não me deixaria ficar em casa para completar meu serviço comunitário. Eu me senti sozinha e abandonada.

Agora, um pavor se instalou na minha barriga com o peso de uma tonelada de tijolos, e a última coisa que eu queria fazer era ligar para ela.

Olhando a última mensagem, parei no meio do corredor.

> Liam: Jax veio para cima de mim ontem à noite. Mantenha seu novo namorado longe de mim ou eu vou na polícia!!

Oi?

Abaixei o braço e fiquei parada no meio do corredor, provavelmente parecendo tão confusa quanto me sentia. Levantando o telefone, li a mensagem de novo.

Jax foi para cima de Liam?

Por quê? E por que Liam estava reclamando comigo sobre isso?

Pegando o telefone, neguei com a cabeça. Tanto faz. Era problema deles. Não meu.

Se Jax queria agir como criança, era com ele. Se Liam queria que a polícia risse na cara dele, já que obviamente comiam na palma da mão de Jax, então que seja.

Largando o telefone na bolsa, agarrei o iPod, colocando *Cruel Summer*, de Bananarama, e desci apressada as escadas e o corredor que dava nos fundos da escola. Sair por ali era um atalho para casa e, já que eu já estava brava, achei melhor voltar para lá e me arrumar para a aula de kickboxing, que seria uma da tarde.

Mas olhando pelo corredor, eu parei, vendo corpos passarem correndo por uma das portas. Arranquei os fones de ouvido.

— Anda, anda! — uma delas sussurrou, mas era tão alto que deu para ouvir a metros de distância.

E mesmo naquele borrão de shorts curtos e regatas, eu ainda reconheci as garotas.

Christa, Sydney e Ana.

— Ei, tudo bem com vocês? — Fui até a porta fechada, pela qual Sydney tinha acabado de desaparecer, e vi a placa que dizia "esportes".

Ana e Christa tinham girado e agora me encaravam de olhos arregalados, o rubor por terem sido pegas dando um tom vermelho ao seus rostos. Sorri.

— Não sou professora. Relaxem.

E elas apertaram os lábios, tentando esconder os sorrisos, e trocaram olhares furtivos uma para a outra.

— Cadê a Sydney? — arrisquei, sabendo muito bem que ela tinha passado pela porta.

A placa não proibia nenhum gênero específico, mas eu sabia que as aulas de monitoria tinham acabado. As garotas não deveriam estar zanzando pela escola.

— Ela… — Christa começou, mas Ana deu uma cotovelada nela.

— Ela…? — pressionei.

Quando nenhuma das duas se manifestou, virei-me para sair.

— Acho que a senhorita Penley ainda está aqui…

— Ela está na sala de musculação — Ana cuspiu.

Girei de novo, estreitando os olhos.

— Fazendo o quê?

As duas deram um sorrisinho, evitando contato visual.

— Jaxon Trent — Christa brincou.

Congelei. A suavidade em meu rosto endureceu até virar aço.

— Vão para o estacionamento — ordenei. — Vou mandá-la para lá. — Quando não se mexeram, perdi a calma. — Agora! — exclamei.

Elas cobriram os sorrisos com as mãos e contornaram meu corpo imóvel, retornando ao corredor.

Passando pela placa de "esportes", cruzei o corredor escuro de carpete, com escritórios à esquerda e à direita. Treinador Burns, do time de futebol americano e professor de história. Treinador McNally, tênis feminino e futebol, que também ensinava educação no trânsito. Havia mais escritórios, porém mantive os olhos focados à frente na porta de madeira grande e aparentemente pesada, onde se lia "sala de musculação".

Neguei com a cabeça, tentando ignorar as batidas do meu coração no meu peito. Jax não estava realmente transando com uma garota de dezessete anos ali. Não, ele era mais esperto que isso, né?

E então me lembrei das duas garotas que vi com ele há dois anos. E pensei em Liam, que definitivamente não era tão inteligente quanto pensei.

Com a barriga se revirando, empurrei de leve a porta e os vi na mesma hora.

Separados e vestidos. *Graças a Deus.*

Soltei um leve suspiro e relaxei os ombros. Não sabia por que me importava, mas... Engoli em seco.

Só não com ela. Ele não podia ficar com ela.

A sala inteiramente equipada estava vazia, exceto por Jax e Sydney, e *Again*, de Alice in Chains, estava tocando no rádio do canto. Só conhecia a música porque Tate só ouvia essa banda quando nos conhecemos. Dois grandes ventiladores giravam de cada lado da sala, tentando mantê-la fresca. A escola tinha ar-condicionado central, mas não era suficiente nesta época do ano.

Jax estava deitado em um banco de supino preto, um halter em cada mão, abrindo bem os braços e os trazendo de volta para cima de seu corpo, flexionando cada músculo de seus braços, abdômen, ombro e peitorais brilhantes.

E eu queria que ela saísse daqui.

Ele ainda usava o mesmo short preto na altura dos joelhos de antes, as pernas afastadas, um pé descansando de cada lado; e uma visão minha montada em cima dele naquele banco surgiu na minha cabeça.

Fechei os olhos por uma fração de segundos. *Porra, estou uma bagunça.* Rapidamente engoli a baba na minha boca antes que me afogasse por acidente.

— Você gostou da minha irmã.

Ouvi Sydney falar, de costas para mim.

— Sua irmã é legal. — O tom de Jax era cortado.

— Mas não o suficiente para uma segunda vez — provocou Sydney, em uma voz sexy, avançando até o banco. — Quer ver se eu sou melhor? — indagou.

— Jesus Cristo — Jax resmungou baixinho.

Largando os halteres no chão, ele se sentou e secou a testa e o topo da cabeça, respirando com dificuldade.

Jax estava puto. Não o conhecia bem, mas sabia aquilo sobre ele. Quando o via com raiva, ele passava a mão pelo cabelo. Era o que o entregava.

— Sydney — chamei, vendo a cabeça dos dois se levantar para me olhar. — Suas amigas estão esperando no estacionamento. Nos vemos amanhã.

Ela pausou, provavelmente tentando descobrir como tirar vantagem. Jax estava congelado, me fitando sob suas assustadoras sobrancelhas pretas.

A garota arqueou a sobrancelha antes de passar por mim em direção à porta. Quase roçou meu ombro e dava para sentir o cheiro de sua raiva. Eu pagaria por aquilo amanhã.

Inclinando a cabeça, dei um olhar divertido para Jax.

Ele negou com a cabeça, pegando a toalha no chão.

— Não me olhe assim. Não pedi a ela para vir aqui.

— Como se eu ligasse. — Mantive a voz casual, porque eu ligava muito. — Metade das mulheres da cidade já te viu nu.

Ele foi até a mesa, pegou a garrafa de água e virou a cabeça para me olhar.

— Isso é um exagero. — Parecia mais um aviso do que uma declaração.

E o vi jogar a cabeça para trás e tomar vários goles de água.

Limpando a garganta, perguntei:

— Por que você está aqui? Pensei que malhava na academia.

Ele abaixou a garrafa e ficou lá parado, e comecei a duvidar se responderia a pergunta ou não.

— Eu ajudo o técnico com os treinos de lacrosse.

Hmm. Bem, aquilo era legal. Não imaginava que ele fosse do tipo que se voluntariava, mas não tinha certeza do motivo. Ele era do time de lacrosse no ensino médio e, embora fosse arrogante, ele também se doava.

Tinha notado coisas assim no ensino médio. Ele era generoso. Generoso com seu tempo. Generoso com os amigos.

Porém, que merda. Soltei um suspiro frustrado.

Jax estaria bastante pela escola neste verão. *Droga.*

Caminhar. IPod. Escapar. Lembrando-me do momento de silêncio que eu buscava, virei-me para sair, mas lembrei de outra coisa. Dei outra volta e disse:

— Recebi uma mensagem de Liam, a propósito.

— Ele te mandou mensagem? — indagou, seus olhos divertidos. — Ele não escuta bem as instruções, né?

— Disse a ele para não entrar em contato comigo? — Cruzei os braços sobre o peito. — Posso lidar com ele sozinha, Jax. E ele não estava me mandando mensagens antes. Agora está, graças a você, então cai fora.

Uma onda de raiva se espalhou por meu corpo como uma camada de tinta.

— Não fiz isso por você — declarou, com naturalidade, secando o corpo com a toalha branca. — Liam já deveria estar esperando por aquilo há muito tempo. Ele precisava que alguém o colocasse em seu lugar.

Ah, mas que...

— Mas você tem um ego! — gritei. — Quero dizer, sim, do nada você tem dinheiro. De onde você tirou é assustador demais até para se pensar — cuspi, quando realmente deveria ter calado a boca. — E você parece ter a polícia na palma da mão. Claramente gerencia o Loop agora. Parabéns, Jax. — Dei-lhe um sorriso enorme. — Você é o homem mais poderoso de Shelburne Falls, Illinois!

Plantei as mãos no quadril, muito satisfeita de como eu era boa em colocar homens em seus lugares.

Mas então meu sorriso se desfez e meus olhos se arregalaram. Os olhos dele, cheios de desafio e diversão, se estreitaram em mim, e ele jogou a toalha longe, vindo na minha direção.

Merda. Sabia que deveria ouvir minha mãe. Eu falava muito.

Ele acenou, um sorriso brincando no canto de sua boca.

— Aí está ela.

Recuei para a parede enquanto ele avançava no meu espaço.

— Do que você está falando?

— Da garota sarcástica que conheci na casa de Madoc, há dois anos.

É, aquela que estava levemente bêbada e muito confiante? Minha cabeça tocou a parede, sinalizando que eu estava no fim da linha, e um filete de suor escorreu pelo meu pescoço. Vi os olhos de Jax irem para lá e, do nada, me senti burra demais para me lembrar do meu próprio nome.

Meu Deus, ele era grande. Meu peito vibrava com o calor de tê-lo a um centímetro de distância. Ele pairava sobre mim, me envolvendo e consumindo o espaço ao meu redor, me fazendo sentir como se estivesse parada na sombra de uma árvore.

Encarando bem à frente, fiz um esforço consciente de manter o rosto sério. Mas era quase impossível e não fazia sentido. De todas as razões que eu poderia pensar para odiar Jax — ele sempre me desafiava e empurrava, e sempre fazia o que queria —, eu nunca poderia dizer que ele não era inteligente. O cara sabia que eu estava afetada. Sabia que meu corpo gostava de estar perto do dele.

— Gosto quando você fica tagarela — sussurrou para mim. — Me faz querer calar a sua boca.

Filho da puta. Apertei as coxas, sentindo-me pronta para gritar pela umidade que senti lá.

Precisava dar o fora daqui.

— Tenho que ir. — Empurrei a parede, mas bati em seu peito, me prendendo de novo.

— Está gostando do serviço comunitário? — falou baixinho, plantando suas mãos na parede em cada lado da minha cabeça.

Oi?

Seu cheiro era cru, quente. Verão. Algodão doce pegajoso em uma roda gigante e água fria na pele quente.

— O quê?

Ele tinha feito uma pergunta. Mas que porra foi essa que ele perguntou?

Apoiou-se nas mãos, mergulhando a cabeça para mais perto de mim.

— O serviço comunitário, K.C. Está gostando?

Consegui ouvir a risada em sua voz. Seu merdinha.

— Não — murmurei. — Ensinar um monte de adolescentes que se deram mal no ano letivo, porque não receberam a correção de atitude que precisavam, não é a minha ideia de diversão.

Seus braços se abaixaram mais um pouco e pude ouvi-lo puxando o ar pelo nariz, como se estivesse me cheirando.

— Sua ideia de diversão te trouxe aqui em primeiro lugar. — Sua voz era calma, porém firme. — E aqueles adolescentes não precisam corrigir suas atitudes. Você sim.

Dei-lhe um sorriso sarcástico.

— Bem, estou corrigindo, graças ao maravilhoso estado do Arizona. — E então o prendi com um olhar duro. — Você não me conhece, Jax. — E o afastei, virando para a porta.

Mas ele segurou meu braço, me trazendo de volta.

— Você está certa — falou, rápido. — Não te conheço. Então por que não me esclarece? K.C. significa o quê? O que você fez na faculdade que te fez ser presa?

Quando apenas fiquei lá, sem responder nenhuma das perguntas, ele me empurrou para a parede de novo.

— Vamos tentar algo mais fácil, que tal? Sua cor favorita. Qual é?

— Você está falando sério?

— Você está me enrolando?

Fechei a cara.

— Rosa. É rosa.

— É mesmo? — pressionou. — E música? Qual sua banda favorita? E livros? Qual seu gênero favorito? Quando foi a última vez que você comeu chocolate ou ficou de pijama até depois das onze da manhã?

Não sabia se as paredes estavam se fechando ou se era apenas Jax me cercando.

— Onde você quer chegar, seu merdinha? — acusei.

E ele chegou o rosto mais perto do meu, sorrindo pelo desafio do apelido que dei a ele.

— Que tal um banho, K.C.? — O som de sua voz profunda e rouca girou em minha barriga e disparou para baixo.

Engoli em seco, lambendo os lábios que pareciam lixas.

— Oi?

Encarou minha boca, parecendo faminto.

— O merdinha, que não tem mais nada no diminutivo, precisa de um banho — sussurrou, ainda encarando a minha boca. — Tome um banho comigo. Agora.

Apoiei as mãos na parede, a pintura branca e fria dos blocos de concreto aliviando o calor em meu peito. Onde ele queria chegar com isso? Não era um banho comigo que ele queria.

Arqueei a sobrancelha, tentando parecer mais calma do que estava.

— Você me chamou de medrosa e frouxa, Jax. Agora quer tomar um banho comigo?

— Então me mostre. — Havia um olhar sincero em seu rosto, uma seriedade, como se procurasse algo em minha expressão. — Mostre que não é medrosa. Arrisque-se. — Estreitou os olhos, me implorando, e acho que engoli meu coração, porque meu corpo inteiro estava latejando. — Estou falando sério — disse, baixinho. — O time foi embora. Estaríamos sozinhos. Caminhe até o vestiário comigo. Entre no chuveiro comigo. Mostre como você é corajosa.

Tentei dizer não, mas a palavra ficou presa na minha garganta. Queria dizê-la, mas não teria significado.

Ele esticou a mão e pegou meu dedo mindinho, girando entre os seus. Olhando para lá, continuou com o mais suave sussurro de todos:

— Não vou te tocar se você não quiser. — E então ergueu o olhar, me matando com a pontada de tristeza em seus olhos azuis. — Você só tem que andar até lá, K.C. Só isso. Vou tirar as suas roupas. Tudo que você tem que fazer é me seguir. Sei que você quer.

Abaixei o rosto, que se desmontou, como se fosse se estilhaçar de dor em mil rachaduras como as de uma boneca de porcelana. Lágrimas queimavam meus olhos.

Eu queria. Queria que alguém me abraçasse e tocasse, querendo estar comigo.

Ele se inclinou, o ar de sua boca roçando meus lábios.

— Arrisque-se — sussurrou.

Fechei as mãos em punhos, depois os estiquei e fechei de novo. O desejo estava lá. De esticar-me e tocá-lo. Passar os braços por seu pescoço. Segurar sua mão e deixá-lo me guiar.

Mas eu nem tinha mais vontade de mexer as pernas. Ele riria de mim. Ele me usaria. Ele não veria nada que valesse a pena manter consigo. Logo ele me odiaria.

Piscando para afastar as lágrimas, olhei para cima, sem me importar que ele visse meus olhos lacrimejantes. E neguei com a cabeça.

Ele me estudou, analisando minhas expressões, e não dava para dizer se estava com raiva, desapontado ou enojado.

Abaixou os braços e se endireitou, a bolha acolhedora que seu corpo criou ao meu redor se tornando fria.

— Você tem medo de si mesma — afirmou, impassível. — Não de mim.

E então se afastou, olhando para mim de cima.

— É por isso que você é frouxa, K.C.

Frouxa. Cerrei os dentes, sentindo-me mal por ele dizer aquilo.

— Tenho que tomar banho. — E a suavidade de sua voz tinha ido embora agora. — Você precisa ir embora.

E deu as costas, andando para o vestiário masculino.

Neguei com a cabeça. *Não sou frouxa. Não quero ser frouxa.*

Funguei e limpei a garganta, me endireitando.

— Talvez eu só não queira você — explodi, endurecendo o corpo quando ele se virou, parecendo surpreso. — Talvez eu só não queira você, Jax.

E soltei uma risadinha, girando e indo para a porta.

Mas antes que eu sequer chegasse à maçaneta, um braço circulou minha cintura, me levando de volta ao seu corpo acolhedor, e ofeguei quando meu cabelo foi jogado para o lado e uma boca quente foi parar no meu pescoço.

Tudo desmoronou.

Meus joelhos enfraqueceram, meus olhos se fecharam e meu pescoço foi para o lado, o convidando.

Ai, meu Deus.

Não conseguia pensar. Não conseguia me afastar. Não conseguia pará-lo. Sua boca escaldante se espalhava por meu pescoço, soltando ar quente em minha pele que já pegava fogo, e ele mal se movia, como se tivesse perdido o controle assim como eu. Como se só quisesse o contato. Seus dentes se arrastaram por minha pele, ásperos, porém não duros, e ele os deslizou junto dos lábios pela área sensível debaixo da minha orelha, e eu não tinha certeza se ele estava me beijando ou se preparando para me comer.

Meu peito tremeu e segurei seu braço na minha cintura, mas não precisava. Ele me segurava com tanta força que eu não conseguia absorver o ar nas respirações profundas que eu dava.

Mas eu podia senti-lo, e era tudo que me importava. Seu pau pressionava as minhas costas, e me contorci contra ele, seus lábios começando a se moverem por minha pele. Espalhou selinhos pelo meu pescoço, na base, e abaixo da minha orelha. Sua língua brincou com meu lóbulo direito pouco antes de sua outra mão girar meu queixo para ele.

E então sua boca estava na minha. Gemi, provavelmente soando como se estivesse com dor, mas não deu para evitar. O tornado entre as minhas pernas era poderoso e doce, me fazendo me sentir como um animal. Selvagem e… simplesmente selvagem.

A língua de Jax encontrou a minha e gemi em sua boca, inalando sua essência, seu corpo poderoso me segurando. O calor, a umidade, o sabor… tudo era duro e rápido, seus lábios trabalhando nos meus.

Com um braço em volta da minha cintura, sua outra mão deixou meu rosto e foi direto para debaixo da minha saia, dentro da minha calcinha.

— Ah — gemi, abafado, em sua boca, que ainda me mantinha presa. O que ele estava fazendo? Preciso parar isso!

Meus olhos tremeluziram quando seus dedos macios mergulharam no meu centro, brincando com a umidade que já estava ao redor do meu clitóris.

E então sua boca deixou a minha e ele me levantou do chão e gemeu no meu ouvido.

— Você está tão molhada para mim, K.C. — Sua voz era dura e ameaçadora. — Medrosa, frouxa e uma mentirosa do caralho também.

Ele me abaixou e caí de bunda no tatame, tremendo pela confusão.

Tudo que ouvi por trás de mim foi uma porta se abrir e fechar, e entendi que estava sozinha.

Levando a mão trêmula a boca, puxei o ar, como se ele fosse acabar. *Puta merda.*

CAPÍTULO CINCO

K.C.

O ar na escola parecia uma camada de roupas molhadas na minha pele, denso e úmido. Quase precisava fazer esforço para passar por ele no meu caminho até o escritório principal.

Mas eu gostava.

Adicionando as luzes baixas dos corredores e o som da chuva ameaçadora caindo mais e mais forte contra o telhado, a atmosfera sugava qualquer evidência de que mais alguém vivia neste mundo além de mim. E eu precisava daquela sensação agora.

Mais do que apenas o beijo de Jax tinha me atingido naquele dia, e eu continuava repassando suas palavras na minha cabeça. Como ele me conhecia tão bem? Antecipava cada argumento que saía da minha boca e calculava minhas reações, sabendo os desdobramentos em primeira mão, assim eu não conseguia acompanhar. Agora, uma semana depois, ele continuava na minha mente, assim como me alimentar e respirar.

Realmente queria bater nele e mesmo sem saber o motivo.

Jesus. Enfiei o cabelo atrás da orelha e continuei pelo corredor.

A tempestade começou há uma hora. Já que eles mantinham grande parte das luzes apagadas na escola durante os dias de verão — exceto as das salas de aula — para economizar energia, o único lembrete de que era de manhã cedo eram os reflexos da chuva batendo nas janelas e suas sombras dançando nas paredes. Terminamos duas sessões, mas não daria para saber. A escola já estava quase vazia. As turmas de líderes de torcida e de lacrosse nunca apareceram, por causa do tempo, e pelo menos um terço dos mentores tinha faltado também.

Mentores. Soltei um suspiro, descendo as escadas.

Nosso progresso vinha sendo lento nos últimos dias, os alunos mentalmente longe por conta das férias de verão, tenho certeza. Embora eu tivesse alguns poucos alunos de quem gostava — Ana, na verdade, era cooperativa e tinha talento —, a maioria estava com dificuldades e eu sabia que estava fazendo algo de errado. Eles não se ofereciam, não respondiam perguntas e não estavam felizes. Eu era péssima.

Mas quando olhava em volta para os outros mentores e seus grupos, via os mesmos padrões. Desinteresse e tédio total. Claro, quem iria querer passar o verão preso em uma sala de aula quente, enquanto os amigos estavam no lago Swansea nadando, bebendo e se pegando? E por que eu deveria me preocupar se eles se dariam bem na escola? Se eles não ligavam, nem eu deveria me importar.

Só que era uma resposta de merda e eu sabia. Não ligava.

"Aqueles adolescentes não precisam corrigir suas atitudes. Você sim."

Maldito Jax.

Jax, que eu mal tinha visto desde o beijo na última segunda.

Jax, que me deixava roubando olhares pela janela enquanto ele corria, ria e suava no campo.

Jax, que literalmente me derrubou de bunda no chão depois de me beijar até eu perder o ar na sala de musculação.

Jax, que costumava me observar no ensino médio, e agora era eu quem o observava.

Parei, empurrei a porta do escritório principal e entrei, procurando algum sinal de vida. A sala estava assustadora, sem nenhuma luz, vida ou barulho, além dos ecos da chuva vindos de todas as direções. Os reflexos da tempestade criavam bolhas de luz nas bancadas e o som da água caindo em cascata me rodeou, batendo nas quatro paredes.

A chuva estava aumentando, e me perguntei como chegaria em casa, já que costumava ir andando. Tinha que me lembrar de ligar para Shane.

— Isso não está em discussão.

Virei a cabeça para o rosnado que veio da enfermaria.

Quem...?

Mas a voz continuou.

— Como eu disse...

Esquecendo as resmas de papel que eu deveria pegar debaixo do balcão, me aproximei da entrada da enfermaria a algumas portas mais para baixo no corredor.

Minha saia preta curta e em camadas balançava silenciosamente sobre minhas coxas e esfreguei o frio em meus braços, desnudos na regata turquesa.

— Sim, Jared. Sei quem é o nosso pai.

Parei, minha barriga dando uma cambalhota. Era Jax. E ele estava falando com o irmão.

— Levei bem mais surras que você — rosnou. — Pare de tentar me proteger.

Surras?

Entrando pela porta aberta, inclinei a cabeça para espiar lá dentro e instantaneamente senti as borboletas levantarem voo na minha barriga.

Jax estava uma bagunça sanguinolenta. Literalmente.

Vestia longos shorts pretos de malha com tênis de corrida da mesma cor. Seu cabelo ainda estava preso para trás, embora colado em suas costas molhadas, e eu não tinha certeza se era suor de malhar ou da chuva por estar lá fora. Estava com o celular entre a orelha e o ombro, andando pela sala, parecendo procurar alguma coisa. Claramente estava com dificuldade, porque segurava um arranhão em sua barriga, mesmo tendo outro em seu cotovelo que pingava um sangue carmesim no chão.

Dava para ouvir a voz de Jared do outro lado, mas era baixa demais para entender o que dizia.

Jax abria portas de armário e as fechava de novo; embora parecesse ter levado uma surra, tive a sensação de que sua irritação não era pelos arranhões.

— Se ele sair mais cedo, então que saia! — gritou, e estremeci quando ele chutou o armário para fechar. — Porra, arrume a sua ordem de restrição e me deixe fora disso — ordenou. — Se ele chegar perto de mim, vou enfiar uma faca na sua garganta.

E ouvi a voz de Jared alta e clara desta vez.

— Não me dê mais uma coisa para me preocupar!

Jax não respondeu. Tirou o telefone da orelha, apertou um botão e jogou em uma das macas.

— Filho da puta — resmungou, apoiando a cabeça no braço que estava apoiado contra o armário.

Seu peito subia e descia rapidamente, sua respiração acelerada, mas eu sabia que não era dos ferimentos. Fiquei lá parada, mordendo o interior do meu lábio, sabendo que deveria me afastar e dar o fora daqui. Ele tem sido um completo idiota desde que voltei a cidade.

Mas, em vez de sair de perto dele, meu instinto foi… o quê? Verificar se ele estava bem?

A verdade era que eu tinha gostado de vê-lo desse jeito. Completamente fora de controle — e eu estava pasma.

Ele estava ligeiramente curvado para frente e, conforme os segundos passavam, ouvi sua respiração ficar mais calma e equilibrada.

Nunca tinha visto Jax realmente agitado. Ele exibia seu temperamento como se fosse um brilho no céu. Disparava com coragem e luz, atravessando pela multidão para que todos em uma distância próxima soubessem quando ele estava com raiva. Jax sempre — sempre — se movia com discrição e precisão, como se todas as suas decisões fossem premeditadas e calculadas. Costumava me perguntar se Jax já tinha dormido ou se ficava acordado, planejando seus dias para antecipar cada conversa que poderia ter ou cada curva que faria.

Mas, sério, o que o faria perder o controle? Meio que o jeito que acabou de acontecer? E por que eu estava sedenta para ver seu temperamento de novo?

Seu pai, pensei. Definitivamente era uma reviravolta que o levaria ao limite. Assim como eu.

Lambi os lábios e falei:

— Deite-se.

Ele abaixou a mão e girou para me encarar com olhos raivosos, como se soubesse que era eu na mesma hora.

As joias azure me deixaram congelada por dois segundos e notei a forma como a pele perfeita de caramelo em seu rosto se esticou e sua mandíbula endureceu, expondo as entradas suaves em sua bochecha e a profunda elevação de sua sobrancelha.

Algum dia, disse a mim mesma. Algum dia nos entreolharíamos sem o outro estar fazendo careta.

Costumava ser eu lançando adagas nele. Agora ele me olhava como se eu fosse uma criança de quatro anos que ele tinha que suportar.

— Deite-se — insisti, mantendo a calma. — Vou achar o soro e os curativos.

Reparei em seus olhos se estreitando, me observando com desconfiança, mas passei por ele para chegar aos armários na parede.

Mas aí senti uma mão envolver meu antebraço e parei para olhar.

Todo seu rosto era uma máscara — nada escapava. Segui a trilha de água que caía em cascata de sua têmpora por sua bochecha, e juro que uma pitada de sal atingiu o ar. Lambi os lábios.

Seu pomo de Adão se moveu para cima e para baixo antes de falar:

— Posso fazer isso eu mesmo. — Sua voz saiu áspera.

Arqueei uma sobrancelha e meus olhos caíram para seus dedos envolvidos em meus braços.

— Nunca disse que você não podia — falei, tirando um dos seus dedos do meu braço e levando os outros junto.

Dando as costas, ocupei-me em encontrar o soro e os curativos, tentando me manter ciente de cada movimento que ele fazia. Meus ouvidos perceberam seus passos com o tênis molhado quando ele se afastou e, na sequência, o ranger da maca quando ele apoiou seu peso.

Prendi o lábio inferior entre os dentes, me esticando para pegar o soro, e acidentalmente derrubei uma garrafa de água oxigenada do armário. Felizmente, ela era de plástico, mas ainda me atrapalhei ao descer para pegá-la do chão.

Jax e eu estávamos sozinhos e não foi por acaso. Eu ficava uma bagunça ao seu redor. Todas as vezes.

Ele estava seminu e deitado em uma cama. A escola estava escura, quase deserta, e fechei os olhos, porque, caramba, precisei respirar fundo de forma prolongada e suave, enfiando todos os itens nos meus braços e indo para a maca.

Jax não estava deitado.

Eu o encarei, metade deitado na cama e metade fora, e foi aí quando ouvi algo cair no chão que percebi que meus músculos estavam falhando e eu tinha derrubado algo. Endurecendo os braços de novo, pisquei e afastei o olhar antes de largar as coisas na maca ao seu lado.

Seus tênis pretos estavam apoiados no chão, a metade superior de seu corpo deitado na maca. Não era tão comum. Talvez ele se sentisse vulnerável com o corpo inteiro deitado.

Não, a parte estranha era que ele estava apoiado nos cotovelos e foi aquilo que deixou meus braços pulsando de nervosismo.

Ele assistiria.

Respirei fundo e me inclinei para abrir algumas ataduras.

— Deite-se — murmurei, sentindo seus olhos me seguirem.

— Não.

O quê?

Disparei os olhos para cima e congelei na hora. Os dele me encaravam diretamente, sem piscar. Deslizavam pela minha regata e, ao subir de novo para o meu rosto, vi o canto de sua boca se curvar, parecendo relaxado e divertido. E foi isso.

Jaxon Trent era o maldito diabo.

Neguei com a cabeça.

— Estou tentando ser legal. Você podia tentar também.

— Legal? — Riu sozinho. — Não quero que você seja legal.

Travei os dentes. Mas qual era a droga do seu problema?

Pegando a garrafa de água oxigenada que derrubei no chão, abri a tampa e derramei um pouco no corte em sua barriga.

Ele sibilou e pegou um pouco de gaze, cobrindo a ferida.

— Que droga é essa?

— Opss — cantarolei, fechando a garrafa de novo.

Deixei-a na maca, afastei seus pés e me ajoelhei entre suas pernas. E o assisti me observar enquanto colocava as mãos em suas coxas e lentamente abaixava a cabeça perto de sua ferida. Tirando sua mão, soprei o ar frio de leve sobre seus cortes borbulhantes, aliviando a queimação que eu tinha criado.

Pelo canto do olho, vi seu corpo estremecer e então ficar completamente imóvel, como se ele nem respirasse. Franzi os lábios e soprei uma e outra vez sobre seu abdômen, movendo a cabeça de um lado a outro ao longo de seus cortes rasos.

Uma pitada do aroma de seu sabonete passou por mim, assim como chuva e suor, e fechei os olhos, me perdendo na confusão em meu cérebro.

— K.C. — suspirou, e olhei para cima, vendo sua cabeça cair para trás e seus olhos se fecharem. Seu peito subia e descia com força e eu não conseguia desviar. Seu torso parecia enorme e seu pomo de Adão subiu e desceu.

Ele tinha amado e, puta que pariu, eu estava meio tentada a dar um beijinho para sarar.

Inclinando-me sobre os calcanhares, olhei para ele, meus lábios torcendo com um sorriso.

— Você gosta quando sou legal — falei, provocando.

Dei um sorrisinho sarcástico e fiquei de pé, pegando o soro e a gaze, quando ele ergueu a cabeça de novo para me observar.

— Então, como foi que isso aconteceu? — indaguei, segurando a gaze em sua pele, embaixo dos cortes, para não deixar o soro escorrer.

Seu abdômen flexionava — provavelmente do líquido frio, já que o soro não ardia — conforme eu derramava sobre os cortes, limpando.

Ele puxou o ar entre os dentes.

— Alguns dos alunos de ciências têm estufas no telhado — rosnou, e quase ri em voz alta. — Masters me pediu para ir lá e fechar os telhados, mas escorreguei quando estava descendo as escadas. Me arranhei em alguns parafusos.

Ai.

Usei o restante da gaze para secar o líquido, e então abri um pacote de lenços umedecidos para garantir que estava limpo e não tinha mais sangue.

— Você deveria estar usando luvas — pontuou. — Sabe? O sangue e tudo mais.

— Pensei que qualquer garota estivesse segura com você — devolvi, abrindo as ataduras. — Não foi o que você me disse?

Jax ficou em silêncio por um minuto, estreitando os olhos e me analisando, conforme eu colocava três ataduras retangulares em sua barriga.

— Eu disse qualquer namorada minha — finalmente esclareceu. — Mas você não deveria ser tão descuidada. Use luvas da próxima vez.

Ignorei, sentindo-me estranha nas ocasiões em que ele agia assim. Jax tinha o hábito de me repreender, às vezes agindo como se estivesse me protegendo, e na sequência virava um babaca. Finalmente percebi que ser condescendente era sua forma de ganhar superioridade. Fazer os outros se sentirem burros.

Sentei, olhando nos olhos dele e mudando de assunto.

— Mais alguma coisa machucada?

Ele hesitou por um momento. Depois dobrou o braço, erguendo o cotovelo direito para mostrar os arranhões que eu tinha reparado mais cedo. Repetindo o mesmo procedimento, fiquei de pé e me inclinei sobre ele, pegando o soro que descia pela ferida para a gaze.

Ele sibilou e eu pisquei.

— Sopre — ordenou.

— Não arde — provoquei, sabendo muito bem que soro não doía.

— K.C., Jesus amado — reclamou, estremecendo.

Rolei os olhos, mas cedi. Segurando a parte debaixo de seu braço — seu tríceps duro —, me inclinei e soprei um ar frio e lento sobre os arranhões. O cheiro de Jax passou por mim de novo e quis, desesperadamente, fechar a boca para poder inalar pelo nariz.

Mas não fiz isso. Dava para dizer que seus olhos estavam em mim.

— Por que você está me observando? — indaguei, secando o restante do líquido e do sangue.

Não olhei para ele, mas o ouvi engolir em seco.

— É apenas a primeira vez que você me faz sentir bem, só isso — respondeu, provavelmente da maneira mais sincera que eu já o tinha ouvido falar.

Franzi o cenho.

A primeira vez que o fiz se sentir bem. Não sabia como responder a isso. Inferno, não tinha nada a dizer sobre isso.

Ficando quieta, terminei de aplicar as ataduras o mais rápido que pude e não encontrei seus olhos de novo. Ele tinha tentado ser legal comigo no ensino médio. Tentou ser meu amigo. Talvez uma amizade colorida, mas ainda era amizade. Agora, aqui estava eu, forçando minha atenção nele, e ele provavelmente não tinha mais paciência comigo.

— Posso te fazer uma pergunta? — arrisquei.

— O que é?

— Naquela noite que você levou Liam para casa… — Engoli em seco, alisando os curativos que prendi em seu braço com o dedo. — Você me disse que tinha tatuagens. Muitas. — Repeti suas palavras, meus olhos fixos em seu antebraço. — O que você quis dizer com aquilo? — pressionei, porque claramente Jax não mostrava nenhuma. Sua declaração não tinha feito nenhum sentido.

Mesmo sem olhar para ele, notei sua cabeça se virar quando ele puxou o ar devagar e profundamente. Meio como se estivesse se preparando para mergulhar fundo na água e soubesse que não poderia buscar ar por algum tempo.

— Desculpa — falei baixinho, me endireitando e amassando os curativos no punho. — Eu só… Não sei… — Deixei no ar. — Só quero entender.

Finalmente encontrei seus olhos e ele me estudou em silêncio. Não sabia se estava tentando descobrir o que me contar ou se sequer queria me contar alguma coisa. O engraçado era que eu tinha pensado no que Jax disse naquela noite ao longo dos anos e, embora estivesse curiosa, foi até ter ouvido sua conversa com Jared hoje que eu percebi que tinha algo a ver com sua infância.

E percebi que não conhecia Jaxon Trent.

Ele afagou o antebraço e estreitou os olhos brevemente antes de relaxar.

— Se você fosse fazer uma tatuagem, o que seria?

Pisquei, chocada por sua pergunta.

— Hum. — Ri suavemente, pensando. — Pensei em um conjunto de asas de anjo, acho. Uma das asas quebradas — admiti.

— Tem alguma coisa a ver com seu passado?

Assenti.

— Sim.

— E é algo que você quer se lembrar? — pressionou.

— Sim.

— É por isso que eu não tenho nenhuma tatuagem — concluiu. — As pessoas fazem tatuagens por vários motivos, mas são sempre símbolos que os fizeram ser quem são. Não me importo de lembrar o que e quem me fez ser assim. As pessoas que me deram a vida. As pessoas que me criaram... — Negou com a cabeça, desafiador. — Os lugares que vi ou qualquer coisa que fiz. Está tudo na minha cabeça de todo jeito. Não quero no meu corpo também. Não ligo tanto assim para nada.

Seu desdém não era para mim, mas eu sabia que tinha atingido uma área sensível. E meio que entendia de onde aquilo vinha. As cicatrizes estavam lá dentro — ainda causando danos — e ele não queria nenhum lembrete quando olhasse no espelho.

Nossos amigos tiveram sorte. A mãe de Tate — apesar de ter morrido — a amava. Seu pai? Sempre a apoiava. Inferno, até a mãe de Jared se mostrou ser ótima. E os pais de Shane eram autoritários, mas eram compassivos.

E finalmente vi o que conectava Jaxon Trent e eu. Como nossas vidas teriam sido diferentes sem nossos pais negligentes. Ou com pais diferentes.

— Sem mãe, nem pai — sussurrei para mim mesma.

— Oi?

Pisquei, negando com a cabeça.

— Nada.

Mal percebi, mas, quando meus pulmões começaram a queimar, percebi que não estava respirando.

Inspirei fundo e peguei os suprimentos, me levantando.

— Seu irmão é importante para você, certo? — indaguei. — Jared, Madoc, Tate... Talvez algum dia você vá ver como realmente é sortudo ou encontrar alguma coisa ou alguém para se importar o bastante.

Talvez eu também, pensei, andando até os armários e guardando os materiais. Bonitinho e arrumado, do jeito que os encontrei.

Uma luz brilhou na sala e, momentos mais tarde, ouvi o trovão lá fora. *Merda*. Ainda não tinha ligado para Shane.

Ouvi a maca ranger atrás de mim e sabia que Jax tinha se levantado.

— Está chovendo — comentou. — Te dou uma carona para casa. Vamos.

Virei e o encontrei de pé na porta, preenchendo a moldura e deslizando a camisa cinza sobre a cabeça, um rasgo e manchas de sangue visíveis no material.

Jesus. Quase engoli em seco pela forma como seus músculos flexionam e a forma como o V desaparecia dentro do short. A camisa ficou solta em sua barriga, mas os declives e curvas de seus bíceps ocupavam cada pedacinho de espaço em suas mangas curtas. Alto, com a quantidade certa de músculos, ele era perfeito. E aposto que toda mulher pensava a mesma coisa quando olhava para ele.

Sexo.

Voltei para os armários, tentando acalmar minha respiração e não pensar em Jax e eu sozinhos em seu carro.

"Te dou uma carona para casa". Neguei com a cabeça. É, de jeito nenhum.

— Não tem problema — murmurei, de costas para ele. — Vou ligar para Shane.

— Se você sequer está pensando em colocar sua prima na estrada com esse tempo — ameaçou, em um tom suave e profundo —, pode ser que eu tenha que ver o que preciso fazer para te deixar de joelhos hoje de novo.

Meu rosto se desfez e minha língua ficou seca. *Merdinha.*

— Não me irrite, K.C. Estarei na frente do prédio em cinco minutos. E se foi.

O carro do Jax costumava ser de Jared. Já o tinha visto várias vezes ao longo dos anos e, embora fosse mais antigo que o Camaro de Liam, era definitivamente mais durão. Ou talvez só parecesse mais sólido. Não sei. Eu me lembrava de estar no carro de Liam, esperando em um semáforo e sentindo como se o motor fosse morrer ou algo do tipo. Era o jeito que se movia, como se estivesse prestes a desistir a qualquer momento.

Porém, sentada no Mustang GT preto de Jax, eu me sentia como se estivesse em um jato, tão sólido como uma bala, pelo jeito como deslizava pela chuva torrencial sem se esforçar. Lá dentro, era de um preto intocado, escuro e estreito, como se estivéssemos em uma caverna. Por fora, o vento soprava chuva no para-brisa. Eu tinha que estreitar os olhos para enxergar algo, porque os limpadores de vidro mal conseguiam acompanhar o aguaceiro.

Mas o carro fornecia um refúgio contra a água que batia no teto e o spray sob os pneus era um eco distante.

Mesmo que eu estivesse segura e aquecida, ainda não conseguia afastar o nervosismo que fazia os pelos dos meus braços se erguerem. Apertei a saia nos meus punhos e encarei o nada pela janela.

Ele estava perto demais. E — passei os punhos pelas coxas quentes — não estava perto o bastante.

— Aqui — Jax chamou, me despertando. Esticou a mão para o banco de trás e me jogou uma toalha. — Está limpa.

Claro que estava. Jax poderia sujar as mãos de vez em quando, mas suas roupas e carro — pelo menos do que vi pelo exterior — eram sempre impecavelmente limpas. Inferno, até sua casa parecia intocada quando estive lá.

— Obrigada — falei, segurando o peito.

Algo para fazer. Qualquer coisa…

Estiquei-me para baixo e sequei as gotas de chuva que encharcaram minhas pernas, então tirei os chinelos para secar o pé.

Eu não tinha ficado completamente ensopada e Jax levou o carro o mais próximo da escola que pode, mas ainda fui pega por uma quantidade de gotas pesadas. Minhas roupas estavam marcadas com algumas do tamanho de moedas e parte do meu cabelo estava grudada no pescoço e nos ombros.

Passei a toalha nas coxas e, endireitando as costas contra o assento, sequei os braços nus.

Mas eu continuava sem sorte.

Ele ainda estava me observando e, caramba, eu conseguia sentir.

Girando, apoiei a toalha no banco de trás outra vez e me acalmei bem quando o roncar da minha barriga — uma evidência de que não comia desde o café da manhã — explodiu no carro silencioso.

Merda. Virei-me e apertei o cinto de segurança, esperando que ele não tivesse ouvido.

Não tive tanta sorte.

— Com fome? — Jax me olhou. — Tenho um lanchinho, se quiser.

— Não, estou bem — murmurei, sem fazer contato visual.

Foi quando minha barriga roncou de novo. Fechei os olhos e passei os braços em volta dela, me misturando ao assento.

— Ah, pelo amor de Jesus Cristo. — Riu sozinho. Abri os olhos, vendo que ele estava esticado para o banco de trás de novo, procurando um pote em sua bolsa. — Coma — ordenou, colocando um pote de plástico no meu colo.

Torci os lábios. Por que ele tinha que soar tão tolerante o tempo inteiro?

— Estou bem — falei, categoricamente, virando o rosto para a janela. — Vou chegar em casa logo, de qualquer jeito.

— Então eu posso te dar carona para casa, mas você não come a minha comida?

Meus olhos se arregalaram e me voltei para ele.

— Você me fez te deixar me dar uma carona — pontuei, logo adicionando: — E eu agradeço. É claro. — Neguei com a cabeça, incapaz de manter o sorrisinho escondido. — Tudo bem — resmunguei. — Vou comer. — E não demorei muito para tirar a tampa do recipiente e sorrir para os pedaços de melancia ali dentro. Pegando um entre o polegar e o indicador, brinquei: — Fruta? Nunca te imaginei cortando melancia, Jax.

— Mas me imaginou — rebateu, seus lábios arrogantes se ergueram quando ele passou a marcha, avançando, como se soubesse de tudo.

Rolei os olhos, nem mesmo cogitando a ideia de ir em frente com aquele assunto. Deslizando um pedaço de melancia entre os dentes, mordi o cubo vermelho no meio, amando a textura contra minha língua. Um suco docinho encheu minha boca e minha barriga roncou de novo, apreciando.

Levando o néctar para a parte de trás da língua, engoli e coloquei a mão sobre a boca.

— Isso está muito bom. — Quase ri, porque não tinha percebido quanta fome sentia. — Obrigada.

Mas olhando de novo para Jax, perdi o sorriso na hora. Seu rosto sério estava focado na estrada e ele parecia quase zangado. O carro tinha diminuído e um ar de estranheza se estabeleceu em seu cenho fechado.

— Estou comendo seu lanche? — indaguei, subitamente me sentindo com raiva por ele ter me obrigado a comer. — Eu te disse que estava bem…

— Coma — cortou-me. — Por favor.

E vi seu pomo de Adão se mover quando ele engoliu em seco, parecendo desconfortável.

Incerta sobre a mudança de humor, não consegui entender o que fazer. Então finalmente continuei mastigando, sentindo o vazio em meu estômago se encher no percurso pelas ruas alagadas.

The Deep End, de Crossfade, enchia o espaço ao nosso redor e eu me perdi, mal tentando esconder como o observava.

Ele era todo homenzinho dirigindo — o corpo pressionado no encosto do banco, o braço esticado no volante na parte de cima, queixo para baixo. Mas, sempre que trocava as marchas, meu olhar ia para sua mão, para os músculos expostos em seu antebraço e como eles flexionavam ao passar de uma marcha para a outra. E amava como o carro ganhava impulso, o motor roncava e vibrava, fazendo minhas coxas tremerem.

CAINDO

Queria conseguir dirigir assim.

Nunca tinha pedido a Liam para me ensinar, embora ele provavelmente fosse aceitar. Apesar de toda traição, meu namorado — é, ex-namorado — era um cara legal, fácil de se conviver.

Porém nunca pensei que conseguiria aprender. O que era bobagem. Mandei bem na escola. Não era como se eu fosse incapaz de aprender algo novo.

Continuei comendo, olhando para baixo toda vez que ele trocava de marcha para observá-lo. Tentando memorizar quanto tempo ele levava pressionando a embreagem com as mudanças de marcha e minha mastigação, observando suas pernas e braços trabalharem para manter o carro em movimento.

Minha mãe me levou para ver a orquestra sinfônica em Chicago quando era pequena e me lembro de observar o maestro, enquanto todos os outros focavam nos músicos. O poder de guiar, sabendo quando puxar e empurrar, me fascinava. Tive inveja de alguém ter tanto controle. De guiar tantos instrumentos em um único esforço para criar algo bonito. Era como um quebra-cabeça magnífico, e você só precisava encontrar a maneira certa — ou a sua maneira — e encaixar todas as peças.

Mastiguei suavemente, analisando Jax, meus olhos se movendo para cima e para baixo, seguindo seus movimentos, e eu sabia muito bem que, dada a oportunidade de observar o maestro ou Jaxon Trent, eu escolheria Jaxon Trent.

Seus longos dedos agarravam a marcha, as panturrilhas musculosas flexionando cada vez que empurravam a embreagem, e os olhos azuis que, juro, ficavam pretos e intensos ao encarar o para-brisa.

Eu poderia assisti-lo dirigir para sempre.

— Você tem que parar de me olhar assim. — Ouvi sua voz e voltei minha atenção para o seu rosto.

Merda!

Ele ainda encarava o para-brisa, os lábios levemente abertos, parecendo cauteloso.

— O quê? — indaguei, tentando agir como se não soubesse do que ele estava falando e não estivesse babando por sua pilotagem. Mas era inútil. Minhas bochechas esquentaram e tenho certeza de que ficou visível.

— Você vai nos causar a porra de um acidente — reclamou.

— Eu? — Fechei a cara. — O que foi que eu fiz?

Ele negou com a cabeça, soltando uma risadinha.

— Pode me fazer um favor? — Sua voz era macia e suave, ficando ameaçadora por, rapidamente, ter se tornado sensual.

Ele lançou um olhar para mim e fechei a boca, engolindo o pedaço de melancia que estava mastigando. Por que ele estava me encarando daquele jeito?

Jax apontou para mim com o queixo.

— Sabe esse suco de melancia que está escorrendo pelo seu lábio? — indicou. — Lamba, ou eu vou lamber.

Abaixei o pedaço que estava na minha mão e o encarei, maravilhada e esperando que ele estivesse brincando. A ameaça em seus olhos, o desafio em seu tom suave, a sensação de perigo que passava do seu lado do carro para o meu — não era brincadeira.

Foda-se a minha vida.

Colocando a língua para fora, lambi qualquer resquício de suco dos meus lábios e fechei o pote.

Meu celular começou a tocar na bolsa e me estiquei para pegá-lo, grata pela distração. Mas, ao olhar na tela, estremeci.

Minha mãe de novo. Ela tinha ligado duas vezes e agora mandou outra mensagem.

> Casa da Tate. Dez minutos.

Neguei com a cabeça e enfiei o telefone na bolsa de novo, engolindo o gosto ruim que tinha ficado na minha boca. Mas que droga ela queria?

Primeiro, ela nem se importou em saber se eu tinha chegado bem em casa e, alguns dias depois, estava ligando e mandando mensagem. Talvez apenas não pudesse lidar com o fato de que eu não tinha ligado para ela, mas só o que eu sabia era que não queria vê-la. Não hoje e talvez não por um tempo.

— Quem era? — Jax questionou.

Suspirei, ainda olhando pela janela. Por que mentir?

— Minha mãe. Ela está esperando na casa da Tate.

— Por quê?

Dei de ombros, sentindo uma tristeza me tomar. Não que eu não quisesse falar com ele. Não dava. Quem sabia o que aconteceria se eu tentasse abrir minha boca agora? E com que facilidade só de pensar no seu rosto, sua voz, sua presença tinha me arrancado da bolhazinha de alegria em que eu estava?

— Como é que eu vou saber? — reclamei. — Você pergunta demais. Não queria vê-la. Não queria ouvir sua voz. Não queria suas mãos em mim. Torci os lábios, evitando os olhos de Jax, que eu podia sentir na minha nuca.

Viramos a esquina da alameda Fall Away, o peso da chuva mal afetando a velocidade com que Jax andava.

Fechei os olhos. *Por favor, vá em frente. Por favor.* Agarrei a maçaneta da porta, a dor em minha barriga crescendo quanto mais perto ele chegava.

Três segundos.

Dois.

E um.

Mas ele não parou.

Ele não parou! Meus olhos se arregalaram e virei a cabeça para ver sua sobrancelha arqueada em satisfação.

— O que você está fazendo? Para onde estamos indo? — soltei, apoiando a mão direita no painel, conforme ele acelerava novamente.

— Você quer ir para casa? — indagou.

Não.

— Uh… um — gaguejei.

— Ótimo. — Sorriu para mim e aumentou a marcha; só soube disso porque a velocidade aumentou. — Eu te entendo — afirmou, simpático. — Não iria querer ver meus pais também.

— Okayy — falei, devagar. — Para onde você pensa que está me levando?

Ele não respondeu. Aumentou o volume da música e seguiu em frente na densa tempestade e nas ruas desertas.

CAPÍTULO SEIS

K.C.

O Loop era a pista oval de corrida não oficial da cidade. Durante o ensino médio, era frequentado por qualquer cara que tivesse um carro para correr ou dinheiro para apostar, porém não era nada mais que uma estrada de terra que circulava um lago muito grande na propriedade da Fazenda Benson.

Ou costumava ser.

— Jax, acho que você devia me levar pra casa — comentei, tentando esconder a amargura na minha voz, quando viramos na longa entrada que só daria em um lugar.

Eu odiava o Loop;

Odiava carros. Odiava não saber sobre carros. Odiava que meu ex-namorado tivesse conhecido outra garota aqui no ensino médio. Odiava que todos ficassem confortáveis aqui, exceto eu.

E odiava ser tão insegura e ignorante a ponto de não passar de papel de parede durante os eventos que aconteciam.

— Você está sozinha comigo — Jax provocou. — E não está me olhando como se eu tivesse feito xixi na sua bolsa Prada pela primeira vez — continuou. — Vamos nos divertir.

Fechei a cara.

— Hm, a menos que seu plano seja me deixar nua, o que não vai rolar, não consigo imaginar por que você pensou que seria divertido para qualquer um de nós. Quero dizer, o que eu deveria fazer aqui?

— Dirigir.

Meu coração bateu mais forte.

— Oi?

— Você ouviu.

O quê? Mas... como? Não sei dirigir câmbio manual! Bati os pés, pronta para pular do carro, e mal notei que o barulho de cascalho tinha desaparecido de sob os pneus.

Prendi o ar, tentando decidir qual era a porra da batalha que eu travaria primeiro.

— A pista está asfaltada agora? — soltei.

A pista agora tinha uma base de concreto e havia dobrado de largura. Alguns poucos conjuntos de arquibancadas ficavam nas laterais, onde antes os espectadores costumavam estacionar na grama ao lado, e agora havia um espaço definido.

— Jax? — murmurei, absorvendo o que dava com o borrão da chuva. Aquilo era um semáforo na linha de chegada? E olhei para a esquerda. Aquilo era um palanque para o... locutor? Sério?

— O que aconteceu aqui?

— Olhe para mim — Jax ordenou, ignorando minha maldita pergunta.

Virei para encará-lo, esquecendo minha maldita pergunta.

Ele parou e puxou o freio de mão.

— Com quantos caras você já transou além de Liam?

Frazi minhas sobrancelhas formando uma bela carranca.

— Isso é sério? Só me tira daqui.

O que ele estava fazendo?

Mas sua voz se manteve leve, com uma pitada de riso, as mãos erguidas em defesa:

— Não estou tentando te irritar, preciosa — provocou, apoiando a cabeça no encosto e me analisando. — Estou tentando fazer um ponto aqui, ok? Dirigir com câmbio manual é igual sexo — declarou. — Cada pessoa com quem você transa é diferente. Parece um código que precisa ser quebrado. — Ele se virou e passou as mãos nos dois lados do volante, devagar e suavemente. — Que partes gostam de ser tocadas. — Sua voz sensual começou a percorrer meu corpo. — Lambidas. Chupadas. Mordidas.

Puta que pariu.

— Inferno, algumas pessoas nem precisam ser tocadas — apontou. — Olhares, provocações, jogos mentais... Todo mundo tem um ponto que o coloca na sexta marcha, K.C. — E eu o encarei, observando cada movimento seu, ao se virar e me fitar, falando suavemente. — E este carro não é diferente. Primeiro, você precisa encontrar o ponto da embreagem — instruiu, e dei um grito quando ele bateu o pé no chão, empurrando o câmbio. *Jesus.*

Soltando o freio de mão, de forma doce, deliciosa e perversa, apoiou uma mão no volante e a outra na marcha.

— Aí você tem o acelerador. — Deu um sorriso malicioso e manteve os olhos em mim, acelerando o motor, mas sem se mover. — Trabalhando com os dois, você encontra o ponto certo. O ponto onde ela te deixa assumir o controle.

Ela?

— Empurra. — Bateu na perna que pressionava a embreagem, e lambi os lábios freneticamente, porque minha boca estava muito seca. — E logo a acelera devagar — bateu na outra perna, e o ouvi acelerar de novo — ao soltar a embreagem dela... devagar.

Suas pernas se moveram, uma subindo e a outra descendo.

— Dar e receber — continuou, ainda me prendendo. — Se empurrar muito rápido, ela desmorona. — Soltou a embreagem e senti o carro morrer. Ele apertou a embreagem e o freio, girando a chave na ignição de novo. — Se você não empurrar direito, ela nunca vai se mover. — E segurou a embreagem, parado, acelerando o motor, sem sucesso. Empurre e solte. Acelere e desacelere. — Observei suas pernas trabalharem, soltando a embreagem e pisando no acelerador.

Com as pernas latejando sob mim, encarei-o de olhos arregalados, conforme Jax soltava a embreagem e pisava no acelerador, passando pela pista.

Agarrando o painel, analisei a pista vazia e deixei um sorrisinho se arrastar em meus lábios. Definitivamente era mais divertido estar no carro do que do lado de fora, como espectadora. Mas eu queria dirigir. Sempre admirei Jared e Tate e queria aprender também.

— Olhos em mim — Jax reclamou.

Virei a cabeça para ele e apoiei as costas.

— Câmbio manual é como sexo para fazer o carro andar, mas também para continuar com o movimento. Às vezes, você tem que mudar de marcha, acelerar ou — e virou a cabeça para me olhar — diminuir quando precisa.

Ele apertou a embreagem e puxou o câmbio para trás, depois soltou o pedal e acelerou de novo. À medida que avançávamos, ele fez a mesma coisa, só que empurrou para cima e para direita dessa vez.

— Sempre que muda de marcha, precisa apenas apertar os botões certos e encontrar o ponto mágico de novo. Quando quer acelerar, sobe de marcha. Quando quer diminuir, desce. — E bateu no topo do câmbio, indicando os diagramas de onde cada uma ficava.

Ele circulou a pista inteira, diminuindo a velocidade e as marchas ao virar nas curvas, depois acelerando e subindo, e acelerando mais quando ele pisava fundo. Suas pernas, longas e poderosas, estavam em completa sincronia com o que quer que seus braços estivessem fazendo e, mesmo que o carro desviasse na chuva e até virasse um pouco nas curvas escorregadias, Jax agia como um condutor, pressionando, soltando, passando marchas e empurrando.

Pressionando, soltando, passando marchas e empurrando. Uma e outra vez, com meu corpo estremecendo toda vez que ele trocava para cima.

Minha bunda e coxas vibravam sob mim no ritmo do motor e fiquei aquecida em todos os lugares.

Meu olhar foi para o seu rosto e uma leve camada de suor em sua bochecha fez sua pele de oliva ficar ainda mais bonita.

Ouvi sua risada.

— Para de me olhar assim, K.C. — avisou.

Merda. Pisquei, limpando a garganta.

— Minha vez — falei, mudando de assunto.

Virando-me para olhar pelo para-brisa da frente, esfreguei as coxas uma na outra para amenizar a queimação entre as pernas.

— Bem, isso foi fácil. — Deu para ouvir a risada em sua voz quando parou na linha de chegada/largada. — Na verdade, estou honrado por você ter permitido que eu te ensinasse em vez de Liam.

— Não se sinta — disparei, erguendo minhas defesas. — Nunca pedi ao Liam. Não quero ir para casa e você está aqui, então…

Seus olhos se estreitaram.

— Por causa disso, estou meio tentado a te fazer sentar no meu colo enquanto dirige — ameaçou.

Rolei os olhos e ergui o queixo.

— Está chovendo. Você desce e eu deslizo para o seu lado.

Ele torceu os lábios, irritado.

— Sim, princesa.

Ignorei a provocação, conforme ele abria a porta, a luz de um relâmpago e o som de um trovão enchendo o carro. Mordendo o lábio inferior para abafar o nervosismo, joguei as pernas sobre o console e agarrei o volante, me colocando em seu assento, ainda quente de seu corpo.

Meus dedos se envolveram no volante grosso, o calor corporal que ele tinha deixado para trás no banco se espalhando pela minha barriga e descendo pelas coxas. A chuva batia no teto e no capô, e mal consegui ver qualquer coisa além de sua sombra escura, que contornava o lado do passageiro do carro.

Ele abriu a porta e o som da tempestade inundou o interior novamente.

— Obrigado — resmungou, se jogando no assento, tirando a água dos braços. Os longos shorts pretos brilhavam da chuva e a camisa cinza agora estava um pouco mais escura.

E agarrada em sua pele, deixando cada linha de seu abdômen e peito completamente visíveis.

— Você está bem, príncipe? — indaguei, tentando parecer inocente.

Ele jogou o cabelo para trás e prendeu o cinto de segurança.

— Cinto — pediu, me ignorando.

Prendendo o meu, estiquei a mão e ajustei o banco, depois me estiquei para a ignição.

— Espera. — Jax colocou a mão na minha para me parar. Ele estava tão quente. — Está pisando na embreagem? — indagou, e eu neguei com a cabeça. — Segura a embreagem com o pé esquerdo e o freio com o direito — explicou. — Quando estiver pronta, gire a ignição, mas mantenha o pé no lugar.

Fazendo o que me foi dito, tirei os chinelos e liguei o carro. Quando o motor rugiu à vida, deixei escapar um sorriso, mesmo que um calor de nervosismo estivesse enfraquecendo meus braços e pernas.

— Agora. — Pegou minha mão e apoiou no câmbio. — Essa é a primeira marcha. — E ficou segurando enquanto tirava do ponto neutro. — Essa é a segunda. — Fomos direto para ela, meus braços ficando mais fracos.

Eu não sabia o motivo. Fechei os olhos, sentindo-o nos mover.

— Terceira. — Para cima e para a direita. — Quarta. — Direto para baixo. — Quinta. — Sua voz profunda me levou para cima e para a direita de novo. — E sexta. — Empurrou tudo para baixo, minha barriga se contorcendo. Perdi o ar. — Aqui é a ré — falou, pouco mais de um sussurro.

— E só uma dica: é melhor dirigir de olhos abertos, K.C.

Pisquei. Sim, eu nem sabia como dirigir com câmbio manual ainda, mas definitivamente queria que tivesse no meu próximo carro.

Engoli em seco, franzindo o cenho para ele.

— Posso ir agora?

Ele sorriu e se inclinou para mudar a música. *Trinches*, de Pop Edil.

— Um pouco de inspiração para um mulherão da porra.

— É, claro — respondi, sarcástica. Soltando a embreagem, pisei no acelerador e fiquei paralisada enquanto o carro morria.

Meu rosto se encheu de vergonha, pude ouvir Jax bufar e vi seu peito tremer com uma risada silenciosa pelo canto do olho.

— Hmm... então essa é a sua experiência com homens? — brincou. — Cheguei bem na hora. — Segurou minha mão, apoiando no câmbio. — Ligue o carro — pediu.

Fiz o que ele falou, um pé na embreagem e o outro no freio.

— Coloque na primeira — indicou, mantendo a palma da mão sobre os nós da minha.

Usando toda a minha força, até os músculos dos meus braços queimarem, empurrei a marcha para a esquerda e para cima.

— Ok — começou. — Agora, quando eu disser "vai", quero que você, lentamente, solte a pressão da embreagem e comece a colocá-la, lentamente, no acelerador. Dar e receber. Empurrar e soltar. Você vai sentir o ponto quando eles se encontrarem, aquele em que um está pronto para ser liberado e o outro para assumir. — Seus olhos azure tornaram-se tempestuosos e seus lábios macios se misturaram ao me observar. — Está pronta?

Para o quê?

Ah, sim.

— Estou — gaguejei, acenando.

— Vá em frente. Não solte a embreagem completamente até sentir. — Sentou-se para trás, mas manteve a mão na minha.

Devagar, soltei a pressão da embreagem e o senti me observando aplicar força no acelerador.

— Lentamente — lembrou-me.

Quando acelerei, o carro começou a se mover e me voltei para Jax, olhos arregalados.

Deu-me um largo sorriso.

— Sentiu? — indagou. — Ela está pronta. Solte a embreagem.

Tirei o pé e balancei o volante, nervosa, quando o carro foi para frente. Meu sorriso se espalhou e eu ri.

— O que eu faço agora? — gritei, empolgação tomando conta.

— O que você acha que tem que fazer?

— Marcha? — Puxei o ar e agarrei o volante.

Ele apertou minha mão.

— Quando eu disser "vai", pise na embreagem de novo e vamos mudar — instruiu. — Vai!

— Jax! — exclamei, pela falta de aviso, e pisei na embreagem, nervosa. Jax agarrou minha mão e nos levou para a segunda.

— De novo, solte devagar enquanto acelera.

Eu podia sentir seus dedos deslizarem entre os meus e meu coração batia tão alto que dava para ouvir na minha cabeça.

Conforme soltava e pisava, encontrei o ponto onde elas se encontravam e fui em frente, soltando a embreagem de novo.

— Consegui! — explodi, sorrindo. — Eu consegui!

— Claro que sim — Jax disse. — Pronta para eu te soltar?

— Não! — Ofeguei, rindo. — Não se atreva!

Senti sua mão apertar a minha, a palma macia e suave, os dedos se encaixando perfeitamente entre os meus.

O carro chegou a cinquenta quilômetros por hora e parecia estar no máximo. Pisando na embreagem, olhei para o desenho no câmbio — coberto pelas mãos de Jax e eu — e me lembrei que a próxima era para cima e para a direita. Sua mão estava leve na minha quando nos movi e coloquei na terceira, soltando a embreagem quando a aceleração dominou.

Eu estava amando. Mesmo que tropeçasse pela pista, e dava para ver Jax estremecer com minhas transições abruptas, eu estava cheia de empolgação.

Dirigindo um carro novo, o resto do mundo bloqueado pela chuva em nossas janelas, e o delicioso perigo de ter Jaxon Trent sentado ao meu lado. O garoto que minha mãe nunca aprovaria. O garoto que não era bom para mim.

O garoto que me faria coisas más se eu deixasse.

Bem, minha mãe não tinha nada para se preocupar, afinal de contas. Jax podia até querer me comer no ensino médio, mas viu todos os meus tons de covardia e provavelmente estava entediado agora.

— E aí, o que te fez ser presa? — Jax indagou.

Tirei a mão de debaixo da dele e segurei o volante, fazendo a primeira curva.

— Não quero falar sobre isso — respondi, baixinho.

— É embaraçoso? — insistiu.

— Não. — Estremeci. — Só... sim, um pouco. — Olhei para ele. — Afinal, ser presa é embaraçoso, não importa o motivo, né?

Ele arqueou uma sobrancelha.

— Ok, esquece. — Rolei os olhos. — No seu mundo, usar algemas é legal — zoei. Mas então meu rosto se desfez, percebendo o que eu tinha acabado de insinuar. — Não quis dizer desse jeito — soltei, olhando para o largo sorriso em seu rosto.

Até seus olhos sorriam para mim.

— Você usando algemas seria legal, K.C.

Ai, droga.

Eu o ouvi rir, mas meus olhos estavam cegos, focados no lado de fora.

— Não queria te distrair — meio que se desculpou. — Continue dirigindo.

Limpando a garganta, segui em frente, passando para a quinta marcha entre curvas e diminuindo com sucesso ao fazê-las. Dei duas voltas na pista e eventualmente relaxei o bastante para me recostar e suavizar as transições de uma para a outra.

E eu amei. Fazer o carro se mover quando eu queria. Levá-lo para frente, trazê-lo para trás... era quase obsceno o quanto eu gostava.

O sorrisinho que me permiti ter podia ser quase invisível, mas eu sentia por todo o meu corpo. Ao virar na última curva. Ao diminuir as marchas. Ao desacelerar até parar na linha de chegada.

Definitivamente quero um desses, pensei, sentada ali.

Jax soltou um suspiro satisfeito.

— Agora você sabe dirigir um carro manual.

Abaixei a cabeça, escondendo o sorriso dele.

— Sei — falei, baixinho.

— Vai nos levar para a escola amanhã dirigindo?

Ri, colocando o carro no ponto morto e puxando o freio de mão.

Passei os dedos pelo volante e mordi o lábio inferior antes de falar:

— Encontrei Liam em um bar com outra mulher — comecei, sem saber o motivo. — Andei até eles, que estavam se beijando, agarrei uma faca no balcão mais próximo e enfiei na mesa onde estavam sentados. — Empurrei meu sorriso envergonhado para o lado, sentindo minha pele corar. — Aí comecei a balançar a faca na frente dos dois, ameaçando a perda de seus órgãos genitais — terminei, fechando os olhos e estremecendo com a minha idiotice. — É. — Acenei, sabendo o que ele deveria estar pensando. — Fiz isso mesmo.

— Foda. — Parecia orgulhoso. — Feliz por você.

Abri os olhos e dei de ombros, ainda me sentindo burra.

— Era uma faca de manteiga — murmurei.

E Jax perdeu a cabeça. Bufou com força, começou a rir, o som ofegante vindo da boca do seu estômago, e bateu uma vez na coxa em apreciação.

— A parte engraçada é que — continuei, em meio à sua risada — eu não chorei. — Olhei para ele e estreitei os olhos. — Não por causa dele, sabe? Ficamos juntos por cinco anos e não sinto falta de nada. Isso não é estranho?

— indaguei, vendo o rosto de Jax mais calmo e que ele me escutava.

Tinha que admitir, mesmo que soasse terrível. E Liam provavelmente também não sentia a minha falta. Eu não era a namorada mais fácil e, embora me arrependesse dele, não conseguia evitar o sentimento de que ele também se arrependia de mim.

— Você vai ficar bem — Jax ofereceu.

Neguei com a cabeça, minha voz ficando triste.

— Não quero ficar bem — respondi. — Quero sair da linha, Jax. Quero lutar, gritar, me enfurecer e me perder. Quero ter fome. — Abaixei o tom para um sussurro, ainda olhando pelo para-brisa. — Quero estar uma bagunça. Pela primeira vez.

Soltando um suspiro de derrota, abri a porta do carro e saí na chuva. Bati com força, girei e apoiei as mãos no teto, abaixando a cabeça e fechando os olhos. Inspirei e expirei, apenas desejando que a chuva lavasse o calor na minha pele.

O cheiro de musgo do lago próximo tomou minhas narinas e o tamborilar das gotas abafou os barulhos na minha cabeça. Sorri, grata, linhas finas de água espalhadas sobre meus lábios, e a chuva fria colaram minhas roupas na pele quente.

— Então por que você não faz isso?

Ergui a cabeça e me virei, vendo que Jax tinha vindo por trás de mim.

— Fazer o quê?

— Se perder. — Sua voz profunda e olhos desafiadores eram duros contra mim. — Descubra o que te deixa com fome. Saia da linha. Lute, grite e se enfureça… Por que você não faz isso?

Olhei para longe.

— É tão fácil para você, né? — Ergui a voz, falando por cima do aguaceiro. — Você não responde a ninguém Jax.

Ele me olhou, como se eu fosse patética.

— Ah, quanta besteira — reclamou. — Porra, você está com medo. E não vai perceber até estar instalada no subúrbio com dois filhos e meio e casada com um babaca que prefere um boquete da secretária a voltar para casa com você.

Lágrimas brotaram e eu as engoli, sufocando minhas palavras.

— Você é tão babaca.

— E você é frouxa, porra! — provocou, seus lábios a centímetros do meu rosto, enquanto ele se aproximava de mim.

Levantei a cabeça.

— Pare de dizer isso! — exigi, brava.

— O quê? — Levou a mão para trás da orelha, zombando. — O que foi? Não consegui te ouvir, frouxa. Ninguém te ouve.

Fechei os dedos em um punho.

— Vai se foder! — esbravejei, invadindo seu espaço.

— Fique nua e eu irei.

— Argh! — Bati em seu peito, mostrando os dentes. — Você é uma maldita criança. Cresça!

E engasguei quando ele correu até mim e prendeu meu lábio inferior entre os dentes, chupando em sua boca.

Puta merda. Porra. Ele acabou de me morder?

Mas não tive tempo de processar nada daquilo. Ele agarrou minha bunda, ainda com meu lábio entre os dentes, e me puxou para cima, empurrando minhas costas na porta do carro.

— A criança cresceu — declarou, em uma voz profunda, esfregando a ereção entre minhas pernas. — E você vai descobrir, porra.

Ai. Meu. Deus.

Ele cobriu minha boca com a sua e se moveu devagar, como as marés do oceano, indo e vindo, indo e vindo, arrastando meu lábio inferior entre os dentes e puxando até soltar. Acho que minha barriga roncou e, subitamente, tive vontade de comê-lo.

— Jax. — Agarrei sua camisa em punhos, ficando tensa com o tornado em meu peito, que desceu até minha barriga e pelas minhas coxas.

E, naquele momento, ele apertou minha nuca e enfiou a língua na minha boca.

Choraminguei com a maciez e a quentura de sua língua, gemendo.

— Ai, meu Deus — gaguejei, jogando a cabeça para trás e respirando com força, sua boca descendo por meu pescoço. Não conseguia tocar seus lábios. Era bom demais. Ou era isso ou eu estava muito excitada. Apertei as coxas e gemi, a pulsação entre minhas pernas batendo descontrolada. — Jax, eu... eu... — Me perdi nas palavras. — Merda.

Não consegui evitar. Agarrei sua cintura e girei os quadris nele, mostrando o quanto o desejava enquanto o sentia lamber e beijar meu pescoço.

— Jesus. — Sua respiração fazia cócegas em meu ouvido. — Você já está pronta para gozar, não é?

— Mas ainda te odeio — insisti. — E, em um minuto, você vai tirar essas mãos de mim, caralho.

Passando os braços por seu pescoço e pressionando nossos corpos, afundei os lábios nos seus, que continuaram a se mover sobre os meus como se pertencessem a ele.

E então beijei seu lábio inferior, lambendo o superior, beijando os cantos de sua boca, e agarrei sua maldita nuca, ficando na ponta do pé.

Não tive como fugir. Jax não me deu tempo para pensar ou parar. Levantando minha saia, agarrou minhas coxas e me tirou do chão. Não precisei de instruções. Circulei sua cintura, sentindo na mesma hora o cume grosso de sua ereção me provocando.

Meus olhos estavam fechados, mas tenho certeza de que parecia estar sentindo dor.

— Jax, droga — gemi. — O que você está fazendo?

Era uma maldita montanha-russa de sensações em cada lugar que seus lábios tocavam. Como alguém poderia sentir borboletas no pescoço? Na boca? Nas bochechas?

Suas mãos apalparam minha bunda, me puxando contra ele de maneira áspera e dura, roçando por mais, e eu amava como o tecido do seu short se esfregava no interior da minha coxa. Jesus, eu estava com tanta fome. Chupando sua língua com toda força que eu tinha, soltei e prendi seu lábio inferior entre os dentes, mordendo.

— Merda. — Afastou-se, deixando-me de pé e levando os dedos aos lábios que mordi.

Enfiei as unhas nas pernas nuas, assustada com a agonia de sua perda. Não pretendia mordê-lo tão forte. Mas fingi que queria.

— Eu te disse que você tiraria as mãos de mim — provoquei.

Ele tirou os dedos da boca para inspecioná-los e acho que viu sangue, porque me puxou pelo braço, me afastando da porta do carro.

— Não, não vou — desafiou. — Mordida? Você acabou de passar minha sexta marcha. Entra na porra do carro — rosnou, abrindo a porta e me empurrando para lá.

Travei os dentes para conter o sorriso. Subindo, passei por cima do console, saindo do caminho do Jax, quando vi que ele estava me seguindo pelo mesmo lado.

Engoli em seco, minha boca seca, e esperei, sentindo uma necessidade que nunca tive. Nem mesmo com Liam. Ele bateu a porta e me olhou como se quisesse me agredir ou algo assim.

Mas não.

CAINDO

Agarrando-me pelos braços, ele me puxou para o seu colo até eu estar montada nele. Levou minha mão até sua virilha e ofegou em meus lábios.

— Pode me morder, me bater, gritar comigo. Não ligo. Eu quero sentir. Porra, me machuca, K.C. Eu quero te ver.

E então agarrou minha nuca e levou meus lábios aos seus, imediatamente empurrando a língua na minha boca e passando as mãos pelas minhas coxas, por baixo da saia.

— Jax — ofeguei, me movendo para trás e para frente, dentro e fora, encontrando seus lábios e me afastando. — Eu amo te sentir.

Eu queria isso. Sempre quis. Ele era um passeio pelo parque de diversões que estava marcado em mim, e não havia um centímetro dele que eu não quisesse provar.

Segurando um dos lados de seu rosto macio, deixei minha mente e meu corpo deslizar em seu calor, me esquecendo de tudo.

Apenas beije-o. Era tudo que eu ouvia — tudo que meu cérebro me falava —, como se fôssemos só nós no mundo.

Ele segurou minha bunda com ambas as mãos, e afastei a boca, o olhando de cima.

Apoiando as palmas em seus ombros, esfreguei-me contra ele, bem devagar, embora com força, assim podia sentir cada centímetro seu do começo do meu clitóris até minha entrada.

— Jesus. — Mostrou os dentes, me olhando, nossos lábios a centímetros. — Sabia que você era linda assim.

Agarrando minha bunda, seus ombros flexionaram sob minhas mãos quando ele me puxou para si e girou os quadris nos meus.

Esticando a mão para trás, tentei tirar as suas da minha bunda coberta pela calcinha. Não podia deixar chegar longe demais, porém não pararia de jeito nenhum. Sentia que deveria pelo menos tentar, embora meus esforços fossem patéticos.

Eu só sabia que deveria parar. Mais cedo ou mais tarde, chegaríamos a um ponto onde não há mais volta, e quanto mais suas mãos me tocavam em todos os lugares que não deveriam, mais eu não iria querer parar.

Tocando sua boca com a minha, sussurrei, implorando:

— Tenho que te sentir, Jax. Preciso de mais. — Movi os quadris mais rápido, de novo, de novo e de novo. — Mais, Jax. Por favor — gemi, amando a fricção no meu clitóris.

Ele esticou a mão para baixo e ouvi um zíper, sentindo meu coração acompanhar o ritmo e sabendo que estava chegando perto. Mexendo-se sob mim, ele abaixou os shorts só um pouco, agarrou minha bunda, enfiando os dedos, e me pressionou com força contra a sensação quente do seu pau.

Minha calcinha. A única coisa que me separava dele. A única coisa que nos mantinha afastados.

— Jax — choraminguei, calor inundando minha boceta e me deixando molhada. — Ai, meu Deus.

Engoli em seco uma e outra vez, o prazer de tê-lo bem ali me deixando uma bagunça de nervos.

— Temos que ficar vestidos, okay? — Comecei a fodê-lo a seco, amando o que estava sentindo, mas com medo também.

Sua cabeça caiu contra o assento e seus olhos se fecharam.

— Não ligo. Só não pare de me tocar.

Como se eu quisesse! Ele amava o que eu estava fazendo — sua respiração estava irregular, os músculos flexionados debaixo de mim, o suor em seu pescoço — e nós ofegávamos e gemíamos no ar espesso do carro úmido. Eu estava amando e queria chorar de tão bom que era senti-lo.

Com suas mãos agarrando minha cintura, ele me esfregou contra si, roçando contra o seu pau, de novo e de novo, mais e mais forte, até que eu não me importasse mais de o material que nos separava estar deixando marcas pela fricção.

Ele chupou meu lóbulo com a língua.

— Hmmm… você está tão molhada. Consigo sentir.

Prendi o ar, passando os braços por seu pescoço e me inclinando para a sua boca.

— E você está duro — falei, a voz rouca —, tão duro.

Seus dedos hesitantes e lentos subiram por baixo da minha camisa, seus polegares fazendo círculos na minha barriga.

— Jax, não — protestei, pateticamente, empurrando suas mãos para fora da minha blusa. — Não podemos ir tão longe. Não conseguiríamos parar.

— Se você soubesse o quanto você dizendo não está me excitando…

Lambi seu lábio inferior, passando a ponta da língua por ele.

— Isso não é bom?

Ele se mexeu por baixo de mim, passando a camisa molhada por cima da cabeça e jogando no chão.

— Claro que sim, isso é bom. — Ele agarrou meu rosto e mordiscou minha boca. — Mas te ter tão perto e não ser capaz de mover esse pedacinho de tecido — esticou a mão para baixo e brincou com o elástico do meu fio dental, seu toque suave enviando arrepios pelos meus braços — que me impede de me afundar em você é uma tortura do caralho. Eu te quero muito, K.C. — rosnou, baixinho. — Eu sempre te quis.

E eu gritei, sua ereção subitamente se mexendo, pressionando meu clitóris. Inclinei-me para os seus lábios e respiramos um contra o outro enquanto eu o cavalgava.

— Ai, Jax — choramunguei, a ardência em minha entrada me fazendo querer mais.

Meu Deus! Eu queria mais. Espalmei a mão na janela, mal notando o vapor que criamos, mas Jax me segurou firme. Empurrando-me para trás, puxando-me para frente, respirando meu ar e querendo tanto quanto eu.

— Aí, Jax!

Alguém bateu na janela do lado do motorista, e nós dois trememos, olhando para cima.

— Mas que… — soltou, agarrando minhas coxas trêmulas. O orgasmo que estava tão próximo agora lentamente se afastava e o latejar entre as minhas pernas se tornou cruel. Eu respirava com dificuldade, a necessidade tão grande que doía. Ele sentiu também?

— Jax? — o garoto chamou de novo, e voltei correndo para o meu banco.

Jax socou o volante uma vez, rosnando.

— Fique aqui — ordenou.

Ao abrir a porta, o corpo de Jax estava rígido e notavelmente duro. Gemi sozinha, vergonha aquecendo meu rosto.

— Ei, cara.

— Que droga é essa? — Jax reclamou, descendo do carro sem esconder que estava fechando a bermuda.

Tinha parado de chover, mas eu não sabia quando foi.

— Ih, mano. — Vi as pernas do cara recuarem. — Sinto muito mesmo. Não tinha percebido.

— O quê? As janelas embaçadas te deixaram confuso?

Abaixei o rosto nas mãos. *Ele não disse aquilo.*

Jax deixou a porta aberta e deu um passo à frente.

— Cai fora — avisou. — É sério.

— Ei, gatinho — uma voz feminina surgiu, e abaixei as mãos, endurecendo na hora. Hesitei apenas por um momento antes de abrir a porta e espiar por cima do teto para…

Meus ombros afundaram. *Não. Caramba.*

Era uma das loiras com quem vi Jax naquela noite antes de ir para a faculdade, quando ele levou Liam para casa. Não queria, mas meus olhos foram para Jax, querendo ver se ele tinha se movido ou algo assim. Eu ligava se ele ainda era próximo dela?

Definitivamente não a queria perto dele.

A garota estava parada com a mão no quadril e um sorriso amigável nos lábios, mas era estranho. Ela olhava para Jax mais como se eles tivessem crescido juntos do que como se tivessem ficado nus juntos.

Foi quando seus olhos azuis vieram para os meus e suas sobrancelhas se ergueram.

— Ela é gostosa. — Acenou em aprovação para Jax. — Me liga se vocês quiserem companhia, okay?

Oi?

— É o quê? — soltei.

Ela não tinha acabado de oferecer... Corri a língua sobre os lábios secos, incerta de ter ouvido direito. Seu sorriso preguiçoso brincava comigo e era muito claro o que ela queria... é.

— Querida. — Ela riu. — Normalmente é preciso duas garotas para esgotar esse daqui. — E apontou para Jax.

— Meu Deus, Cameron. — Ele correu a mão pelo cabelo. — Use o seu filtro. Por favor. — E se virou para mim, preocupação em seus olhos.

Ela ergueu as mãos em defesa.

— Desculpa. Okay? Ela é fofa. Não pode me culpar por tentar. — Voltou a me encarar e fez um telefone com a mão, gesticulando um "me liga" com a boca.

— Seu irmão está esperando — Jax insinuou, apontando com o queixo para trás dela, onde o cara tinha entrado no carro.

Mal a vi sorrir e cair fora. Mal vi Jax se virar e me olhar. Tudo que eu pensava era se deveria gostar dela por sua coragem de viver como queria ou odiá-la por estar com Jax.

Não queria sua imagem com ele.

Jax me encarou, sem se mover, esperando.

— Cameron é uma amiga, okay? — explicou, gentilmente. — Uma velha amiga.

Endureci a mandíbula, o nó na minha garganta crescendo.

— Estou vendo.

— K.C... — começou, mas subi no carro antes que ele pudesse terminar.

Não queria perder a cabeça na frente dele. Eu estava brava? Chateada? Merda, eu não sabia. Tudo que eu pensava era no que Cameron tinha dito. Duas garotas. Duas malditas garotas para esgotá-lo. O que significava que ele fazia aquilo regularmente. Como eu poderia competir com aquilo? O que ele queria com alguém como eu?

Neguei com a cabeça, indo de triste para brava, e recuperando meu controle bem na hora que ele voltou para o carro.

— Estou cansada — falei na hora, mentindo. — Preciso ir para casa.

Encarei a janela, mas ainda podia vê-lo. Seu aperto tão forte no volante que os nós dos dedos bronzeados ficaram brancos. A longa veia em seu braço tenso. Os lábios apertados, porque eu podia ouvi-lo respirar pelo nariz.

Mas ele bateu a porta para fechá-la.

No caminho de volta para a cidade, o único som que ouvíamos era o da água nas ruas passando por baixo dos pneus. Ele tinha desligado o rádio, não estávamos conversando... e eu sentia como se ele tivesse desconectado.

Tudo pareceu vivo quando ele me beijou. Seu coração debaixo da palma da minha mão. Sua respiração na minha boca. Suas mãos correndo pela minha pele como se tentassem memorizar cada centímetro meu.

Agora ele era uma bala. Indo do ponto A para o ponto B sem hesitar.

Até que seu tom monótono finalmente encheu o carro.

— Venha para casa comigo. — Não era uma pergunta, e eu não conseguia ouvir nenhum traço de emoção.

Virei para ele, atordoada.

— Sério? — indaguei. — Não acho que seria suficiente para você.

— Não faça isso — devolveu. — Não estrague o que aconteceu entre nós. Você estava pegando fogo em minhas mãos e quero que se lembre disso, K.C.

Eu conseguia sentir seus olhos em mim enquanto eu pegava a bolsa de Tate no chão.

— Vestida, nua, eu não ligo... — parou, soando quase triste. — Desde que seus lábios estejam em mim de novo.

Movi-me no assento, tentando conseguir tempo para mim. O que eu queria e o que deveria fazer eram duas coisas diferentes. Lutei aquela batalha contra Liam, minha mãe e, inferno, a lista continuava. Foi verdade quando eu disse a Jax que queria estar uma bagunça. Mas não queria me machucar.

— Obrigada pela aula — falei. — E pela carona. Mas não sou como você, Jax. Não ignoro as regras e faço o que quero.

— Você não me conhece. — Seu tom se tornou defensivo. — Você não sabe nada sobre mim.

— E o que você sabe sobre mim? — devolvi. — Além de que queria que eu abrisse as pernas para você no ensino médio? Você quer se divertir comigo e nada mais, Jax. Encontre outra pessoa.

Ele jogou o volante para a direita e agarrei a maçaneta da porta para não deslizar para o seu lado do carro, quando ele virou depressa na entrada de sua casa.

Meu coração foi parar na garganta e minha mão saltou para frente, segurando o painel com sua parada brusca em frente à garagem.

— Jax! — reclamei.

Ele desligou o carro, puxou o freio de mão e se virou para me olhar, apoiando o antebraço no volante.

— Acha que eu não te conheço? — provocou.

Apertei os lábios.

— Além de que sou medrosa e frouxa, não.

Ele negou com a cabeça.

— Você quer viajar. Para lugares incomuns e perigosos. Você escondia um fichário cheio de páginas da *National Geographic* no seu armário da escola, porque não queria que sua mãe visse todas as fotos que você rasgou de lá para manter um registro com os lugares que queria visitar.

Meu queixo caiu um pouco e arregalei os olhos. *O quê?*

— Você não comeu seu almoço por um mês inteiro no último ano — continuou —, porque viu que Stu Levi não estava comendo e descobriu que a mãe dele, que é mãe solteira, não estava trabalhando e não podia colocar dinheiro no cartão dele. Então você colocou o dinheiro do seu lá. Anonimamente.

Como ele...?

— Você ama chocolate amargo — prosseguiu —, Ricky Gervais e qualquer filme que tenha cantoria e dança. — Sua voz preenchia o carro e meu coração batia no ouvido. — Exceto *O mágico de Oz*, porque a bruxa te assusta, certo? E colecionou quase todos os livros vintage de Nancy Drew. Tinha o maior número de distintivos na sua tropa nas escoteiras e teve que parar de nadar aos catorze anos, porque sua mãe disse que seus ombros estavam ficando muito musculosos e você não ficaria feminina. Você amava nadar — adicionou.

Passei os braços sobre a barriga, o ar ficando frio. Tate e Liam não sabiam de tudo isso.

— Eu não babava em você no ensino médio, K.C. Eu te ouvia. Prestava atenção em você. Que merda você sabe sobre mim?

E abriu a porta do carro, desceu e a fechou, sem esperar por resposta. Fiquei lá sentada, vendo-o entrar em casa e fechar a porta.

Então as lágrimas se derramaram e, por mais que quisesse provar que ele estava errado, não consegui ir atrás dele. Jax não sabia que eu também o tinha observado. Não sabia que eu também tinha prestado atenção.

Eu sempre o enxerguei.

— Música te concentra — sussurrei, para o carro vazio, encarando sua porta da frente. — Você escuta seu iPod entre as aulas e enquanto espera nos bancos antes da aula toda manhã. — Sorri, deixando mais lágrimas correrem por minhas bochechas e pensando nele de moletom, parecendo muito sombrio. — Você ama pipoca. Quase todos os tipos e sabores, mas especialmente as com molho Tabasco — comentei, lembrando-me das vezes que ele ia no cinema onde eu trabalhava. — Você sempre segura as portas para as mulheres: alunas, professoras e até as velhinhas saindo da sorveteria. Você ama filmes sobre desastres naturais, mas precisam ter alguma comédia neles. Seu favorito é *Armagedom*. — Engoli em seco e pensei em quão pouco tinha visto Jax sorrir de verdade. — E embora ame computadores, esta não é sua paixão — concluí. — Você ama estar ao ar livre. Ama ter espaço. — Todo meu rosto doía, as últimas palavras praticamente inaudíveis. — E merece alguém que te faça feliz. Só não sou essa pessoa.

CAPÍTULO SETE

K.C.

— Ei, K.C. — Simon, um dos outros mentores, veio atrás de mim depois que as sessões terminaram, na sexta. — Vai fazer algo divertido este fim de semana?

— Provavelmente não — respondi, sem olhar para ele, enchendo minha bolsa; quero dizer, a bolsa de Tate.

— Bem, nós vamos sair para tomar um café. Quer vir com a gente?

Parei o que estava fazendo e olhei para cima. Espiando além dele, vi os outros tutores guardando seus materiais e alguns esperando na porta.

Sorrindo suavemente, desculpei-me:

— Foi mal. Está meio quente para tomar café.

— Café gelado, que tal? — devolveu, com um sorriso largo e brincalhão. — Eles também têm *smoothies*.

Passei a bolsa por cima da cabeça, as pernas tensionando com a necessidade de caminhar.

Simon parecia ser um cara legal. E bonito também. Não tinha certeza se ele estava dando em cima de mim ou apenas sendo amigável, mas agarrei a alça sobre meu peito, querendo que ele me deixasse sozinha.

Não que o cara tivesse feito algo de errado e sei que eu deveria passar um tempo com outras pessoas, ou com um rapaz potencialmente legal também. Mas, na noite passada — e basicamente em todas as outras noites dessa semana, na real —, optei por ignorar Shane e as mensagens de Nik e Tate e dei caminhadas bem, bem longas ou fiquei sentada nas cadeiras do jardim, focada em ouvir meu iPod. Sozinha, mas não solitária.

Como aquilo era sequer possível?

Durante o ensino médio e a faculdade, eu estava solitária.

Nas festas. Solitária.

Com Liam. Solitária.

Ao redor da família. Solitária.

Parada no meio de um grupo de amigos. Completamente solitária.

Mas era estranho. Agora que eu ficava mais sozinha do que já estive na vida, a dúvida e a ansiedade tinham sido substituídas por outra coisa.

Tempo para pensar. Tempo para relaxar. Deixava-me irritada, mas meio que era uma boa sensação. Comecei a colocar os pés na mesinha de café, beber direto do gargalo e colocar música toda manhã quando eu acordava. Era como se eu estivesse começando a me encontrar.

Abaixei a cabeça, me sentindo mal ao passar por ele em direção à porta, mas não estava no clima de ser sociável.

— Valeu. Talvez em outro momento, Simon.

Passando pelo corredor, virei para me dirigir às portas de entrada e meu telefone tocou dentro da bolsa.

Pegando-o, olhei, querendo evitar as chamadas da minha mãe, mas eu não reconhecia aquele número.

Levei-o ao ouvido.

— Alô?

— Ei, encrenqueira — uma voz grave me saudou com humor. *Jared.*

— Maravilha — murmurei. — Você está me provocando também? Eu me lembro de você ter sido preso uma vez.

Ouvi sua risada baixa do outro lado da linha. O irmão de Jax — e namorado de Tate — e eu não éramos particularmente próximos. Eu não o via há séculos.

— Culpa da Tate, sabe? — expliquei. — Ela é má influência.

— Sim, sem dúvida.

Tate era um pé no saco e a cidade inteira sabia disso. Ela e Jared costumavam ser melhores amigos na infância, mas ele começou a praticar bullying com ela no ensino médio por razões que eu ainda desconhecia. Quando Tate começou a revidar, ela *literalmente* começou a revidar. Houve um nariz quebrado, joelho nas bolas, alguns tapas e um montão de danos ao carro de Jared.

Tate era maravilhosa.

— Então, como todo mundo sabe? — indaguei, me lembrando do agora inútil aviso do diretor de manter meu problema em segredo. — Soltaram uma nota na imprensa ou algo assim?

— Tate não me esconde as coisas. Você sabe disso. E sim — continuou —, houve algo do tipo. Liam, seu ex babaca, postou no Facebook.

Parei no meio do estacionamento.

— O quê? — cuspi, cada músculo do meu corpo tensionando.

— Esqueça. — Tentou me acalmar. — O estrago já foi feito e ele recebeu o que merecia. Jax deu um belo e rápido soco em seu estômago.

Jogando a cabeça para trás, fechei os olhos para o céu e senti meu peito se encher de emoções tão fortes que minhas terminações nervosas pareciam uma vela de aniversário estelar. Uma vela ardente, crepitante e abrasadora.

— Inacreditável. — Suspirei. Então foi por isso que Jax bateu no meu ex na semana passada. Não tinha sido pelo incidente entre nós dois na festa, mas sim por Liam ter me humilhado em público nas redes sociais.

— Não fique brava com Jax — afirmou. — Teria sido pior para Liam se Madoc e eu estivéssemos lá também. Porra — prosseguiu —, se a Tate estivesse lá? Pois é.

Pois é. Tate teria feito muito pior com ele.

Neguei com a cabeça. As pessoas — centenas de antigos colegas de classe e familiares de Liam — agora estavam rindo de mim.

Agora eu queria dar um belo e rápido soco no estômago dele. Foi assim que Tate se sentiu quando chegou no limite? Subitamente me sentia com cinco anos de idade e queria empurrar pessoas.

Suspirei uma e outra vez, me lembrando de que Jared ainda estava no telefone. Jared. Namorado de Tate. Um garoto que eu beijei antes de eles ficarem juntos. Namorado de Tate. É.

— Por que você está me ligando? — indaguei, finalmente, indo direto ao ponto.

Ele ficou em silêncio por alguns momentos e minha outra mão começou a bater na minha perna. Jared nunca me ligou.

Eu o ouvi respirar fundo.

— Relaxa. Tate sabe que estou ligando. Só quero saber — parou, hesitante — como meu irmão está — finalmente terminou.

Jax? Por que Jared me perguntaria isso? E então me lembrei da briga dos dois quando Jax estava na enfermaria.

— Hm... — arrastei a palavra, tentando encontrar uma resposta inocente, mas pensando no que aconteceu na academia e no Loop. — Não tenho certeza de como responder a isso, na verdade.

— Ele parece saudável?

— Saudável? — repeti. Pensei nos músculos que eu tinha visto dobrarem de tamanho nos últimos anos e nos sorrisos brilhantes que ele mostrava no campo quando tentava não encará-lo pela janela. — Sim. Muito — respondi.

— O que ele faz com os dias dele?

— Jared, o que está rolando? — rebati.

Jared me ligar. Estranho. Jared me perguntar por Jax. Estranho. Jared parecendo preocupado com alguém além de Tate e de si mesmo. Muito estranho.

— Desculpa — ofereceu, soando estranhamente envergonhado. — É que você está bem na porta ao lado. Não acho que passou despercebido de você quanta coisa ele tem feito, né? As mudanças na casa. O Loop. Só quero me certificar de que ele está bem.

— Ele é seu irmão. Pergunte a ele.

— Eu perguntei — rebateu. — E não tenho motivos para suspeitar do contrário. Só não estou aí e eu… eu…

Ergui a sobrancelha, achando seu gaguejar divertido.

— Só odeio não estar aí — terminou. — Preciso garantir que ele está feliz e sendo cuidado, só isso.

Hm… Comecei a andar de novo, pensando em como Jared deveria estar preocupado se precisou me ligar.

— Ah, tudo parece estar bem. — Normal não, bem sim.

— Bem. — Ele começou a rir. — Você realmente não faz ideia, né?

Circulei o estacionamento e parei na calçada, meus saltos afundando no concreto.

— Do que você está falando?

Ele fez uma pausa grande o suficiente para me irritar.

— É meio conveniente como o estado do Arizona te deixou voltar para a sua cidade natal para completar seu serviço comunitário, né?

Estreitei as sobrancelhas.

— Ué, por que não deixariam?

Sim, por que não deixariam?

— Uhummm — provocou. — E é uma maravilha você estar sentada confortavelmente em sua antiga escola dando monitoria de uma matéria que você ama em vez de limpar o lixo na estrada, né?

Diminuí até parar na calçada, debaixo da copa de umas árvores.

O diretor Masters não sabia de onde veio o e-mail sugerindo que eu fosse mentora na escola.

Soltei o ar.

E Arizona me deixou sair sem pagar fiança.

Apertei o telefone.

E o juiz me soltou sem multas quando o padrão para a primeira ofensa daria uma penalidade mínima de duzentos e cinquenta dólares.

Mal consegui sussurrar a pergunta.

— O que você está dizendo?

— Nada — cantarolou. — Não sei de merda nenhuma. Te vejo em algumas semanas, encrenqueira.

E desligou.

Pedras voaram pela rua enquanto eu chutava o cascalho no meu caminho para casa.

Jared era um mala.

O que ele estava tentando me dizer?

Ah, eu sabia o que ele estava tentando me dizer. Eu não era uma idiota. Eu era um pedaço de merda às vezes, mas definitivamente não uma idiota.

Quero dizer, Jax realmente teve o poder de transferir meu serviço comunitário de um estado para o outro? E Jared realmente sugeriu que Jax conseguiu me colocar na escola também?

Neguei com a cabeça, meus olhos vagando e suas palavras girando em minha mente.

Sim. Não. Primeiro, Jax não tinha esse tipo de poder. Segundo, Jax não se importaria? E três?

Jared era um mala.

E Jax era um mala também. Os dois agiam como se soubessem tudo no mundo e todos os outros não soubessem de nada.

— Okay — falei, pensando em voz alta, soltando um suspiro e ignorando o som dos carros passando. — Jax poderia ter me sugerido ao diretor Masters quando ouviu que eu voltaria à cidade. Porém… — parei, murmurando comigo mesma, *Hemorrhage*, de Fuel, tocando nos meus fones. — Jax não tinha como saber que eu gostava de escrever. Na verdade, eu estaria bem mais feliz juntando o lixo ao lado da estrada.

— Ei, amor! — uma voz masculina gritou da janela do carona em um carro que passava.

Dei-lhe o dedo do meio sem nem olhar para ele.

Não sabia por que os homens achavam que gritar para os outros na rua era sexy. Não era como se eu estivesse vestida para matar ou algo do tipo.

Mesmo que todos os outros mentores se vestissem casualmente, eu mantive saias ou shorts e blusas bonitas, esperando pelo menos parecer que não tinha sido forçada pelo estado para estar aqui.

E mesmo que não tivesse visto minha mãe, sabia que ela ficaria desapontada se me visse vestida de maneira não profissional em uma situação profissional.

Mas eu tinha corrido um risco.

Tate deixou para trás um tênis roxo que combinava bem com o short branco e a blusa camponesa lilás que eu estava usando hoje, então arrisquei.

— E também — prossegui, em voz alta, falando comigo mesma — eu definitivamente não gosto de ser mentora. Ninguém que me conhecesse pensaria que eu tinha paciência para ensinar e Jax teria que saber aquilo sobre mim.

"Aqueles adolescentes não precisam corrigir suas atitudes. Você sim."

Enfiei as mãos nos bolsos, estreitando os olhos.

Adolescentes. Aqueles adolescentes. A culpa se arrastou sobre mim. Poderia ser apenas três anos mais velha que eles, mas, tecnicamente falando, eu era a adulta. Eles eram jovens que precisavam de direcionamento, inspiração e encorajamento.

E eu estava falhando com eles.

Fui andando e pensando nas palavras de Jax, em Tate me dizendo para enlouquecer, em todas as coisas que eu poderia ter feito de diferente nas últimas duas semanas de monitoria.

Subi pelas ruas que só tinha passado dirigindo e desci outras onde vi as estações mudarem lindamente na minha infância e adolescência. Era engraçado o quanto eu gostava de andar agora. Mesmo que estivesse suando e meu cabelo, liso e brilhante esta manhã, estivesse agora preso em um coque alto e bagunçado, minha cabeça parecia clara.

E eu finalmente cheguei a uma conclusão.

"Juliet? Você pode servir a Deus, ao seus pais ou àqueles que ama, mas, para encontrar a verdadeira felicidade, você deve sempre seguir alguém ou algo além de si mesma."

Meu pai. Ele me disse aquilo um dia quando estava no hospital, na rara ocasião em que não pensou que eu fosse minha irmã. Uma das últimas vezes que alguém, além de Shane, me chamou de Juliet.

Passando pela casa de Tate e da de Jax, onde notei o GTO de Madoc estacionado, segui por mais alguns blocos até a minha. Uma casa que nunca pareceu um lar desde que meu pai foi embora.

Olhando para a construção de estilo colonial, tijolos vermelhos e dois andares, cerrei os punhos dentro dos bolsos quando meu peito se encheu de calor.

Minha mãe não ficaria feliz.

Estiquei a mão para a maçaneta, mas puxei de volta, perguntando-me se deveria bater. Engolindo a quantidade súbita de saliva que se criou na minha boca, agarrei o puxador e cerrei os dentes.

E empurrei a porta destrancada.

— Mãe? — chamei, entrando calmamente no saguão.

O cheiro de limão do lustra-móveis me atingiu e meu nariz começou a pinicar. Se eu não soubesse a verdade, diria que o piso de madeira clara estava encharcado. Tudo brilhava da esquerda até a direita. Das paredes brancas estéreis da escadaria até os tampos das mesas reluzentes nas salas de jantar e estar.

Analisando a parede ao longo das escadas, vi as mesmas fotos, minha e da minha irmã, que estavam ali há tempos. Só que as fotos nunca nos representavam como irmãs e sim uma única criança que foi crescendo. As fotos da minha irmã estavam penduradas em uma parede, mostrando seu crescimento até sua morte aos cinco anos, e então imagens minhas depois daquela idade continuavam, como se a vida de K.C. tivesse continuado.

Todas eram registros de K.C. Cartes, uma irmã que nunca conheci. Nenhuma minha como Juliet.

Procurei na internet sobre isso uma vez. Uma criança concebida para substituir outra é chamada de criança fantasma.

Eu.

Ouvi passos sobre mim e ergui o rosto, meu coração começando a bater duas vezes mais rápido.

— K.C.? — A voz da minha mãe a precedeu quando contornou a escada e parou no topo para me encarar.

Retribuí o olhar, batendo, sem perceber, os dedos na perna por dentro do bolso.

Minha mãe parecia Mary Poppins. Sempre pareceu. Magra e bonita. Uma pele cremosa que ficava fantástica com batom vermelho. E um cabelo preto sempre preso de alguma forma ou em um coque. Suas roupas, mesmo as casuais que usava dentro de casa, estavam sempre limpas e passadas.

Hoje, ela usava uma saia amarela flare na altura dos joelhos e um cardigã branco de botões. Leve, pelo que parece, mas ainda assim deveria estar quente pra caramba se você saísse de casa.

— Tire as mãos dos bolsos — instruiu, a voz calma.

Obedeci, subitamente sentindo que deveria ter tomado banho antes de vir aqui.

— Olá, mãe.

— Bom te ver. Andei ligando e mandando mensagens. — Ela parecia irritada e fechou as mãos na frente de si.

Não tinha retornado suas chamadas e sabia que aquilo a irritaria. Não era essa a minha intenção, mas não queria falar com ela.

Lambendo os lábios, fechei as mãos na frente do corpo também.

— Peço desculpas. A monitoria está me mantendo ocupada.

Ela assentiu e começou a descer as escadas.

— Agora não é uma boa hora. Você deveria ligar antes de aparecer na casa de alguém sem avisar. Você sabe disso.

Na casa de alguém?

Houve um tempo em que minha mãe era um pouco mais acolhedora comigo. Antes de o meu pai começar a perder o controle. Mas ela sempre se preocupou com as aparências e eu me questionava o motivo. Seu irmão — um médico — era bem parecido com ela também. Limpo e sem emoções. Mas sua irmã — mãe de Shane — era muito amável. Como era minha mãe quando criança? Ela ria? Fazia bagunça? Cometia erros?

Conforme ela chegava mais perto, endireitei a coluna.

— Eu estava na vizinhança, mãe.

— Não, você quer alguma coisa.

Passei as mãos pela camisa, percebendo como o linho estava amarrotado. Tinha pensado que parecia fofo de manhã, mas agora me sentia desconfortável. Eu ficava ridícula nessas roupas. No que eu estava pensando?

— Eu queria… Eu gostaria… — gaguejei, desviando o olhar do seu, que analisava meu corpo, absorvendo minha aparência.

— Não fale até estar pronta, K.C. — Ela se dirigia a mim como se eu tivesse cinco anos de idade.

Soltei o ar e estabilizei meu corpo, apertando os dedos entrelaçados com tanta força que a pele ficou esticada.

— Posso, por favor, pegar os meus diários? Gostaria de usá-los nas minhas aulas de mentoria. — E equilibrei minha expressão facial para parecer confiante, mesmo que tivesse sido preciso um esforço enorme para manter meus joelhos firmes.

Sua franja nem se mexeu quando ela inclinou a cabeça e me olhou.

— Isso parece razoável — respondeu, finalmente. — Mas primeiro você precisa tomar banho.

— Farei isso em casa — afirmei e comecei a passar por ela em direção as escadas, mas meu braço foi agarrado, me fazendo estremecer.

— Você está em casa — afirmou, severamente. — Era sobre isso que eu queria falar com você. É hora de voltar para casa.

Engoli em seco. Voltar para casa? Pavor encheu meu estômago e se espalhou pelo meu sistema, lentamente me comendo viva.

— Por quê? — Deu para ouvir minha própria voz falhar. Eu não queria voltar para casa agora.

Ela ergueu as sobrancelhas, como se eu tivesse feito uma pergunta idiota.

— Porque é minha responsabilidade tomar conta de você.

E não era há duas semanas? Quando precisei dela?

Minha mandíbula endureceu.

— Por que agora? — acusei.

E ela me deu um tapa.

Minha cabeça voou para o lado, lágrimas brotando em meus olhos, e segurei o rosto, tentando amenizar a ardência. Eu deveria saber que isso aconteceria. Eu nunca deveria respondê-la.

— Agora vá tomar banho — ordenou, e deu para ouvir o sorriso em sua voz. — Faça o cabelo e a maquiagem, depois vá se juntar a mim e algumas amigas para o jantar de hoje à noite.

Fechei os olhos, sentindo uma lágrima escorrer pela minha bochecha, e ela andou até as minhas costas, desfazendo meu cabelo do coque emaranhado.

Não, não, não... Eu tinha vinte e um anos. Não precisava mais dela para me arrumar.

Mas, com ela, tudo tinha que estar em seu lugar. Tudo tinha que parecer intocado por fora, mesmo que a sujeira se espalhasse por dentro. Por que ela se importava tanto com a aparência? Isso a fazia se sentir tão melhor depois da dor de perder minha irmã — e meu pai também, afinal de contas — que todo mundo nos visse como perfeitas, quando ainda nos sentíamos uma merda?

Ouvi seu suspiro, desapontada.

— Seu cabelo precisa ser cortado. Vamos te dar uma franja como a minha. Mas... — Deu a volta até parar na minha frente e tirou a mão que estava na minha bochecha. — Não teremos tempo para manicure. Vamos garantir que você fique novinha em folha para o almoço da próxima semana.

Medrosa e frouxa.

Minha mãe continuou falando sobre depilação e coloração, mas as palavras de Jax eram as únicas a que me agarrei.

"Qual é a sua cor favorita? Qual sua banda favorita? Quando foi a última vez que você comeu chocolate?"

Fechei os olhos, meu couro cabeludo doendo conforme minha mãe o puxava e examinava mais de perto, provavelmente procurando por pontas duplas.

Esfreguei minhas mãos uma na outra, me lembrando da áspera e gordurosa de Jax na minha semana passada. Amando a sensação. Querendo aquilo de novo.

"Eu queria te sujar."

Medrosa e frouxa.

Medrosa e frouxa.

Medrosa e frouxa.

— Para! — gritei, sentindo minha mãe recuar e ofegar com o comando.

Girando, abri a porta e fui para fora, enchendo o pulmão de ar ao correr pelo jardim.

Minha mãe não chamou por trás de mim. Ela nunca faria um espetáculo na frente dos vizinhos.

CAPÍTULO OITO

K.C.

Shane me observava andar pelo quarto de Tate como um animal enjaulado.

— Qual o problema com você? — indagou.

— Nada. — Bufei, esfregando os polegares nas pontas dos dedos e inspirando o ar que estava me deixando mais agitada que calma.

— Óbvio.

Parei e me virei para ela.

— Meus diários — cuspi, meu peito tremendo com... não sei o quê. Medo. Nervosismo. Raiva. — Você tem que ir na casa da minha mãe e pegar meus diários — ordenei, começando a andar de novo.

— Não, você precisa ir na sua casa e buscar os diários. Você sabe que sua mãe me deixa tremendo.

Mal ouvi seus resmungos. Agora eu sabia por que nunca quis voltar para casa. Não era meu comportamento anterior. Não era minha mãe.

Era eu.

Deixei aquele abuso acontecer mesmo depois que eu já podia impedi-lo. Deixei que ela falasse comigo daquele jeito. Deixei que me julgasse.

Deixei tudo acontecer. Eu a odiava. Odiava meu pai. Odiava aquela casa. Odiava ter que me arrumar e as aulas que fui obrigada a fazer.

Odiava minha irmã.

Lágrimas inesperadas tomaram conta de mim e parei, respirando com força, meu rosto doendo de tristeza. Minha irmã de cinco anos de idade, que nunca me conheceu e não era perfeita. Ela teria cometido erros. Ela teria sido atingida. Eu a odiava por ter escapado.

E me odiava por pensar assim.

Ela não escapou. Não de verdade. Ela morreu. Tive a chance de viver e estava com inveja de uma irmã simplesmente porque ela *não tinha mais* que existir.

Mas que merda estava errada comigo?

Sequei as lágrimas da minha bochecha antes que Shane pudesse perceber.

Por que eu tinha tanto medo de viver? De aproveitar as chances? De ser qualquer coisa diferente de medrosa e frouxa?

— Na verdade, fiquei chateada quando ela não me recebeu em casa — contei para Shane, engasgando com algumas lágrimas que derramei. — Agora estou enojada de sequer ter estado naquela casa.

— Juliet, sério. — A preocupação em seus olhos era verdadeira. — Você precisa confrontá-la. Precisa surtar. Falar na cara dela. Gritar. Jogar coisas. Ela merece isso e muito mais.

Não havia amor entre minha mãe e a filha de sua irmã. Na verdade, minha mãe mal se comunicava com a irmã e o marido, já que Sandra Carter era uma racista encubada. Ela odiava que sua irmã tivesse se casado com alguém que não era branco e, mesmo que nunca tivesse admitido, mantinha distância e um olhar superior sobre a família de Shane. Não importava que seu pai fosse médico e tivesse estudado em Stanford. A vaca da minha mãe mal tolerava minha prima.

Sentindo a náusea queimar minhas estranhas, comecei a andar de novo, diminuindo o ritmo da respiração em um esforço para me acalmar.

Não estava funcionando.

A última coisa que eu queria era pensar naquela mulher, quanto menos colocar meus olhos nela.

— Quero meus diários — sussurrei, mas parecia uma oração. Como se eles fossem magicamente aparecer no meu colo.

— Então vá buscá-los — pressionou, sua voz mais forte dessa vez.

Neguei com a cabeça. *Não*. Eu não podia. Preferia enfiar os dedos na bosta e fazer bolas de merda com ela.

— Ah, claro que não.

Lancei o olhar para Shane.

— O que isso significa?

— Significa que você é uma banana, *Ju-li-et*. — Ela arrastou as letras do meu nome verdadeiro, para provar seu ponto.

E eu a encarei, torcendo os dedos no chão de madeira.

— Cai fora — mandei.

E mostrei o dedo do meio para ela antes de subir as escadas.

Encarei a página do Facebook de Liam e pude ver por que ele nunca desfez amizade comigo. Eu teria, mas tinha abandonado todas as minhas redes sociais.

Havia fotos dele com Megan. Semana passada no Loop, selfies deles se beijando e uma que ele postou recentemente em uma festa de Natal. Uma festa de Natal do ano passado, enquanto ainda estávamos juntos.

Ele queria que eu visse tudo isso, e mordi o lábio inferior para evitar sucumbir às lágrimas.

— Como ele pôde? — sussurrei, percebendo há quanto tempo aquilo acontecia pelas minhas costas. E então vi seu post sobre eu ter ido atrás dele na balada, ter ficado brava por ele terminar comigo e que fui presa e arrastada de lá aos gritos.

O que era mentira. Pegaram-me do lado de fora, no caminho para casa.

E foi quando fiz o que nunca, nunca devemos fazer na internet. Eu li os comentários.

Percebi que Tate e Shane eram as únicas pessoas que eu realmente tinha. Todo o resto pensava que eu era uma piada.

Encarei o computador, sem perceber que estava enfiando as unhas na mesa de madeira de Tate. Até que ouvi um arranhão e olhei para baixo para ver se tinha deixado marcas de onde as arrastei pela madeira.

E fechei a tampa do laptop, ouvindo a música de Jax estremecendo as bases da casa de novo.

— Babaca.

Jared, no telefone.

Liam, na internet.

Minha mãe, na minha cabeça.

E Jaxon Trent, em meus ouvidos!

Abrindo as portas do quarto, apertei o corrimão e gritei para a lateral:

— Ei, olá! — berrei, para as pessoas em seu jardim dos fundos. — Abaixa a música!

Alguns caras olharam para cima a partir de sua mesa de trabalho, que tinha motores e outras porcarias, depois voltaram ao que faziam, ignorando meu pedido.

— Ei! — gritei de novo, e algumas garotas me olharam e começaram a rir.

Voltando para o quarto, peguei o celular e liguei para a polícia. De novo.

Já tinha ligado duas vezes. A primeira, há uma hora, quando Shane foi embora — provavelmente indo para a festa na casa ao lado —, e de novo, há quarenta e cinco minutos, quando a música, coincidentemente, ficou mais alta.

— Sim, oi. Eu de novo — falei, com um sorriso falso. — A música aqui ao lado está tão alta que acho que minha falecida avó acabou de cagar nas calças.

A mulher pausou, e mal a ouvi balbuciar, *Deal with the Devil*, de Pop Evil, soava no alto-falantes ao lado.

Jesus. Era como se ele soubesse toda vez que eu o denunciava!

Dava para sentir a música em meu peito, e eu só a conhecia porque Tate tinha colocado no iPod.

Bela canção. Mas eu precisava de silêncio agora.

— O quê? — Voltei minha atenção para o telefone. — Hm, sim, tive cuidado com meu vocabulário nas duas primeiras vezes que liguei. Listei minhas reclamações. Com palavras. Você fala a minha língua, né?

Mas então ouvi um clique.

— Alô? — gritei para o telefone. — Alô?

Jogando o telefone na cama de Tate, nem olhei para ver onde caiu.

— Jax quer música — rosnei, soltando o ar. — Beleza.

Andando pelo quarto, arranquei os alto-falantes das paredes e os arrastando junto de seus finos cabos cinza até as portas francesas.

Um no chão, virado para o canto da grade. Dois e três no meio, e o quarto no chão, voltado para o outro canto.

Todos na direção da casa do Babaca.

Pisando forte até o iPod dock de Tate e usando o short do meu pijama listrado em branco e vermelho e camisa vermelha, curvei os pés descalços no tapete e apertei botões, procurando por *Firework*, da Katy Perry.

O leve tilintar da música começou e eu sorri, colocando a porra do volume no máximo.

Balançando a cabeça, fiz uma careta para as portas, buscando minha vingança e torcendo para que minha música estivesse sobrepondo a dele. Olhando por cima da grade, travei os dentes, sorrindo cruelmente para os olhos arregalados e expressões de desgosto.

Chupa essa, seus babacas.

A voz de Katy se enraizou na minha barriga e encheu meu peito, preenchendo o quarto como se saíssem mil fogos de artifício do meu peito.

E comecei a cantar.

Com força.

Gritei as letras, rosnando e berrando, me sentindo com raiva e nojo. Fechei os olhos, gritando as palavras pelo quarto.

Não consegui te ouvir, frouxa. Ninguém te ouve!

Lágrimas desceram por minhas bochechas.

Frouxa. Medrosa.

Gritei, os agudos saindo da boca do meu estômago.

Bati os punhos. Eu não era aquelas coisas!

Eu era violenta. Gritei tão forte que minha garganta queimou por estar seca.

Eu estava furiosa. Joguei a cabeça para trás e pisei com força.

Eu era selvagem.

Violenta. Furiosa. E *selvagem.*

E foi aí que eu senti.

As palpitações.

Na minha barriga. No meu peito. Na minha cabeça. Nas minhas pernas.

Soltei um largo sorriso, ofegando em meio a risadas.

Abaixei a cabeça e continuei a permitir que o barulho saísse por meus pulmões, e deixei as lágrimas caírem pelo meu rosto e me deixando uma bagunça enorme.

Porque, com cada lágrima, cada risada, cada respiração, todos os anos de me sentir impotente deixaram meu corpo, e senti o que não me lembro de ter sentido antes.

Liberdade.

E apenas me soltei.

Fiquei de joelhos e as palavras saíram trêmulas.

— *You just gotta… ignite… the light* — gaguejei, minha voz ficando mais forte — *and let it shine.* — Abri os braços e berrei a maldita letra: — *Just own the night like the Fourth of July!*

E quando a bateria começou, levantei o joelho do chão e pulei, para cima e para baixo, como uma maluca, balançando a cabeça para frente, para trás, de um lado a outro, cantando. Cantando para mim.

Rindo, sorrindo e jogando os braços no ar para todos os cantos, subi na cama e pulei para o chão de novo, girando pelo quarto e esquecendo a festa lá fora.

A música estava dentro de mim e eu estava feliz pra caralho pela primeira vez na vida. Liam não fez isso. Nem Jax. Nem meus amigos ou família.

Quando a canção terminou, coloquei para tocar de novo. E de novo. E de novo. Dançando. Rindo. Vivendo.

Acho que somos todos construídos na tristeza, decepção e experiência. Só acontece em momentos diferentes e formas diferentes.

As festas de Jared irritavam Tate, então ela bateu nele.

As festas de Jax me irritavam, então me juntei a ele.

CAPÍTULO NOVE

JAXON

Se tinha uma coisa que eu desejava um dia após o outro, era a sensação de querer.

Nós queremos uma casa, um carro, a porra de uma viagem chique de férias e prestígio, então o que fazemos? Vamos para a escola e arrumamos empregos que odiamos para pagar pelas coisas que queremos. Lidamos com pessoas que não gostamos e passamos anos das nossas vidas sentados em salas austeras de iluminação fluorescente e ouvindo colegas de trabalho que nos entediavam para poder pagar por um pouco de tempo precioso para desfrutar das coisas que nos deixam felizes. Para atingirmos uma fração de nossas vidas apenas sentindo que tudo tinha valido a pena.

Nós nos sacrificamos para merecer.

Bem, eu tinha uma casa. Não era uma mansão, mas uma casa limpa e acolhedora dada por uma mulher que me amava e que se tornou a mãe que não tinha que ser.

Eu tinha um carro. Não uma Ferrari ou algum outro carro esportivo cobiçado, mas um Mustang GT barulhento e rápido, dado a mim por um irmão que eu amava.

Eu tive a porra de uma viagem chique de férias. Ainda estava nela. Dada pela minha nova mãe e um bom irmão que me resgataram do abuso e do lar adotivo.

Eu tinha prestígio. Claro, era na pequena cidade de Shelburne Falls, e ninguém de fora dos limites do condado sabia quem eu era, mas as pessoas que eu via todos os dias e considerava amigos eram os únicos que importam.

Eu tinha tudo que todo mundo vendia a vida inteira para ter.

Eu tinha tudo, exceto K. C. Carter, a única coisa que eu queria.

Na primeira vez que a vi, o chão tremeu sob meus pés e o mundo girou ao meu redor. Mesmo que já tivesse tido namoradas e transado mais vezes do que conseguia contar, nunca tive um *crush* em ninguém.

E eu amava aquilo. Amava a forma como ela resistia a mim.

Querê-la era mais viciante do que a ideia de realmente ficar com ela. Comecei a viver por aquele sentimento de saber que teria que vê-la todos os dias na escola. *Ela está na cantina. Consigo senti-la.*

Parado em um grupo com ela, sentindo o impulso de tocá-la, como se fôssemos dois ímãs do caralho, e tive que lutar contra a necessidade de esticar a mão. Os pelos do meu corpo se arrepiavam assim que ela chegava perto. Sabendo que seus olhos estavam em mim, aproveitando a forma que ela olhava para longe assim que a via.

Toda vez que ela cuspia algum insulto arrogante ou fazia careta para mim, eu quase ria, porque seria um prêmio do caralho quando eu finalmente ficasse com ela.

Mas nunca forcei muito. Nunca *realmente* tentei. Querê-la era um vício e foi por isso que nunca tomei uma atitude. Eu a queria na minha cabeça mais do que a queria na minha cama. Nunca quis que a perseguição terminasse.

Até que a provei na academia. Aí tudo saiu do meu controle.

— Isso é sério? — ela gritou, alto o bastante para ser ouvida por cima da música da festa.

Estava parado do lado de fora, apoiado no meu carro com um grupo de pessoas ao meu redor, incluindo Madoc e Fallon, observando os dois policiais confrontá-la pelo barulho, parados na porta da casa de Tate.

Dei um largo sorriso, todo mundo rindo ao meu redor, quando ela passou pelos policiais em seus shorts de pijama curto e fofo e da camisa que mostrava uma tira de sua barriga, pés descalços.

Seus braços iam para frente e para trás conforme ela vinha pisando forte na nossa direção, rosnando o tempo inteiro.

— Me deixou acordada por horas com essa barulheira e fez uma reclamação por barulho contra mim? — gritou. — Eu vou te machucar, Jaxon Trent!

Meu peito tremeu com uma risada. *Droga, ela era tão fofa quando agia como se tivesse cinco anos.*

Ela correu direto para mim, jogou a mão para trás e me abaixei quando ela estava prestes a me bater. Agarrando suas coxas, eu a levantei e a girei sobre meus ombros, sua bunda esfregando minha bochecha.

— Uau, tigresa — repreendi, esfregando a parte de trás de sua coxa.

Ela chutava as pernas.

— Me coloca no chão!

Estreitei a pegada em seus joelhos e olhei para os policiais.

— Valeu, galera. Eu assumo daqui. — E balancei o queixo, indicando que eles podiam sair.

— Está abusando pra valer da nossa amizade, Jax — Wyatt, um dos policiais, murmurou, se afastando com o seu parceiro.

— Me coloca no chão! — Ela batia nas minhas costas cobertas pela camisa e grunhi, lutando para segurá-la, já que estava se remexendo tanto.

Dando a volta, subi as escadas e entrei na casa, os tremores da música pulando pelos meus pés e pernas ao entrar.

— Escutem! — chamei, ignorando seus gritinhos. — Essa é a K.C. Ela é a rainha do castelo hoje à noite. Se ela disser para você se foder, você vai se foder. Entenderam?

Não esperei por respostas, descendo-a dos meus ombros e colocando-a de pé. Antes de dar a ela chance de reagir, circulei seu pescoço com o braço e a puxei para perto, meu nariz contra o seu.

— Se não consegue derrotá-los, junte-se a eles — falei, esticando a mão para pegar uma garrafa de Jamaican Me Happy do recipiente de gelo perto da porta. Tirando a tampa, enfiei em seu peito e me virei para Fallon e Shane, notando que todo mundo nos seguiu.

— Fallon e K.C. Vocês lembram uma da outra, né? — E me voltei para K.C., estreitando os olhos em um aviso ao falar com Fallon e Shane. — Deixem-a bêbada, garotas. Mas não a deixem tomar nenhuma bebida que não venha de vocês, Madoc ou eu, okay? — Sorri para a expressão fechada de K.C. e a boca aberta. — Divirta-se — sussurrei para ela e me afastei.

Mesmo sabendo que ela estava puta comigo, queria que ficasse. Fallon e Shane estavam lá para segurar sua mão se precisasse e eu tinha acabado de colocar sua bebida alcoólica favorita em suas mãos.

E, embora eu quase nunca me embebedasse, estava bem interessado em vê-la se soltar um pouquinho hoje.

Quando Shane finalmente apareceu aqui há umas duas horas, mencionou que K.C. estava chateada por ter visto a mãe, algo sobre diários que não conseguiu buscar, então decidi fazê-la sair. Toda vez que ligava para fazer uma reclamação sobre o barulho, eu ficava sabendo e aumentava ainda mais a música.

Agora ela estava aqui, com amigas ao seu lado, uma bebida na mão e — olhei para o sofá onde ela e as amigas se jogaram — um sorriso no rosto.

Ponto. Meu Deus, eu sou bom.

Tentei não sorrir ao jogar sinuca com Madoc, roubando olhares para ela de vez em quando. K.C. era uma coisinha e tanto. Não pequena a ponto de ser confundida com uma criança, mas definitivamente menor que Tate,

Fallon e Shane. Sua cintura pequena e fina não exigiria absolutamente nenhum esforço para ser circulada usando apenas um braço. O que eu provei na academia. Juro, suas pernas não tinham nenhuma gordura e ela possuía as malditas coxas mais sexys e tonificadas que eu já tinha visto em uma mulher. Até suas panturrilhas eram tonificadas, seus pés bronzeados e as unhas pintadas de pêssego me fazendo absorver cada centímetro nu de seu corpo.

Eu gostava que ela se vestisse toda colorida e gostasse de coisas bonitas. Já vi tanta escuridão no passado, e K.C. era uma bandeira vermelha para um touro.

Seu cabelo castanho-escuro, da cor do chocolate, ia até o meio das costas e estava partido ao meio, caindo nos olhos de vez em quando. Nunca pensei que olhos verdes fossem atraentes, mas os de K.C. eram bonitos. Como a primeira grama a nascer no verão, com o sol brilhando nela. Verde-claros com brilho dourado.

Apertei o taco com os dedos, uma vontade súbita de levá-la escada acima e tomar um banho com ela.

Mas que porra é essa? Que aleatório.

— Você ainda está a fim dela, hein? — A voz de Madoc invadiu minha cabeça, me trazendo de volta.

Virando para ele, apoiei meu taco na vertical e tranquilizei minha expressão.

— K.C.? — esclareci, tentando parecer casual ao sorrir. — Pode ser que eu ainda goste de fazer algumas coisas com ela.

— Era o que eu pensava sobre Fallon. — Acenou. — Era tipo "uau, que divertido!" e agora é tipo "uau, estou casado!". — Ele me deu uma risada trêmula e meu peito sacudiu, divertido.

Não conseguia deixar de estar chocado por Madoc e Fallon terem se casado aos dezoito anos. Primeiro ano de faculdade e eles nunca tinham namorado. Porém, até agora, tudo bem. Mantinham um apartamento em Chicago, onde viviam para frequentar a Northwestern durante as aulas, e passavam o verão ou viajando ou em sua casa em Shelburne Falls.

— Escuta — Madoc começou, olhando entre mim e a mesa. — Fallon quer que eu converse com você sobre algo.

Ergui a sobrancelha, percebendo que meu amigo encarava a mesa, analisando uma jogada enquanto já estava me dando uma surra, porque eu estava preocupado demais tentando não encarar K.C.

E quando seus olhos não encontravam os meus, eu soube que ele estava com dificuldade de dizer o que precisava, que provavelmente era algo que eu não queria ouvir.

Então esperei.

Ele se inclinou para fazer a tacada.

— Ela sabe que você está trabalhando para o pai dela, Jax. Ciaran Pierce pode ser um cara legal, mas é um homem perigoso. O que você está fazendo?

Limpei minha expressão, me preparando.

— Jax? — Madoc chamou, e deu para dizer que estava me olhando. — Fallon não está gostando. Inferno, nem eu. E Jared definitivamente não vai gostar.

Endireitei a coluna, sua repreensão me colocando contra a porra da parede.

Claro que Jared não entenderia. Ele era perfeito. Fazia tudo certo quando eu estava errando. Ele julgava, estabelecia as leis e dava ordens de acordo com sua avaliação de como pensava que as coisas deveriam ser. Não havia meio-termo com meu irmão.

Tive que aprender há muito tempo a não lhe contar certas coisas. Ele não sabia o que eu fazia em Chicago em minhas solitárias noites na cidade. Não sabia que eu tinha usado minhas habilidades para hackear e criar um software ilegal para o pai de Fallon, que morava em Boston e trabalhava fora da lei.

E não sabia o que tinha acontecido no porão da casa do nosso pai há seis anos.

— Jared vê tudo preto no branco — comentei, me inclinando para fazer minha jogada. — Não tem como falar com ele sobre algumas coisas.

— Ele é seu irmão e eu sou seu amigo. Só queremos o melhor para você.

Soltei uma risada amarga, negando com a cabeça.

— Por que sou jovem demais para cuidar de mim mesmo? — Andando até a parede, sentei em um banquinho e enfiei as mãos bolsos. — Posso ser um ano mais novo — expliquei —, mas também sou maior e levei mais socos que vocês dois juntos. Eu me alimento desde os cinco anos e você nem quer saber como, então cai fora.

Consciência vibrou por minha pele e eu soube que outras pessoas na sala tinham me ouvido, mas não dava a mínima. Meu irmão e Madoc — por mais que tentassem fingir que não — não tinham a mínima ideia de como a porra desse mundo era doente. Quem se importava em como eu fazia o meu dinheiro desde que comesse?

Quando eles tinham quatro anos, invadiam as próprias geladeiras, tentando decidir entre refrigerante de laranja e de uva. Eu estava revirando o lixo em busca das sobras do McDonald's que meu pai comeu e bebendo cerveja, porque a água tinha sido cortada.

E enquanto a mãe de Jared — Katherine — fosse o mais próximo que já tive de uma mãe, eu não seria um peso nela, mesmo que a mulher não visse desse jeito. Ela tentou me mimar com roupas e acessórios que pensou que eu fosse gostar, mas eu a mimei também. Tinha que pagar a minha parte.

Madoc estreitou os olhos, provavelmente assustado com a minha irritação súbita. Ele não estava acostumado a isso, mas eu não me sentia mal. Questionar minhas decisões era um insulto.

— Jax… — Madoc começou.

— Não — cortei-o. — Não quero sua simpatia e não quero sua preocupação, então vai se foder. — Todos os meus músculos faciais se apertaram. — Só quero que você cale a boca e volte a se preocupar com que tipo de bermuda vai usar na sua próxima viagem para Cancún, okay?

Ele afastou o olhar, puxando o ar com raiva e endurecendo a expressão. Colocando o taco de volta na prateleira, parou na minha frente antes de sair da sala.

— Você é meu irmão — pontuou, em voz baixa. — Tem escolhas agora. É só isso que vou dizer.

E o observei sair, sabendo que estava correto. Eu tinha oportunidades, chances, rotas de fuga. Não tinha voltado aos lares adotivos onde passei anos e não estava vivendo um pesadelo na casa dos horrores do meu pai.

E era por isso que eu fiz o que fiz para o pai de Fallon. Para garantir que eu *nunca* vivesse daquele jeito de novo.

K.C. tinha desertado.

Sumiu sem avisar, e era melhor ela não ter ido embora, porque eu poderia muito bem pular as janelas do quarto da Tate essa noite, se precisasse.

Madoc tinha trazido à tona algumas merdas que eu não queria pensar hoje e eu realmente só queria ver seu biquinho carnudo e seus olhos bonitos agora.

Onde ela estava?

Não havia luzes na porta ao lado.

Subindo as escadas, vi um casal indo para o antigo quarto de Katherine, então fechei a porta e entrei no meu. Não que ela fosse estar lá, mas ter esperanças não doeria.

Vazio. As pessoas sabiam que meu quarto era fora dos limites.

Ouvi uma porta abrir por trás de mim e virei para vê-la sair do banheiro e ir para o corredor.

Ela ergueu os olhos, me viu e parou.

— Achei que tinha ido embora — comentei.

Ela ficou lá parada, parecendo que tinha parado de respirar e estava com medo de encontrar meus olhos. Esfregou os dedos de um pé no tornozelo do outro, se coçando, e tive que cerrar os punhos para não ajustar a calça. Porra, cada gesto que ela fazia me deixava excitado e eu estava feliz que ela não soubesse de seu poder.

Limpei a garganta.

— Já está bêbada? — indaguei, sorrindo.

Ela estreitou as sobrancelhas, como se eu fosse burro.

— Não, só um pouco tonta.

Andou até mim, prendendo o cabelo por trás da orelha, mas segurei seu braço.

— Mas você está feliz? — pressionei, estendendo a mão e soltando o cabelo de trás da sua orelha, deixando meus dedos afagarem sua bochecha.

Arrepios subiram por meus antebraços. Como eu poderia não tocá-la? Queria agarrá-la. Enfiar as mãos em sua pele macia.

— Sim — sussurrou. — Me sentindo melhor. — E então enfiou o cabelo atrás da orelha.

Ergui o canto da boca, satisfeito por sua resistência.

E pela primeira vez desde que a conhecia, não tinha a menor ideia do que fazer com essa oportunidade. Ela estava lá parada — talvez esperando que eu agisse — e não estava carrancuda, debochada ou gritando comigo.

Mas ela quebrou o feitiço antes que eu pudesse decidir como reagir.

— O que tem ali? — Apontou com o queixo para a porta à nossa frente.

Era o meu antigo quarto quando Jared morou aqui, mas, agora que fui para o quarto dele, abrigava meu escritório. A porta tinha um cadeado e ficava fechada com uma chave que estava no meu chaveiro. Normalmente eu não a trancava se estivesse em casa, porém, durante festas onde qualquer um podia se aventurar, era fora dos limites.

— Pornografia — respondi, categoricamente.

Seus lábios se abriram em um largo sorriso com minha brincadeira e senti as batidas do meu coração em meu pescoço, flexionando a mandíbula.

Ela nunca tinha sorrido para mim antes. Não desse jeito.

Enfiando a mão no bolso do jeans em busca da chave, destranquei a porta, sem ter ideia de por que estava fazendo aquilo. Inferno, ela perguntou, estava interessada, e eu queria prolongar nosso tempo juntos antes que ela voltasse a ser um pau no cu.

Abrindo a porta, acenei para que fosse em frente, mas suas sobrancelhas se ergueram e seus olhos se arregalaram.

— Uau — deixou escapar, antes mesmo de entrar na sala.

Ela avançou e eu segui atrás, negando com a cabeça para mim mesmo. Até parado, a sensação de uma bolha nos envolvendo mais e mais apertada, nos forçando a ficar próximos, estava lá.

Tirei a chave do cadeado e joguei na mesa perto da porta, batendo depois de entrarmos. Apoiei-me de costas na mesa, cruzando os braços sobre a blusa preta e a observando andar pela sala.

— Não deixo muita gente entrar aqui — comentei.

Não estava preocupado com os computadores. Eles não eram importantes para mim. As informações que eu poderia adquirir ao usá-los eram. Este cômodo, e seu conteúdo, me dava a capacidade de proteger a mim e minha família, e estar ciente de cada passo no caminho antes de virar em um corredor.

Quando eu tinha treze anos e meu pai foi sentenciado à prisão, fui mandado para viver com uma família que tinha dois computadores. Um deles era velho, então me deixaram mexer e explorar com ele. Assim que descobri como usar e o rastro que as digitais das pessoas deixavam, se você fosse inteligente e diligente o bastante, fui fisgado. Eu queria saber tudo.

Ela andou pela parede, estudando as seis telas planas que montei em duas fileiras de três. Dois estavam desligados, dois estavam rodando com atualizações e instalações e os outros dois tinham contas que eu estava tentando hackear. Não que ela soubesse para o que estava olhando.

Havia uma sétima tela que eu apoiei em um tripé para controlar as outras. O cômodo não tinha decoração. Em vez de retratos ou enfeites na parede, eu tinha quadros de aviso e quadros brancos com meus rabiscos por todo lado, e mesas alinhadas nas paredes com eletrônicos e computadores por cima.

Neste cômodo, eu era um deus. Observava e passava a caneta de vez em quando, sem que ninguém soubesse.

K.C. passou por cada monitor e mesa, parando para estudar algumas coisas e balançando de leve com a música que vinha do andar debaixo. A unha do polegar estava na boca, mas ela parecia relaxada.

— É assim que você ganha dinheiro, não é? — comentou, virando para longe das anotações no quadro branco e me olhando. — Está fazendo coisas ilegais, Jax?

Lambi os lábios, provocando-a.

— Vai te deixar com tesão se eu disser que sim?

— Não — resmungou, desviando o olhar de novo. — Fico com tesão quando você me toca.

Meu coração despencou e senti como se estivesse caindo.

O que ela acabou de dizer?

Ela girou de novo, boquiaberta.

— Não acredito que acabei de dizer isso. Ai, meu Deus.

Não pisquei, e seu peito não estava se movendo, ela prendia a respiração.

Engoli em seco, levantando e andando na sua direção.

— Diga de novo.

— Maldito álcool — cuspiu, olhando para o chão e recuando. — Nunca costumo sentir nada. Como você sabia que o Jamaican era meu favorito?

Dei-lhe um sorriso malicioso. Como ela era fofa. Abaixei o queixo, chegando mais perto dela e amando cada passo para trás que ela dava. Por que eu gostava que ela tivesse medo de mim?

— Não sabia que era seu favorito — menti. — E não é o álcool que você está sentindo. Sou eu.

Suas costas bateram na parede e me coloquei à sua frente, pairando sobre ela. Seu cabelo fazia cócegas na minha bochecha.

— Diga de novo — suspirei em seu ouvido.

Suas mãos foram para o meu peito, tentando me manter longe.

— Não.

— Covarde.

Ela me encarou com os olhos pequenininhos.

— Agora eu sou covarde. — Assentiu, sarcástica, pressionando as mãos no meu peito com mais força. — Medrosa, frouxa e covarde, tudo porque não vou dormir com você. Na próxima, minha bebida rosa de menininha e o esmalte de pêssego que eu uso estarão sob ataque. Deixe-me te ajudar com mais alguns nomes: princesa, egocêntrica, fraca, banana, arrogante, presunçosa, vendida, pretensiosa...

Agarrando a parte de trás das suas coxas, ouvi seu gritinho quando a levantei e pressionei contra a parede, forçando suas pernas a virem ao meu redor. Cortei-a, nossos narizes se tocando.

CAINDO

— Eu gosto da sua bebida rosa e acho suas belas unhas dos pés sexys pra caramba.

Seu peito subia e descia em silêncio, para cima e para baixo, para cima e para baixo, e o calor de sua boca estava bem em meus lábios, enquanto ela me encarava, chocada.

Seus lábios macios.

A porra dos seus lábios macios ofegantes e úmidos, e eu os encarei, querendo mordê-los. Sua boceta esquentava minha barriga, colocando fogo em mim, e eu amava como seu corpo era fácil de trabalhar.

— Você é uma coisinha linda, K. C. Carter — sussurrei em sua boca —, e eu gosto de te olhar.

— Ai, me… — gemeu, mas eu a cortei, esmagando os lábios nos seus.

Porra, três anos.

Três anos do caralho desejando essa garota e eu queria aquela merda que disse não querer há três dias. Ainda queria prendê-la contra os armários da escola. Ainda queria que ela arrancasse tudo de mim ao me cavalgar, suas tetas na minha boca.

E ainda queria tirar o desdém do seu rosto e vê-la sorrir.

Os lábios cheios de K.C. se moveram nos meus, me beijando de volta. Por mais que sua boca parecesse macia e se movesse com fluidez como se fosse líquida, também beliscava e mordiscava, mordia e sugava.

Suas mãos se pressionaram no meu peito de novo e arrepios se espalhavam pela minha pele quando ela se afastou.

— Para — ofegou.

Não, porra.

Travei os dentes e me joguei na cadeira do computador, com ela montada em mim. Agarrando seus pulsos, segurei-os em suas costas e trouxe seu peito para o meu, forçando seus olhos verdes a me encararem.

— Diga — ordenei.

Seus dentes estavam à mostra.

— Não.

Merdinha durona.

Sorri, meus lábios ameaçando os seus.

— Sua respiração está trêmula. Você está com medo de me olhar. — Puxei o ar por entre os dentes. — E sei que está me sentindo entre as suas pernas, não está?

Suas sobrancelhas se arquearam, a fazendo parecer ainda mais vulnerável.

E a puxei para mim de novo.

— Não está?

Ela olhou para baixo, acenando rapidamente.

Engoli em seco, umedecendo meus lábios. A antiga K.C. nunca teria sido tão corajosa.

Ergueu os olhos tímidos, falando baixo e rouca:

— Gostei da sua boca em mim na academia. E no carro.

Porra, minha cabeça estava flutuando e eu não conseguia me lembrar de quando quis tanto alguma coisa. Soltando seus braços, trouxe suas mãos entre nós e apoiei sua bochecha, tentando fazê-la me olhar.

Meu pau queria que eu a dobrasse sobre todas as mesas desta sala, mas minha cabeça gostava dela no meu colo. E eu a queria confortável, então a deixei se derreter em mim.

Sua garganta se moveu para cima e para baixo, e vi que ela estava passando o polegar sobre a cicatriz em seu pulso.

— Você acha que eu tentei me matar, não é? — perguntou, e pisquei. Ela mudava de assunto rápido demais. — Percebeu a cicatriz em algum ponto e assumiu que sim. — Seus olhos encontraram os meus e ergui seu queixo. — Bem, não tentei, okay? Não tentaria me machucar.

Estreitei os olhos sobre ela. Definitivamente tinha me referido ao seu pulso na outra noite, quando disse que ela estava desesperada para se livrar de si mesma; mesmo sem ter ideia de por que ela estava trazendo aquele assunto agora, me sentei e a deixei falar.

— Como foi que aconteceu? — indaguei.

Ela negou com a cabeça.

— Não importa. Só queria que você soubesse que não era isso. Odeio quando as pessoas fazem suposições sobre mim.

Segurei suas coxas.

— Okay. Então me diga o que K.C. significa.

Ela sorriu, gesticulando ao redor do quarto.

— Tenho certeza de que você tem capacidade de descobrir, não tem, Jax?

Movendo as mãos para o seu quadril, agarrei com força e a puxei para mais perto. Mordiscando seus lábios em beijos curtos e suaves, passei a língua por seu lábio superior.

— Me diz — sussurrei, ouvindo sua respiração acelerar de novo. — Ou vou te deitar na minha cama — cravei os dedos em sua pele — e comer sua boceta com tanta força que a casa inteira vai te ouvir gritar.

Beijei-a por sobre a respiração curta e empolgada.

— Katherina Chase. — Afastou-se, respirando fundo. — Era o nome da minha irmã.

— Por que você usa as iniciais da sua irmã? — indaguei rapidamente, tentando tirar minha cabeça de suas mãos na minha barriga.

— Porque... — começou, parecendo não saber como explicar. — Porque ela está morta.

Sustentei meu olhar nela, esperando, mesmo que seu peso no meu pau estivesse me deixando tão duro que eu mal prestava atenção.

Ela engoliu em seco, encontrando meus olhos.

— Minha irmã morreu antes de eu nascer. Fui concebida logo depois. Pelo que me lembro, as coisas pareciam bem por um tempo, mas quando fiz quatro anos meu pai foi enviado a um hospital. Um hospital psiquiátrico.

Subi e desci as mãos por suas coxas, fazendo-a perceber que eu estava ouvindo. A verdade era que eu me importava mais com o fato de ela estar se abrindo do que sobre o que me dizia.

Eu já sabia de tudo, de qualquer jeito.

— Ele estava lutando para aceitar a morte da minha irmã — continuou — e enfim começou a perder o controle. Ele ficou lá por anos. No inverno do último ano do ensino médio, fui visitá-lo do mesmo jeito que fazia todos os meses. Ele surtou, pegou uma tesoura e me cortou. — Passou o polegar pela cicatriz longa e diagonal dentro de seu pulso.

Fiquei parado.

— Por quê? — indaguei, não me lembrando de vê-la com nenhum curativo. Mas era inverno, mangas longas devem ter escondido o ferimento.

Ela deu de ombros.

— Quem sabe?

Sentei direito, a puxando para mais perto.

— Por que você usa as iniciais da sua irmã?

— Bem, foi assim que soubemos que meu pai estava perdendo a cabeça. — Acenou. — Ele começou a me chamar de K.C., achando que eu era minha irmã. Tentamos corrigi-lo, mas dava ainda mais problemas. Então minha mãe me chamava de K.C. na presença dele para evitar seus surtos.

Porra, uma garotinha de quatro anos de idade tendo que lidar com isso. Ela deve ter ficado tão confusa.

— E foi assim com o restante da família — prosseguiu. — Eventualmente, começou a acontecer em casa também. Meu pai melhorava um pouco, voltava para casa por curtos períodos e nós continuávamos com a farsa por lá. A prática acabou se tornando apenas hábito.

Cerrei os dentes.

K. C. Carter era uma garotinha morta e a mulher no meu colo ainda estava vivendo aquela mentira. Me deixava puto. Ela mostrou ser alguém diferente. Alguém que conhecia a si mesma e não seguia o que seu namorado ou pais queriam. Em vez disso, K.C. era medrosa, tímida e insegura. Até recentemente, de todo jeito.

— Qual é seu verdadeiro nome? — pressionei.

Ela me deu um largo sorriso.

— Você vai rir.

O canto da minha boca subiu.

— Nunca riria de você — garanti. — Não de novo, quero dizer.

Ela rolou os olhos e soltou um suspiro cansado.

— Juliet. — Estremeceu, me olhando envergonhada. — Juliet Adrian Carter. Meu pai gostava de Shakespeare, então deu o nome da minha irmã por causa da heroína de *A megera domada* e o meu por causa... bem, você sabe.

Mergulhei a cabeça em seu pescoço.

— Juliet.

Senti seu corpo tremer com um calafrio e entrelacei os dedos em seu cabelo, mordiscando sua pele e me alimentando do seu cheiro.

— Jax, não posso — suspirou, apoiando as mãos no meu peito. — Eu... — gaguejou. — Eu não desgosto mais de você, não exatamente, mas não é uma boa ideia. Por mais que eu queira ceder, não posso ser aquela garota.

— Que garota?

Ela me encarou.

— Um caso de uma noite.

Meus punhos se apertaram em volta de sua camisa. Era isso que ela pensava que eu queria?

Minha voz endureceu.

— O que te faz pensar que seria um caso de uma noite?

— Porque você é o irmão de Jared Trent. Porque você é novo. Por que iria querer mais? — indagou, seu tom leve. — Não estou tentando ser certinha, okay? Você me entende. Gosto de te sentir. Só não estou pronta para isso. — Seus lábios se torceram e ela começou a levantar, mas a puxei de volta.

— Pronta para o quê? — rebati, ficando irritado pra caralho pelas suposições dela e pelo fato de que me comparou com Jared. Há dois minutos, ela estava com os braços e pernas enrolados em mim.

Sua sobrancelha se levantou, me desafiando.

— Isso — cuspiu e enfiou a mão no meu bolso, tirando minha faca. — Está cutucando minha coxa desde que sentei. Por que você tem tantos computadores? Por que os policiais te deixam se safar de qualquer coisa? O que você faz da vida? E por que carrega uma faca, Jax?

Meu peito se encheu de alegria com sua raiva. Ela estava ficando mais ousada a cada minuto.

Atirei um sorriso espertinho para ela.

— Porque é silenciosa.

Quase ri de sua sobrancelha arqueada. Ela estava perguntando por que eu carregava uma faca e respondi por que preferia uma em vez de uma arma.

Ela desviou os olhos, mas peguei sua expressão irritada quando trouxe a faca na altura do rosto, estudando. Ela apertou o botão e a lâmina apareceu entre nós.

Só levei um momento para me perguntar o que ela estava fazendo antes de recuar vendo a faca em seu punho invadir meu espaço.

— Acha que me assusta, não é? — provocou, segurando a lâmina contra o meu pescoço, brincando comigo.

Respirei rápido algumas vezes e soltei uma risada de susto, meu coração batendo forte contra minhas costelas. Bem, isso era novo.

Engoli em seco, encontrando seu sorrisinho triunfante e me apoiando na lâmina sentindo o aço afiado e frio picar meu pescoço.

— Quer brincar? Você não sabe jogar comigo, Juliet.

Arranquei a faca de sua mão assustada e desci até a bainha da sua camisa, rasgando a peça ao meio.

— Jax! — gritou, atrapalhada com sua camisa agora inútil, quando joguei a faca no chão. — O que está fazendo?

Agarrando sua cintura, fiquei de pé e a girei, a colocando na frente da janela e olhando para o jardim dos fundos, cheio de gente.

Passei os braços por seu corpo trêmulo e rosnei no seu ouvido por trás:

— Meu Deus, Juliet. Acha que eu só quero foder? Acha que quero me manter escondido e misterioso, por que é meu lance para levar mulheres para a cama? Hein? — pressionei. — Não, linda. Eu poderia foder dez garotas diferentes hoje se eu quisesse. Não quero fazer isso.

Seu peito tremeu e ela se contorceu contra mim, provavelmente com medo de que pudéssemos ser vistos pela janela.

— Então o que você quer? — choramingou. — Se não é um caso de uma noite?

Fechei meus olhos que ardiam e enterrei os lábios em seu cabelo.

— Quero te aterrorizar — confessei. — Quero te cortar sem arrancar nenhum sangue. Quero te quebrar. — Puxei-a para mim. — Aí eu quero foder você.

Do momento que coloquei meus olhos nela, queria tirá-la de dentro da sua concha. Queria vê-la se desfazer e queria dominá-la. Por quanto tempo, não sei, mas sabia que seria mais de uma noite.

E também sabia que poderia ser para sempre.

Sua respiração diminuiu e ela se acalmou, encarando pela janela. Endireitei-me por trás e tirei a camisa que ela segurava fechada.

— Jax — reclamou, girando o rosto para mim. — Eles podem nos ver. Esticando a mão, virei seu rosto para a janela.

— Eles não podem te ver. A janela é escura. — A camisa, cortada na frente, caiu por seus braços até o chão. — Mas você pode vê-los, Juliet — apontei, gentilmente passando as mãos por seus braços nus. — Eles bebem. Eles riem. Eles têm conversas sem importância sobre o que está viralizando no Twitter. — Pausei e enfiei os dedos em seu quadril, puxando sua bunda para mim e respirando na sua orelha. — E eu estou muito excitado porque te quero demais.

Meu pau cresceu e inchou ao senti-la. A seda de sua pele em minhas mãos, o formato de sua bunda pressionada no meu pau e o reflexo de suas mãos cobrindo os seios. Ela era tão doce e tímida.

Se eu não soubesse, pensaria que ela era virgem.

E ela não aguentaria mais do que eu. Abaixando as mãos, virou a cabeça para se aninhar no meu peito e me senti tentado a cortar seus shorts também.

Mas não. Em vez disso, passei a mão por sua barriga e deslizei por sua calcinha até encontrar seu centro quente e úmido.

Fechei os olhos. Porra, ela estava encharcada. Sua calcinha estava molhada também. Há quanto tempo ela estava assim? Desde que entramos no quarto?

Movendo os dedos, esfreguei sobre seu clitóris, sentindo seu corpo se contorcer contra o meu.

Passando o dedo dentro de suas dobras, acariciei sua pequena entrada em círculos, alternando entre isso e massagear seu clitóris.

— Jax — ofegou, espalmando as mãos contra o vidro e respirando com força. Inclinou-se para frente e travei a mandíbula com a pressão em meu jeans quando ela empinou o quadril para trás para mim, me convidando.

Jesus.

— É isso — encorajei, tirando a mão da frente do seu short e deslizando atrás.

Esfreguei sua boceta, acariciando para frente e para trás, para frente e para trás, meus gemidos se misturando aos seus.

Tão molhada. E tão macia.

Ela tinha usado lâmina para depilar. Ou talvez fosse cera, porque era mais macia do que qualquer outra garota que já toquei. E, com sua umidade, era como se meu dedo tocasse seda.

Mas se ela tinha terminado com o cuzão do namorado há mais de duas semanas, por que ainda mantinha aquela área depilada? Não gostava da ideia de que ela poderia estar saindo com outra pessoa.

Arqueando as costas, ela gemeu:

— Sim.

E fechei os olhos, me dobrando para beijar suas costas nuas, meus dentes se arrastando por sua pele. Esticando a outra mão, fechei em torno dos seus seios e massageei, sorrindo entre meus beijos, com ela se contorcendo contra mim. Rolei seu clitóris entre os dedos e suas costas foram na direção da minha boca.

— Porra, Juliet — suspirei. — De jeito nenhum essa porra vai ser uma noite só. — Circulando o braço ao seu redor, puxei suas costas contra o meu peito e rosnei no seu ouvido. — Precisaria de mais de uma noite para tudo que eu quero fazer com você.

Enfiei o dedo do meio em seu calor e a segurei com mais força, enquanto ela ofegava naquela doce dor. Retirando-o, girei sua umidade sobre seu clitóris e mergulhei de volta, colocando a ponta do dedo dentro dela.

Caramba, ela era apertada. Meu dedo não saía com facilidade e a fricção de suas dobras e pele junto da umidade fez meu pau latejar de necessidade. Estiquei a mão e me ajustei, me sentindo desconfortável pra caralho agora. Ela tinha que ser capaz de me sentir pressionado em suas costas.

Mas eu não podia levá-la para cama agora. Não com a minha casa cheia de gente.

Encaramos a janela e vimos as pessoas circulando pela festa, e foi muito excitante ter Juliet esticando a mão para trás e passando o braço por meu pescoço, movendo a bunda na minha mão. Ela queria isso. Ela poderia até me deixar fodê-la agora, mas eu não podia aproveitar a oportunidade. Agora não.

Seria em uma cama. E na porra de uma casa vazia onde ela pudesse fazer quanto barulho quisesse. Hoje à noite não, mas definitivamente seria em breve. Porra, muito em breve.

Tirei a mão de seu seio, mas continuei bombeando sua boceta com o dedo cada vez mais rápido.

— Jax — choramingou. — Jax, por favor. Eu não posso.

Girei-a e empurrei meu corpo contra o dela na parede ao lado da janela.

— Sim, pode sim — afirmei, encarando seus olhos e movendo minha mão para frente, continuando a tocá-la.

Dava para sentir seus mamilos pressionando minha camisa e olhei para baixo para admirá-la. Tudo abaixo da minha barriga girava em uma tempestade de energia bruta.

Caramba, era bom olhar para ela. Seus seios eram levemente maiores que a média e, em seu corpo, ficavam provavelmente maiores do que deveriam.

— Não. — Ela negou com a cabeça, seus olhos tremulando com o que meu dedo estava fazendo. — Não posso. Nunca consigo gozar, Jax. Não com outra pessoa.

Colei o corpo no seu, forçando sua boca a subir para a minha, e sussurrei contra seus lábios.

— Porra, não ligo a mínima para o cuzão do seu ex. Está me ouvindo? — E então estreitei os olhos, a fitando. — Espera. O que você quis dizer com "outra pessoa"? Você só consegue gozar sozinha. É isso o que está dizendo?

Ai, Jesus. Adicione aquilo na lista de coisas que eu queria que ela fizesse quando estivéssemos no quarto.

Ela olhou para a janela, mas não parou de foder minha mão.

— Olhe para mim. — Puxei sua cabeça para me encarar. — No que você pensa quando se toca?

Seus olhos foram para o lado, para fora da janela, e dava para dizer que ela ainda estava amando a sensação do meu dedo nela. Assistia as pessoas abaixo de nós e agarrou meu quadril, continuando a se esfregar em mim.

— Você gosta que eles estejam ali, né? — indaguei, seguindo seu olhar para o lado. — Está tudo bem, sabe? Não existem regras, Juliet. Uma vidraça impede que eles vejam tudo. Está tudo bem se te excita. Agora, me diga, no que você pensa quando se toca?

Seus olhos dispararam para os meus.

— Jax. — Negou com a cabeça. — Eu…

— Diga. — Meus lábios se apertaram. — Você está me deixando maluco, porra.

— Eu penso em você — soltou, sem ar. — Penso que te deixei me dar uma carona há dois anos, mas você não me levou para casa.

Fechei os olhos, deixando a testa cair na parede ao lado de sua cabeça.

— Jesus, continua — implorei, esfregando seu clitóris. — Quero ver se suas fantasias combinam com a minha.

Pensei naquela noite várias vezes ao longo do tempo. Fiquei desapontado quando ela não me deixou levá-la para casa e definitivamente não voltei para terminar o que tinha começado com as duas garotas. Deixei as duas dormirem, fui para o chuveiro e investi na fantasia de K.C. arrancando aquele vestido branco de verão no banco de trás do meu carro.

Circulei o ponto duro em seu clitóris cada vez mais rápido, sentindo a pulsação bater contra meus dedos.

— Você me disse que me beijaria — começou. — Só uma vez antes de eu ir para a faculdade e eu queria — sussurrou, suas respirações trêmulas quando eu deslizava o dedo em sua boceta e tirava para trabalhar em seu clitóris. — Eu queria tanto aquilo — prosseguiu. — Mas não conseguia dizer. Quando percebia, você estava me levando para a cachoeira. E você me beijou. Entre as minhas coxas.

Puta que pariu.

Sua voz ficou mais forte, mais ousada.

— Você levantava meu vestido, Jax. E sua língua me lambia para cima e para baixo — choramingou, inspirando. — E segurei sua cabeça lá, porque não queria que você parasse.

Ela gritou e eu sabia que estava perto. Seu quadril empurrava minha mão e ela movia as mãos em meus ombros, afundando as unhas.

Coloquei os lábios contra sua bochecha quente.

— E o que eu fiz com você?

Sua cabeça caiu para trás no meio de um gemido.

— Você me colocou de bruços no capô do seu carro — choramingou —, levantou meu vestido e me fodeu.

Sua boca se abriu, seus olhos se fecharam e ela gritou, gemendo e ofegando. Coloquei o dedo dentro dela de novo, sentindo seu corpo se apertar e se soltar ao meu redor, pulsando rapidamente.

— Jesus — gemi, beijando sua testa e absorvendo seu corpo, que estremecia e tremia.

Sua cabeça caiu no meu peito e eu a segurei, sua respiração desacelerando.

— Jax, eu... — Ela parecia nervosa.

— Shh. Relaxa — pedi, mesmo que meu coração ainda estivesse batendo como louco e meu pau ainda não tivesse relaxado. Puxei a camisa sobre a cabeça e deslizei sobre ela, já que a sua era inútil agora. Passando seus braços soltos por dentro, ela não protestou quando a peguei e carreguei para o meu quarto. — Acabou a diversão por hoje. — Tentei manter a voz gentil, mas eram as palavras mais difíceis que já tive que proferir. Queria me despir, deslizar sob os lençóis com ela, moldar meu corpo no seu e me enterrar fundo em seu calor a noite toda. — Não corro atrás de garotas que recém terminaram relacionamentos de cinco anos, okay? — falei. — Você tem um tempo até eu realmente começar a tentar. Talvez amanhã à noite.

— Ótimo — murmurou, soando sarcástica, porém fofa.

Deitando-a, apaguei as luzes e beijei seus lábios.

— Vá dormir. Tenho algumas coisas para cuidar, mas voltarei em breve.

Seus olhos se fecharam e as duas ruguinhas sempre presentes entre suas sobrancelhas desapareceram enquanto eu a via ir para longe.

— Jax!

Alguém bateu na minha porta, me fazendo estremecer.

— Jax, você está aí?

CAPÍTULO DEZ

Sentei na cama, agarrando o lençol, conforme Jax se afastava até a porta, abrindo-a.

Olhando para lá, vi um jovem, cabelo preto bem penteado, tatuagens nos dois braços e diversos piercings no rosto. Ele espiou além de Jax, reparando em mim, e imediatamente levantei a coberta, envergonhada. Estava totalmente vestida, mas ainda tentava não ser "aquela garota".

É, precisava superar aquilo.

— Alguns dos caras cercaram alguém lá embaixo — explicou a Jax. — Aparentemente o viram colocando algo na bebida de uma garota. Quer resolver isso? — indagou, depois olhou para mim de novo. — Ou quer que a gente resolva?

O que significava que Jax parecia ocupado.

O cara não estava sendo sarcástico nem sugestivo. Estava perguntando a Jax, como se buscasse uma ordem. Virei, negando com a cabeça.

— Juliet, fique aqui — Jax mandou, e virei meu olhar atordoado para ele assim que a porta se fechou.

Hm, o quê? Meus olhos ardiam como sabres de luz na porta fechada e agarrei o lençol preto. Ele estava falando sério?

É. Não. Eu não seguiria ordens como o mais recente brinquedinho de Jaxon Trent.

Arrancando as cobertas, fui até o espelho e arrumei o cabelo bagunçado, afastando a deliciosa sensação de ele o ter puxado mais cedo. Depois enfiei a parte da frente e de trás da bainha de sua camisa para dentro, assim eu não parecia que estava sem nada por baixo. Não ficou particularmente largo, mas era longo pra caramba.

Virei para sair, mas parei, notando duas fotos saindo de uma caixa de madeira em cima de sua cômoda. Estiquei as mãos e puxei as duas, estudando a mulher das imagens. Uma foto era antiga, uma fotografia real de uma garota — de talvez dezesseis ou dezessete anos — com um olhar desafiador e uma camisa do The Cure. Ao lado dela estava um cara mais velho — vinte e pouquinhos anos — com um cigarro nas mãos. Tinha os olhos de Jax.

A segunda foto era de um panfleto anunciando um clube em Chicago, onde era realizado algum tipo de show. A mulher da imagem era sombria e bonita, vestida em um espartilho preto e cartola. Estava pendurada no ar sobre um grande público, mas não dava para dizer o que a estava segurando.

Olhei para as duas imagens, vendo as semelhanças entre as mulheres.

Rapidamente enfiei as fotos de volta onde as encontrei e andei até a porta.

Saindo do quarto, virei o corredor e desci as escadas. A festa ainda estava bombando — era só um pouco depois da meia-noite, afinal —, mas a multidão havia diminuído. Não vi Shane, Madoc ou Fallon em lugar nenhum e fiquei um pouco brava sobre isso. Minha prima, pelo menos, deveria ter verificado como eu estava antes de me abandonar.

Algumas pessoas estavam em volta da mesa de sinuca e no saguão e deu para ouvir vozes vindas da cozinha. Todos pareciam bem relaxados, porque mal repararam em mim.

Battle Born, de Five Finger Death Punch, zumbia nos alto-falantes, e saí pela porta da frente, descalça, pronta para ir para casa, quando recuei, fincando os pés no chão de onde vim.

Puta merda!

— Jax! Uhuul! — alguém comemorou, e prendi o ar, estreitando as sobrancelhas de horror.

As costas nuas de Jax estavam contra mim e ele estava curvado no chão, socando a cara de algum pobre rapaz. Bem, não era um pobre rapaz se fosse ele quem estava colocando drogas na bebida de uma desconhecida, mas sim porque ele obviamente estava acabado e Jax não parava.

Seu braço foi para trás, os músculos do tríceps e das costas aumentando, e seu punho desceu bem na cara do homem. Uma e outra vez, e tive que lutar contra a sensação estranha em meu estômago.

Quando Jax desceu o punho de novo, eu vi sangue e corri até a calçada, no último degrau, pensando que pudesse ser dele.

Secando a mão sangrando no jeans, ele levantou, trazendo sua vítima consigo pelo colarinho.

Contornei a multidão reunida e abracei meu corpo contra o frio que não vinha do ar. Jax enfiou a mão no bolso do cara, tirando alguns frasquinhos de um líquido, e os entregou ao mesmo cara que veio ao quarto dele.

O traficante cambaleou para frente e para trás, sangue pingando de seus lábios e queixo, e Jax parou sobre ele, bem próximo de pressionar o cara no chão com a raiva em seus olhos. Seus lábios se moveram e ele sussurrou algo na cara do homem, mas não deu para ouvir. Duvidava que mais alguém tivesse ouvido e sabia que havia uma razão para isso.

Pessoas gritavam ameaças que nunca tiveram intenção de cumprir. Outras sussurram aquelas que não querem que testemunhas escutem.

Soltando as mãos, Jax conversou com o Tatuado e todos os outros começaram a dispersar. Então se virou e travou os olhos nos meus.

— Falei para ficar lá em cima. — Sua voz era baixa, porém dura e irritada.

Abaixei o rosto, tentando não ver todo o sangue.

— Acho que vou para casa. Não tenho nem certeza se quero te conhecer agora.

Algumas garotas podem querer um cara durão. Um alfa, que a jogue de um lado a outro. Alguém que bata em traficantes de drogas no jardim da frente. Ocorreu-me que eu simplesmente gostaria de alguém que não atraísse traficantes de drogas, para começar.

— Você já me conhece. Intimamente. — E me deu um sorriso de deboche.

Várias das pessoas presentes riram e olhei para Jax.

— Isso não significa que você me conheça — resmunguei.

Ele parou na minha frente.

— E me testemunhar socar um cara de dezenove anos que deu droga G[1] para uma menina de dezesseis anos assim ele poderia fazer sabe-se lá o que com o corpo dela não significa que você me conhece também, K. C. Carter. — Ele prolongou as letras do nome da minha irmã, tentando me irritar. — Você pode ir embora agora.

Exclamações surpresas encheram o ar ao meu redor, e encarei Jax, passando a língua por trás dos meus dentes, furiosa.

Dava para dizer que foi a briga que me irritou. Ou que foram as milhares de perguntas sem respostas o bicho que me mordeu.

Mas não era nada disso.

Se ele viesse até mim e me abraçasse, olhando para mim como se eu fosse o presente de Natal pelo qual ele estava esperando, como fez naquele

---

1   O ácido gama-hidroxibutírico, popularmente conhecido como droga G ou GHB, causa sensações de relaxamento e de tranquilidade e é utilizada por muitos estupradores para atraírem suas vítimas.

quarto, eu teria me rendido. Não teria me importado se ele entra em brigas ou se é um completo mistério.

O que foi a gota d'água para mim era o fato de que eu era descartável para ele. Assim como para minha mãe. Para Liam. Para a maioria das pessoas que olhava para mim como se eu fosse um pedaço de vidro.

Foda-se ele.

Passei por ele, sem dizer uma palavra, e me direcionei à casa de Tate.

— Você está bem? — Fallon correu e tocou meu ombro. — Acabei de sair e peguei o final da conversa. Posso fazer alguma coisa?

Acenei, ainda andando.

— Sim. Pegue as chaves do carro de Madoc e traga Shane. Vamos dar um passeio noturno.

Homicídios ocorrem com mais frequência durante o verão. Fato pouco conhecido, porém, verdadeiro.

A irritação pelo calor faz as pessoas ficarem de cabeça quente — sem trocadilhos — e acabarem reagindo de formas que não iriam em condições mais temperadas. O sol te cega, o suor escorre por suas costas e a temperatura do seu corpo aumenta, te deixando desconfortável. Dadas as circunstâncias corretas — a pessoa certa te enfrentando —, seu cérebro é pressionado além do ponto de ruptura e você explode.

Tudo o que você quer é se sentir melhor, e é preciso apenas um estalo para você atravessar o limite.

Bem, tudo que eu queria era sentir.

Não me sentir bem ou mal. Só sentir *alguma coisa*. E, embora eu definitivamente não estivesse me coçando para matar ninguém, poderia entender como uma coisinha como o clima levaria as pessoas a tomarem atitudes que fogem do personagem.

Pode ter sido Jax que fez meu sangue correr de novo ou talvez o fato de estar por conta própria, sem minha mãe ou Liam. Tudo que eu sabia era que algo estava apertando mais e mais o meu cérebro, e eu não conseguia mais *não* reagir. Quase como se estivesse fora do meu controle.

— Quantas vezes você dirigiu um carro manual? — Fallon indagou ao meu lado, nós duas saltando dentro do carro de Madoc.

Lambi os lábios, provando o suor no meu lábio superior e Jaxon Trent ainda na minha boca. Minha barriga roncou de novo, mas ignorei, empurrando a quarta marcha.

— Cala a boca — avisei, brincando. — Ainda estou aprendendo.

— Madoc vai me matar — reclamou, e a vi segurar a testa pelo canto do olho. — Você deveria ter me deixado dirigir, K.C.

— Deixe-a em paz, Fal — Shane apareceu no banco de trás, enquanto eu dava a volta na minha rua. — E o nome dela é Juliet.

Olhei para Fallon, que olhou para mim, seu cabelo castanho-claro se espalhando ao redor dos olhos.

— Juliet?

Arqueei a sobrancelha para ela.

— Sem piadinhas — ordenei. — É meu verdadeiro nome.

— Por que você não usa? — Fallon indagou.

Um sorriso brincou no canto dos meus lábios.

— Agora uso.

Pisando na embreagem e diminuindo a marcha, parei com facilidade em frente à minha ca… à casa da minha mãe, de tijolos, em estilo colonial. Olhei além de Fallon na janela, achando difícil de acreditar que estive aqui esta tarde.

— Qual o plano? — Shane indagou.

— Vocês não têm que entrar — expliquei. Era pedir demais que elas se envolvessem naquilo. — Só preciso pegar meus diários no meu quarto. É mais do que posso carregar em uma viagem. Se quiserem, pensei que juntas poderíamos fazer mais rápido — falei, mais como uma desculpa, porém logo adicionei: — Mas vocês definitivamente não precisam. Minha mãe vai ser um pé no saco.

— Aaaah. — Fallon esfregou as mãos, sorrindo. — Mães pé no saco. Minha especialidade.

— Estou dentro. — Shane se inclinou por cima do banco, me olhando. — Vamos nessa.

Respirei fundo e abaixei o queixo para acalmar meu nervosismo. Descendo do carro, encarei a casa escura ao esperar que Fallon e Shane me seguissem, depois passei por ele em direção ao jardim da frente. Sorri para mim mesma, meio que gostando de senti-las por trás de mim. Era meio como se elas fossem me pegar quando eu caísse.

Lembrava-me de Tate e desejei que ela estivesse aqui.

— Como está o seu pai? — Tate me perguntou no caminho de volta da escola.

Dei de ombros, segurando as alças da minha mochila.

— Na mesma. Às vezes, se lembra de mim. Às vezes, não lembra.

Era tarde de segunda-feira e tínhamos terminado nossa última aula, Educação Física, com os calouros. E graças a Deus por isso! Se eu tivesse Educação Física mais cedo, pode ser que minha mãe fosse aparecer para garantir que eu tinha tomado banho e me trouxesse um conjunto de roupas recém passadas. Pelo menos desse jeito eu podia voltar direto para casa, tomar banho e nunca deixar meus amigos descobrirem como minha mãe é biruta.

— É difícil pensar em você como Juliet — Tate comentou. Eu tinha acabado de contar a ela sobre meu pai e o acordo a respeito do meu nome, há uma semana.

— Pode ficar com K.C. — garanti. — Estou acostumada com isso.

— Saiam do caminho! — alguém rosnou, e nós duas pulamos, nos juntando, quando Jared Trent passou voado em sua dirt bike. Estava de pé, pedalando e fazendo careta para Tate. Seu cabelo castanho-escuro caía nos olhos, mas ainda dava para ver o ódio queimando ali.

— Jared Trent! — gritei. — Você é tão burro que tropeçaria em um telefone sem fio!

Ouvi Tate bufar, mas então ela me repreendeu:

— Não o irrite. Ele desconta em mim. — Mas então seus olhos se levantaram.

— Ai, meleca.

Olhei para a rua e vi Jared girando com a moto e vindo na nossa direção.

Meus olhos se arregalaram.

— Corra — ordenei.

E Tate e eu disparamos, subindo a calçada e passando pela grama, minha mochila batendo no meu cóccix, e Tate agarrou minha mão, gritando.

Comecei a rir, sem nem olhar para trás para ver onde Jared estava. Subindo os degraus, abrimos a porta da frente da minha casa e batemos com força, ofegando e rindo.

— Pare de ir contra ele — Tate pediu, mas seu rosto brilhava de diversão.

Joguei a mochila no chão, meu peito subindo e descendo com força.

— Ele é um babaca e você é maravilhosa.

— K.C.!

Virei-me para as escadas, endireitando as costas de imediato.

— Sim, mãe. — Olhei para cima e depois para o chão. Minha mãe desceu as escadas e já dava para sentir seu perfume.

Ela não tinha que dizer nada. Usei vocabulário vulgar, o que era inaceitável.

— Tatum, querida — minha mãe saudou, vindo para nossa frente. — Que bom te ver. Que bela regatinha.

E virei a cabeça para longe delas, me encolhendo, porque meus olhos se encheram de lágrimas. Minha mãe odiava regatas e Tate sabia. Vergonha cobriu meu rosto e fechei os punhos, querendo empurrar minha mãe para longe.

Mas cerrei os dentes e virei de novo. Tate usava uma camisa branca justa por baixo de uma regata preta solta. A de cima tinha uma caveira branca com um cocar ameríndio de miçangas e penas.

— Sim. — Engoli em seco. — Gostei da caveira. Queria poder pegar emprestada.

Os olhos desconfortáveis da minha amiga se viraram para mim e minha mãe arqueou a sobrancelha. Se estivéssemos sozinhas, eu teria levado um tapa.

Quando estivermos sozinhas, levarei um tapa.

— Tatum? — minha mãe começou, sua voz pingando com doçura. — K.C. tem uma consulta médica. Tudo bem para você ir para casa?

Consulta médica?

Tate me olhou, parecendo estar prendendo a respiração, e depois sorriu, acenando.

— Claro. — Abraçou-me. — Te vejo amanhã, K.C. — E depois sussurrou no meu ouvido: — Te amo.

— Também — murmurei, porque minha mãe estava assistindo.

Tate passou pela porta e minha mãe parou na minha frente, inclinando a cabeça.

— Suba — ordenou.

Não tinha certeza do que ela queria, mas meu estômago embrulhou do mesmo jeito. Estava cansada de ter medo dela.

Ainda me lembrava de ter meu pai em casa e me enroscar com ele no sofá, assistindo Barney. *Ele odiava o programa, mas sentava comigo por horas, porque sabia que era a única forma de eu poder ver TV.*

Minha mãe nunca me levava para nenhum lugar, a menos que fosse para me embelezar indo às compras ou ao salão, ou para me educar em um museu. Raramente ria comigo, e não me lembrava de já ter recebido um abraço esmagador, cócegas ou zoação.

Queria que ela me amasse. Como amava K.C. Eu a ouvia chorar às vezes no quarto, mas não ousava contar nada. Ela ficaria brava.

Subi as escadas, espiando para trás pelo canto do olho de vez em quando para ver se ela estava atrás de mim. Tinha medo de dar as costas a ela.

Abrindo a porta do quarto, parei.

O médico da nossa família estava parado perto da janela em seu terno, sem o paletó.

— Não — gaguejei, virando para a porta de novo.

Mas minha mãe me agarrou, puxou para dentro do quarto e bateu a porta.
— *Não!* — *gritei.*

As lágrimas que surgiram com a memória não se derramaram. Eu não permitiria. Essa casa distorcida não era mais minha e eu não tinha que ficar aqui depois que pegasse os diários. Esqueceria os tapas. Esqueceria as palavras duras. Esqueceria as visitas médicas.

Não passaria mais outro dia dando mais atenção a isso do que já tinha dado. Toquei a campainha.

Momentos mais tarde, uma luz veio do lado de dentro e então a varanda da frente se acendeu. Eu me mexi, imediatamente me perguntando como estava, mas logo parei de novo. Ainda vestia meus shorts do pijama e a camisa de Jax, parecendo completamente indisposta, e não dava a mínima para essa porra.

Minha mãe abriu a porta lentamente, estreitando os olhos ao nos ver.

— K.C.? — Olhou entre mim, Shane e Fallon. — O que significa isso?

— Preciso dos meus diários.

Sua expressão confusa e irritada virou uma carranca.

— Com certeza você não vai pegar seus diários agora. Como ousa…?

Passei por ela, invadindo a casa, e me virei.

— Fallon? Shane? — Dobrei os braços sobre o peito. — Meus diários estão guardados em um compartimento secreto no fundo do meu baú de enxoval. Vocês se importam? — indaguei, depois olhei para minha mãe. — Minha mãe tem coisas a me dizer em particular.

Sabia que a palavra "particular" nos garantiria algum tempo. As costas da minha mãe se endireitaram e seu olhar mal parou nelas quando as duas passaram subindo as escadas.

Minha mãe fechou a porta e andou até mim.

— Como se atreve? Estamos no meio da noite e eu te disse que poderia pegar seus diários quando voltasse para casa.

— Não vou voltar para casa. — Esperava ter soado desafiadora.

— K.C., vo…

— Meu nome é Juliet.

E prendi a respiração quando ela agarrou meu antebraço.

— Você vai fazer o que eu mandar — rosnou, me puxando para perto.

Minha pele queimava onde ela enterrou as unhas e fechei a boca, sustentando seu olhar. Não a deixaria me ver vacilar.

— Não — confrontei-a.

Seus olhos desviaram para a escada e eu sabia que ela estava avaliando se deveria ou não me bater.

Abaixei meu tom de voz para um sussurro.

— Você não pode mais me machucar.

Sua boca se retorceu e ela foi em frente. Soltou a mão do meu braço e bateu no meu rosto, me fazendo cambalear para trás.

Mas eu me ergui.

— De novo — pedi, abrindo os braços e a convidando.

Suas sobrancelhas franziram ainda mais e ela me encarou, procurando em meus olhos por algo — o quê, não sei.

Ela desceu o braço de novo, dessa vez suas unhas pegaram no meu lábio, e fechei os olhos, estremecendo.

Minha respiração saía trêmula de mim, mas me endireitei.

— Vamos lá. Você pode fazer melhor — desafiei, meus olhos se enchendo de lágrimas, mas eu não estava triste, nem com raiva, nem machucada. Quanto mais ela me batia, mais poderosa eu me sentia. Isso era tudo que ela tinha.

— Juliet, o qu… — Ouvi Shane no topo das escadas e estiquei a mão, sinalizando para ela parar.

Respirei uma e outra vez, negando com a cabeça para minha mãe e chorando.

— Você não pode me machucar.

A dureza em seu rosto parecia aço, mas sua voz tremia.

— Vou chamar a polícia — avisou e se virou para ir até a sala.

— E dizer o quê a eles? — provoquei. Inclinando a cabeça, segui: — Sandra Carter. Vice-presidente do Clube Rotary, presidente da Associação de Jardins de Shelburne Falls e presidente do conselho escolar? — Listei alguns dos muitos lugares onde ela poderia ser constrangida. — O que você vai dizer a eles que eu não posso fazer?

E ela parou. Sabia que eu a tinha pegado.

A mulher que não gostava de atenção desagradável, e mesmo que eu nunca fosse falar sobre ela, minha irmã ou meu pai, ela pensava que eu fosse. E aquilo bastava.

Manteve as costas para mim.

— Saia.

— Para você poder ficar sozinha? — indaguei, baixinho.

Ela não se virou.

Ela não me olhou.

Ficou lá parada, me esperando desaparecer, assim poderia mergulhar de volta em sua desilusão, como se isto nunca tivesse acontecido.

Olhei para Fallon e Shane, seus braços cheios dos meus cadernos de composição pretos e brancos, me encarando de olhos arregalados.

— Vamos embora — apressei.

Ao deixarmos a casa e andarmos para o carro, Shane acelerou para o meu lado.

— Você está bem?

— Não. — Mas sorri. — Nem um pouco.

CAPÍTULO ONZE

JAXON

— Papai? — chamei, entrando na sala. — Quer ir ao parque? — Prendi a respiração, esperando ser bonzinho e silencioso. Por favor, por favor, por favor, eu rezava. Queria ir ao parque e brincar em algum lugar bonito.

— Não — resmungou, sem nem me olhar. — Hoje não.

Fiquei parado na porta, vendo-o, junto de uma garota, brincarem com açúcar na mesa. Eles dividiram com algo afiado e depois riam, pouco antes de puxarem com o nariz. Não me viam, e eu não sabia o que estavam fazendo, mas eu sabia que não gostava. Havia algo errado.

A música tocava no rádio e batia nas paredes, me atingindo. A luz forte do sol entra pelas janelas e aquece o lixo da cozinha, fazendo ficar bem fedido.

E eu sabia que meu pai e a garota ficariam assim um tempo e eu estaria sozinho pelo restante do dia.

Eu não gostava daqui e queria ir para casa. Para minha família adotiva. Vivi lá por cinco anos, desde que era bebê, e não gostava do meu pai.

Cheguei mais perto dos dois.

— O que vocês estão fazendo? — indaguei, em tom baixo.

— Nada. — A voz do meu pai ficou dura. — Vá brincar.

Eu não sabia onde brincar. Não tinha nenhum brinquedo e não havia jardim. Apenas a rua velha e suja lá fora.

A garota se levantou e começou a dançar, e meu pai sorriu para ela antes de cheirar mais açúcar.

Meus olhos ardiam e queimavam com as lágrimas. Eu queria gritar que não gostava daqui. Que queria ir para casa, mas meu pai falou que me bateria de novo se eu dissesse algo ruim. Pensei que queria morar com ele quando veio até mim. Pensei que conheceria minha mãe.

Mas estava sozinho e triste o tempo inteiro. Aqui era sujo e não gostava das pessoas que apareciam. Ninguém cozinhava. Ninguém brincava comigo. Chorava todos os dias ao acordar e me lembrar de onde estava.

Lágrimas desceram pelo meu rosto e tentei sussurrar:

— *Papai, estou com fome.*

Ele me olhou bravo e eu recuei, meu rosto doendo, porque não conseguia parar de chorar. Mais lágrimas caíram e meus ombros tremeram.

— *Own, vai buscar comida para a criança* — *a moça falou, em uma voz doce.* — *Eu fico com ele.*

— *O garoto pode esperar* — *meu pai murmurou, vindo por trás dela e colocando a mão em suas partes íntimas.* — *Primeiro me mostra como você chupa bem.*

Fiquei parado no chuveiro, a cabeça abaixada e o braço apoiado na parede. Passando a mão por cima da cabeça, soltei uma respiração atrás da outra, liberando memórias de merda que eu tentava esquecer todo dia.

Era por isso que eu ficava ocupado.

Escola. O Loop. Lacrosse. A boate. Meus computadores. Meus amigos. Havia pouquíssimo tempo em que eu ficava em casa — especialmente sozinho — e era por isso que eu não ficava próximo das pessoas.

Especialmente das mulheres.

Esfreguei as mãos no rosto, sentindo o conforto familiar do meu cabelo descansando nas costas.

K. C. Carter que vá para o inferno. Ela tinha que voltar a ser uma vaca de novo, e por que eu sequer fiquei surpreso? Jared me avisou, dizendo que ela era nervosinha e chorona, mas eu ainda a queria.

E por quê? O que a fazia ser tão especial? Não me entregava a tantas garotas quanto ela provavelmente pensava, mas eu poderia. Poderia ficar com qualquer uma. Inferno, Cameron e eu estávamos sempre a uma ligação de distância, então por que eu ansiava a energia e o entusiasmo de K.C. o tempo inteiro?

Cada um dos seus olhares valia mais que mil palavras. Por que me preenchia tão bem quando ela sorria ou me olhava como se precisasse de mim?

E aí, na noite passada, quando olhei em seus olhos assustados e vi, pela primeira vez, todos os sentimentos que ela estava tão desesperada para ter, porém com medo de experimentar, eu soube sem dúvidas que existia muito mais ali do que ela deixava as pessoas verem.

E sabia que ela me faria ultrapassar os limites do meu controle.

CAINDO

Engoli o nó da garganta e desliguei a água. Saindo do chuveiro, peguei uma toalha, enrolei em volta da cintura e fui até a penteadeira. Limpei o vapor do espelho e me inclinei, tentando ver o que queria que os outros vissem.

Eu era bom o bastante. Forte o bastante. Poderoso o bastante. E tinha valor. Eu estava limpo e ninguém me olhava de cima.

Endireitei-me e endureci o queixo. Dane-se ela. Por que eu me importava, porra?

Claro, a noite passada foi a melhor transa que eu já tive e eu nem consegui gozar. Mas então ela me olhou quando estávamos lá fora como se eu fosse o filho imundo de Thomas Trent e, pela primeira vez em um bom tempo, eu senti como se estivesse de volta naquela casa. Sujo. Desprotegido. E sem valor.

Não deixaria ninguém me fazer sentir daquele jeito. De novo não.

Pegando um elástico na pia, prendi o cabelo para trás e andei até o escritório, onde os alto-falantes tocavam *The High Road*, de Three Days Grace. Entrando no Skype, liguei para o meu chefe, pai de Fallon, e ele me atendeu após alguns segundos.

— Ciaran — saudei, optando por ficar de pé e me inclinar para a tela.

— Jaxon.

Ciaran Pierce estava no final dos quarenta, início dos cinquenta anos, mas ainda parecia um James Bond. Sabe o tipo de cara que envelhece como um bom vinho, cuja personalidade tem tanto estilo quanto suas roupas e que tem mulheres em todos os continentes? Este é Ciaran.

O pai de Fallon era irlandês, mas vestia sua confiança como um italiano, todo suave, confiante e essas merdas. Nós nos conhecemos há alguns anos, quando Madoc e Fallon começaram a ficar juntos, e ele me abordou assim que terminei o ensino médio.

Sem armas. Sem drogas. Sem encontros. Estas eram as minhas condições.

Eu ainda poderia ser preso. O que estava fazendo por ele continuava sendo ilegal. Mas eu não tinha nenhum problema moral com aquilo. Ainda sentia que estava do lado certo das coisas. Pesquisar doações de campanha suspeitas para que Ciaran pudesse chantagear um senador para ter imóveis de primeira ou fornecer informações falsas aos seus concorrentes era levemente perigoso e poderia me colocar em problemas, mas eu não estava colocando drogas nas ruas ou me pondo em situações em que seria reconhecido como alvo.

Na maior parte do tempo, era um joguinho com grandes recompensas.

O trabalho não tomava muito do meu dia e eu estava guardando dinheiro o bastante para garantir que estava seguro.

— Doc 17? — Ciaran indagou.

— Amanhã à noite.

— Llien?

— Carregando agora. — E apertei alguns botões, terminando a tarefa.

Ciaran e eu mantínhamos nossa conversa online curta, simples e em código. Só para garantir. Doc 17 se referia a um armazém que Ciaran comprou, cujas licenças precisavam ser aprovadas, e Llien era o sobrenome de alguém, escrito de trás para frente, que ele havia solicitado o histórico pessoal e financeiro. Os trabalhos não eram difíceis, mas eram vários. Ele me mantinha bem ocupado.

— Bom. —Assentiu. Estarei na cidade em breve. Podemos nos reunir.

— Parece bom.

Levou um copo aos lábios, que eu sabia ser uísque, porque a primeira coisa que fiz quando o conheci foi pesquisá-lo.

— Meu contador vai mandar o pagamento hoje — declaro.

— Não se incomode — provoquei. — Já peguei da sua conta.

— Seu merdinha. — A sugestão de um sorriso surgiu em seus lábios ao abaixar a bebida.

Ri, negando com a cabeça.

— Você deveria confiar mais em mim. Não faria isso com você. Posso até fazer — pontuei —, mas não vou.

Soltou um suspiro, e levei um momento para observar como ele se parecia com Fallon. Cabelo castanho-claro, olhos verdes-escuros, pele que sempre parecia bronzeada, mesmo no inverno. Até mesmo as poucas sardas em seu nariz.

Porém, enquanto Fallon exibia algumas tatuagens discretas, Ciaran mostrava cicatrizes de buracos de bala.

— Você parece cansado — observou. — Alguém te manteve acordado na noite passada?

Bem que eu queria.

— Dá para dizer que sim — disse, misterioso, sem querer falar de Juliet com ele.

— À juventude — brincou. — Divirta-se enquanto pode, filho. Mais cedo ou mais tarde, alguém vai aparecer com o poder de te foder.

É, vai vendo.

— Vou ficar de olho.

Ele gesticulou para mim com o queixo.

— Cuidado, garoto.

— Você também.

Deslogando, saí do escritório para o meu quarto, vestindo uma calça preta solta. Costumava vestir jeans, mas ficaria na garagem hoje e acabaria manchando. Melhor as calças pretas.

Depois de malhar na academia esta manhã, terminar alguns projetos que Ciaran me mandou e tomar banho, só tinha cerca de mais uma hora até minha casa estar cheia de pessoas de novo. Eu tinha dois carros, além do meu, correndo hoje com motoristas diferentes, e então alguns amigos costumavam trazer o carro aqui no dia de corrida para preparar. E eles costumavam trazer amigos e namoradas com eles. Era parte do nosso aquecimento. Nós nos juntávamos, conversávamos, pegávamos as ferramentas um do outro... Já que Jared tinha deixado todas as dele aqui e eu tinha comprado muitas das minhas, formei uma coleção decente.

E embora ainda houvesse muita hostilidade no Loop, alguns de nós nos mantínhamos tranquilos o bastante para sermos amigos e corrermos um contra o outro.

Tirei o elástico de cabelo e peguei minha escova na cômoda, prestes a sair do quarto, quando uma música muito alta atingiu meus ouvidos.

Que droga é essa?

Fui até a janela e abri para olhar para fora.

— Já brincamos disso na noite passada, lembra? — gritei para Juliet, pelas portas da varanda de Tate. — Eu venci!

Eu podia vê-la por entre as árvores, apertando freneticamente os botões do rádio.

—Estou tentando desligar! Me deixa em paz — gritou, sem olhar para cima.

Passando pela janela, escalei a árvore, tentando pisar leve e rapidamente, já que meu peso estava fazendo os galhos grossos rangerem. Folhas balançavam quando me agarrei à árvore. Cheguei à varanda de Tate — que estava ali apenas para dizer que tinha — e passei as pernas sobre as barras, pulando dentro do quarto.

— Cai fora. — A expressão de olhos arregalados e desafiadora de Juliet se focou em mim. — Eu resolvo, Jax.

Indo para trás do móvel da TV, puxei o cabo da parede e o quarto ficou em silêncio. Meu coração batia forte no peito e os seios de Juliet subiam e desciam em respirações pesadas. Não sabia o que ela tinha, mas meu sangue sempre ficava mais quente quando ela estava por perto. Eu queria ou quebrar coisas ou fodê-la loucamente, o que era estranho. Não a parte de fodê-la loucamente, mas a de quebrar coisas. Havia uma necessidade de violência ao seu redor e eu não tinha certeza do motivo. Não estava certo se deveria ter medo disso também.

Fiquei de pé e joguei o cabelo solto para trás da cabeça, longe do rosto. Agarrei a escova em minha mão, vendo-a me observar com lágrimas nos olhos. Sua boca estava um pouco aberta e ela não parecia exatamente brava. Não conseguia entender o que ela estava pensando.

Largando o cabo, arqueei uma sobrancelha.

— Use a cabeça — mandei. — É só cortar a energia da próxima vez.

Ela dobrou os braços sobre a camisa branca e transparente, e deu para ver seu biquíni por baixo.

— Bem, talvez se você não corresse para meter o nariz nas coisas, eu teria descoberto — rosnou, apontando com o queixo para cima.

Neguei com a cabeça, soltando uma risada amarga.

— Você meteu o nariz nos meus problemas na noite passada. E eu só estava tentando ajudar — declarei, bravo, puxando a escova pela parte de trás do meu cabelo.

— Sendo todo bonzinho e me dizendo para usar a cabeça? — disparou. — Não preciso desse tipo de ajuda, Jax.

— Sim. — Enfrentei-a. — Fui legal com você por anos e o que consegui disso? Comece a se comportar e eu farei o mesmo.

— Então pare de me olhar com superioridade! — gritou.

— Idem! —rosnei de volta, me virando.

Passei a escova pelo cabelo de novo e amarrei-o com o elástico de novo, me preparando para subir na janela.

— Pare — Juliet rosnou, por trás de mim.

Girei.

— O quê?

— Você… — Apertou os lábios um no outro e correu as mãos pelo rosto. — Você está destruindo seu cabelo — deixou escapar. — Não consigo mais assistir. Você não está penteando direito.

Rolei os olhos e virei para rastejar pela janela.

— Sim, eu sei como pentear meu cabelo, mamãe.

— Apenas sente — ordenou, e ouvi móveis se moverem por trás de mim.

Voltando-me para ela, vi que tinha puxado a cadeira de escritório de Tate para o centro do quarto e minha boca secou.

— Por quê? — indaguei, minha voz pouco acima de um sussurro.

Ela ficou por trás da cadeira, os ombros relaxados, e uma bela visão de sua barriga espreitava entre sua blusa e o short. Seu cabelo estava em um coque bagunçado, seu rosto brilhando com uma camadinha de suor, e ela não usava maquiagem, obviamente depois de estar deitada no jardim de trás. Eu queria tocá-la. Queria passar o restante da tarde na cama, com ela, só nos dois.

— Apenas sente. — Acenou, seu tom firme, mas paciente. — Por favor?

Estreitei os olhos. Ela não queria... Meus ombros caíram e meus olhos se arregalaram. *Ah, de jeito nenhum.*

Neguei com a cabeça, meu pulso latejando em meu pescoço.

"Vai buscar comida para a criança. Eu fico com ele."

Não, não, não... Cerrei a mandíbula com tanta força que doía. Ninguém tocava em meu cabelo. Ninguém.

— Jax, se você vai manter o cabelo longo, precisa cuidar dele. — Sua voz era muito gentil e seus olhos verdes eram pacientes.

Olhei para o chão, subitamente me sentindo com cinco anos de novo.

— Sei como cuidar dele.

— Sim. — Suspirou. — Usando shampoo de 99 centavos? — brincou, sem perceber que eu mal a escutava.

Como foi que ela mudou de marcha tão rápido? Estava brava, e agora quer pentear meu cabelo?

Meus joelhos pareciam prestes a ceder e meu estômago se apertou. Era assim que eu me sentia na casa do meu pai, deitado na cama, observando as sombras por baixo da porta do meu quarto fechado, da festa que estava acontecendo do outro lado. Perguntando-me se alguém entraria. Perguntando-me se poderia dormir e ficando com muito medo de fechar os olhos. Perguntando-me por que ninguém vinha me ajudar.

Juliet não era certa para mim, e cerrei os punhos, me lembrando daquilo. Ela me fazia sentir desprotegido de novo.

— Não. — Tentei engolir a dor que apertava minha garganta.

Ela estreitou os olhos de leve, parecendo confusa, e eu me odiei. Ela me jogava de um lado a outro e, nas raras ocasiões em que era doce, eu estava negando. Queria me sentar. Queria que ela me tocasse e, porra, queria que fosse embora!

Ela continuou a esperar e meus punhos se apertaram com a necessidade de bater em alguma coisa.

— Não gosto que toquem no meu cabelo, okay? — expliquei, tentando ser honesto.

— Por que você mantém longo então? — questionou.

— Porque não gosto que toquem — repeti. — Nem um cabeleireiro. Poderia raspar a cabeça ou deixar crescer, então deixei.

Agora, por favor, pelo amor de Deus, porra, não me faça mais perguntas.

Ela semicerrou os olhos, pensando.

— Você queria que eu confiasse em você na noite passada. Acha que é uma via de mão única? — Bateu na cadeira com as duas mãos. — Sua vez. Venha aqui.

Engoli em seco, querendo e não querendo a mesma coisa.

Queria o que meu irmão tinha e Madoc também. Queria estar próximo de alguém.

Eu via o jeito que meu irmão amava Tate. Como sorria mesmo que ela estivesse andando para longe e não pudesse vê-lo. Como estava sempre procurando um motivo para tocá-la. E como, quando a abraçava, ele fechava os olhos, parecendo ter encontrado um bote salva-vidas no meio do oceano.

Eu via Madoc e como ele amava Fallon. Como não conseguia tirar os olhos dela. Como, toda vez que tinha que se afastar para falar com alguém, para buscar uma bebida, para fazer qualquer coisa, ele tinha que agarrar a mão dela e arrastá-la, como se estivesse presa ao seu corpo. Como parava no meio de uma conversa só para beijá-la.

Juliet não me machucaria. Juliet não poderia me machucar. Eu estava no controle. Era poderoso. Tinha valor. E era forte.

Soltei o ar. Porra, beleza. Fui na direção da cadeira.

— Tire a sua camisa — ordenei.

Suas sobrancelhas se ergueram e ela apoiou as mãos na cintura quando parei em frente à cadeira.

Se ela me queria vulnerável, então eu precisava de algo para me distrair. Não achei que ela fosse fazer.

Mas então ela cruzou os braços, agarrou a bainha da camisa e passou pela cabeça, revelando sua pele macia e dourada em um biquíni branco de frente única com um buraco no meio, que mostrava seu amplo decote.

— E solte o cabelo. — Mantive o rosto tranquilo, mas minha voz ficou

profunda. Não consegui evitar. Ela soltou o coque e os cachos castanho-
-escuros caíram sobre seus ombros.

O peso de dez toneladas na minha barriga se transformou em uma
ereção total na minha calça e a imaginei, com seu corpo delicioso, me montando na cadeira.

Bom o bastante.

Limpei a garganta.

— Só tente ser rápida, okay?

CAPÍTULO DOZE

JULIET

Eu não tinha vergonha. Absolutamente nenhum orgulho, e deveria me trancar até parar de pegar fogo toda vez que esse cara estivesse por perto. Caramba, toda vez.

O velho CD player de Tate tinha algum tipo de alarme e eu acidentalmente apertei um botão e a maldita coisa não parava quando eu apertava o botão de desligar. Várias vezes. Aí comecei a apertar outros botões. E abaixei o volume. E abaixei. E abaixei. E abaixei. E nada.

Então Jax pulou para cá, seu cabelo longo caindo no rosto, parecendo ter saído direto de um daqueles romances onde um cara selvagem e supergostoso está arrancando as anáguas da menininha mimada da cidade e eu congelei.

Congelei, cara, e não queria que ele saísse.

Ele pegou a cadeira com uma das mãos e levou para o banheiro.

— O que você está fazendo? — indaguei, seguindo-o.

Sentou-se, encarando o espelho.

— Preciso conseguir te ver.

Me ver? Do que ele tinha tanto medo? Pensei comigo mesma. Mas fiquei quieta, sabendo que ele não contaria nem se eu perguntasse.

No momento em que me ofereci para cuidar do seu cabelo, ele congelou e pareceu assustado e, pela segunda vez, Jaxon Trent se afastou de mim. A primeira foi há dois anos, quando perguntei sobre sua falta de tatuagens.

Cheguei por trás dele, tentando não sorrir à sua grande forma no pequeno banheiro de Tate — mas uma olhada em seus olhos cautelosos me fitando pelo espelho e eu parei. Ele parecia prestes a fugir a qualquer sinal de perigo.

Apoiei as mãos em seus ombros nus, querendo mostrar a ele que entendia sua apreensão. Também não gostava que me arrumassem.

— Sabe que fui mal em um teste de propósito no último ano para você ser meu monitor? — soltei, tentando distraí-lo, e gentilmente puxei o elástico do seu cabelo.

Aquele que se usa em escritório e que é terrível para o cabelo.

Olhei para cima e encontrei seus olhos, mantendo o rosto tranquilo. Ele me observava como um falcão, sua respiração pesada deixando bem claro que ele ainda estava desconfortável.

— Nós fazíamos a mesma aula de matemática — comentei, guardando o elástico e passando os dedos pelos belos fios pretos e castanhos, que eram maiores que os meus. — Você era monitor pela manhã e eu queria passar um tempo com você, então fui mal em um teste para ter chance de você me ajudar.

Ele se apoiou para trás na cadeira, relaxando um pouquinho mais, e minha barriga vibrou com o sorrisinho sexy curvando seus lábios.

— É, mas acabei levando um tapa na cara com isso. — Ri, nervosa, borrifando um pouco de revitalizador em seu cabelo. — Minha mãe descobriu e contratou um professor particular em casa. — Segurei suas mechas frias na mão, parte por parte, espirrando spray. — Foi uma droga. Tive que passar uma hora extra, três vezes por semana durante um mês, estudando para um teste que eu poderia ter passado. Foi vergonhoso.

Esticando a mão, peguei a escova da sua e, reunindo todo o cabelo, comecei a escovar de leve as suas pontas. Ele não falava e fiquei surpresa por não ter comentado minha história. Imaginei que Jax fosse se vangloriar por algo assim.

— Mais vergonhoso ainda foi o primeiro cara que eu beijei — continuei. — Sim, pensei que era um cara, mas não. Era uma garota. Uma garota que parecia bem masculina em uma festa quando eu tinha catorze anos... — divaguei, tentando manter sua mente em mim.

Ele me escutou contar sobre os patins da Barbie que ainda cabiam em mim e escovei todo seu cabelo, colocando algum produto para pentear. Mantinha os olhos colados em mim conforme contava sobre quando eu tinha dezoito anos e estava bêbada demais para perceber que não tinha tirado a calcinha antes de fazer xixi. Seguiu cada um dos meus movimentos quando passei um pente nos lados e parti pedaços para trançar e continuei falando.

Pela camada de suor e, suas costas e os punhos cerrados no tecido da calça na altura da coxa, ele ouviu e não tirou os olhos de mim em nenhum momento, escutando meus murmúrios, como se fossem as histórias mais interessantes do mundo.

E, o tempo inteiro, eu só queria passar os braços ao seu redor e o abraçar. Ele não se sentia seguro e não perguntei o motivo.

Só queria saber onde eles estavam, quem fez aquilo com ele, assim poderia arrancar o couro deles.

Abaixando a mão sobre a dele, usei a outra para procurar na gaveta alguns pequenos elásticos transparentes.

Não olhei para ele e não o toquei desnecessariamente. Só queria que soubesse que eu estava ali.

Já o tinha visto usar rabos de cavalo e rabos de cavalo com trança, mas os meus penteados favoritos eram quando ele fazia três trancinhas pequenas acima de cada orelha, então decidi fazer três direto do couro cabeludo em vez das tradicionais que ele costumava fazer.

Fazendo três fileiras de cada lado e prendendo com elásticos no caminho, tirei todos e puxei tudo para trás em seu rabo de cavalo habitual. Esticando o elástico, enrolei em seu cabelo preto e grosso, segurando as mechas macias e frias em meu pulso.

Passando a mão sobre o couro cabeludo para prender qualquer fio solto, diminuí quando o vi fechar os olhos. Ele parecia relaxado. Em paz. Talvez tenha se acalmado.

Espirrando um pouco de spray de cabelo para manter tudo no lugar, coloquei as mãos em seus ombros e esperei que abrisse os olhos de novo. Ele podia passar o restante do maldito dia assim, eu não me importaria.

Fogos de artifício estouraram sob minha pele e explodiam no meu peito por vê-lo. Estávamos perto um do outro e não estávamos brigando, por um milagre. Caramba, ele era bonito.

— Desculpa por não ter sido mais legal com você no ensino médio. — Minha voz saiu rouca e, quando ele abriu os olhos, eles quase pareciam brilhar no escuro. — Toda manhã, você sentava na arquibancada com seu iPod e encarava o campo. Encarava o nada. O tempo todo eu me perguntava o que você estava fazendo. No que estava pensando. Você me assustava.

— Por quê? — indagou, soando calmo. — Eu nunca teria te machucado, Juliet.

Dei de ombros, sem saber como responder àquilo.

— Não sei. Liam era seguro, acho. Ele me irritava e machucava meus sentimentos, mas nunca mexia mesmo comigo.

Liam nunca me fez chorar. Esquecer de mim, me desrespeitar, me humilhar — tudo aquilo me fez chorar. Mas perdê-lo para outra mulher nunca machucou. Não foi uma perda. Mas Jax…

Olhei para baixo, engoli em seco.

— Da primeira vez que te vi, eu sabia...

— Sabia o quê?

Encontrei seus olhos no espelho.

— Que você seria mais importante.

O peito de Jax se encheu com um suspiro profundo e seu olhar se aqueceu. Ele levantou da cadeira e saltei com seu súbito movimento. Olhando para cima, eu o vi avançar para mim, me empurrando até a parede do banheiro.

— Jax... — Mas, antes que eu pudesse dizer algo a mais, ele se inclinou e segurou minha bochecha, e borboletas voaram na minha barriga em círculos enormes quando seus lábios esmagaram os meus.

Gemi, sua língua girou a minha, e estremeci com a onda de calor que se espalhou por mim, parando bem entre as minhas pernas.

Merda, ele era uma delícia.

Abri mais os lábios e o beijei de volta, passando os braços por seu pescoço, ficando na ponta do pé e me inclinando em seu corpo. Seu braço passou pela minha cintura e uma mão foi direto para minha bunda, me pressionando mais forte em si mesmo.

Senti a parte de cima do biquíni ceder, e foi quando percebi que ele tinha puxado as tiras do meu pescoço e das costas.

Estiquei a mão, tentando pegar a peça antes que Jax arrancasse do meu corpo e jogasse no chão.

— Jax, não. — Fechei a cara, preocupada. — Shane vai voltar...

— Você quer que eu pare? — indagou, me cortando e me erguendo por trás das coxas, me pressionando na parede com seu corpo. — Não temos como parar — avisou, cobrindo meu mamilo com a boca.

Gemi, deixando meus olhos rolarem. *Ai, merda.* Tudo que ele fazia atingia um nervo que ia direto para o meu centro, e apertei as coxas ao seu redor.

— Jax, por favor — implorei. Eu queria aquilo.

Mas não estava pronta.

— Por favor, o quê? — provocou, sua respiração escaldante me fazendo tremer, enquanto girava meu mamilo duro em sua língua.

— Por favor, pare — ofeguei, querendo que ele fizesse tudo, menos parar. *Mais.*

— Parar o quê? — indagou, ainda me beijando. — Parar com isso? — Chupou meu mamilo inteiro na boca, rápido e forte pra caralho, depois puxou com os dentes, me fitando com aqueles olhos azuis diabólicos. Prendi o ar, o vendo chupar e soltar, beijar e arrastar os dentes, me fazendo pulsar tão forte que comecei a me esfregar contra ele.

Abaixando-me só um pouco, esmagou meus lábios nos seus e me segurou apertado, nos levando de volta ao quarto e me deitando na cama.

Parou o beijo e puxei o ar com o frio repentino que senti. Ele veio por cima de mim, os olhos nos meus.

Passando as costas das mãos por minha bochecha, foi arrastando pelo meu pescoço e torso, espalhando o calor de seu toque por meu corpo. Minha barriga tremeu quando ele passou por ela e entrou no meu short.

Arqueei as costas e gemi assim que seu dedo deslizou dentro de mim.

Ele fechou os olhos, parecendo se deliciar com o que sentiu ali.

— Jesus Cristo — praguejou, mostrando os dentes.

Desceu e chupou meu lábio inferior entre os dentes, trabalhando no botão e no zíper do meu short.

Segurei seu rosto, o beijando de volta.

— Jax — suspirei —, eu preciso que você pare. Não quero que pare — ri um pouquinho —, mas eu...

Meus pensamentos estavam uma confusão. Meu corpo sabia o que queria. Eu estava pegando fogo por ele. Mas não queria uma coisa de uma noite só e estava assustada.

Eu poderia não agradá-lo.

Apoiou a testa na minha.

— Shh — pediu, me acalmando. — Não vou fazer amor com você, okay? Não tenho expectativa. Ainda. Só quero te ver.

Hesitou um momento, procurando algo em meus olhos, depois prendeu os dedos na bainha do meu short jeans e o deslizou pelas minhas pernas, levando a calcinha do biquíni consigo.

O ar frio tocou entre minhas pernas e senti seus olhos em cada centímetro da minha pele. Levantei, agarrando seu rosto para um beijo, tentando cobrir meu corpo. Mas ele era esperto demais.

— Eu quero te olhar — sussurrou, entre beijos, lentamente me empurrando de volta para a cama. — Você se sente segura comigo? — indagou.

Olhei para ele, sabendo imediatamente que não confiava em Jax. Não completamente.

Mas também sabia que ele não riria de mim. Sabia que ele me achava bonita. E sabia que ele sempre me olhava nos olhos quando falava comigo.

Então assenti.

— Sua mãe não está neste quarto, Juliet. — Sua voz era pensativa, seus olhos ainda colados nos meus. Agarrei os lençóis ao meu lado. — Jared vê Tate assim — continuou. — Madoc vê Fallon assim. E eu teria deixado qualquer garota de lado ao longo dos anos para te ver linda desse jeito.

Lambi os lábios, inspirando e expirando, e o assisti, tentando ficar calma. Não tinha certeza se queria que ele visse como suas palavras tinham me tocado.

Sustentando meu olhar, ele ficou de pé e se afastou. Só tive um momento para me perguntar o que ele estava fazendo antes que mexesse no iPod e *Torn to Pieces*, de Pop Evil, soasse.

Meu corpo afundou na cama e me senti relaxar. O barulho ajudava. Não conseguia ouvir tanto os meus pensamentos.

Ele se virou e me encarou.

— Mal posso esperar para colocar minha boca em você, Juliet.

A bateria começou e todo meu corpo tensiona com as batidas em meu coração e em meus ouvidos. E eu fiquei pronta. Com um sorriso, sentei e fiquei de pé, dobrando os lábios entre os dentes.

— Na minha fantasia — falei, baixinho —, eu estava de pé.

Andando até ele, passei ambos os braços por seu pescoço e colei meu corpo nu no seu. Meus lábios encontraram os dele e senti seu corpo estremecer quando deslizei a língua em sua boca quente, que tinha gosto de verão.

— Seu cheiro é tão bom. — Respirei contra sua boca. — Quero você em cima de mim, Jax. — Agarrei seu lábio inferior entre os dentes e o beijei, antes de mordiscar mais um pouco. Abaixando a mão, deslizei sobre sua coxa, acariciando a ereção em sua calça. Não tinha ideia de que merda estava fazendo ou de quão longe levaria isso, mas o negócio era esse… eu não estava pensando. E era muito bom.

Minhas mãos coçavam para explorá-lo. Em todo lugar. Minha boca queria estar nele tanto quanto eu queria a sua em mim. E eu queria mais do que sua boca. Meus mamilos endureceram contra seu peito duro e a poça de calor entre minhas pernas se encheu com a fricção em suas calças contra mim.

— Você é mesmo um merdinha — provoquei, respirando na sua boca.

E o inferno se instalou.

Jax afastou a boca e empurrou meu quadril em seu pau duro.

— Está sentindo? — ameaçou, apoiando a testa na minha. — Porra, não me pressione, Juliet, ou, em um minuto, você não vai mais se sentir segura.

E prendi a respiração, meu queixo caindo quando ele pegou minha mão e me arrastou de volta para a cama. Balançando para frente, caí em cima do cobertor cinza e preto, provavelmente parecendo como se fosse um caranguejo andando para trás e fugindo de um tubarão grande e mau. Encarei Jax parar na ponta da cama, agarrar meu tornozelo e me puxar para o fim.

— Jax! — gritei. Mas era tarde demais.

Ele planou as mãos na minha cintura, segurando firme para eu não me mover.

E se abaixou entre minhas pernas, passando a língua pela minha extensão.

Parei de respirar e minha boca ficou aberta.

— Foda-se, sabia que seu gosto era bom — sussurrou contra minha pele.

Só pude assisti-lo lamber *bem* lentamente as minhas dobras até o topo do meu clitóris, depois arrastar a língua de volta até minha entrada. Subindo e descendo, subindo de novo e descendo devagar, o caminho todo. Subindo e descendo, lambendo e provando, e gritei, batendo a palma da mão na minha coxa.

— Jax — choraminguei, sentindo uma lágrima escorrer pelo canto do meu olho.

Relaxando as pernas, deixei minhas coxas se abrirem mais e joguei a cabeça para trás na cama, o ritmo aumentando.

Eu latejava, e minha barriga fervilhava com o calor, como se água quente fosse derramada em minha pele.

Arqueei as costas.

— Não quero que você pare nunca — gemi.

Seus dentes beliscaram meu clitóris e agarrei seu cabelo no couro cabeludo, minhas costas subindo para fora da cama. O sangue corria pelos meus braços e pernas como calor líquido, e soltei uma das mãos, levando-a ao meu seio para massageá-lo.

— Jesus, Juliet — Jax rosnou na minha boceta. Olhei para baixo e o vi me observando. — Continue fazendo isso — ordenou.

E eu obedeci.

Passei a mão sobre o seio e lentamente pelo mamilo, amando a sensação do meu corpo e como ele me olhava. Todos os meus pelos se arrepiaram e minhas bochechas coraram com um sorrisinho pelo tanto que me sentia viva.

Mas aí ele prendeu meu clitóris na boca e chupou.

— Ah — gritei, sentindo uma nova onda de necessidade. — Jax, não pare. Isso é tão bom.

Apertando meu seio na mão, empurrei os quadris contra seus lábios, segurando sua cabeça lá com minha outra mão. Ele parecia estar chupando uma fruta, do jeito que seus lábios me chupavam e esticavam minha pele, a forma como me provava com força. Arrastou minha carne entre os dentes apenas para recapturar a protuberância e me chupar de novo. Meu peito sacudia com respirações trêmulas e comecei a rolar os quadris contra ele gentilmente.

— Linda, você nunca deveria ter me deixado te provar — murmurou, mergulhando a língua para lamber meu clitóris, depois chupar, lamber e chupar. — Vou atrás de você hoje à noite. Amanhã. Na escola. Inferno, talvez eu apenas te faça abrir as pernas na mesa de jantar para eu poder comer.

Estreitei os olhos em um desejo doloroso, pensando nele sentado em uma cadeira de espaldar alto em uma mesa de jantar de mais de três metros com as pernas abertas para ele como uma bela refeição.

Puta merda.

Lambi meus lábios secos.

— Quero você na minha boca também.

E então ele mergulhou a língua dentro de mim e saltei na cama, jogando a cabeça para trás.

— Jax, porra! — gritei, estremecendo com seu ataque. — É demais!

— Juliet? — Ouvi meu nome ser chamado em algum lugar, mas não ligava.

Agarrando o cabelo de Jax, eu o segurei sobre meu clitóris muito quente e pulsante, vendo a carne dos meus mamilos endurecer e meus seios balançarem para trás e para frente com meus movimentos. Ele mergulhou a língua dentro de mim, me fazendo contrair e relaxar. Eu precisava de mais. Precisava dele.

Arrastou a língua para fora do meu clitóris e começou a dar selinhos pouco antes de deslizar um dedo dentro de mim.

Minha cabeça caiu para o lado e comecei a ofegar e foder seu dedo, sem me importar por ser uma sem-vergonha ou por Jax não ser nem meu namorado.

— Jax — gemi. — Ai, meu Deus.

— Jax? — Ouvi alguém repetir. — Juliet, você está bem?

Meus olhos se abriram e meu rosto se aqueceu com o calor.

— Ai, meu Deus — sussurrei, vendo os olhos divertidos de Jax enquanto ele beijava meu clitóris.

— Juliet? — Shane chamou de novo do outro lado da porta trancada.

Jax arqueou uma sobrancelha, divertido.

— Vamos lá. Deixe-a ouvir como você é selvagem. Como está amando essa porra toda.

Entrando e saindo, seu dedo mergulhava, para frente e para trás. Tão bom, e uma coceirinha estava ali bem próxima. Eu estava quase lá. Sua língua era incansável, vindo sobre mim, lambendo, chupando. Dentro, fora, lambe, prova, morde.

— Ai — ofeguei. — Ai, Deus!

Então eu gozei, choques explodindo na base da minha barriga, e agarrei o edredom sobre a minha cabeça. Inclinei-me para ele, puxando o ar e movendo os quadris em seus dedos, precisando de tudo que ele tinha para me dar.

Mais. Engoli em seco e o encarei com olhos embaçados.

Queria mais. Mais dele.

— Juliet! — A maçaneta balançou, e agarrei a camiseta com a qual dormia em cima da cama.

Sentando-me e a vestindo, peguei Jax no momento que ele me agarrou para um beijo. Ajoelhando entre minhas pernas, segurou meu rosto e levou minha boca à sua. Devagar e doce.

Afastando-se e apoiando a testa na minha, fechou os olhos. Assisti em silêncio suas sobrancelhas se unirem e ele parecia estar triste por algo ou pensando em alguma coisa importante.

Ele se afastou, negando com a cabeça e soltando um suspiro.

— Merda — murmurou, quase um sussurro.

— O quê? — indaguei, baixinho, subitamente sentindo como se tivesse feito algo de errado.

— Nada — suspirou, passando a mão pelo cabelo. — Eu só... — hesitou, olhando para longe e voltando para mim. — Nunca pensei que a coisa de verdade corresponderia à fantasia, sabe? — Ergueu o canto da boca em um sorriso. — Espero que goste de um verão divertido, Juliet, porque está só começando.

E o assisti ficar de pé, destrancar a porta do quarto e passar pelo rosto chocado e corpo congelado de Shane.

Verão divertido? Senti um sorriso malicioso cruzar meus lábios. Ele pensava que daria todas as cartas e que mandava em mim.

Quase bufei.

CAPÍTULO TREZE

JAXON

Joguei o pano no chão e gesticulei com o queixo para Sam me ajudar com o pneu. Ele rolou até mim e nós o erguemos para o eixo.

Minha casa foi inundada de pessoas assim que deixei Juliet, há poucas horas, e estávamos todos nos preparando para as corridas da noite.

Eles estavam todos aqui, a cabeça debaixo do capô, mas a minha ainda estava entre as pernas dela.

Jesus.

Estiquei a mão, aumentando o volume de *Falling Away from Me*, de Korn, e passei a mão pelo cabelo logo acima da orelha, onde as tranças que ela fez ainda estavam presas no meu couro cabeludo.

Sorri, me lembrando dela fazendo meu cabelo. Não tinha tocado por tempo demais em um só lugar. Não tinha caído em cima de mim ou me acariciado. E quando se esticou para tocar minha mão, só me mostrando que entendia e que eu não tinha que falar a respeito, fechei os olhos, me sentindo mais seguro. Não gostava que me arrumassem, mas gostava de ser tocado por ela e a deixaria fazer aquilo comigo de novo alegremente.

Ela cuidou de mim hoje.

E o que eu fiz? Abri suas pernas e a comi como se ela fosse uma puta.

Ainda não a tinha levado em um encontro, um bom jantar ou na maldita caminhada no parque que as garotas queriam. Nas últimas semanas, eu briguei com ela, ameacei, depois tentei colocar minhas mãos nela toda vez que estávamos sozinhos. Eu a afastei, a agarrei e gritei com ela.

Fui um babaca, nada gentil.

Puta que me pariu. Suor escorria na minha têmpora e os insetos zumbindo aqui fora no sol do verão me faziam me coçar para aumentar a música. Abafar todos esses pensamentos.

Eu não ficaria aqui tempo o bastante para ela me afastar quando percebesse que cometeu um erro ao se aproximar, porém, toda vez que pensava em me afastar, sua confiança e garra me traziam de volta.

— Merda! — Sam reclamou, sendo levado ao chão pelo meu lado do pneu que eu não tinha percebido que derrubei.

Fechei o punho em volta do meu cabelo acima da cabeça e virei, chutando a caixa de ferramentas contra a parede. As ferramentas bateram umas nas outras, algumas das gavetas se abrindo.

— Hm — ouvi Sam começar —, exagerado demais?

Girei, vendo sua expressão confusa, e soltei uma risada trêmula.

— Desculpa. Muita preocupação na cabeça, cara.

— Desde quando? — murmurou, abaixando-se para erguer o pneu de novo. — Foi a primeira vez que você me lembrou do Jared.

— Sim — resmunguei, abaixando-me para ajudar —, qual o problema disso?

Ele teve dificuldades com o peso, travando os dentes.

— Nenhum, se você for o tornado — brincou. — É tudo pelo caminho que fica destruído.

Okay. Bom ponto.

Meu telefone vibrou no bolso, e soltei um suspiro forte, colocando o pneu no eixo.

Olhei para o celular, vendo o nome de Jared, e esfreguei o rosto. *Maravilha.*

— O quê? — atendi, sabendo que ele me irritaria sobre buscar uma maldita ordem de restrição de novo.

— Jesus Cristo — resmungou. — Que bicho te mordeu neste verão? Toda vez que eu te ligo, você é um babaca.

— Nada. Sou legal com todo mundo, menos você.

— Beleza — devolveu. — Pode me processar por me preocupar com você.

— Está mais para me intimidar. — Saí da garagem e de perto da meia dúzia de outros caras e suas namoradas na entrada da minha casa.

— Engraçado — comentou. Eu podia ouvir o falso humor em sua voz. — Então, qual é o seu problema?

Apertei os lábios.

— Nada — menti. — Só estou ocupado.

— Você sempre está ocupado. — Hesitou. — E precisamos conversar.

— Não é um bom momento.

— Nosso pai vai sair da prisão em breve — disparou. — Precisamos conversar.

Apertei o telefone na mão e acalmei a voz.

— Minha resposta sobre a ordem de restrição não mudou.

Meu pai ainda tinha três anos em sua sentença por posse de drogas e abuso infantil, mas sua pena foi reduzida por bom comportamento e por entregar dois antigos contatos no tráfico de drogas.

Jared estava falando com o novo marido de sua mãe — pai de Madoc — sobre conseguir uma ordem de restrição para quando nosso pai for liberado. Ele queria Thomas Trent longe dele, de sua mãe e de Tate — por outro lado, eu receberia bem meu pai.

Queria encará-lo, e tinha um contato lá dentro me mantendo bem informado de tudo que estava acontecendo com ele. Seus amigos, visitas e inimigos.

— Vou para casa sexta-feira e vamos cuidar do problema. — Ele estava me avisando, não perguntando.

Raiva aqueceu todo meu corpo, mas eu não queria entrar nessa com ele de novo. Ele ficava muito tempo longe e eu o amava.

Mas já era hora de parar, porra.

O GTO de Madoc parou em frente à casa de Tate e estreitei os olhos, vendo um Nissan 370Z vermelho parar logo atrás.

Jared tagarelava no meu ouvido, mas eu não conseguia ouvir. Por que Madoc estava na casa de Tate? E de quem era o Nissan?

Madoc e Fallon desceram do carro, seguidos pelo motorista do Nissan, um loiro alto engomadinho, que se vestia bem parecido com Madoc, em uma bermuda cargo azul-marinho, uma camisa de aparência cara e chinelo.

Jesus. Eles estavam indo para a casa de Tate. Por que estavam indo para a casa de Tate?

Desliguei na cara de Jared, enquanto Madoc vinha até mim e Fallon e o engomadinho continuaram para a porta ao lado.

— O que houve? — Apontei com o queixo para Madoc e dei-lhe nosso cumprimento de mãos de sempre.

— Nada — cantarolou, inocente.

— Parou a gracinha. Qual é a do maluco do One Direction?

Ele riu.

— Ah, está falando do meu colega da Northwestern? — *O babaca está adorando.* — O nome dele é Adam Larson. Está na cidade, visitando. Fallon e eu vamos levar K.C. ao parque e pensamos…

Mas parei de ouvir.

Olhando além de Madoc, vi Juliet sair com Shane, e parecia que Fallon estava apresentando todos eles.

Juliet esticou a mão, apertando a dele, e vi seu sorriso.

Meu telefone estalou no meu punho, e pisquei, erguendo para ver que tinha quebrado a capa.

Porra.

— Oops — Madoc disse, zombando e rindo do meu telefone quebrado. — Alguém está bravo.

Neguei com a cabeça.

— Qual é a de vocês?

Ele ergueu as mãos, na defensiva.

— Nada. Vi o que aconteceu na festa ontem e percebi que você não estava mais interessado. Adam é um cara legal. Não queria que K.C. sentisse que estava segurando vela com Fallon e eu no parque.

— Ela está com a prima — rosnei, os dentes cerrados. — Como ela ficaria segurando vela? E o nome dela é Juliet. E eu não o quero nem perto dela! — reclamei na sua cara.

— Hmm... — Ele me encarou por alguns segundos e se virou para ver todo mundo descendo as escadas. Juliet me viu, parecendo estar um pouco incomodada, antes de olhar para longe e deixar Adam abrir a porta para ela.

Ela estava gostosa demais e eu queria ver seus olhos de novo. Usava shorts jeans puídos e uma das camisetas que eram especialidade de Fallon. Logo preta de Def Lepperd na frente, com suas costas lisas e bronzeadas aparecendo em uns vinte rasgos horizontais. Também reparei em longos brincos — penas, eu acho. O cabelo estava liso, sua maquiagem a deixava brilhando e minhas mãos queriam aquelas pernas.

E ela estava indo embora com outro cara.

Madoc se voltou para mim.

— Se ela soubesse que era sua, não teria entrado naquele carro.

Filho da puta.

— Levou oito anos para Jared investir em Tate — provocou. — Pensei que seu jogo fosse melhor.

Ele estreitou os olhos, depois de ter abordado seu ponto, e enfiou as mãos nos bolsos, caindo fora. Shane entrou no carro de Madoc com Fallon, e aquilo significava que Juliet estava sozinha com aquele cara.

E eu os assisti partirem.

Fechei os punhos e procurei minha chave no bolso.

— Sam. — Agarrei minha camisa na mesa de trabalho. — Pode trancar quando todo mundo for embora? Preciso sair um pouco.

Ele assentiu.

— Claro. Para onde você está indo?

Eu o ignorei, as palavras de Madoc ainda flutuando no ar.

"Se ela soubesse que era sua, não teria entrado naquele carro."

Não, pensei. Ela sabia que era minha, e *não deveria* ter entrado naquele carro.

CAPÍTULO CATORZE

JULIET

Quando eu pegar vocês duas...

Enviei minha ameaça para Shane e Fallon, enfiando o telefone de volta na bolsa.

— Foi mal se você se sentiu emboscada. — Adam me lançou um olhar de desculpas ao dirigir. — Não foi ideia minha.

— Tenho certeza que não. — Não conhecia Fallon extremamente bem, mas tive a impressão de que provavelmente foi mais o cérebro infantil de Madoc.

— Mas meio que estou feliz. — Lançou-me um sorriso honesto. — Desde que você não tenha um namorado que virá me dar uma surra.

Prendi a respiração, trêmula, imediatamente pensando em Jax, o que era estranho, já que acabei de terminar com Liam. Não deveria ter pensado em Liam quando Adam disse "namorado"?

— Não — apressei-me. — Sem namorado.

— Que bom. — Relaxou no assento, fazendo aquela coisa de homenzinho dirigindo, como Jax. Mas não fazia tão bem.

O corpo de Adam não era longo e não preenchia o espaço do mesmo jeito. Seu carro era mais compacto e eu não sentia tremores na minha coxa do mesmo jeito que o Mustang vibrava sob meu corpo.

O carro de Adam era divertido. O de Jax era uma ameaça.

Ai, meu Deus. Por que eu os estava comparando? Jax não estava me fazendo nenhuma promessa. E Adam só estaria aqui por alguns dias.

Ambos estavam indisponíveis, na minha opinião, e eu não tinha nenhum contrato.

Apenas se divirta no parque, Juliet.

Entramos no parque de diversões e estacionamos no gramado, ao lado do carro de Madoc.

Assim que desci, sorri.

As feiras do condado aconteciam em um espaço estabelecido pela cidade, não muito longe do Loop, e hoje era provavelmente o melhor dia para vir. Sendo meio da tarde, a temperatura deveria estar em 37°C e eu já estava suando. Enquanto alguns odiavam, eu amava.

As luzes difusas à distância formavam um brilho espetacular de vermelhos, verdes, amarelos e azuis, e os sons da vida no parque de diversões preenchiam o ar espesso e quente, me fazendo querer sorrir.

Música dos anos oitenta soava nos alto-falantes baratos, as pessoas nas montanhas-russas gritavam quando os carrinhos os levavam pelo ar e as caixas também informavam os nomes dos últimos vencedores do arremesso de argolas e da pescaria, enquanto o estalo agudo dos balões estourando cortava os meus ouvidos.

Inalei o aroma quente do bolo de funil, misturado com o cheiro enjoativo do algodão-doce, e segurei as bainhas do meu short pelo lado, conforme caminhávamos pela grama alta até a entrada. Com o sol batendo em meus ombros e o suor já escorrendo por minhas costas, lambi os lábios, provando a sujeira do ar.

Parques baratos reuniam muita gente. Eram sujos e degradados, e reuniam criminosos.

Pelo menos era isso que minha mãe tinha me dito.

A única razão pela qual ela vinha era para trabalhar em um estande, cadastrar pessoas para o clube de jardinagem, o Clube Rotary, ou qualquer candidato à eleição que ela estivesse apoiando naquele ano.

Nunca quis ser parte daquilo. Nunca quis ficar presa dentro do antigo salão de banquetes nas feiras com ar-condicionado. Havia algo completamente bruto na atmosfera aqui fora. Tinha a ver com o suor, o calor e a sujeira.

Não dava para explicar e sempre tive vergonha disso, mas me sentia primitiva aqui. Amava o parque. Por todas as razões que minha mãe odiava.

Entrando, compramos as pulseiras que nos permitiriam andar em tudo que quiséssemos até fechar, depois fomos procurar comida.

— Cachorro-quente — Fallon pediu, mexendo na bolsa.

Madoc veio por trás dela, chupando seu pescoço.

— Guarde seu apetite. Mais tarde vem um de 30 cm.

— Argh. — Deu uma cotovelada nele, mas continuou sorrindo.

Eu sorri, Madoc riu, e Adam e Shane estavam ajudando um ao outro com suas pulseiras.

Virei para a garota que trabalhava no caixa.

— Gostaria de um picolé, por favor. — E ergui a sobrancelha para Shane. — E você?

— Cachorro-quente também. — Ela mal me olhou, fechando a pulseira no pulso de Adam.

— Adam? Quer alguma coisa? — Madoc indagou.

— Não, valeu.

Pagamos, comemos e conversamos sobre tudo que estava rolando. A brilhante ideia de Shane de mudar de curso de novo em uma faculdade que ela ainda não tinha nem começado. Fallon tentando decidir que piercing fazer e Madoc tentando enfiar as mãos entre as pernas dela para indicar onde queria que ela colocasse. Adam falando sobre as recentes pesquisas em dietas veganas.

E eu tentando não pensar em quão longe eu tinha ido nas últimas vinte e quatro horas.

Ameacei minha mãe, deixei Jaxon Trent colocar os dedos e a língua dentro de mim e agora não tinha certeza de onde terminaria fazendo faculdade no outono, já que Sandra Carter, sem dúvidas, tiraria meu acesso à grana dos meus estudos.

E ri.

O sorriso se espalhou por meus lábios e minha pele vibrava, conforme todo mundo conversava e eu continuava rindo.

Minha cabeça se abaixou e minha barriga formigou.

— Hm… — Shane começou. — Você está bem?

Olhei para ela, meus olhos embaçados de felicidade. *Sim. Não estou bem. Meio que bem. Sinto-me bem. Mas não estou bem. Não é maravilhoso?* Apenas sorri para suas expressões assustadas.

— K.C.?

E aí meu sorriso se desfez.

Parei ao ver minha mãe parada a alguns metros, carregando bandejas de tortas.

Ela usava um vestido de verão lilás soltinho e saltos altos, parecendo completamente imaculada com o cabelo cacheado e preso em um rabo de cavalo baixo. De repente, fiquei muito consciente de cada centímetro da minha pele suada.

Vi seus olhos percorrerem toda a extensão do meu corpo, analisando minha aparência, então seus olhos se transformaram em balas. Ela não disse nada antes de virar e se afastar, voltando ao salão de banquetes.

CAINDO

Fiquei parada, olhando para ela, tentando entender o que estava passando em sua cabeça. Ela realmente me odiava tanto assim?

Madoc e Adam andavam à frente, mas me virei para Fallon e Shane ao meu lado.

— Não pareço inapropriada, né? — indaguei.

O canto da boca de Fallon virou para cima.

— Como se sente?

Olhei para baixo, diversão fazendo cócegas em meu rosto. Não estava vestindo nada especial, mas era minúsculo, levemente transparente com os rasgos nas minhas costas e sugestivo. Uma tríade terrível.

— Barulhenta — confessei. — Eu me sinto barulhenta. Como se todo mundo pudesse me ouvir.

— Mas confortável? — pressionou, e eu acenei. *Sim.* — Então é bom o bastante — devolveu. — Você faz as suas próprias regras, Juliet. Garotas se vestem para os outros. Mulheres se vestem para si mesmas.

E aquelas foram as palavras mais verdadeiras que ouvi em um bom tempo.

Eu gostava de estar ciente do meu corpo.

— Então, qual vai ser? — Shane passou os dedos pelo cabelo, jogando para um lado. — Gravitron, Crazy Dance ou Kamikaze?

Olhei em volta e encontrei uma casa mal-assombrada. Meu *guilty pleasure.*

— Lá. — Apontei para o pequeno armazém com um enorme dragão inflável na frente, de boca aberta. Era algo certo todos os anos que eu vinha aqui. Você entrava pela boca do dragão no armazém convertido em casa de diversão para chegar ao tipo tradicional de casa mal-assombrada que existe em um parque.

Liderei o caminho, Shane e Fallon rindo por trás de mim, Adam e Madoc ficaram para trás no jogo de pistola de água.

Deixamos os cheiros e sons do parque e engasguei com as rajadas de vento atingindo meu corpo enquanto passávamos pela boca do dragão. Ventiladores sopravam de várias direções, esfriando a leve camada de suor em minhas pernas, barriga e braços, e a máquina de neblina enviava nuvens suaves ao redor dos meus pés.

Olhando em volta, inalei a escuridão, absorvendo o cheiro quente de sujeira e profundidade. Meio que era como estar em um porão.

Suco do picolé pingou na minha mão e eu pisquei, olhando para baixo e lambendo a coisa vermelha viscosa e doce em minha mão.

O teto ficou mais alto e entramos na casa.

Desviando pelo labirinto de painéis de plástico transparentes, bati em paredes que não via e ri ao virar em curvas, cegamente esticando a mão para garantir que elas estavam lá. Chupando meu picolé, cambaleei pela ponte, pelo barril giratório e a prancha com máscaras circenses de neon que passavam zunindo. Perdi meu equilíbrio e mordi o lábio para conter o riso. Gostava de não saber para que direção virar ou que caminho subir.

Meus olhos iam para todos os lados, absorvendo tudo, e levei meu tempo, caminhando para a parte da casa mal-assombrada do tour.

Mordendo um pedaço do meu picolé, fui até as diferentes exibições ao redor do grande cômodo. As luzes davam um brilho suave e as casinhas decoradas com árvores sem folhas, gárgulas e zumbis, quase parecia que era Halloween.

Quase. Se não fosse o calor.

Ouvi risadas à distância e virei a cabeça para longe da cena do cemitério para ver que estava sozinha.

Baixei o picolé, lambendo os lábios e olhando para todos os lados. Onde estavam Shane e Fallon? A primeira parte da casa não estava cheia. Nunca esteve, mas...

Senti as batidas do meu coração mais fortes e meus sentidos foram jogados em alta velocidade. Estava escuro aqui, eu estava sozinha e...

Sim. Virei o corredor e subi as escadas. Se eu me lembrava bem, havia um escorregador que levava para o andar de baixo e a saída.

Subindo a escada em espiral, caminhei rapidamente pela fileira de espelhos, chutando a poeira e a sujeira com meus chinelos, passando rápido para chegar ao escorregador que levava para o lado de fora.

Mas não cheguei lá.

Alguém passou o braço ao redor da minha cintura; eu gritei, ouvindo um rosnado em minha orelha:

— Você acha — sua respiração quente queimava minha pele — que eu estava brincando quando disse que não tínhamos como parar, Juliet?

Jax.

Seu peito duro se pressionava às minhas costas, e fechei os olhos, me sentindo segura e em perigo ao mesmo tempo.

Meu coração batia contra meu osso esterno e meu peito queimava.

— O que você pensa que está fazendo? — indaguei, apertando o palito do picolé entre os dedos, sem me importar do suco estar derramando.

Ele passou a língua da base do meu pescoço até minha orelha e pegou o lóbulo com os dentes.

— Não sei. — Soava brincalhão. — Quer que eu pare?

Virei a cabeça, o ar entre nossos lábios carregado de calor, antes de ele erguer a cabeça e entrelaçar os dedos por meu cabelo, cobrindo minha boca com a sua. Um sabor de canela tocou minha língua, e pressionei os lábios nos seus, colocando a língua para fora para lambê-lo.

Aí sua boca deixou a minha e eu pisquei, com ele ficando de joelhos e esticando a mão para abrir meus shorts, puxando para baixo, a calcinha e tudo, depois fincando os dentes na minha carne.

— Jax! — gritei.

Ai, meu Deus! Estávamos em público! *Merda!*

Ele segurou minha cintura, beijando e mordendo a parte baixa das minhas costas e a bunda.

Gemi, um maldito inferno queimando entre as minhas pernas.

— Jax, Jesus — choraminguei. — Alguém pode entrar.

Ele ficou de pé, me ergueu nos braços, e me levou até uma parede, deixando meu short em uma pilha no chão sujo.

Colocando-me de pé, esticou a mão para baixo e puxou minha camisa sobre minha cabeça.

Ele ainda estava usando suas calças pretas de cós baixo, mas presas com um cinto. Tinha tirado a camiseta, porém, e ela estava pendurada no seu bolso de trás, balançando contra suas pernas conforme se movia.

Pairando sobre mim, encarou-me no que pareceu ser um desafio.

— Ninguém vai entrar. — Espalmou a mão no meu peito e correu para baixo bem devagar, parando para massagear meus seios, e fechei os olhos, deixando minha cabeça cair para trás conforme ele a dominava com seus dedos.

— Seu picolé está derretendo. — Sua voz tinha uma pitada de humor. E o assisti de olhos arregalados erguer minha mão, jogar o palito longe e lamber meus dedos um por um.

Abaixando a mão, girou meu mamilo em sua boca e prendi a respiração entre os dentes com o choque. Meus mamilos já duros enrugaram ainda mais e o líquido frio em sua boca contrastava com a onda de calor escaldante que formava um ciclone em meu estômago.

— Você gostou. — E soava surpreso. — Aposto que vai amar isso aqui.

E agarrei seus ombros, enfiando as unhas quando ele deslizou o picolé entre minhas pernas, ao longo da minha fenda.

Gemi.

— Você é um merdinha mesmo. — Mas, puta merda, eu amei. — Por favor, pare — implorei.

Ele afundou os lábios nos meus, molhando nossos peitos nus um no outro, e o beijei como se ele fosse a última refeição que eu faria. Segurei-o perto de mim, indo em sua direção e movendo o quadril no picolé que ele ainda segurava lá.

Porra, eu o queria.

— Odiei a ideia de que aquele cara poderia te tocar. — Deslizou o picolé dentro e fora das minhas dobras.

Ai, meu Deus. Fechei os olhos com força. Era tão bom.

Neguei com a cabeça.

— Ele não me tocou — respondi, ofegante. — É com isso que você está preocupado?

Ele ignorou a pergunta e continuou massageando meu quadril e movendo o picolé.

— Jax — sussurrei em seus lábios. — É em você que eu penso.

Quando percebi, o picolé tinha sumido e Jax estava entre minhas pernas, lambendo o suco vermelho que tinha derretido por toda minha pele.

— Ai, Deus. — Agarrei seu cabelo.

Seus lábios lambiam meu clitóris e o deixei jogar uma das minhas pernas sobre seu ombro conforme ele me comia.

A sujeira na parede atrás de mim esfregava minha pele e o calor queimava minhas narinas, conforme eu respirava com dificuldade.

— Jax, está tão gostoso. — Meu cabelo estava colado no meu pescoço e rosto. — Lindo… — Fechei seu cabelo no meu punho, pronta para montar na sua maldita cara se ele não me desse o que eu precisava.

Ele beijou meu clitóris, minhas dobras, onde minha coxa encontrava meu quadril…

— Seu suor… — Colocou a língua para fora e lambeu meu quadril e minha barriga. — Caramba, é divertido brincar com você.

Engoli em seco e abaixei a perna. Agarrando seu cabelo bem no couro, forcei seus olhos em mim.

— Cansei de brincar. — Meus olhos queimaram e eu não sabia se era da dor da minha boceta pulsando ou de saber que seus olhos, sua língua ou a porra do seu desafio estavam me revirando tão forte que eu estava pronta para gritar. — Por favor. Me fode — sussurrei. Podia sentir a umidade pingar de mim. Eu estava pronta. Precisava disso!

CAINDO

Seus olhos pegaram fogo e ele, pela primeira vez na vida, parecia atordoado.

Seu peito subia e descia em silêncio, porém, centímetro após centímetros, ele levantou para ficar sobre mim. Minhas mãos caíram para o seu peito e sustentei seu olhar conforme ele abria o cinto. Empurrei seu cabelo para trás de sua orelha, sentindo o cheiro de pneus e graxa nele, conforme Jax pegava uma camisinha e deixava a calça cair no chão, chutando tudo.

E ainda sustentava seu olhar, respirando fundo, quando ele colocou a camisinha e me ergueu, pressionando meu corpo na parede de aço atrás de mim.

Pendurei-me em seu pescoço, minha cabeça caindo para trás, seus piercings provocando meus seios e seus lábios descendo na minha boca.

— Eu te quero — sussurrei. — Quero seu suor na minha pele, sua língua na minha boca e seu pau me preenchendo. Jax, eu sou sua — falei, áspera, minha garganta seca. — Eu sempre fui só sua.

Ele agarrou meu pescoço, plantando um beijo duro nos meus lábios, que devolvi com força total.

E quando ele colocou a mão entre nós e se postou na minha entrada e no meu corpo, pressionei a boca na sua com tanta força que pude sentir seus dentes me cortarem.

— Ai, Deus — gaguejei e choraminguei, meus olhos se fechando e todo o meu corpo tremendo quando ele se afundou em mim, cada centímetro delicioso. — Ah — gemi, parando e o sentindo me esticar.

O calor escaldante foi até meu útero e desceu por minhas coxas, sua espessura de aço empurrando mais fundo, e deixei a cabeça cair para trás, apertando o pescoço de Jax com ambas as mãos.

Estávamos unidos e eu estava pegando fogo.

E eu era dele agora.

CAPÍTULO QUINZE

JAXON

Deslizei o restante do caminho dentro dela, sentindo seu corpo congelar e relaxar conforme ela se abria para mim.

Jesus Cristo.

Relaxei, recuando o quadril devagar e depois deslizando de volta em seu calor apertado.

— Porra, você é gostosa. — Sua boceta escorregadia envolveu meu pau, como se fosse a porra de uma luva, e apertei seus quadris, me forçando a ir devagar.

Eu deveria ter parado. Estávamos em público e, porra, eu deveria ter parado, mas não consegui.

Meus pulmões doíam, porque eu não conseguia respirar direito, e escondi o rosto em seu pescoço, certo de que ela poderia ver a doce agonia que estava escrita nele.

— Jesus, linda — comecei, em uma voz dolorida. — Tão apertada. E tão molhada, porra. — E gemi, afundando de volta nela lentamente e agarrando sua bunda com os dedos.

— Jax? — Ergueu a cabeça para trás e umedeceu os lábios. — Não sou uma boneca — ofegou, me implorando. — Não vou quebrar, então não se segure. Estou pronta.

Soltei uma risada trêmula, sentindo o suor escorrer por minhas costas ao chupar sua pele quente, realmente amando como ela era boa em ser ouvida.

Endireitei-me, erguendo-a só o suficiente para garantir que a estava segurando bem, e a pressionei contra a parede.

— Espero que esteja malhando — avisei. — Você vai precisar de resistência.

Seus braços se apertaram ao redor do meu pescoço e seu rosto estava colado na minha bochecha quando comecei a fodê-la do jeito que ela queria.

Sua boca em minha orelha era uma tortura, seus gemidos e gritos nos cercavam, e colei os lábios nos seus, engolindo todos os seus sons. Porra, eu queria tudo. Tudo que ela me desse. Sentir seus gemidos e choramingos na minha boca, vibrando por minha garganta, me acelerava pra caralho.

Enquanto meus quadris giravam nos dela, arrepios cobrindo minha pele com o calor e o frenesi queimavam dentro de mim.

Seus mamilos duros continuavam esfregando meu peito, seus brincos enormes de pena preto e branco roçavam meus ombros e sua pele brilhante e forma pequena... Ela estava me matando. Tão linda que dói.

— Jax — gaguejou contra os meus lábios e inclinou a cabeça para me olhar. Parecia a dois segundos de desmaiar. — Desculpa não saber o que estou fazendo — falou, a voz trêmula. — Quero ser boa para você.

E flexionei meus músculos, apertando sua bunda com mais força.

— Linda. — Neguei com a cabeça, encarando seus olhos amáveis, e ela se movia para cima e para baixo no meu pau, sua boceta se esfregando em mim. — Ninguém jamais foi mais doce que você. Você é perfeita pra caralho.

Seus olhos foram para o lado e segui seu olhar, vendo Madoc, Fallon, Shane e Boneco Ken perambulando lá fora. As paredes da casa de diversão subiam só até a metade, deixando a parte de cima aberta. Estávamos alto e longe o bastante para não sermos notados, mas podíamos vê-los.

E eles estavam procurando por ela.

Talk Dirty to Me, de Poison, estava tocando nos alto-falantes lá fora, o ar quente soprando em nossa pele e eu estava sorrindo demais.

— Eles estão vindo — falei. — Fico me perguntando quanto tempo vai levar para nos encontrarem.

— Não. — Mordeu o lábio inferior, um olhar preocupado cruzando seus olhos. — Pensei que você tivesse dito que ninguém viria. Minha mãe está lá fora. — E então gemeu, fechando os olhos. — Ai, Deus. Mantenha o ritmo. Continue fazendo isso — ofegou.

Endireitei as costas, empurrando o quadril mais e mais rápido.

— Não se preocupe. A mamãe não vai saber.

Mergulhei, beijando seu seio e continuando a me mover dentro dela. Lambi o suor salgado de sua pele e mudei minha atenção para o outro seio, pegando seu mamilo na boca.

Inferno do caralho. Sua pele era puro açúcar.

— Está tão quente aqui — suspirou, e aquela era a maldita verdade. O cabelo dela ainda parecia sexy pra caramba, mas mechas estavam grudadas nela, e eu podia sentir meu cabelo colado na pele também. — Estou gozando — gemeu. — Mantenha o ritmo, Jax. Por favor. Assim — pediu.

Endireitei-me, olhei para baixo em sua barriga lisa, e agarrei seus quadris.

— Assim, linda. — E guiei seus quadris em um movimento na forma de um oito nos meus.

Sua barriga se mexia em ondas na minha direção, e rosnei quando ela percebeu e encontrou seu ritmo. Dentro e fora. Rolando para frente e para trás. Uma e outra vez, ela estava me deixando maluco.

Suas sobrancelhas se estreitaram enquanto ela assumia o comando, indo mais e mais rápido.

— Ai, Jax — gritou, mexendo mais rápido e forte. Mais e mais. Uma e outra vez, seus quadris batiam contra os meus, empurrando meu pau mais fundo dentro dela.

Prendi a respiração, sentindo a pressão aumentar, como se estivesse pronto para implodir.

— Vamos — resmunguei, segurando sua cintura e a puxando para mim. — Me fode assim, linda. — E joguei a cabeça para trás. — Jesus, você está me matando.

E machucaríamos a droga do meu quadril, mas eu não dava a mínima.

— Você é tão gostoso — choramingou. — Ah, ah, ah...

Colei-nos na parede, peito contra peito e segurei a mão sobre sua boca, abafando seus gritos.

Seus gemidos vibravam pela minha mão e seu corpo ficou mole do orgasmo, conforme eu me preparava para o meu. Todos os meus músculos tensionaram com uma onda de euforia no meu pau e joguei a cabeça para trás, gemendo.

— Porra, Juliet. Porra. — Cerrei os dentes, empurrando com força e deslizando dentro dela conforme ela voltava.

Inferno do caralho. Meu coração batia tão forte que dava para ouvir em meus ouvidos e tive que tensionar cada músculo do meu corpo para garantir que ficaria de pé. Meu abdômen estava muito apertado, mas meus braços estavam longe de estar cansados.

Massageei sua bunda, meus dentes aparecendo e meu peito aceleradíssimo.

Ela estava se segurando por pouco. Sua cabeça mole caída contra os braços magros que ainda envolviam meu pescoço.

E então ela ergueu a cabeça, encontrando meus olhos. E eu congelei.

K. C. Carter, nua e reluzente, despida e selvagem, estava sorrindo para mim.

— Juliet! — alguém gritou. — Cadê você?

Ela estremeceu, mas eu a trouxe de volta, segurando apertado e sussurrando em seus lábios:

CAINDO

— Acho que eu gosto de você. — E afundei na sua boca, a beijando suave e demoradamente, até estarmos os dois sem ar. Afastei-me, deixando a testa cair na sua, e tentei recuperar o fôlego.

Era merda demais para processar. Ela constantemente me olhava como se esperasse um comportamento melhor de mim, sempre brigávamos e, no topo de tudo isso, havia uma tonelada de coisas que ela nunca saberia sobre mim. Mas… eu gostava dela. Definitivamente gostava dela.

Juliet se afastou, levinha em meus braços, e me olhou.

— Gosto de você também. — Sorriu. — Fui bem?

Minha mandíbula coçou com um sorriso que não deixei aparecer.

— Eu te digo quando terminarmos — respondi, em um tom arrogante, e a puxei para mim de novo.

— Você ainda está duro? — soltou, parecendo assustada. — Mas… mas — gaguejou — eles estão vindo!

Empurrei os quadris contra ela, a calando.

— Olhe para mim — apressei, encostando a testa na sua e deslizando meu pau rápido e forte, uma e outra vez.

Ela ergueu os olhos, o peito subindo e descendo a cem quilômetros por hora.

— Juliet! — Fallon chamou de algum lugar no prédio.

— Ai, meu Deus, Jax! — Juliet gritou, e eu não ligava para quem a ouviria.

— Diga de novo — pedi, correndo o polegar sobre seus olhos, tudo enquanto a fodia como uma máquina. — Diga, linda. Diga.

— Ai, meu Deus?

Neguei com a cabeça, rindo.

— Isso não.

Seus olhos se estreitaram em mim e a compreensão surgiu neles, e ela chupou meu lábio inferior na boca, soltando devagar.

— Só você sempre.

— De novo. — Inclinei-me para os seus lábios. — Quem você quer?

— Só você sempre, Jax — choramingou. — Só você sempre — praticamente sussurrou.

Meus lábios cobraram os dela e nós dois gozamos, engolindo os gemidos um do outro.

Fallon apareceu.

— Ai, meu Deus!

— Fora! — gritei, abotoando minhas calças. — Diga para todo mundo que ela está na fila do banheiro químico ou algo assim.

— Jax! — Juliet ainda nua, se escondendo atrás de mim. — Que nojo.

Rolei os olhos e Fallon bufou.

— Okaaay — engasgou. — Só a mande de volta logo. Está ficando estranho.

E ela mal esperou até estar fora da sala antes de cair no riso.

Peguei minha camisa do chão, a mesma que usei para limpar Juliet e eu mesmo antes de nos vestirmos. Foi um desastre e eu me sentia um pouco mal.

Falei para Katherine não me comprar coisas caras, mas ela se divertia com isso. Quando tentava fazer coisas legais para o meu irmão, ele simplesmente fechava a cara e rolava os olhos. Gentileza com presentes não era o ponto forte dele.

Então, por sua vez, ela me mimava, porque, pelo menos, eu sabia como fingir. Mesmo que não precisasse de coisas legais — e certamente pudesse comprar para mim mesmo se quisesse —, gostava de ter alguém me tratando como ela. Aceitava seus presentes e, embora não precisasse deles, amava que ela me desse coisas.

Enrolei a camisa, cobrindo as evidências, e enfiei no bolso de trás antes de fechar o cinto.

Juliet parecia mexida. Aproximei-me, pegando seu short.

— Aqui, linda — ofereci, entregando a ela, depois perguntei: — Você está bem? Eu te machuquei?

Ela negou com a cabeça, um sorriso nos olhos.

— Estou bem. Só um pouco dolorida.

Abaixei e peguei sua camisa, sacudindo.

Tudo estava sujo neste lugar e havia manchas molhadas em seu short. Olhando para o chão, vi pequenas poças, provavelmente de uma tempestade, e foi quando notei as teias de aranha no canto da parede perto do teto.

Olhei para Juliet, seu cabelo cor de chocolate, que estava liso, agora emaranhado e pegajoso, e havia marcas vermelhas em seu quadril de onde a agarrei.

Ela prendeu o cabelo no topo da cabeça e lhe ofereci um sorrisinho que não parecia certo.

Qual era o problema comigo? Era isso o que eu queria. O que sonhei por anos. Mas ela merecia algo melhor.

CAINDO

Esfreguei o polegar no interior dos meus dedos, sentindo a sujeira que tinha passado nela; absorvendo esse lugar imundo, não pude afastar a sensação de que deveria ter sido diferente.

— Você só esteve com Liam? — Olhei para ela, o suor na minha pele se transformando em um peso no meu estômago. Precisávamos da porra de um banho.

Ela assentiu de leve.

— Deu para perceber? — arriscou, parecendo envergonhada. — Não posso dizer que tenho muita experiência. Mesmo com ele, não era assim.

Toquei sua bochecha.

— Não precisa me dizer isso. Tudo bem se você o amava.

Ela negou com a cabeça, lágrimas se acumulando.

— Não amava. É isso que eu quero dizer. Deveria ter sido você. Isso aqui... deveria ter sido a minha primeira vez.

Encarei-a, sabendo exatamente o que ela estava dizendo.

— Venha aqui. — Passei a mão em seu pescoço e a trouxe para o meu peito, forçando seu queixo para cima. — Não te pressionei, né?

— Sim.

— Estou falando sério — repreendi. — Nossa primeira vez deveria ter sido numa cama. Numa cama limpa sem pessoas ao redor. Eu te pressionei demais.

Um sorriso perverso cruzou seus lábios, que ela arrastou pela minha mandíbula e depois fincou os dentes.

Prendi a respiração, sentindo meu pau saltar em atenção novamente.

— Talvez eu tenha te pressionado — brincou. — Enfim, gosto quando você me pressiona.

E se afastou, vestindo a camisa.

— Tenho que ir ao Loop hoje. — Arrumei o cabelo e prendi de novo. — Diga que você vai.

Ela calçou os chinelos, sem me olhar.

— Depende de até que horas meu encontro vai.

Apressei-me até ela, usando meu corpo para prendê-la contra a parede, e ela riu.

— Olha lá hein — ameacei, com um sorriso.

O que ela me deu em resposta era bem fofo.

— Estou brincando — disse, doce, e beijou meus lábios.

— Pelo seu próprio bem, espero que sim.

De jeito nenhum ela ainda estaria na porra de um encontro.

Mas ela acenou sua resposta.

— Sim, eu vou. É claro.

Me afastei da parede, calçando os sapatos.

— Venha comigo agora. Tomamos um banho, comemos alguma coisa e vamos juntos.

Seu suspiro foi pensativo.

— Eu quero.

— Mas?

— Shane vai para a Califórnia em breve — respondeu, desculpando-se. — Eu deveria passar a tarde com ela.

E eu só queria abandonar aquele maldito dia e cair na cama com ela. Desligar os telefones, arrancar as roupas, abandonar a comida…

— Sem mencionar — prosseguiu — que quero ficar bonita de novo antes de te comer com os olhos hoje à noite. — Veio até mim, agarrando meu cinto com os dedos. — Se eu for para casa com você tomar banho, você vai me deixar toda bagunçada de novo.

Eu ri.

— Verdade.

Por mais que eu queira afirmar que não atacaria uma garota com pouca experiência que tinha terminado um relacionamento e provavelmente se sentia dolorida, eu não seria capaz de tomar banho com ela e não… é.

Segurei o lado do seu rosto, arqueando a sobrancelha.

— Não quero você na porra do carro dele. Entendeu?

Ela acenou, claramente escondendo o sorriso.

Depois de mais uns cinco minutos de beijos, eu a levei escada abaixo — de jeito nenhum desceria pelo escorregador — antes de realmente sermos pegos. Paguei ao garoto que recolhia os bilhetes para não deixar ninguém entrar, mas se Fallon passou de fininho por eles, não tínhamos mais muito tempo.

Saímos para o calor do fim da tarde, de mãos dadas, sorrindo. O rubor cobrindo seu rosto, o longo cabelo castanho brilhando no sol, o corpo reluzindo com meu suor… Porra, não tinha dúvidas de que gostava dela.

Pra caramba.

— K.C.? — Ouvi uma mulher chamar e meu olhar foi para o lado, quando Juliet saltou e seus dedos apertaram os meus.

— Mãe — respondeu, categoricamente, e encarei os olhos arregalados de uma versão mais velha de Juliet. O cabelo era um preto vibrante, mas os olhos eram os mesmos.

Ela era bonita. E limpa para um caralho.

Seu rosto endureceu de raiva.

— O que você fez? — acusou, absorvendo a aparência da filha. As roupas sujas e amassadas, o cabelo suado e o dono da mão que ela segurava. Seus olhos sofridos deixaram a filha e vieram até mim, viajando para cima e para baixo do meu corpo.

Só que, comigo, seus lábios se curvaram em desgosto. Não tinha certeza se era pelo jeito que eu estava vestido, não estava vestido, meu cabelo longo, meus piercings, ou a clara evidência de que estávamos um em cima do outro, mas uma coisa eu sabia.

Era definitivamente a visão da mão de sua filha na minha que fez seus olhos preocupados ficarem zangados e seus punhos se fecharem.

— O que foi que você fez? — Ela olhou diretamente para mim, me acusando. — O que foi que você fez com ela?

Cerrei os dentes, lembrando-me daquelas mesmas palavras em outro dia. As mesmas palavras ditas pelo meu pai. Por Jared.

Aquelas palavras fodidas que me diziam que eu era uma criança suja de merda com sangue nas mãos e segredos escondidos.

"O que foi que você fez?"

CAPÍTULO DEZESSEIS

JAXON

Sentei no capô do carro, com os fones de ouvido tocando *I'm not Jesus*, de Apocalyptica, e encarei o layout das pistas no iPad.

A sujeira e o suor tinham ido embora. Tomei banho quando voltei para casa depois do parque, esfreguei minha pele até ficar vermelha e lavei o cabelo duas vezes, mas não consegui ficar parado. Ainda havia sujeira debaixo das minhas unhas.

"O que foi que você fez?"

Bati o pé, sentindo o peso do meu telefone no bolso.

Não ligue para ela. Não mande mensagem. Ela está vindo. Disse que viria.

E assim que eu a vir e conseguir passar os braços ao seu redor, vou me esquecer do jeito que sua mãe me olhou. Vou me esquecer da faca no meu outro bolso, aquela que dizia que eu machucaria qualquer um que me fizesse sentir sujo de novo.

Ela poderia me tocar. Ela poderia tocar qualquer parte minha e era isso. Apenas ela.

Então engoli o caroço na garganta e agarrei o iPad, me forçando a me concentrar. O Loop. A pista. A grana.

— Pega!

Ergui a cabeça, vendo Fallon bem a tempo de pegar a garrafa d'água que ela me jogou. Segurando e lhe oferecendo um sorriso curto, eu a vi sorrir em retribuição e voltar para Madoc, que estava apoiado no carro, esperando as corridas começarem.

Há cerca de um ano, comecei a trabalhar com Zack Hager, o mestre de corridas, que as organizava aqui nas noites de sexta-feira e sábado. As coisas eram amadoras na época. A maioria dos alunos de ensino médio local correndo com seus brinquedos caros que mamãe e papai compraram, em volta de uma pista instável de terra. Meu irmão, Madoc e Tate tinham todos corrido aqui por um tempo. Eram eventos ilegais em uma propriedade privada, que todo mundo tinha ciência, mas não se importava de impedir.

E por que impediriam? Era chato pra caramba.

Para mim, de toda forma. Era como assistir NASCAR. Vire à esquerda, vire à esquerda, vire à esquerda. Adivinha o que vem depois. Sim, vire à esquerda.

Mas eu me interessava por carros. Corridas definitivamente me interessavam. Então Zack e eu juntamos nossos recursos e evoluímos a coisa. O ensino médio corre nas noites de sexta. Universitários descolados corriam nos sábados. Fizemos um acordo com Dirk Benson, o fazendeiro dono das terras, e conseguimos permissão para pavimentar a pista. Só que em vez de ser um quadrado arredondado circulando o lago, a pista agora era meio que do formato de uma gota de chocolate, olhando de cima. Incluímos a longa reta guiando para a pista como parte da corrida agora. Os pilotos davam a volta no traçado e terminavam correndo até o final da reta, derrapando em uma curva e acelerando de volta para a linha de chegada.

Também construímos outra pista de terra na floresta entre a fazenda e a rodovia, e incorporamos corridas *off-road*. Às vezes, aconteciam simultaneamente, mas costumávamos tentar manter separado.

E, o melhor de tudo, a corrida era quase completamente legalizada — menos as apostas — e agora eram transmitidas também. Câmeras GoPro eram instaladas nos carros antes de começar, assim os espectadores podiam acessar as imagens em seus telefones e iPads no site que criei. Esse recurso era especialmente importante para as corridas *off-road*, onde as pessoas não podiam se aventurar.

Zack cuidava de agendar os pilotos, garantindo que assinassem nossos formulários de isenção de responsabilidade, e do dinheiro. Eu cuidava da parte tecnológica, planejando novos eventos e alterações no traçado.

Afinal, isso acabaria ficando chato também, então as coisas tinham que continuar mudando.

E, felizmente, me mantinha ocupado. Durante o ano letivo, quando eu estivesse estudando, com minha carga de matérias, mais a pista, era o bastante para me manter fora de problemas. O outono e a primavera eram meus momentos mais seguros. As aulas me ocupavam e o clima estava bom para correr. O inverno e o verão eram instáveis. Ou a escola estava em falta ou a pista ficava morta.

Minha perna vibrou e puxei o ar com força antes de olhar para baixo.

Pisquei, devagar e com força, meu estômago se revirando quando peguei o telefone.

Claro.

Meu pai ligava com regularidade e eu não fazia nada para impedi-lo. Jared não sabia, sua mãe, Katherine, não sabia, e eu não correria do maldito.

— Você está me entediando — atendi, dizendo na mesma hora. — Venha me encontrar quando sair e teremos uma conversa de verdade.

— Pode ser mais cedo do que você pensa.

Um gosto ruim encheu minha boca, porém mantive o rosto calmo e engoli em seco.

— Que bom — respondi. — Ainda brinco com facas.

Ouvi sua risada baixa do outro lado da linha.

Não fazia ideia de como ele me ligava. Poderia descobrir se quisesse, porém, por algum motivo, não queria mantê-lo afastado. Nunca tentei evitá-lo. Queria que ele me evitasse.

— Só quero o que sempre quis — declarou. — Uma chance de fazer as pazes. Eu te criei, Jax. Quero te mostrar que sou melhor do que era.

— Não, você quer que eu cuide de você — rebati. — Você não vai me usar para conseguir as coisas. Não mais, seu doente do caralho.

Quando eu era pequeno, meu pai usou a mim — e Jared — para conseguir dinheiro. Roubando, arrombando, invadindo… uma criança conseguia entrar em lugares que adultos não conseguiam e meu pai sabia disso.

— Você esquece, seu merdinha — rosnou, e meu estômago embrulhou com as memórias que seus insultos invocaram —, que eu sei onde sua bagunça está enterrada.

Mas sua ameaça não teve o efeito esperado, porque eu me certificava de sempre ter cartas melhores na manga.

— E você esquece — devolvi —, que não sou mais criança. — Pulei do capô e fui até a porta, jogando o iPad pela janela aberta no banco. — Tem um cara aí com você. Christian Dooley. Levou uma surra dele, né? — O telefone ficou em silêncio, então continuei: — Calhou de ser logo depois da vez que você me ameaçou? — provoquei, sabendo que o que eu queria dizer estava claro. — Ameace de novo e você não vai sair vivo daí.

E desliguei, apoiando as mãos no teto do Mustang e abaixando a cabeça.

Ele não era um homem, disse a mim mesmo. *Eu era forte. Eu tinha valor. E estava limpo.*

Ainda podia sentir o suor na minha testa me esfriando quando um vento leve me atingiu, mas agora minhas costas estavam quase encharcadas e eu queria arrancar a camisa.

Já passava das oito, mas o sol do dia ainda aquecia o ar. Tinha que estar mais de 30° C.

"Eu sei onde sua bagunça está enterrada." Minhas mãos tremiam e fechei os punhos.

A bagunça que fiz no dia em que cheguei ao limite. No limite de ter mãos me tocando. Pessoas me olhando e me machucando. Quando me cansei de ser fraco. Meu único arrependimento foi não ter enterrado meu pai com eles.

Evoluí bastante, sou mais do que aquele garoto assustado. Não queria nunca mais ser fraco ou surpreendido em qualquer relacionamento ou situação, então assumi o controle de absolutamente tudo na minha vida.

Mas, por mais que nunca quisesse me sentir aquele garoto sujo de novo, não conseguia afastar a sensação de sujeira na minha pele. Tomava dois banhos por dia. Alguém vinha limpar minha casa duas vezes por semana. Sempre compensava qualquer merda que falei ou fiz com duas coisas decentes, como ser voluntário ou doar dinheiro, mas ainda me sentia sujo.

Nada era limpo o bastante.

— Bem, você me fez vir.

Ergui a cabeça ao som de sua voz e girei para ver Juliet.

Ela enfiou as mãos nos bolsos de seu jeans muito desbotado, rasgado e apertado, e meu peito se encheu de diversão com a visão de sua regata preta e solta que descia por suas costas, mas mostrava o umbigo na frente. Tinha uma daquelas frases de "keep calm", mas em vez do tradicional, dizia: "Não vou manter a calma, vou fazer o inferno e quebrar coisas".

Meu pai foi esquecido.

— Não sou muito fã disso aqui — admitiu, com uma pontada de humor nos olhos —, então, se ainda estiver entediada em uma hora, Shane e Fallon me prometeram que podemos ir embora e voltar para o parque.

— Acha que lá é mais divertido? — provoquei, andando até ela, que assentiu.

— É sim.

Sorri, incapaz de não tocá-la mais. Pegando sua mão, puxei-a para mim e apoiei-me no carro.

— Tenho um passeio pelo parque para você. — Inclinei-me para os seus lábios. — Fica aberto a noite inteira — sussurrei, tomando sua boca na minha e passando os braços por sua cintura.

Eu a ouvi bufar com minha piada ruim, mas estava sorrindo também.

Ela tinha gosto de água. Todas as vezes que a beijei foram assim. Como se eu estivesse com muita sede, que tomava um gole após o outro, percebendo o quanto meu corpo precisava daquilo e como me sentia mais aliviado quanto mais bebia.

Estendi a mão e segurei seu rosto com a mão, mergulhando em sua boca e brincando com a língua na sua. Prendendo-a, moldei seu quadril ao meu e senti seu gemido nos meus lábios. Deslizei a mão por dentro de sua blusa, sentindo a pele nua de suas costas. Tão macia. Parecia um creme.

— Jax — ofegou, tentando se soltar —, estamos em público. — Sabia que ela não queria parar, mas estava com vergonha.

Normalmente, também estaria. Não gostava de demonstrações públicas de afeto, mas, com ela? Claro que sim.

Encarei-a, sem soltá-la.

— Eu sei. É que quero te tocar o tempo todo. Agora que você deixa, é difícil parar.

Seu cabelo estava solto e macio, alisado e partido no meio. Seus olhos verdes brilhavam com a sombra escura, e fiquei feliz por seus lábios não terem batom. Ela tinha lábios rosa-claros cheios e eram perfeitos do jeito que eram.

Feliz, ela sorriu.

— *Toque-me o tempo todo* — repetiu. — Mas não nos damos bem.

— Nós nos damos muito bem. — Mostrei-lhe um sorriso aberto. — Desde que você não fale. — E me abaixei, tomando seus lábios de novo.

Ela riu e tentou se afastar, suas costas arqueando e sua cabeça indo para trás, mas segurei firme.

— Para! — Riu, se contorcendo conforme eu deixava beijos por seu pescoço. Eu amava vê-la feliz assim.

— Para de falar — repreendi, ainda a beijando. — Nós nos metemos em encrenca quando você fala. — Peguei o lóbulo de sua orelha com os dentes, chupando com força, e ela amoleceu.

— Sinto como se eu estivesse caindo — admitiu, o ar faltando, e se endireitou, afastando minhas mãos. — Mas a sensação é boa.

Inclinei a cabeça e dobrei os braços sobre o peito.

— Vamos deixar a K.C. afastada para Juliet vir brincar? — sugeri.

Ela fez uma careta falsa para mim.

— Juliet não é mais dócil, se é isso que você está esperando.

Lambi os lábios.

— Não ligo para quem vai ficar nua para mim, desde que a gente se pegue de novo.

Suas sobrancelhas franziram muito, ela soltou um suspiro de nojo e girou, andando para longe, e tenho certeza de que meu rosto ficou vermelho de tanto rir.

Cara, eu amava irritá-la. Amava as preliminares. E adoraria prendê-la contra uma parede mais tarde e convencê-la de que queria passar a noite comigo.

Madoc se aproximou, segurando a mão de Fallon, olhando para Juliet, depois para mim.

E começou a cantar a música de Foreigner.

— *I want to know what love is! I want you to show me!*[2]

— É assustador você saber essa música — Fallon resmungou.

Assisti Juliet andar até Shane. Elas estavam olhando para um carro que estava com o capô levantado, mas a vi me espiando com o canto do olho. Ela não conseguia esconder. Torceu os lábios em um sorriso e rolou os olhos para mim.

Ela estava me aceitando como eu era e relaxando — e eu não estava pensando em meu pai, no Loop ou em qualquer coisa além dela.

Nós dois estávamos caindo.

Caminhando pela fila, verifiquei os carros na lista do meu iPad, certificando-me de que estavam presentes e prontos.

— Resolvido? — indaguei, olhando para Derek Roman, que estava ajustando uma GoPro no porta-malas de um Raptor.

Ele se levantou, gesticulando.

— Me diz você. Consegue acessar aí?

Aquelas câmeras não transmitiam imagem ao vivo de longas distâncias, mas eu conseguia acessar no meu telefone. Acenei, olhando a tela do celular.

— Resolvido — afirmei. — Você está ficando bem rápido nisso.

Ele sorriu, parecendo muito uma criança de cinco anos que acabou de ganhar um tapinha na cabeça.

---

2   Trecho da música I want to know what love is, de Foreigner. Tradução: Quero saber o que é o amor! Quero que você me mostre!

— Mais rápido significa mais corridas — apontou. — Mais corridas significam mais apostas. E mais apostas...

— Significam mais dinheiro — terminei, negando com a cabeça. — Sim, eu leio seus pensamentos. — Neguei com a cabeça e saí andando. — Preciso confirmar com Zack. Te vejo em um minuto.

Ele volta ao trabalho e eu sorrio, muito surpreso por ele estar se tornando um trunfo.

Derek Roman era alguns anos mais velho, mas não dava para saber disso no ensino médio. Ele costumava correr no Loop, mas suas besteiras o fizeram ter problema. Ele não se dava bem com Jared, quando eles corriam, ou com mais ninguém. Ele era descuidado, desleixado e agressivo, exatamente o tipo de piloto que eu não queria aqui.

Então, em vez de bani-lo e esperar pela retaliação que viria, eu dava uma de esperto.

Eu o bajulava.

Valentões queriam ser importantes. Agiam daquele jeito porque não se sentiam assim.

Então dei isso a ele. Contei o quanto tínhamos planejado e que tipo de empreendimento seria. Como precisava de sua ajuda e como precisava de alguém que conhecesse o Loop por dentro e por fora, aí dei trabalho a ele.

Ele se mantinha ocupado, recebia benefícios especiais e tinha seu nome listado oficialmente em nosso site, em qualquer propaganda, e estava envolvido em decisões. Agora, se ele decidisse ser burro, teria muito a perder.

— Então... — Madoc veio até mim, jogando o braço sobre meu ombro. — Será que você me encaixa na agenda?

— Hoje?

Senti seus olhos rolarem, enquanto passava pela multidão até o palco do locutor, e ele veio atrás de mim.

— Sim — respondeu. — Quero fazer aquela corrida de casais que você promove. Fallon amou ir com Jared na vez que ele correu contra Tate e quero levar minha esposa.

Passei a mão na cabeça, soltando um suspiro frustrado, e parei perto das escadas. Virei, olhando para ele.

— Tem ideia de quanta antecedência estamos agendando as corridas agora? Não é mais o ensino médio.

Ele estreitou os olhos.

— Preciso bater em você?

Abaixei o olhar, em um sorriso espertinho. Sim, Madoc e Jared foram antigos queridinhos aqui, mas as coisas estavam bem diferentes agora. Eles tinham três ou quatro corridas por noite, agora nós temos de dez a quinze, algumas acontecendo simultaneamente.

— Não foi o que eu disse. — Saí das escadas, vendo Zack, o mestre de corridas, descendo do pódio. — Ei — cumprimentei, gesticulando para a pista. — Roman vai cuidar da corrida de rali, pode garantir que Sam resolva primeiro com a câmera antes de dar a partida dessa vez?

— Claro. — Acenou e bateu no braço de Madoc. — E aí, cara.

— E aí. — Madoc respondeu, mas manteve os olhos em mim, esperando que eu resolvesse minha realidade.

— Tudo bem. — Ri, depois que Zack foi andando. — Claro que posso te encaixar. — Abaixei o tom de voz e arqueei a sobrancelha antes de continuar: — Mesmo que *tudo* esteja agendado a cada *minuto* e você esteja bagunçando meu quadro de horários agora. Mas tuuudo bem.

Ele sorriu, os dentes brancos me cegando, e cutucou meu braço.

— Valeu, cara! — E foi embora.

— Você precisa de um oponente — gritei por trás dele.

Madoc se virou, enfiando as mãos no jeans.

— Eu sei — respondeu.

Mas não gostei do sorriso que me deu ao se afastar.

Pela próxima meia hora, passamos por cinco corridas — dois ralis na pista de terra e três no asfalto. Assim que os carros estavam prontos e as corridas começavam, meu trabalho ficava mais fácil. Eu me colocava no pódio comandando as câmeras, alternando os ângulos para os espectadores terem sempre as perspectivas mais empolgantes quando estivessem no site. De vez em quando, tinha que sair para ajudar nas câmeras ou nos carros, porque algo não estava funcionando, mas Zack cuidava dos carros e, junto com Roman e alguns outros, lidava com as apostas.

Era fácil e confortável. Aqui em cima. Sozinho. Com uma vista clara da ação lá embaixo.

— Ei.

Girei para ver Cameron subir o último degrau, um copo vermelho na mão. Ela estava com uma minissaia preta e uma camisa de flanela vermelha amarrada na barriga, as mangas dobradas.

— Ei. — Apoiei-me contra a mesinha, cruzando os braços sobre o peito.

Ela veio até mim, olhando em silêncio para o público. Todo mundo estava aproveitando o que tinha trazido nos coolers e *Never Gonna Stop,* de Rob Zombie, tocava nos alto-falantes.

Esfreguei os dedos nas palmas das mãos e fechei os punhos. Minhas mãos, na verdade, suavam, e eu não entendia o motivo de — depois de conhecer Cameron por cinco anos — eu subitamente estar desconfortável.

O profundo silêncio se instalou entre nós e procurei na minha memória por algo para perguntar a ela. Faculdade? Não, ela não iria. Seus antigos pais adotivos? Talvez.

Ela quebrou o silêncio antes de mim.

— Caramba, foi divertido. — Sua risada nervosa parecia deslocada.

— É — murmurei, me perguntando por que diabos eu me sentia desconfortável.

Ela me olhou, seus olhos sérios.

— Enfim eu te perdi, não foi?

Engoli em seco, sabendo exatamente o que ela queria dizer, mas sem dúvidas sabendo a diferença.

— Nunca — falei, pensativo. — Sempre serei seu amigo.

— Mas não sou mais a única mulher que você ama.

Abaixei os olhos, meus lábios se curvando em um sorriso secreto. Eu amava Cameron. Ela era a única garota com quem eu conversava. Porém, enquanto éramos muito parecidos, meu coração nunca foi todo dela. Cameron era uma amiga. Alguém em quem eu poderia confiar e que me defenderia.

Mas depois que ela ia embora à noite, eu não pensava nela e não contava os minutos até poder vê-la de novo.

Ela se endireitou, dando de ombros.

— Sei que com a gente não é assim. Não amor, amor mesmo — esclareceu. — Mas fomos os primeiros um do outro. Não importava com quem eu ficasse, você sempre foi dez vezes mais importante.

Apertei os lábios, sentindo a culpa de ter sido diferente comigo.

Nós dois perdemos a virgindade bem antes de conhecermos um ao outro, mas sempre nos consideramos os primeiros de verdade.

Já que nossas primeiras experiências sexuais não eram algo que queríamos nos lembrar.

Estivemos um ao lado do outro e eu a amei.

Mas havia uma garota que era mais importante para mim e já era assim há muito tempo. Muito tempo mesmo.

— Nunca tinha percebido que seria difícil quando você finalmente me substituísse no seu coração — prosseguiu.

Olhei para a pista, vendo Juliet sentada nas arquibancadas com Shane, Fallon e… One Direction.

Soltei o ar.

— Eu não tenho coração. Você sabe disso.

Ela negou com a cabeça, as lágrimas se acumulando.

— Você é horrível — brincou.

— Por quê? — Abri um sorriso maroto. — Por que vou deixar outra garota ter um verão divertido comigo?

— Não — cuspiu. — Porque está ficando com ela só para si.

Meu peito tremeu com uma risada quando a puxei pelo pescoço e beijei sua testa. Seu cabelo loiro, preso em um rabo de cavalo alto, tinha cheiro de morangos maduros. Olhei para Juliet, pensando em seu cabelo, que tinha cheiro de uma manhã fresca de outono.

E ela estava me olhando.

Merda.

Seus olhos se estreitaram e ela apoiou os cotovelos nos joelhos, me observando com os braços ao redor de Cameron.

Suspirei, me afastando.

— A gente se vê, beleza?

Soltei Cameron e desci a escada, olhando para a frente, e pulei os últimos cinco degraus até o chão.

Garotas fazem uma tempestade em copo d'água, então agora eu tinha que apagar o maldito incêndio que ela tinha começado na sua cabeça, sem dúvidas.

Assim que cheguei às arquibancadas — onde ela estava sentada duas fileiras acima —, notei Shane sentada ao seu lado, conversando com amigos do outro lado, enquanto Madoc, Fallon e Adam estavam de pé, falando com um grupo de pessoas.

Ela me viu e olhou para longe, endireitando as costas. Coloquei o pé na fileira debaixo e me inclinei ao lado do seu rosto.

— Não — avisei, fitando seus olhos.

Ela abaixou o queixo, parecendo quase triste. Meu Deus, eu queria abraçá-la.

— Não o quê? — murmurou.

— Não fique com ciúmes.

— Não estou — afirmou, parecendo desafiadora.

— Três anos atrás, coloquei meus olhos em você pela primeira vez — quase sussurrei —, e toda vez que olhei para uma garota depois daquilo, fiquei comparando com você. Toda vez.

Ela ergueu os olhos, hesitante, e lhe dei um meio-sorriso.

— Seus grandes olhos verdes, que entregam tudo que está sentindo. Sua boquinha carnuda, que me diz quando está feliz ou chateada. — Inclinei-me, próximo dos seus lábios. — E esse seu corpinho, onde finalmente coloquei a porra das minhas mãos, depois de anos te esperando.

Sua garganta subia e descia, conforme ela me escutava.

— Tenho muita energia para você, Juliet, só para você, então não imagine coisas que não são verdade.

Chega de besteira. Sempre soube o que queria e nunca falhei em conseguir nada daquilo. Tinha apetite por muitas coisas, mas, quando encontrava o meu nicho, eu sabia. Lacrosse, computadores, o Loop...

E Juliet. Ela era meu nicho também.

Quando seus lábios se retorceram para tentar desesperadamente esconder um sorriso, eu sabia que ela tinha relaxado.

— Mantenha os olhos abertos — sussurrei.

Um olhar confuso cruzou seu rosto pouco antes de eu me jogar, pegar seus lábios nos meus e dar-lhe um beijo profundo e macio. Minha língua passou pela sua, dominando sua boca. Ela estava indefesa contra mim, e eu estava muito bem quanto a isso.

Afastei-me para roçar seu ouvido.

— Você me deixa louco.

Ela estremeceu, respirando com dificuldade.

— Que bom.

Sorri, continuando a trilhar beijos por sua mandíbula.

— Jax — Madoc chamou ao meu lado —, Adam vai correr contra mim no 370Z dele, beleza?

Parei, meus lábios pairando sobre a pele de Juliet.

Ficando de pé, virei-me para ver os três me olhando e esperando.

— Qual o sentido disso? — provoquei.

O rosto de Madoc se desfez e vi sua sobrancelha se erguer quando percebeu que eu estava insultando o carro do seu amigo. Um GTO contra um 370Z? Ele sabia o que estava fazendo.

— Juliet? — Madoc mudou o olhar para ela, me ignorando. — É uma corrida de casal. Quer ir com ele.

Girei completamente, o encarando.

— Já deu — rosnei, baixinho. — Cansei dessa merda.

Todo mundo se calou, e tive dificuldades entre me sentir mal por estar puto com meus amigos, me sentir um merda por decidir por Juliet o que ela faria ou não e me sentir bravo por todas as vezes que eu me sentia bem pra caralho na vida, alguém ou alguma coisa estragava.

Adam deu um passo à frente.

— Se é para eu ter uma garota no carro...

— Pode ser um garoto também — devolvi. — Amor é amor. Não fazemos discriminação.

Fallon bufou e Madoc fez uma careta para ela.

Segurei o sorriso, travando os olhos em Madoc.

— Ela não vai.

Ouvi Juliet limpar a garganta por trás de mim, mas ignorei. Ela concordaria se eu levasse outra garota para dar uma volta?

Madoc ergueu as mãos.

— Shane não vai. Eu perguntei — explicou. — Sério, não estou tentando te irritar, okay?

— Relaxem. — Adam deu um passo à frente e dobrei os braços sob o peito. — É óbvio que Madoc me colocou com uma garota que já está comprometida. Vou manter as mãos para mim mesmo. Prometo.

— Isso é verdade. — Assenti. — Porque ela não estará no carro. Você não é um piloto registrado e ela poderia se machucar. Quer estragar sua corrida. Vá em frente. Mas não com ela dentro.

— Jax — Juliet falou, baixinho, por trás de mim, e dava para dizer que ela estava tentando colocar rédeas em mim.

Aham, não.

— Então, que tal Madoc levar K.C... — Fallon pausou, balançando a cabeça para clarear os pensamentos — Juliet, quero dizer, e eu vou com Adam.

— Não — Madoc sustentou. — Era para sermos você e eu pilotando juntos.

Fallon prendeu o cabelo em um rabo de cavalo.

— Amor, se essa for a única forma de ele a deixar ir...

— Eu vou — Juliet rosnou, descendo as arquibancadas. — Eu vou com Adam.

Abaixei os braços, encarando-a com um aviso. Mas ela me cortou antes mesmo que eu começasse:

— Só fique calado por um minuto. É uma corrida de três minutos. — Focou em mim, me manipulando. — Deixe Madoc se divertir e se acalme. O carro do cara é bem intenso. Tenho certeza de que ele sabe como lidar.

Endureci a mandíbula, sem gostar de como ela estava falando de sua carona.

— Está tentando me fazer me sentir melhor, né? — brinquei. — Quero dizer, seu objetivo é esse? Porque não está funcionando.

Ela riu no meu peito.

— Você não está com ciúmes, né?

— Ele pode ir sozinho — falei, irritado. — Eu faço as regras e escolho quando quebrá-las.

— Você está sendo bobo. — Começou a recuar até os carros. — Especialmente quando é você quem eu poderia deixar me levar para casa hoje — provocou.

— *Poderia?* — rebati. — Eu realmente não gosto de você às vezes.

— Também não gosto de você — cantarolou, andando até o carro de Adam.

— Merda — suspirei, passando a mão pelo cabelo e a vendo andar até lá. Eu estava sendo bobo?

Ele não a tocaria se soubesse bem o que estava fazendo, e nem ela deixaria. Eu confiava nisso.

E ficaria totalmente de boa se Jared e Madoc dirigissem com ela. Não era como se eu quisesse que ela nunca estivesse na pista.

Não, eu estava simplesmente preocupado que ele a machucasse. Não o conhecia, nem seu estilo de pilotagem, e não estava nada feliz com aquilo.

Os dois carros ganharam vida, enchendo o ar com o zumbido do motor de 3,7l de Adam e o ronco pesado de 6.0 LS2 de Madoc. Parei de respirar enquanto observava Juliet prender o cinto, seus brincos de pena preto e branco roçando contra o pescoço.

Soltei um suspiro, voltando para a pista. Passei ao redor da escada e corri até onde Zack já estava, pronto para anunciar a próxima corrida. Ambos os carros rolavam devagar pelo trajeto, parando abaixo de nós e acelerando os motores.

— Precisamos nos encontrar essa semana — Zack me disse, inspecionando a cena abaixo. — Quero conversar sobre seus planos de expandir para corrida de rua. Estou preocupado.

Agarrei o parapeito, observando cada movimento do carro de Adam.

— Agora não. — Neguei com a cabeça. — Temos pelo menos mais um ano. Conversamos mais tarde.

O público celebrou, recebendo um de seus filhos favoritos. Muitas pessoas se lembravam de Madoc e todos enchiam a noite de barulho.

CAINDO

A multidão no Loop costumava ser majoritariamente de alunos do ensino médio, mas agora era mais eclética e, já que era verão, muitos dos nossos colegas estavam lá.

— Anuncie — falei para Zack. — Madoc Caruthers e Adam One Direction.

Ele riu baixinho.

— Que combinação estranha.

Assenti, sabendo que não era realmente uma corrida. Madoc tinha que saber que venceria.

Zack se apoiou no parapeito, microfone na mão, sua voz estrondosa atingindo a multidão:

— Vocês todos se lembram dele! — gritou, e o público celebrou. — Se não se lembra, então sabe que já ouviu falar dele! — A voz profunda de Zack ecoava pelo ar da noite, e todos gritaram mais alto.

As pessoas ergueram os copos e latinhas, celebrando para a pista. O GTO tremia ao acelerar, o zumbido agudo do 370Z combinando, os dois abafando qualquer pensamento coerente da minha cabeça.

— Aplausos para Madoc e Fallon Caruthers — anunciou, prosseguindo — enfrentando K. C. Carter e Adam One Direction! — gritou.

O mar de espectadores celebrou, erguendo telefones e iPads, provavelmente tirando fotos ou fazendo vídeos. Já que as corridas de casal aconteciam apenas ao redor da pista pavimentada, nunca instalamos GoPros. Não tinha razão para iludir o público. Eles tinham uma visão perfeita de todo jeito, então funcionava.

— Vamos lá — resmunguei. — Acabem com isso.

Ele passou para o meu outro lado, colocando-se próximo da linha de partida.

— Preparar! — gritou, e o semáforo ficou no vermelho. — Apontar! — O semáforo mudou para amarelo e os motores giravam, o público indo à loucura. — Vai! — bradou, e meu coração foi parar na boca, ambos os carros vendo a luz verde aparecer e girando os pneus, tentando partir rapidamente.

Engoli em seco, vendo Madoc disparar primeiro, e agarrei o parapeito, assistindo o 370Z seguir. Ambos os veículos ganharam velocidade e ouvi a mudança de marchas, sabendo quando cada um acelerava, aumentando o ritmo.

Madoc conhecia o traçado, sabia quando acelerar e exatamente em que ponto precisava desacelerar para virar de forma efetiva. Ele girou, derrapando de leve, mas cerrei os dentes, vendo Adam sair de traseira para a esquerda, depois para a direita, tentando se corrigir.

Esfreguei a mão no rosto, andando pelo estande, seguindo os dois com os olhos, conforme circulavam a pista. Adam acelerava e Madoc desviava na pista, brincando para se manter no caminho.

Vou matar esse desgraçado.

Zack riu ao meu lado.

— Madoc voltou.

— Ele está sendo um idiota — cuspi. — Fazendo essa merda com a esposa dentro do carro...

— E Madoc nunca esteve em um acidente. Calma.

O babaca se endireitou depois disso, então deixei pra lá. Ele era burro, mas acho que nem tanto assim.

Mas meu estômago se revirava toda vez que Adam tentava passar por Madoc, mas perdia tempo girando. Ele nunca conseguia ficar à frente, simplesmente porque estava acelerando entre as curvas.

Quando virou na terceira e desviou suavemente pela estrada que servia como pista estendida, estreitei os olhos, observando como um falcão.

Quase acabando.

Eles iriam até o fim, fariam uma curva e voltariam para a linha de chegada.

Mas então meu peito se encheu de medo e quase parei de respirar.

— Filho da puta! — Enfureci-me, vendo o carro de Adam dar uma guinada para a frente, com o dobro de velocidade que estava antes. — Porra! — Girei, descendo as escadas e empurrando as pessoas. — Saiam do caminho!

Corri pela pista vazia, exceto pelos cerca de cem espectadores nas laterais. Dava para ouvir alguns caras atrás de mim, correndo comigo, mas todos paramos quando vimos a faixa da entrada. O carro de Madoc parou no final da pista e a traseira de Adam afundou em uma vala.

Saí em disparada, a toda velocidade na pista, até chegar ao carro e pegá-lo saindo.

— Você está maluco! — berrei, agarrando-o pela camisa e puxando-o para mim.

— Jax, para! — Juliet pediu, descendo do carro. — Eu estou bem.

Porém, quando olhei, ela estava esfregando a nuca. Não vi sangue.

— Não, não está — rosnei, jogando Adam para Zack e Derek. — Sabia que essa era uma ideia horrível. Segurem-no.

Os dois prenderam os dois braços dele, o segurando, e neguei com a cabeça para Madoc, que tinha se aproximado com Fallon. Não queria ouvir nenhuma palavra dele agora. Já tinha falado o bastante esta noite.

Entrei no carro de Adam, peguei sua chave da ignição e abri o capô. Levantando, estiquei a mão e peguei os bicos vermelhos e azuis que sabia que encontraria lá.

— Filho da puta — xinguei, raiva enchendo meu corpo.

Zack e Derek arrastaram Adam.

— Nitro — Zack murmurou para si mesmo, parecendo tão puto quanto eu ao ver os bicos. Em algum lugar do carro, provavelmente no porta-malas, um tanque com o óxido estava escondido.

Arqueei a sobrancelha para Adam.

— Dificuldades de mencionar isso?

Ele negou com a cabeça, me dispensando.

— Já fiz isso várias vezes, cara. Só não esperava que fosse demorar tanto para diminuir. Sinto muito.

Recuei, lançando meu punho em seu rosto. Ele desmoronou, Zack e Derek o segurando pelos braços sem forças.

— Jesus Cristo — Madoc suspirou, parecendo cansado daquela noite.

Fechei o capô, jogando as chaves no peito dele, de onde caíram no chão.

— Cai fora daqui.

— Você está bem? — Ouvi Fallon perguntar por trás de mim.

Virei-me para vê-la segurar os ombros de Juliet, olhando seu pescoço.

— Estou bem — murmurou, abaixando a mão. — Só… — Olhou para mim, depois falou com Fallon: — Podem me levar para a casa da Tate, por favor?

Caminhei até lá.

— Vou levá-la para casa.

Ela negou com a cabeça, andando para longe.

— Não vai não.

— Ele quase te matou — pontuei. — Essa brincadeira poderia ter machucado outras pessoas. Tenho todo direito de estar puto.

— Então o tire da pista. Grite com ele — cuspiu. — Mas sua primeira atitude não foi garantir que eu estava bem. Você deu suas ordens e agiu como um homem das cavernas. Estava procurando um motivo para ficar bravo com ele. Se estivesse preocupado comigo, teria vindo até mim primeiro.

Agarrei seu braço, parando-a.

— Eu sempre te coloco em primeiro lugar.

Ela franziu o cenho, confusa, e olhei para longe.

— Você está bem? — indaguei, sem ver nenhum dano nela.

Juliet inclinou a cabeça.

— Eu te vi bater em dois caras nas últimas vinte e quatro horas, Jax. — Negou com a cabeça para mim e depois olhou em volta. — Não quero nada disso.

— Nada de quê?

Sua expressão ficou vulnerável.

— Não quero ficar assustada — admitiu. — E você me assusta.

Estudei-a, sem saber o que dizer.

Ela veio mais para frente, abaixando o tom de voz.

— O que você disse para aquele cara na frente do seu jardim na noite passada? Quanto você está envolvido com o pai de Fallon? E qual é a da caveira com as penas?

Estreitei os olhos e a encarei. Como foi que ela...?

Meu quarto. Pisquei forte e devagar. Ela viu o card no meu quarto sobre o clube em Chicago.

Meu coração bateu duas vezes mais rápido.

— O que você quer de mim? — pressionei.

Ela negou com a cabeça, virando-se.

— Nada.

Mas segurei seu braço, trazendo-a de volta.

— O quê? — rosnei. — O que você quer, porra?

— Quero que você seja melhor!

CAPÍTULO DEZESSETE

JULIET

Ele apertava o volante e fazia careta, *Tired*, de Stone Sour, tocando no rápido.

— Por que você não está olhando para mim? — sussurrei, encarando meu colo.

Ele ficou congelado, sem perder o ritmo ao voltar para casa, e respondeu:

— Porque eu nunca deveria ter te tocado.

Rapidamente virei a cabeça, olhando para a janela para esconder minhas lágrimas. Minha mandíbula doía, minha garganta parecia que estava sendo perfurada em centenas de direções diferentes e eu quis correr.

Para longe. Bem longe.

Tudo tinha sido lindo esta tarde. Quente, pegajoso, suado, sujo e completamente lindo, quando estive em seus braços. Agora... agora ele estava agindo como se me odiasse e eu me sentia idiota.

Era tão ruim que eu o quisesse em segurança? Não sabia os detalhes do que ele fazia com computadores, mas sabia que não era algo que exalava muita confiança. E definitivamente queria entrar na cabeça dele. Mas agora seu exterior estava mais duro do que nunca e ele estava me afastando.

K.C. ficaria chateada. Ela era fraca e teria chorado. Juliet seguraria aquelas malditas lágrimas na frente de babacas.

Meu corpo balançou para a esquerda e agarrei a maçaneta da porta quando ele subiu na entrada da casa de Tate.

Olhando para ele, eu o assisti puxando o freio de mão e desligando o motor.

Ele sentou lá e, depois de alguns momentos se recusando a me olhar, eu estava pronta para gritar.

— Jax — comecei, engolindo o nó na garganta. — Eu...

— Está tudo bem, Juliet — rebateu, o tom monótono. — Foi um erro. Você quer alguém "melhor"? Vá encontrar alguém "melhor".

— O quê? — indaguei, chocada. — Jax, eu não quis dizer...

Parei, vendo seu punho apertar o volante com tanta força que dava para ouvir o couro se retorcendo.

O que há de errado com ele? Nunca quis dizer que ele não era bom o bastante.

Mas agora o calmo e tranquilo Jaxon Trent estava bravo e mal tolerava falar comigo.

Ele abriu a porta do carro para sair, mas estiquei a mão para segurar seu braço.

— Não se incomode — falei, antes de ele ter a chance de me chutar para fora do carro. — Posso abrir minha própria porta.

Desci e bati atrás de mim.

Olhei para cima e vi uma luz no andar de baixo da casa de Tate, mas não me lembrava de ter deixado acesa. Estava pronta para virar e dizer adeus, talvez esperando que fosse ver o Jax que falou comigo mais cedo nas arquibancadas, mas decidi não fazer isso. Sem me virar, comecei a andar para a casa.

— Juliet? — Jax me chamou, e parei no meio do caminho para a varanda.

Girando, cruzei os braços sobre o peito para evitar estremecer.

Ele tinha descido do carro, se inclinado no capô e me olhava. A boca estava aberta, parecendo querer dizer algo, mas então apenas fechou, endurecendo a mandíbula de novo.

Esperei por um segundo a mais do que deveria e girei de novo, andando o mais calma que pude para a porta da frente. Destrancando, entrei e fechei, deslizando para o chão.

— Ei, você. — Ouvi uma voz familiar saudar.

Meu estômago revirou até subir pela garganta como se eu estivesse caindo, e ergui o rosto para ver Tate parada entre a sala de jantar e o saguão, segurando uma lata de Coca-Cola na mão, com seu cachorrinho, Madman, passeando entre suas pernas.

Lágrimas instantaneamente se derramaram.

— Tate? — gaguejei.

Levantando do chão, joguei-me nela, passando os braços ao seu redor e enterrando o rosto em seu pescoço.

Era tarde demais. Os soluços não podiam ser parados. Agarrei sua camisa, provavelmente enfiando as unhas em sua pele também, o meu corpo tremendo de alívio.

— Ei, ei — acalmou-me. — O que foi que aconteceu?

Mas eu não conseguia falar. Os tremores, o alívio, o fim da solidão — tudo me dominou e a segurei apertado por bastante tempo, grata por ela não ter perguntado de novo.

CAINDO

Sentei na ponta da cama de Tate, curvando os dedos no tapete e deixando o frio da manhã cobrir meus braços, encarando as portas da varanda à distância.

Tate optou por me deixar ficar com o quarto dela e dormiu no quarto do pai e, pela falta de barulho, concluí que ainda estava dormindo. Era cedo, afinal de contas.

Passei o dia inteiro ontem enrolada em uma bola, de pijama, na cadeira perto da janela, lendo meu diário, tentando não olhar para o lado de fora toda vez que ouvia um motor estrondoso soar na rua.

Jax não estava em casa e, já que não saí de casa, não o vi nem perguntei a Tate sobre ele. Ela tinha visto que ele me deixou aqui e sabia que eu estava chateada.

Sem dúvidas, ela entendeu tudo, mas não pressionou. Eu só queria ser deixada sozinha.

Meu corpo dava a sensação de que eu tinha malhado pesado na academia depois de cinco anos parada. Meus músculos estavam doloridos e ardia entre as minhas pernas. Mesmo hoje, ainda conseguia sentir onde Jax tinha estado.

Com Liam, eu não tinha sentido nada daquilo. Nem no meu corpo, nem no meu coração.

Dei minha virgindade a ele aos quinze anos, porque precisava me livrar dela. Minha mãe me torturava para protegê-la fazendo nosso médico da família vir todo mês para procurar sinais de atividades sexuais.

Então, para fazer as visitas pararem, corri para fazer sexo. Transei com Liam pouco depois de começarmos a sair e sofri as consequências. Ela me fez tomar anticoncepcional e, no final, me deixou continuar vendo-o, porque, se estivesse dormindo com ele, então não estaria "vadiando por aí". Era isso que ela pensava de mim.

Mas a verdade era que eu mal tinha uma conexão com Liam. Tentei mantê-lo feliz, porque queria alguém que me amasse, porém, toda vez que estávamos juntos, faltava alguma coisa. Eu sabia disso, e ele também.

Tudo que lutei para manter, seja o amor ou a perfeição, acabou falhando comigo. Era uma expectativa impossível que pesava sobre mim.

E agora eu não tinha Liam. Não tinha família. Não tinha ninguém para colocar expectativas em mim e, de certa forma, estava mais leve.

Considerando que o medo de errar tinha me prendido ao chão, deixar de ouvir todos os outros me fez flutuar. Era viciante.

Liam não me queria. Minha mãe não me queria. Jax não me queria.

Eu tinha Tate. Eu tinha Shane. Eu tinha Fallon. Não era perfeito, mas eu também não estava só.

Respirando fundo uma última vez, fiquei de pé e reuni minha caixa de diários de debaixo da cama. Escolhendo quatro, enfiei na bolsa de Tate e me preparei para a escola.

— Bom dia, senhorita Penley — falei, oferecendo um sorriso.

— K.C. — cantarolou, erguendo os olhos dos papeis que estava organizando. Vi que teve que olhar duas vezes para minhas roupas.

Eu vestia shorts brancos e a camisa de uma caveira com cocar de Tate que finalmente encontrei depois de vasculhar suas gavetas esta manhã. Tinha lavado e alisado meu cabelo, mas também fiz trancinhas, deixando um pouco punk. E estava com menos maquiagem que o normal.

Ela finalmente encontrou a própria língua.

— O final de semana foi bom? — indagou.

Tirei meus fones de ouvido.

— É, o de sempre — brinquei. — Sexo, drogas e rock and roll.

Ela riu.

— O de sempre então — concordou.

Apoiei-me na mesa do laboratório que ela usava.

— E você?

Sorriu e deu de ombros, como se se desculpasse.

— Leitura.

Estreitei os olhos nela, que fingia trabalhar. Parecia triste ela passar os fins de semana lendo sozinha. Penley era gostosa.

Estava na meia-idade — quarenta e poucos anos —, mas ainda muito bonita. Tinha uma bela aparência, uma personalidade fantástica e uma carreira estável.

Ela precisava de um namorado.

Neguei com a cabeça, sorrindo para mim mesma. Sim, claro. Agora que eu estava muito feliz, pensei que poderia arranjar a vida de todo mundo, né?

Dei um tapinha na mesa, mudando de assunto.

— Então, se importa se eu fizer algo diferente hoje? — indaguei.

Olhou-me através de seus óculos.

— Como...?

— Gostaria de levá-los para fora em um projeto de escrita.

Virou os lábios para o lado, pensativa.

Mentoria era como ir ao dentista. Nenhum dos alunos queria estar aqui e todos os mentores reclamavam. Estava preocupada que Penley não gostasse que eu fugisse do plano de aula, porém, além da mudança de ritmo, eu não sabia o que mais tentar. Precisava conseguir a atenção deles.

Mas aí, para a minha surpresa, ela concordou:

— Parece uma boa. — Acenou, voltando ao trabalho. — Só permaneça nas dependências da escola.

Soltei o ar.

— Ótimo. Obrigada.

Coloquei meus fones de ouvido, balançando a cabeça ao som de *Bones*, de Young Guns, grata a Tate. Ela parecia saber exatamente que seleção musical eu precisava e, embora a maioria fosse um rock raivoso, algumas eram músicas divertidas e femininas. *Cruel Summer*, de Taylor Swift, Katy Perry e alguns hits dos anos oitenta, de Madonna e Joan Jett, estavam na playlist também. O mix perfeito de músicas que dizem "ei, eu realmente quero chutar as suas bolas agora" e "ei, só quero mesmo pular por aí e dançar".

Sentada na minha mesa de sempre, peguei uma pasta de arquivos que fiz cópias pela manhã e deixei meus diários na bolsa. Peguei folhas para cada um dos alunos do meu grupo e esperei que todos enchessem a sala.

Assim que Penley terminou sua aula, nos dividiu em grupo e foi quando eu fiquei de pé.

— Sigam-me — instruí, assim que os meus quatro se aproximaram.

Sem esperar que fizessem perguntas e ignorando seus rostos confusos, passei por eles e saí da sala. Depois de três segundos, ouvi os passos apressados atrás de mim e continuei pelo corredor, pela porta lateral e todo o caminho até o anfiteatro externo.

— K.C.? — Reconheci a voz de Christa. — O que estamos fazendo?

Pisei no corredor que parecia o do Coliseu e continuei a descer, fileira após fileira, até chegar ao palco de concreto.

— Teremos aula aqui fora hoje — respondi, olhando para cima. — Quero que tenhamos um pouco de privacidade.

Gesticulei para que se sentassem e, além do nó na minha garganta, eu me sentia bem.

Alguém fez um som de tsc com a boca.

— Mas está tão quente — Sydney reclamou. — Tenho certeza de que isso é ilegal.

Dei um sorriso largo.

— Vamos nos animar. Teremos treino de lacrosse hoje. Talvez você receba um showzinho.

Ela torceu os lábios, parecendo esnobe, mas sentou entre Ana e Christa. Jake se jogou nos degraus, depois pegou os óculos de dentro da bolsa e colocou no rosto.

Abaixei a bolsa e peguei os papeis nos braços.

— Por ora — comecei, andando em direção a eles —, gostaria que erguessem as mãos. Quem aqui gosta de escrever?

Olhei ao redor, entregando o primeiro pacote para Ana.

— Ninguém? — Minhas sobrancelhas se ergueram com um sorriso surpreso. — Okay. — Entreguei os próximos para Sydney e Christa. — Quantos de vocês gostam de falar?

As garotas imediatamente ergueram as mãos, dando risadinhas uma para a outra. Jake estava dormindo, acho.

Sorri.

— Bem, escrever é como falar, só que para si mesmo. Gosto de falar comigo mesma o tempo todo. — Olhei em volta, entregando o último pacote a Jake. — Assim como todos vocês. Admitam.

Christa sorriu para si mesma e Sydney rolou os olhos.

— Fala sério — implorei. — Vocês falam sozinhos no banho, no carro, quando estão bravos com seus pais ou quando estão tentando se animar. Certo? — Ergui a mão. — Eu falo.

Jake ergueu a mão, me dando um sorriso preguiçoso. Eventualmente, Ana e Christa fizeram o mesmo.

— Então, se gostamos de falar, gostamos de escrever. A parte que não gostamos sobre escrever é a de sermos julgados. Não gostamos do formato, das regras, de revisar, da necessidade de deixar tudo perfeito.

Mas escrever pode ser um jeito de formular seus pensamentos quando você não pode dizer o que precisa ou quando não sabe como dizer o que precisa no momento. Escrever te deixa ter tempo. Encontrar as palavras. E se expressar exatamente como quer. E, quando se é jovem, é uma forma de se perder e também de se encontrar. Quando envelhecemos, descobrimos que drogas, álcool e sexo podem fazer isso por nós, mas as consequências são maiores. Escrever é sempre seguro.

Eles me assistiam, encostados nos bancos de concreto.

Segurei meu pacote pelo grampo.

— Deem uma olhada na página um.

Ergueram os papéis, estreitando os olhos e começando a ler.

Engoli em seco.

— Christa? Pode ler o primeiro trecho, por favor? — Meu pulso acelerou sob a pele.

Ela limpou a garganta, sentou direito e começou:

16/11/2003

Querida Juliet,

Sinto muito por mamãe ter tomado seus brinquedos. Por favor, não fique brava. Tudo vai ficar bem algum dia. Se você praticar, vai melhorar. Levei bastante tempo para garantir que meus sapatos estivessem alinhados também. Você já é bem melhor do que eu era. E achei que seu cabelo estava o máximo. Não se preocupe com o que a mamãe disse. Você é ótima com tranças. Sinto muito por ela ter te batido. Vá dar um abraço nela e diga como o perfume dela é bom. Talvez ela te deixe pegar algum emprestado!

Amo você!

Katherina

Sua voz era animada e feliz, e dava para ouvir os pontos de explicação. Pegou o tom de voz da menina de oito anos com facilidade.

Ergueu os olhos, as sobrancelhas unidas.

— É a carta de uma criança — chutou.

Sorri, gentil, e acenei.

— Ana? — Gesticulei e ela se aprumou. — A próxima, por favor?

Ana se inclinou para frente, deixando os cotovelos nos joelhos, e começou:

14/7/2004

Querida Juliet,

Mamãe está certa. Você não é boa! Você nem consegue manter a camisa sem amarrotar antes das fotos de família! Você não vale nada e eu te odeio! Todo mundo te odeia! Queria ter uma irmã diferente! Você é feia e idiota! Todo mundo ri de você e o papai nem te quer. Ele só quer a mim! Queria que você estivesse morta!

Pressionei os lábios entre os dentes e puxei o ar. Não quis erguer o rosto, então apenas continuei.

— Sydney, vire a página. Leia a próxima, por favor — pedi, passando a folha.

Sydney hesitou, mas logo limpou a garganta.

2/9/2010

Querida Juliet,

Fiz uma nova amiga hoje. O nome dela é Tate e ela não tem mãe. Queria não ter mãe. Talvez você estivesse segura. Eu te amo, Juliet, e acho que Tate vai te amar também. Ela é muito bonita e legal e gentil. Ela me faz rir e queria apresentá-la ao papai. Ele falou comigo hoje, sabia? Bem, claro que você sabe.

Odeio que ele não possa se lembrar de você na maior parte do tempo e que esteja naquele hospital, mas pelo menos ele me abraça. Mesmo que não possa se lembrar de mim, é a única pessoa que me abraça. Queria que ele pudesse te ver. Queria poder olhar no espelho e ainda te ver lá. Aposto que você seria maravilhosa e sinto falta da sua música. Por que você foi embora? Por que não volta para casa?

Katherina

A voz de Sydney parecia rouca e macia.

— São anotações do diário de uma criança, não são? Para a irmã dela — supôs.

Suspirei.

— Talvez — respondi, olhando para os rostos confusos das garotas. Jake se escondia por trás dos óculos de sol, mas dava para dizer que ele estava ouvindo. — O que a criança está sentindo? — indaguei.

— Raiva — Jake tentou. — Inocência. E um monte de tristeza.

Assenti, andando pelas fileiras por cada aluno.

— Essa criança não tinha ninguém para conversar — apontei. — Ela estava ferida e não tinha para onde ir. — Abaixei o queixo, engolindo o nó na minha garganta. — Jake, pode ler o próximo, por favor?

Ele se apoiou para trás no banco de concreto, mas voltou a atenção para o papel.

24/3/2011

Querida mãe,

Mal posso esperar para te deixar. É só nisso que eu penso. Mais três anos e vou para a faculdade, e nunca mais quero te ver de novo. Sinto-me culpada toda vez que Liam me beija. Sinto como se estivesse fazendo algo errado. Não estou fazendo nada de errado! Todo mundo beija o namorado e faz mais! Eu quero sentir. Quero sorrir e me soltar. Quero ser feliz. Você já foi feliz? Você amou meu pai? Me amou? Sinto como se pudesse me afogar no fundo do oceano e nunca precisar de ar. Estou morta.

Katherina

Jake sentou, estudando o papel, depois me olhou.

— Juliet é o alter ego dela — declarou. — Quando ela escreve para Juliet, está brava com ela. Desapontada. Sendo tolerante. — Tirou os óculos e estreitou os olhos em mim. — Mas quando escreve para a mãe, ela está brava e desapontada consigo mesma. Juliet e Katherina são a mesma garota.

Meu peito se encheu de um ar gelado e meu coração esmagava meu peito. *Jesus.* Pode ser que Jake não esteja drogado, afinal de contas.

Inspirei e olhei para baixo.

— É possível — ofereci e olhei para as meninas. — Christa, pode ler o próximo, por favor?

Ela se apressou em mudar de página.

11/12/2013

Querida Juliet,

Tem um garoto novo na escola. Ele fica me olhando. Minha mãe nunca o aprovaria, mas não consigo evitar. Mal posso esperar para ir à escola todos os dias e o sentir me observando. Ele me faz sentir bonita e amo a forma como meu coração acelera. Eu escondo, mas amo. Estar dentro da minha cabeça por esses dias é bem mais divertido do que costumava ser!

Christa deu um largo sorriso e vi os outros tentando esconder os seus.

— Gosto desse sentimento. — Ela riu, e me lembrei de amar também. Jax era algo pelo qual eu ficava ansiosa e me fazia olhar apenas para ele. Pegá-lo me encarando sempre me fez me sentir bonita.

Limpei minha garganta das lágrimas que estava segurando.

— Vou ler a última.

16/6/2014

Querida Juliet,

Sinto muito por ter deixado os outros te fazerem se sentir mal. Sinto muito por ter te machucado e por não ter lutado por você. Deveria ter te salvado há muito tempo, mas não era forte o bastante. Você é linda. Você era a melhor em fazer pulseiras de amizade no acampamento da quarta série. Shane acha que você faz os melhores ovos recheados que ela já comeu e Tate ama suas histórias loucas. Você é digna de todo o amor que o mundo tem a oferecer. Seus amigos ficarão ao seu lado e algum dia você encontrará um homem que pensa que você é o mundo dele, e vocês dois terão filhos que serão muito sortudos de te ter como mãe. Se quiser escalar cachoeiras no Equador ou andar de caiaque na costa do Alasca, então faça isso. Jogue fora o guarda-chuva e aproveite a água que cai. Abaixe a janela e coloque a cabeça para fora. Tire os seus sapatos e fique descalça.

Eu te amo.

Torci os lábios, tentando desesperadamente conter as lágrimas que ameaçavam descer pelo canto dos meus olhos. Analisando os arredores, notei Christa secando as suas e Sydney encarando o papel e agarrando os dois lados com os punhos. Ana apoiou a cabeça na mão, parecendo tocada.

E Jake. Jake virou de volta para a página da frente e parecia estar relendo a coisa toda de novo. Divertimento chegou aos meus lábios e eu sorri.

— Calma aí — Ana chamou. — O último trecho tem a data de hoje.

Assenti.

— Sim, tem. Então — mudei rapidamente de assunto —, Jake tinha sugerido que Juliet e Katherina são a mesma pessoa. Quem concorda com ele?

Esperei, observando as garotas e Jake. Um por um, eles começaram a erguer as mãos, e não tive certeza se eles realmente acreditavam nisso ou se não tinham certeza do que pensar e apenas concordaram. Não importava. As respostas não eram tão importantes quanto o processo.

— Okay — comecei. — Vamos seguir com esse pensamento. Se Katherina está escrevendo para si mesma, uma garota que ela chama de Juliet, por que ela faz isso em vez de só escrever "querido diário"? Ou apenas compartilha seus pensamentos nas páginas. Por que está escrevendo para si mesma?

— Porque ela está se sentindo sozinha. — Ana deu de ombros.

— Talvez ela tenha problemas de personalidade? — Christa ofereceu um sorriso tímido, e assenti em resposta, tentando não sorrir.

— Porque — Sydney começou — ela pode ser quem quiser nessas páginas.

Estreitei os olhos nela.

— O que você quer dizer?

Ela lambeu os lábios, se endireitando.

— No primeiro trecho, ela apoiava, mas era um pouco tolerante, como se estivesse tomando conta de Juliet. Como se Juliet fosse uma irmã mais nova que precisava de direcionamento. Depois ela fica brava com ela, agindo como se fosse perfeita e não a desgraça que Juliet é. Nos dois trechos, Juliet é retratada como alguém triste, que não é boa o bastante. Quando ela escreve como Katherina, consegue ser mais do que isso. Consegue ser forte e confiante.

Continuei ouvindo e passando pelos corredores.

— Então — Sydney prosseguiu —, você a ver transferir a raiva para a mãe, dizendo coisas que ela não diria na cara dela. Também fica mais gentil com Juliet, como se começasse a perceber que nem tudo é culpa dela. — E olhou para Jake, depois para mim. — Juliet não é o alter ego. Katherina é.

Meu coração se aperta no peito.

Uau.

— Então — chamei —, o diário fez o que por ela?

— Deu uma vitrine a ela — alguém disse.

— Deixou que ela dissesse o que precisava ser dito quando ninguém queria ouvir — Jake opinou.

— Foi uma libertação.

— Salvou a vida dela. — E olhei para Sydney, a garota para quem eu não olhava nos olhos, mas que subitamente pareceu entender. — Escrever pode ser público, mas também bem particular. Quero que esqueçam as regras hoje — afirmei. — Darei uns vinte minutos para vocês. Ouçam seus iPods, se espalhem, sentem na grama e escrevam. Não vale nota. Não me importo com a gramática e as convenções. Quero que escrevam para si mesmos, como se fossem ler daqui a vinte anos. Compartilhem quem vocês são agora. O que querem. Para onde querem ir. O que esperam conquistar e o que esperam receber de amigos e família. Não há regras. Só escrevam para a sua versão mais velha.

Quando começaram a mexer nas mochilas, voltei para o palco e peguei o último diário que usei. Abrindo, sentei no banco e completei a tarefa também.

CAPÍTULO DEZOITO

JAXON

— Jared! — chamei. — Pega!

Meu novo irmão jogou a mão para cima e correu para capturar a bola de futebol americano velha e desgastada. Um carro buzinou, e ele virou, saindo da rua para não ficar no caminho.

— Está tentando me matar? — brincou, sorrindo para mim, e corri para jogar o ombro em sua barriga.

— Aaahhh! — Empurrei-o na calçada.

Ele riu, gemendo ao bater no concreto. Já temos vários arranhões, mas não ligamos.

Desde que meu meio-irmão apareceu na semana passada para visitar durante o verão, passamos todos os nossos minutos juntos. Quase, né. Jogamos futebol americano, vimos filmes e ele me ensinou a subir em árvores, mesmo que tivéssemos que andar vários blocos para chegar ao parque mais próximo.

Jared morava com a mãe a algumas horas de distância e essa era a primeira vez que conhecia nosso pai.

Sabia que ele odiava estar aqui. Tenho certeza de que não era tão bonita quanto a casa da mãe dele. Mas eu me sentia seguro com ele aqui. Os amigos do meu pai não me incomodavam desde que ele apareceu e, mesmo sabendo que ele não podia, esperava que me levasse junto quando fosse para casa. Não queria ficar sozinho de novo e sabia que ele me protegeria.

Permiti-me sonhar, mesmo que por pouco tempo, de todo jeito.

— Quando você for me visitar, vai brincar na grama e subir nas árvores do nosso quintal — avisou, bagunçando meu cabelo.

Afastei-me, sorrindo.

— Para. Não sou um bebê.

Levantamos e ele me olhou, negando com a cabeça.

— Papai dá muitas festas? — perguntou, por conta da barulheira da noite passada.

Assenti, mostrando o caminho de volta para casa.

— Sim, mas é melhor ficar fora do caminho.

— Por quê?

Dei de ombros e encarei a rua.

— Algumas pessoas não gostam de crianças. — Ou gostam até demais.

Eu tinha treze anos e, mesmo que mal me lembrasse de como era morar com a minha família adotiva, eu sabia como as coisas me faziam sentir mal.

E o que eu sentia agora era bem pior do que quando eu tinha cinco anos. Ninguém deveria ver as coisas impuras que eu via acontecendo na minha casa. Pensei que fosse normal, mas não acho que era. Meus amigos da escola não tinham casas sujas que cheiravam mal.

Durante as festas, eu costumava sair e acampar embaixo das madeiras do play-ground. Quando chegava em casa de manhã, todo mundo tinha desmaiado ou estava fora de sintonia demais para se incomodar comigo.

Vi o antigo carro cinza vindo pela rua e minha barriga revirou. Virei-me para Jared.

— Vamos para o parque — apressei.

— Já é quase hora do jantar — apontou. — E mais, quero ver se posso usar o telefone do papai para ligar para minha mãe e Tate.

Minhas bochechas doíam, porque estava tentando não chorar, e quis enterrar o rosto em sua camisa. Era um sentimento idiota e eu sempre me sentia burro, mas me deixaria melhor.

Jared era maior e sempre usava preto. Se eu pudesse passar os braços ao redor dele, poderia mergulhar em algo escuro e sentia como se pudesse me esconder.

Eu os vi descer do carro, o amigo do meu pai, Gordon, e a namorada do meu pai, Sherilynn. Virei para Jared, dando as costas a ele.

— Jax! — Gordon chamou, e estremeci.

Os olhos de Jared foram além da minha cabeça e depois voltaram para mim.

— Quem é aquele?

Tentei acalmar a respiração, mas minha barriga estava nervosa.

— É o Gordon. Amigo do papai.

— Jax! — chamou de novo, e dor se espalhou pela minha barriga. Estiquei os braços para passar ao redor da cintura do meu irmão, arrancando o ar dele ao enterrar o rosto em sua camisa.

Jared estava aqui. Jared estava aqui. Jared estava aqui. Ele vai me proteger.

Mas Jared só tinha catorze anos. Ele não podia me ajudar.

Foi ali que eu soube que meus dias de criança tinham acabado. Ninguém viria me salvar e eu era simplesmente um prisioneiro por escolha. Eu estava sozinho e cansado de ser indefeso.

Soquei o saco preto várias vezes, alternando entre o punho direito e o esquerdo. Com ambos envolvidos em fita, bati em sequência. Direita, direita, esquerda. Direita, direita, esquerda, recua, chuta, punho direito de novo.

Suor encharcava meu peito e minhas costas, meu cabelo colado ao meu corpo, quando me virei e dei quatro socos *uppercut* no saco atrás de mim e chutava de novo, acertando o saco à minha direita.

"Quero que você seja melhor."

Rosnei, socando uma e outra vez, golpe após golpe, até os nós dos meus dedos queimarem.

— Então, você está se escondendo?

Levantei-me e virei-me para ver Tate na porta.

Meu peito subia e descia tão rápido quanto as batidas do meu coração.

— Oi para você também — murmurei, sarcástico, antes de voltar a atacar os sacos.

Não nos víamos há semanas e eu sabia que a namorada do meu irmão começaria a me criticar por causa de Juliet.

Eu sabia, porque ela tinha me seguido. Depois de deixar Juliet na outra noite, vim direto para a casa de Madoc para ficar e colocar a cabeça no lugar com alguma distância. Depois de cinco dias aqui, ainda estava trabalhando nisso.

— Escuta, não vou me intrometer — continuou. — K.C. não fala a respeito, mas eu te vi deixá-la na semana passada e sei que algo está errado. Katherine ligou também. Você não responde as mensagens e ela está preocupada. Eu disse que vinha te ver.

Soquei o saco, concentrando-me no pequeno rasgo no couro. Não queria preocupar a mãe de Jared.

— Sei que quer ficar sozinho, mas Jared vem para casa hoje à tarde — continuou — e quero que você esteja lá. — Circulou o saco, ficando do outro lado e segurando para mim. — Por favor, volte para casa.

Hesitei, piscando, depois segui dando socos mais leves. Jared me mataria se eu a machucasse, afinal de contas.

— O nome dela é Juliet — relembrei.

— Eu sei.

— Não posso ir para casa, Tate.

Seu longo cabelo loiro balançou conforme eu batia no saco com mais e mais força.

— Sim, você pode — implorou, grunhindo toda vez que eu batia no saco. — Você sempre pode voltar para casa.

Olhei para ela.

— Ela deve me odiar — sussurrei, mais para mim mesmo. — Posso imaginar seu nariz tão empinado que ela provavelmente está tendo sangramentos. — Bati com mais força, me sentindo culpado quando Tate estremeceu.

Mas então ela riu.

— Na verdade, ela não tem falado de você.

Parei e me endireitei. Depois do que aconteceu na casa mal-assombrada e no Loop, eu tinha certeza de que ela teria falado com alguém.

Mas ela não estava falando nada sobre mim? Nada mesmo?

— É. — Tate acenou. — Ela está bem. Não falou uma palavra sobre você. Está ocupada se inscrevendo em empréstimos estudantis. E está pensando em mudar o curso para a área de educação, porque quer ser professora, e pegou de volta o emprego no cinema durante o verão.

— Empréstimo? — Estreitei as sobrancelhas. — Para que ela precisa disso?

Tate prendeu os lábios entre os dentes, pensando.

— Bem, a mãe dela não vai mais apoiá-la. K.C. — Negou com a cabeça. — Quero dizer, Juliet provavelmente terá que pegar um empréstimo para terminar a faculdade.

Fechei a cara, me virando e secando o suor da testa. Que vadia vingativa. Sua mãe era quase tão ruim quanto meu pai.

Sem mãe, nem pai. Não consegui evitar o sorriso que escapou ao me lembrar de suas palavras.

— Ela está bem, Jax — Tate disse por trás de mim e peguei uma toalha para me secar. — Na real, nunca a tinha visto tão centrada. Como se soubesse quem é e o que quer agora.

— Que ótimo, Tate — cuspi, soltando a toalha. — Fico feliz em ouvir. Tenho um treino para terminar.

Maravilha. Eu estava me desfazendo sem ela, e ela estava pronta para conquistar o mundo sem mim.

Senti Tate se mover por trás de mim e não a olhei em seu caminho para a porta.

Mas ela parou antes de sair da sala.

CAINDO

— Ela também fez uma tatuagem. — Seus olhos estavam em mim, sua voz leve e inquisitiva. — Asas de anjo na nuca. As duas quebradas — revelou. — Embaixo, diz "só você sempre".

Fechei os olhos.

Não tenho certeza de quando Tate saiu da sala. Tudo que consigo me lembrar é de ter me abaixado em uma cadeira e escondido a cabeça nas mãos, me sentindo como se estivesse caindo sem nunca chegar ao chão.

— Não gosto de ter que correr atrás de você — Ciaran falou.

Deixei escapar um suspiro irritado, ignorando a carranca do meu patrão na tela do computador. Peguei meia dúzia de pen drives e joguei-os na mesa do meu quarto na casa de Madoc. Quando a mãe de Jared, e agora minha também, se casou com o pai de Madoc, ela garantiu que eu tivesse um quarto meu aqui, mesmo que agora fosse tecnicamente propriedade de Madoc e Fallon, e a minha ficasse a apenas vinte minutos de carro.

Felizmente, ela não insistiu em decorar. E era conveniente quando Madoc dava festas. Eu tinha meu próprio lugar livre de convidados.

— Relaxa, velho — reclamei. — Não tirei um dia de folga desde que você me contratou.

— E eu te pago para estar disponível.

Parei e lhe dei um olhar sombrio.

— Você está choramingando? — acusei. — Jesus, qual é o nome dela?

— Cale a boca — devolveu, em seu pesado sotaque irlandês.

Rolei os olhos.

— Beleza. Aqui. — E apertei alguns botões, começando a mandar os arquivos conforme carregavam dos meus pen drives. — Assim que você receber essa merda, me deixe em paz por alguns dias, okay?

— Por quê? — Tomou um gole de café, começando a parecer mais relaxado agora que estava conseguindo o que queria.

— Nada de mais. — Não queria que meu chefe visse que eu estava distraído e perdesse a fé em mim. Quanto menos informação, melhor. — Só preciso focar em um projeto paralelo.

— Qual é o nome dela?

Ouvi a risada em sua voz ao repetir minhas palavras, e encarei a tela.

— O nome dela — comecei — é não é da sua conta, porra, e ela me odeia, okay?

— Duvido.

Carreguei o último pen drive, arrastando os arquivos para a pasta de Ciaran e enviando.

— Fiz amor com ela pela primeira vez em uma casa mal-assombrada suja e não falo com ela há cinco dias. Acredite em mim, ela me odeia.

Ele negou com a cabeça.

— Filho, mulheres são simples. Elas simplesmente querem tudo. Não é difícil.

Soltei uma risada trêmula.

— Sim, não é difícil. — E então olhei para ele. — E se ela quiser saber coisas que não quero contar?

— Você está fazendo a pergunta errada — respondeu, inabalável. — A pergunta é: você prefere ficar com seus segredos ou com ela?

Meus olhos desceram e fechei a boca.

— Se você quer uma mulher — afirmou —, tem que começar a agir feito homem.

Acenei, entendendo.

— E isso significa — prosseguiu — começar a se parecer com um também.

Estreitei os olhos, encarando minha calça de malhar e tênis.

— O que você quer dizer?

— Quero dizer que você precisa crescer, garoto.

Encarei-o de olhos arregalados e, quando falei, meu tom soava como um aviso.

— Quer saber? Várias garotas gostam do jeito que me visto, velho.

— Sim. Garotas — brincou. — Elas podem gostar daquelas camisetas cheias de frases, aquelas correntes de carteira e tranças fodonas, mas aposto que você não sente uma presença de verdade com essas roupas, sente?

Arqueei uma sobrancelha.

— Tenha mais orgulho de si mesmo, Jaxon. Você vai se surpreender de como isso se transfere para o seu comportamento. Você vai ser pai um dia, pelo amor de Jesus Cristo.

— É o quê, porra?

— Provavelmente vai — adicionou. — É assim que você quer aparecer nas reuniões de pais?

Uau! Do nada? Soltei uma risada nervosa.

— É, essa conversa avançou bem rápido. Caramba.

Por que minha aparência estava, subitamente, sendo atacada? Nunca recebi reclamações antes. Jeans, calças pretas, camisas bonitas que se ajustavam bem... Minhas roupas não chamavam atenção, mas certamente não eram de doação também.

Jesus, por que ele estava me fazendo sentir como se eu parecesse um vagabundo assim do nada?

Ciaran limpou a garganta.

— Meu genro parece o boneco Ken. — Ergueu o queixo para mim. — Faça-o te levar às compras.

Madoc e eu? Fazendo compras?

Respirei fundo, tentando descobrir que droga estava acontecendo. Ok, sim. Talvez Madoc se encaixasse em lugares que Jared e eu não nos encaixávamos. Não ligamos para roupas e aparência, e aquilo funcionava para nós.

Porém, por outro lado, as pessoas tinham um pouco mais respeito por ele também. Sua impressão inicial dele era diferente da que tinham de mim. Dava para ver, mesmo que fossem educados. Ele parecia ter orgulho de si mesmo e se importar o bastante para se esforçar um pouco. As pessoas gostavam daquilo.

— Compras? — repeti para mim mesmo.

— Sim, compras — Ciaran me imitou. — E corte essa porra desse cabelo também. — E desligou.

Encarei estupefato a tela em branco do computador e lentamente recuei na cadeira, me sentindo mais confuso agora do que quando Tate se foi.

O que acabou de acontecer? Como você vai de falar de negócios, para conversar sobre mulheres, sobre mim como pai, sobre receber um banho de loja?

Passei a mão pelo topo da cabeça, incapaz de recuperar o fôlego. *Ser pai?*

E logo vi meu reflexo na tela e congelei. Continuei a me encarar. *Eu poderia ser pai um dia. Pai de alguém.*

Estava infeliz com minha aparência? Nunca tinha pensado nisso pra valer. Mulheres vinham facilmente, eu estava limpo e era saudável. Era esse tanto que eu me importava com a minha aparência.

E eu amava como Juliet me olhava. Como se não pudesse ver o merda que eu era por dentro. E certamente não parecia se importar com minhas roupas e cabelo.

Madoc uma vez disse que as roupas não faziam o homem; o homem fazia as roupas.

Estendi a mão para trás e agarrei meu rabo de cavalo, passando o punho pelo comprimento, sentindo anos e anos de crescimento, alguns de quando morei com meu pai. Eu não tinha uma opinião sobre as roupas, mas meu cabelo definitivamente mandava em mim e eu estava cansado disso.

Um nó se alojou na minha garganta e nem tentei engolir.

Levantando da cadeira, saí do quarto e desci as escadas. Pulei sobre o corrimão para o chão de ladrilhos e fui para a cozinha. Fui em direção às portas do pátio — Madoc e Fallon estavam nadando há pouco —, mas então ouvi as teclas do piano e parei.

Porão.

Virei e quase corri para a porta do porão. Madoc tinha um clássico Steinway que ele mantinha lá para poder tocar em particular. Fallon e ele falaram sobre trazer aqui para cima, mas nunca aconteceu. Eu não tinha certeza do motivo.

E agora também não ligava. Disparando pela escada, pulei os últimos degraus até o fim e ergui o rosto, minha boca se abrindo e meus olhos quase saltando da porra da cabeça.

Hm...

Fallon estava sentada em cima do piano enorme com as pernas em volta de Madoc, a cabeça caída para trás. Mesmo que ele estivesse parado na frente dela com a cabeça enterrada em seu pescoço, dava para dizer que a garota estava nua, exceto pelo short.

— Ah, merda — sussurrei.

Fallon ergueu a cabeça na hora e gritou, e Madoc girou, colocando o corpo na frente dela.

Ergui as mãos.

— Foi mal. — Acho que sabia por que eles não subiram o piano agora.

— Qual é o problema com você? — Madoc fervia, seus olhos azuis ficando ferozes. — Cai fora!

Fallon se cobria por trás de Madoc, olhando sobre os seus ombros.

— Não — devolvi. — Vocês deveriam estar no seu quarto se vão fazer isso e eu preciso de ajuda. Agora.

Madoc rolou os olhos e encarou o teto, exasperado.

— Meu Deus, que saudades de ser filho único.

— Amor — Fallon reclamou por trás dele, se ofendendo com a declaração. Eles já foram irmãos postiços.

Encarei, esperando.

— O quê? — Madoc ergueu as mãos, as balançando em irritação. — No que você precisa de ajuda?

Endireitei-me, me sentindo envergonhado e desviando o olhar. Minha voz era quase um murmúrio.

— Preciso fazer compras.

— Compras?

Olhei para ele como se não fosse grandes coisas.

— Sim, compras. Preciso de algumas roupas e você é bom nisso, então... — deixei no ar, esperando que ele apenas concordasse e calasse a boca.

Vi Fallon meio que sorrir por trás dele e Madoc me olhar com suspeita.

— Você quer roupas novas. — Falava como se estivesse tentando entender latim.

— Nada dessa merda de tons pasteis — ordenei. — Apenas coisas mais adultas.

Por que ele estava estreitando as sobrancelhas? Sim, eu queria roupas novas. Aceita que dói menos. Respira, Madoc. O mundo não acabou.

— Beleza — finalmente murmurou. — Subo em alguns minutos.

Acenei uma vez e me virei para sair.

— Preciso de um corte de cabelo também — gritei, para as minhas costas, e bati a porta.

CAPÍTULO DEZENOVE

JULIET

Tate andava pela sala, alisando a blusa soltinha cinza-claro de um ombro só e cobria seu short branco.

— Eu pareço bem? — indagou, preocupada, parando rígida na minha frente.

Ergui os olhos do computador e sorri pela forma como o brilho suave das lâmpadas fazia sua pele parecer um creme caro.

— Você está maravilhosa — respondi.

Seu rosto se fechou.

— Eu deveria ter colocado uma saia. — Ela soava completamente perturbada. — Provavelmente vou passar as pernas em volta dele assim que o vir, então achei que os shorts seriam mais fáceis de manejar.

Neguei com a cabeça, divertida.

— Se Jared puder ver suas pernas, ele estará satisfeito. — Comecei a digitar de novo, trabalhando nos vários pedidos de empréstimo que, provavelmente, estavam sendo feitos tarde demais para serem considerados.

Pensei em trocar de faculdade para algo mais barato — Arizona era fora do estado, afinal de contas —, mas já era tarde e eu definitivamente não queria ficar presa, tendo que me afastar da faculdade por um semestre para ir para outro lugar, então decidi ficar apenas por ser conveniente. Fiz uma inscrição para uma faculdade comunitária local, apenas no caso de esses empréstimos não saírem, porém, para ser honesta, eu não poderia ficar na cidade nem se precisasse.

Jax estaria por todo lado.

Chorei na noite que ele me deixou, várias vezes no dia seguinte e no banheiro praticamente todas as manhãs. Mas ninguém viu, nem veria.

Eu sentia falta dele, tudo doía e...

Peguei a lágrima que desceu pelo canto do olho e limpei a garganta, digitando mais rápido. Informações financeiras, referências, nomes, endereços. *Apenas siga em frente. Não pare. Você. Vai. Ficar. Bem.*

Por que ele não estava em casa? Por que não foi ao treino de lacrosse essa semana? Por que não me ligou? E dane-se ele! Apertei as teclas com mais força.

— Fui na casa do Madoc hoje — Tate comentou, espiando pela janela — para falar com Jax.

Ergui o rosto, os dedos ainda plantados no teclado. Casa do Madoc. Então era lá onde ele estava.

— Ele provavelmente estará aqui em breve para receber Jared — continuou.

Fechei os olhos por um segundo e então rapidamente os abaixei de volta para a tela do computador.

É para todos eles irem jantar.

Fui convidada, mas tive o bom senso de declinar, sabendo que Jax provavelmente estaria na pizzaria.

— K.C.? — Tate pressionou, sentando-se ao meu lado.

— Juliet? — corrigi, imitando seu tom. Ela riu.

— Desculpa. Velhos hábitos são difíceis de superar, acho.

Ela continuou sentada, me encarando, então finalmente ergui o rosto.

— Estou bem, Tate — garanti.

— Se serve de consolação, ele parecia terrível.

Torci os lábios e voltei o foco para o computador.

— Eu duvido. — Jaxon Trent nunca parecia mal. Saído do chuveiro? Ele era lindo. Suado? Era sublime. Feliz? Estonteante. Bravo? Brilhante. E quando aquele homem estava sujo? Puta. Merda.

— Ele parecia completamente bagunçado. E ele nunca perde o controle — sugeriu.

— Exceto comigo — respondi. — Ele está sempre brigando comigo.

— Uhummm — concordou, um tom arrogante em sua voz.

Fitei seus olhos sugestivos.

— O quê?

Ela sustentou os meus, e vi quando sua expressão mudou de brincalhona para séria.

— Ele está se apaixonando por você. — Dava para ouvir a emoção em sua voz. — Se já não se apaixonou.

Fiquei lá sentada, atordoada por suas palavras.

Se apaixonando?

Fechei os punhos, meu coração parecendo uma bateria dentro do meu peito. *Não.* Ele não teria me afastado se aquilo fosse verdade. Não teria ficado longe. Foi o que mais doeu nos últimos dias. Jax não se importava o tanto que eu me importava.

Suas palavras voltaram à minha mente.

"Nunca pensei que a coisa de verdade corresponderia à fantasia."

Abaixei os olhos, minha cabeça subitamente parecendo pesada demais para permanecer erguida. Jesus.

Tate quase sussurrou.

— É quase impossível não amá-los, não é?

E minha decisão se desfez. Tive que afastar o olhar, respirando fundo. Ela estava falando sobre os irmãos Trent. Seu Jared... e meu Jaxon.

— Eu te amo — falou, com doçura, provavelmente vendo que eu estava sofrendo.

— Eu sei. — Assenti, olhando para ela. — E não sei o motivo. Como você pode ser tão boa para mim?

Ela estreitou os olhos, confusa.

— Há três anos, eu fingi namorar o cara que fazia bullying com você no ensino médio e que agora é seu namorado para me vingar de Liam. Por me trair. Pela primeira vez — admiti, aquilo que era uma bagunça sórdida. — Por que você não me largou?

Ela me ofereceu um sorrisinho.

— Porque você voltou com Liam — declarou. — Eu sabia que você precisaria de uma amiga. — Lágrimas surgiram em meus olhos e eu queria abraçá-la.

Quando ela se levantou, eu a segui com o olhar, percebendo o quanto a amava e o quanto queria merecê-la.

— Tate? — gaguejei. — Eu...

— Ai, meu bom Deus — falou, me cortando, fitando o lado de fora com olhos arregalados.

— O quê?

Ela negou com a cabeça, um sorriso surpreso no rosto, encarando pela janela.

— É melhor você vir para ver isso.

Peguei o laptop, deixando aberto e levando à mesinha ao lado dela. Olhando pelas cortinas transparentes, prendi a respiração, meus braços tremendo tanto que o computador quase caiu.

— Merda! — E se soltou das minhas mãos. Tentei agarrar enquanto ainda estava em meus braços fracos, mas ele colapsou no chão.

CAINDO

Tate cobriu o riso com a mão e minha respiração ficou a quilômetros por hora quando me abaixei para pegar de novo.

— Droga — gritei. A parte da bateria saiu e a tela ficou em branco. Cerrei os dentes com tanta força que minha mandíbula doía. — Aquele maldito — rosnei, tentando encaixar a bateria de volta e espiando pela janela repetidas vezes.

Jax estava parado perto do carro, estacionado no meio-fio logo atrás do GTO de Madoc, e continuei olhando para cima e para baixo de seu corpo, tentando absorver tudo.

Nada tinha realmente mudado, mas, no entanto, havia tantas coisas diferentes nele. Caramba...

Lambi os lábios.

Ele usava calças pretas de ajuste reto. Não era skinny, mas definitivamente slim, e meus olhos se arregalaram quando ele se virou para falar com Madoc e Fallon. Eu sabia como ele era nu, mesmo sem ter tido tempo para explorar, mas não tinha percebido quanto suas calças enormes cobriam sua forma. Bela bunda. Ele ainda usava roupas que cabiam em seu estilo — escuras e com pouco brilho —, mas elas se ajustavam melhor agora. Era quase bom demais. Dava para ver como ele estava grande em sua camisa branca de gola V, folgada o suficiente para ser confortável, mas apertada a ponto de mostrar seus ombros musculosos, peito firme e costas tonificadas. Inferno, dava para ver até suas omoplatas.

E seu cabelo. Soltei o ar, meus ombros caindo um pouco. Seu cabelo tinha ido embora. Não tinha certeza de como me sentia sobre isso.

Ele parecia mais bonito. Definitivamente. Não tinha percebido quanto o seu cabelo tirava o foco de todas as outras coisas e, agora que tinha sumido, dava para ter a visão completa. A boca, o nariz, os olhos, definitivamente tudo de uma vez.

E seu corpo parecia maior sem ele.

Mas eu também amava seu cabelo longo. Era um sinal de sua resistência.

O cabelo tinha sido cortado curto nas laterais e penteado no topo. Deixou-me com água na boca, e tive que cerrar os dentes, sabendo como outras mulheres estariam olhando para ele agora também. Como se já não olhassem para ele antes.

Jesus.

Observando ele, Madoc e Fallon conversarem no jardim da frente, e Jax cruzando os braços e empurrando o peito para fora, eu voltei à realidade e subitamente não me importei de seu cabelo ter sumido. E nem com suas novas roupas.

E daí?

Mesmo que sua aparência tenha mudado, ainda era Jax. O mesmo Jax que me deu um pé na bunda há cinco dias.

— Vai. — Tate me cutucou. — Vai tomar banho.

Oi?

— O quê? — indaguei, me endireitando. — Não. Dane-se ele. Depois da forma como agiu, será preciso mais do que roupas novas e um corte de cabelo.

Tate soltou uma risadinha condescendente e se virou para me encarar.

— Juliet, estou falando por experiência própria, então preste atenção. — Ela agarrou meus ombros, e prendi a respiração quando ela virou meu corpo para encará-la, passando as mãos pelos meus braços para cima e para baixo de maneira maternal. — Quando ele entrar aqui, querida, vai fixar os olhos em você e te encarar todo intenso. Ele vai parecer bravo — pontuou, com um tom de superioridade —, mas o que ele realmente estará pensando é se rasga ou não todas as suas roupas, te espreme na parede e te fode até você perder a noção do tempo... por trás.

Meu queixo caiu e agarrei o laptop com mais fora.

— Depois — prosseguiu —, ele vai te encurralar em algum lugar, onde você menos espera. Vai chegar mais perto — Tate deu um passo e nossos corpos se tocaram —, tocar os lábios nos seus sem realmente te beijar e você vai sentir como ele está torturado simplesmente pelo calor de sua pele — Ela pegou meu rosto nas mãos, o nariz colado no meu, e sua voz ficou mais baixa. — Aí, quase em um sussurro que vai deixar suas coxas tremendo, ele vai te chamar de "linda" e você derreterá sem ele nem ter que se desculpar.

Engoli o nó na garganta, minha boca completamente seca.

— E agora, Juliet. — Tate endureceu a voz: — Sabe aquela minissaia verde-água e dourada que comprei para você em Tóquio? Vai buscar. Você está horrorosa.

— Argh — sussurrei.

Ela agarrou o computador da minha mão, fechou e jogou no sofá.

— Ele está vindo.

Depois disso, não hesitei. Passei correndo por ela e subi as escadas, dois degraus por vez, e entrei em seu quarto, batendo a porta. Ligando o iPod, disparei para o banheiro, *I Hate Myself for Loving You,* de Joan Jett & the Blackhearts, começando a tocar. Música me fazia trabalhar mais rápido.

Arrancando minha regata, prendi o cabelo em um rabo de cavalo e apliquei delineador e rímel às pressas. Passando um pouco de vermelho nos lábios — nada de gloss, porque Jax odiava —, passei a chapinha no cabelo, alisando com a escova, depois corri para o closet de Tate.

As guitarras de Joan mantinham meu sangue fervendo e meus músculos bombeando. Cantei junto com ela, subitamente com fome de uma pizza.

— *I hate myself for loving you* — cantei, balançando a cabeça.

Agarrei a blusa de seda preta soltinha de manga comprida. Gola alta na frente, mas o decote era baixo nas costas, mostrando bastante pele.

Se eu diria a ele para se ferrar, pelo menos queria parecer uma bela gostosa fazendo isso.

Abaixei o short e soltei a saia do cabide.

A bateria vibrava em meu peito quando entrei na minissaia e passei pelas pernas.

— *Can't break free from the things that you do.*

Mas aí uma sombra me encobriu.

Ofeguei, olhei para cima e fechei o zíper, encarando Jax de olhos arregalados.

Merda.

Ele estava com as mãos apoiadas no batente da porta, o corpo levemente para frente e inclinando a cabeça para mim em desafio.

Seus olhos pareciam fogo e sua mandíbula estava dura. Engoli em seco e sustentei seu olhar, mas a combinação de seu silêncio e olhar me deixou tão excitada que eu queria gritar.

Diga alguma coisa!

— Foda-se — engasguei.

Ele correu para mim, agarrando meu rosto com uma das mãos e a cintura com a outra, e afundou os lábios nos meus.

— Não — resmunguei em sua boca.

Mas foi inútil.

Imediatamente peguei seu rosto nas mãos e prendi seus lábios com os meus, enquanto ele me levantava e guiava minhas pernas ao redor de seu corpo.

Seus braços pareciam uma faixa de aço ao meu redor e passei os meus por seu pescoço, apertando as coxas ao seu redor, incapaz de o trazer tão perto de mim.

Seus lábios estavam em todos os lugares, indo rápido e com força, e nós gememos, preenchendo o pequeno espaço com nossas respirações pesadas e grunhidos.

Ele arrancou os lábios dos meus e deixei a cabeça cair para trás, quando ele mergulhou no meu pescoço, lambendo, beijando e mordendo em seu caminho para minha orelha.

— Puta merda — ofeguei.

Seus ombros duros flexionam contra os meus dedos, e quando percebi, estava girando em seus braços e entrando no quarto iluminado, seus passos pesados soando no chão de madeira.

— Porra — rosnou, e me colocou na cama, vindo por cima de mim.

Gemi, mergulhando em seus lábios novamente, faminta demais para prová-lo.

— Você é um babaca — suspirei, entre beijos.

— Eu sei. — Seus lábios se curvaram e ele esticou a mão entre nós, abrindo o cinto.

Torci os lábios e estiquei as mãos para ambos os lados do seu rosto, forçando seus olhos em mim.

— Nunca mais me ignore por cinco dias — ordenei.

Ele abriu o botão da calça, abaixou o zíper e liberou seu pau, sentando entre minhas pernas.

— Nunca mais — prometeu, me encarando com fogo nos olhos ao rasgar a camisinha e vestir. — Você é minha dona desde que eu tinha dezessete anos. — E deslizou a mão gulosa por baixo da minha bunda, me segurou apertado, e colocou seu pau dentro de mim, me rasgando.

— Ah. — Respirei fundo, jogando a cabeça para trás.

— Meu Deus, linda… senti sua falta. — Fechou os olhos e soltei seu rosto, pegando em seu pescoço e o trazendo para a minha boca.

— Sempre molhada por você — sussurrei em seus lábios.

Ele penetrou forte, me fodendo rápido e duro. Bem do jeito que eu o queria. Nós dois gememos algo, sem nos importarmos que havia pessoas lá embaixo.

Ele era meu, eu era dele, e da próxima vez que esse merdinha perder a cabeça ou me afastar, ou eu o empurraria com mais força ou me afastaria para sempre.

Empurre e solte.

Dar e receber.

Acelere. Desacelere.

O dedo de Jax traçava as linhas do meu perfil, deslizando sobre o meu nariz e roçando meus lábios. Soltei um suspiro feliz.

Amava ser tocada. Com gentileza, claro. E a sensação era tão boa que eu queria fechar os olhos, mas não podia. Esperei por anos para ser capaz de olhá-lo sem temer que ele me visse, e agora não conseguia mais enjoar.

— Você é tão linda — disse, deitado ao meu lado, a cabeça apoiada no cotovelo.

Estiquei a mão para tocá-lo também, mas saltei e virei a cabeça para a porta, ouvindo Tate gritar no andar inferior.

— Ele está aqui! — exclamou, e sorri, virando para Jax.

— Acho que isso significa que Jared chegou.

Jax soltou um suspiro ao meu lado.

— Ah, que alegria.

Esfreguei a ponta do nariz no dele.

— O que está acontecendo com vocês dois? — indaguei, preocupada.

Ele me beijou suavemente nos lábios.

— Nada — sussurrou. — É que ele gosta de ficar em cima de mim, assim como você.

Eu ri.

— Espero que não literalmente, como eu — brinquei. Sentando, peguei minha escova na mesa de cabeceira e arrumei o cabelo. — Jax? — Lambi os lábios, minha boca subitamente seca.

— Sim. — Sentou-se, mergulhando a cabeça em meu pescoço.

Arrepios se espalharam como inúmeras borboletas em minha pele, e o afastei, sorrindo.

— Ouvi a ligação de vocês naquele dia que você me ensinou a dirigir — confessei. — Seu pai vai sair da cadeia em breve?

Jax se apoiou nas mãos, olhando para baixo.

— Talvez. — Negou com a cabeça. — Não se preocupe com isso.

Levantei da cama e arrumei a saia.

— Quero me preocupar, Jax — afirmei. — Digo — apressei-me em adicionar: —, não quero me preocupar, mas quero saber sobre você. Quero que me conte as coisas.

— Jax! Pode ir descendo logo!

Nós dois pulamos com o grito de Madoc, e soltei uma risada nervosa. *Rei de encontrar maus momentos.*

Inclinei-me, segurando seu rosto.

E, assim que encarei seus olhos azuis, não consegui parar. Beijei sua testa, seu nariz e, quando ele fechou os olhos, beijei os dois também.

— Eu gosto de você — admiti. *Muito.* — Quero te conhecer.

Ele me puxou para o seu colo e passou os braços ao meu redor, meus pés balançaram no ar. Fechei os olhos, sentindo seus dedos leves escovarem meu cabelo sobre os ombros e o beijo na pele ferida da minha nuca.

Ele sabia que eu tinha uma tatuagem. *Porra, Tate.*

— Tudo que você precisa saber — sussurrou em meu ouvido — é que ainda existe merda que sangra quando você não está por perto.

Minha garganta se fechou.

— Faça o que quiser comigo, Juliet — prosseguiu. — Só não vá embora. Ainda não.

Estreitei os olhos, a pontada de suas palavras me fazendo piscar.

Ainda não?

— Ir embora? — repeti. — Você me irrita, me faz chorar e me deixa maluca... mas me faz ser melhor, Jax.

— E você me faz mais feliz — terminou, e me perdi em seus olhos.

A sombra das folhas das árvores lá fora balançou sobre seu rosto e eu sorri, ouvindo um trovão. O quarto escureceu com a perda da luz do sol.

— Agora! — um berro veio do piso inferior, e nós dois pulamos, sabendo que era Jared dessa vez.

Jax me deu um selinho e passou pela porta, enquanto eu tirava o lençol da cama de Tate e jogava em um canto para ser lavado depois, só por garantia.

Descendo as escadas, arrumei minha blusa, saia e cabelo, e entrei na sala.

— Ei. — Jared estava virando e soltando Tate para andar até o irmão. — Jesus, olha só você. — Sorriu, puxando Jax pelo pescoço e olhando seu cabelo e roupas.

— Que bom que está em casa — Jax afirmou, e os dois se abraçaram.

— Senti sua falta. — Ouvi Jared dizer baixinho, Madman pulando e circulando a seus pés.

— Sim, eu também.

Olhando Jared e Jax juntos, você pensaria que dava para ver a semelhança entre irmãos. Não dava. A única coisa que os dois dividiram era o carisma. Sabe? Aquele poder invisível que algumas pessoas possuem e que atrai as outras para eles? Ambos os Trent tinham.

Mas era aí que as similaridades terminavam.

Jared parecia com a mãe. Cabelo castanho da cor de chocolate, agora raspado bem curtinho atrás e dos lados e cortado baixo em cima por causa do serviço militar. Olhos castanho-escuros. A cor parecia com a minha. Ele era levemente mais baixo que Jax, uns dois ou três centímetros, mas o corpo era tão grande quanto. Ganhou muitos músculos desde a última vez que o vi.

Nunca vi fotos de seu pai ou da mãe de Jax, então não sabia a quem Jax puxou, mas sabia que ele era parte ameríndio, o que era responsável por sua pele e cabelo mais escuros.

E, na personalidade, eles eram bem diferentes. Os dois eram voláteis. Os dois poderiam ser bravos. Mas enquanto Jared se enfurecia, Jax esperava. Onde Jared cobrava, Jax avaliava. Muito diferentes.

Não consegui evitar me perguntar sobre o homem que gerou os dois.

Todos estavam sentados ou de pé na sala — Tate perto da fogueira, Madoc e Fallon envolvidos no sofá e Jared e Jax de pé no centro.

E eu, tentando me misturar ao tapete, me sentindo intimidada assim, do nada.

Jared sempre me tratou de forma decente, mas também me olhava como se eu tivesse cinco anos e estivesse sentada na mesa dos adultos. Crianças podem estar presentes na conversa, mas não devem ser ouvidas.

De pé ali, tentando encontrar um lugar confortável para manter os olhos e me perguntando o que fazer com as mãos, percebi que não era mais a filha da minha mãe. Não era mais a mosca que caiu na sopa, a desmancha-prazeres, o ser indesejado. Poderia não ser a pessoa favorita de Jared Trent, mas ele certamente também não era a minha. Tinha passado da hora de eu parar de me perguntar se era boa o bastante para os outros e começar a questionar se eles me mereciam.

Abaixei as mãos e parei perto de Jax.

Ele olhou para mim na hora, sorriu e colocou o braço em meu ombro, me puxando para perto.

Jared parou de falar. Olhando entre Jax e eu, seus olhos castanho-escuros se estreitaram e vi as engrenagens começando a girar. Jax e eu ficamos em silêncio até que sua expressão mudou de confusa para compreensão súbita.

— Acredite em mim — falei, antes de ele ter chance de falar. — Vou cuidar dele. Prometo.

Jared parecia atordoado, as sobrancelhas erguidas, e então finalmente negou com a cabeça, piscando.

— Okay, tudo bem.

E foi isso. Jax me apertou mais forte e seu irmão voltou para Tate, onde os dois começaram a se tocar.

— Beleza, banho! — Madoc apressou, olhando para Jared. — Pizza. Estou com fome.

Mas Jared negou com a cabeça.

— Não mesmo.

— Oi? — Madoc indagou.

Jared abaixou os braços de Tate e começou a desabotoar a jaqueta camuflada.

— Olha, gente. — Falou com todos nós. — Amo a todos, mas vocês precisam ir.

Todo mundo ficou parado.

— Não vejo Tate há semanas. Precisamos de um tempo sozinhos. Desculpa. — Jared jogou a jaqueta na cadeira, ficando com a calça camuflada e a camisa.

— Jared? — Tate reclamou, corando de vergonha.

Mas ele lhe deu um olhar de aviso.

— Já faz semanas, amor.

Ela se endireitou e quase ri da mudança em sua expressão.

— Sim, ok. — Bateu as mãos, empurrando todos para a porta da frente. — Todo mundo fora. Precisamos ficar sozinhos.

— Por quanto tempo? — Madoc protestou, ficando de pé com Fallon.

— Tipo uns três dias — Jared afirmou.

— Três dias! — Madoc devolveu.

Fallon o puxou em direção à porta.

— Vamos, amor.

Ele resmungou, e ri sozinha, conforme Jax pegava minha mão, me levando para fora. A porta bateu por trás de nós e descemos os quatro em direção aos carros.

— Sério? — Madoc estava praticamente choramingando agora. — Vocês vêm, certo?

Jax bateu nas pernas da calça.

— Merda — xingou, dando as costas. — Deixei meu telefone na mesinha de café.

— Eu pego. — Ergui a mão, o parando. — Esqueci minha bolsa também.

Voltei pelas escadas e silenciosamente voltei pela porta da frente, pedindo a Deus que eles não estivessem nus ainda.

O saguão estava vazio e fui na ponta do pé até a sala para pegar minha bolsa do sofá e o celular de Jax na mesinha de centro.

Ouvi a voz profunda, porém abafada, de Jared.

— Senti tanto a sua falta. Meu Deus, linda, eu te amo.

Beijos, farfalhar de roupas, gemidos... *sim*. Passei a bolsa sobre a cabeça e preparei minha rápida saída.

— Eu também. — Tate estava choramingando. — Odeio tanto isso, Jared. Como vamos ficar com você longe por meses, se é assim depois de apenas algumas semanas?

Parei, sabendo que eles estavam na cozinha, apenas do outro lado da porta, e meus olhos se encheram de lágrimas por ela. Por mais chato que Jared fosse, eu sabia que ele adorava Tate. Ele invadiria o inferno por ela. E, com todos os meus altos e baixos, não percebi que ela estava infeliz. Nunca pensei que eles não estariam bem e estava tão enterrada na minha própria merda que não fiquei ao seu lado.

Ouvi um baque e mais gemidos.

— Está trovejando — Jared disse a ela.

Ouvi Tate fungar, depois rir.

— Está pensando no que estou pensando?

— Espreguiçadeira? — Sua voz ficou arrogante. — Quintal? Como a nossa primeira vez.

Mordi o lábio inferior para abafar uma risada, quando ela gritou e eles abriram e fecharam a porta dos fundos, desaparecendo em um piscar de olhos.

Pobre Tate. Bem, não tão pobre. Ela era de titânio. Mas estava sentindo falta dele. Muita mesmo.

Fui até a porta, mas parei, ouvindo uma voz desconhecida.

— Alô? — Uma voz masculina, distante, porém profunda e calma, fez meu coração acelerar de medo.

De arrepiar.

Pulei, subitamente me lembrando do telefone em minha mão. Levei ao ouvido.

— Alô? — respondi.

— Quem é? — a voz leve e macia indagou.

— Ah, desculpa. — Neguei com a cabeça em silêncio. — Devo ter atendido por acidente. Está procurando Jax? Espere um pouco. — Abri a porta e saí na varanda.

— E você é? — o homem indagou.

— Ah, Juliet — respondi. — Eu sou… — hesitei, pensando. — Uma amiga dele, acho.

— Hmmm, Juliet. Belo nome. Sou o pai dele.

Parei, meu rosto se desfazendo.

— Diga — começou —, quantas vezes por dia ele te fode?

Meus olhos se arregalaram. *Ai, meu Deus.*

Meus lábios tremeram quando encarei Jax do outro lado do jardim, falando com Madoc e Fallon.

Jax.

— As mulheres o amam, sabia? Muita energia — a voz sedosa de seu pai provocava. — Não consigo contar a quantidade de bocetas que aquele garoto já comeu.

Minha boca parecia um deserto e agarrei o telefone, com medo de minhas mãos trêmulas o deixarem cair.

— E estou supondo — seu pai continuou — que, já que você está atendendo ao telefone dele, sua boceta deve ter um gosto bem doce, para ele te deixar ficar por perto.

Meus olhos embaçaram.

— Qual é o seu problema? — engasguei.

— Estou te esclarecendo as coisas, coração — avisou, sua voz ficando rígida. — Ele não vai ficar com você. Não por muito tempo. Pode contar com isso.

Jax me olhou, seu sorriso desaparecendo no momento que me viu.

— Ele já te contou sobre o porão? Sobre as facas que carrega? Que a vadia da mãe dele o abandonou em um orfanato quando ele era criança?

Engoli em seco, vendo Jax andando até mim. Como um pai podia falar assim sobre o filho?

— Se não te deixar entrar na mente dele, então ele não é seu, Juliet.

Jax sustentou meu olhar, sua expressão ficando mais preocupada cada vez que chegava mais perto.

— Ele não confia em você o bastante — seu pai avisou.

Prendi a respiração, lágrimas se acumulando quando dei o telefone para Jax.

— Seu pai.

Seus olhos azuis viraram gelo e ele agarrou o celular.

— O que você falou para ela? — rosnou. — Alô? — Apertou os lábios e cerrou os dentes. — Alô? Porra! — gritou, encarando a tela.

CAINDO

Sequei as lágrimas, querendo apenas uma coisa de Jax.

Ele tinha que falar comigo. Sobre tudo.

Suas costas estavam voltadas para mim, mas o vi correr as mãos pelo cabelo.

— Jax?

Ele negou com a cabeça, virando.

— Juliet, sinto muito. Meu pai é... — deixou no ar, parecendo ter perdido as palavras. — Meu pai é maligno. O que quer que ele tenha dito é besteira. Ele não pode fazer nada. Não pode te machucar.

— Ele não me ameaçou. Ele falou sobre você.

— O cara não me vê desde que eu tinha treze anos — Jax proferiu, ficando com mais raiva. — Ele não sabe de nada. Só está falando.

Ergui o queixo.

— Eu quero saber.

— O quê?

— Tudo! — Sustentei o olhar duro de Jax, o GTO de Madoc ligando e se afastando.

Jax me olhava como se eu fosse o inimigo, como se fosse eu que o estava machucando. Ele negou com a cabeça, confiante, e virou para sair andando.

— Pare! — ordenei, quando ele desceu da varanda e foi para casa. Segui atrás dele. — E o meu serviço comunitário? Pode começar por aí.

— O que tem isso? — resmungou, sobre o ombro.

— Você resolveu, não foi? — acusei. — Me fez voltar à cidade. Me arrumou uma vaga na escola. Como você sabia? Como sabia que tive problemas?

Ele não me respondeu. Nem me olhou. Passou pela porta da frente e o segui, conforme ele ia para as escadas.

— Responde! — gritei, batendo a porta e parando na base das escadas. — Como você sabe?

Girou, seu rosto torcido em raiva.

— Porque eu sei tudo que acontece com você.

CAPÍTULO VINTE

JAXON

Desci as escadas, parando um degrau antes do último e pairando sobre ela.

— A multa por velocidade que você recebeu no seu ano de caloura e que sumiu magicamente? — sugeri, mas continuei: — A prova final de matemática que você estava despreparada e que coincidentemente foi atrasada, por que os sprinklers pararam de funcionar?

Dava para ver as engrenagens girando em sua cabeça.

— Todos os livros que estavam reservados na biblioteca para a sua pesquisa sobre a Inglaterra de Oliver Cromwell? Aquele trabalho em uma livraria que caiu no seu colo quando sua mãe cortou seu cartão de crédito quando você mudou parte da graduação para fazer escrita criativa? — Mostrei os dentes, enfrentando-a. — Todas as vezes que você precisou de alguma coisa nos últimos dois anos, eu estava lá.

Seu peito subia e descia, e ela parecia que mal conseguiria recuperar o fôlego.

— Você me stalkeou?

— Sim, supera — devolvi, passando para o outro lado do corrimão e indo para a cozinha. — Não li seus e-mails nem roubei sua calcinha.

— Por quê? — Ouvi seus passos atrás de mim. — Por que você fez isso?

Soltei uma risada amarga, me encaminhando para a geladeira.

— Realmente te incomoda, não é? — Peguei uma garrafa d'água e fechei a porta. — Você é tão insegura sobre o que os outros pensam que não consegue lidar com o fato de que coloquei as mãos nos seus problemas sem o seu conhecimento, né? Você está preocupada. "O que ele sabe? O que ele viu?"

Seus punhos eram pequenos, mas estavam apertados, e seu rosto estava corado de raiva.

— Por quê? — repetiu.

— Deixa...

— Responda a porra da pergunta uma vez na vida!

— Porque eu estava preocupado com você! — gritei, jogando a garrafa do outro lado do corredor.

CAINDO

Fiquei lá parado, observando-a recuar e se endireitar, choque em todo seu rosto.

Passando a mão pelo cabelo, segurei as mechas curtas no punho, subitamente sentindo falta do cabelo longo que eu tinha hoje de manhã.

O suor na minha cabeça tinha esfriado e estiquei a mão para as costas, para puxar a camisa. Jogando-a na cadeira, parei com as mãos nos quadris, tentando me acalmar.

Andei na direção dela, a vendo recuar para a parede.

— Cerca de um mês depois de você ter ido para a faculdade — comecei —, estávamos ajustando as coisas no Loop. Reformas, construções... — deixei no ar, lambendo meus lábios secos. — Sua mãe preencheu uma petição para a prefeitura, tentando nos impedir. Ela odiava o Loop, achou que atrairia problemas, então ela conseguiu quem a apoiasse e foi em frente.

Juliet me olhava, parecendo muito pequena. Eu queria protegê-la. Queria garantir que estivesse feliz.

— Ela não teria vencido — prossegui. — A maioria da cidade vê o Loop como uma mercadoria — afirmei. — Mas ela poderia ter atrasado as coisas, então eu a investiguei.

— Para achar segredos escondidos — Juliet interferiu. — Para chantageá-la.

— Para conseguir informações — corrigi. — E persuadi-la.

Juliet cruzou os braços sobre o peito, esperando que eu continuasse. Respirei fundo.

— Ela tinha uma filha listada em suas informações pessoais. Não era surpresa, exceto que a filha tinha o nome de Juliet Adrian Carter. Aquilo me confundiu, porque K. C. Carter ou qualquer nome que começasse com K não apareceu. — Olhei para ela. — Então comecei a procurar. E, quando você me contou sua história, eu...

— Você já sabia — cortou-me, os olhos se enchendo de lágrimas. — Você me deixou confidenciar tudo a você como uma idiota, enquanto ficava sentado ouvindo a mesma história sórdida que já sabia.

— Não. — Ergui seu queixo para me olhar, mas ela afastou o rosto. — Não ouvi a história. Ouvi você, okay? Você estava falando comigo. Estava confiando em mim. Eu não sabia merda nenhuma sobre você, não de verdade, até ouvir da sua boca. Li sobre você, mas não te conhecia.

Ela afastou o olhar, negando com a cabeça. Não acreditava em mim.

— Quanto mais eu descobria sobre você — continuei, tentando fazê-la entender —, menos conseguia te deixar. Uma coisa levou à outra e eu… — hesitei, engolindo em seco. — Quis estar ao seu lado. Acessei seus horários de aula para ver como você estava.

Ela correu as mãos sobre o rosto, se virando, mas agarrei seus ombros e a trouxe de volta para mim.

— Vi que você estava com dificuldade em matemática, então disparei os sprinklers na manhã daquela prova. Atitude bosta, eu sei. Mas percebi que tempo extra para estudar seria bem-vindo. Depois disso, eu… eu só mantive um olho em você, okay?

Nunca quis invadir sua privacidade e, por mais fácil que fosse ou o tanto que eu queria, nunca invadi seu e-mail, redes sociais ou histórico médico. Na verdade, tentei me convencer disso. Várias vezes. Claro, só queria garantir que ela estava saudável. Só queria ter certeza de que ninguém a estava incomodando. Era para me certificar de que aquele seu namorado babaca não estava fodendo com tudo. Mas nunca fiz nada daquilo. Não estava tentando controlá-la. Só queria cuidar dela.

Pelo menos, era o que eu esperava que fosse.

— Eu sentia que você não tinha ninguém — admiti. — Não era pena. Na real, meio que era um alívio saber que sua vida não era perfeita. Sentia que tínhamos uma coisa que nos conectava, que nos tornava diferentes dos nossos amigos, e não queria que você ficasse sozinha. — E corri para adicionar: — Eu sabia que estar longe, na faculdade, provavelmente era o máximo de liberdade que você já teve. E queria que você amasse. Queria facilitar as coisas para você. Só isso.

Ela fechou os olhos, lágrimas correndo por suas bochechas até que abaixou a cabeça na mão.

— Então você sabe de tudo — choramingou. — Sabia do meu pai. Que, no dia depois que ele me cortou, fez o mesmo em seus pulsos. Porque nunca poderia se perdoar pelo que fez com minha irmã.

Sim, eu sabia daquilo também. Como um pai poderia perdoar a si mesmo por causar a morte de sua própria filha?

Assenti para ela.

— Foi no meio da noite — quase sussurrei. — Sua irmã tinha saído da cama. Ele pensou que ela fosse uma invasora. Foi um acidente terrível.

Sua cabeça estava baixa e ela secou as lágrimas.

— Ele se matou para te proteger — falei. — Pensou que machucaria outra filha.

Ela olhou para cima.

— Mas machucou, não machucou? — Sua voz ficou forte de novo. — Ele me deixou com ela. Eu não deveria ficar ressentida por isso? Quero dizer, e a sua mãe? — indagou. — Ela te deixou com seu pai.

Deslizei a mão no bolso, instantaneamente sentindo o conforto da faca.

— Sim. E daí?

— Bem, você não a odeia?

Envolvi os dedos no grosso plástico do cabo.

— Não sei — murmurei.

Ela sorriu, brava, e negou com a cabeça.

— Nem eu. Não sei nada sobre você. Você não me dá nada.

— Porque é um monte de merda! — exclamei, passando as mãos pelo cabelo. — Não quero que você saiba essas coisas sobre mim. Não quero que suje nada que eu tenha com você. — Inclinei-me, segurando seu rosto, mas ela bateu nas minhas mãos para afastá-las de novo.

— Você não tem nada comigo! — cuspiu, virando-se para sair.

— O caralho que não tenho. — Puxei-a de volta, cada porra de músculo que eu tinha duro como pedra quando pressionei o corpo no seu, a empurrando contra a parede. — Vamos lá. Admita. É só isso que você realmente quer de mim, não é? — indaguei, fervendo, e forcei a boca na dela em um beijo forte e cheio de raiva. — Sim — sussurrei, duro. — É só o que todo mundo quer de mim, Juliet.

— Jax! — Sua voz tremeu e seus braços tentaram me afastar. — Para!

Arranquei sua blusa por cima dos ombros, expondo seu sutiã.

— Ah, vamos lá, Juliet. — Segurei-a apertado. — Vou te foder tão gostoso. Você pode contar a todas as suas amigas que finalmente chegou a sua vez e que foi muito bom — rosnei. — Todas vão poder entrar na fila.

Tirei a faca do bolso e, apertando o botão, fiz a lâmina sair.

— Você vai amar. Todas amam. — E, na velocidade de um tiro, passei a faca por baixo do seu sutiã, entre os seios, cortando o material.

— Para! — Ergueu as mãos, cobrindo-se e chorando.

— Não é isso que você queria? — berrei, enfrentando-a e pressionando-a, e pressionando-me, ultrapassando o limite e sabendo que chegaria ao fundo do poço mais cedo ou mais tarde.

Porra!

Agarrei a faca no punho.

— Você não está feliz agora, porra? Finalmente? — gritei, e soquei a parede acima de nós, enfiando a faca ali.

PENELOPE DOUGLAS

Ela gritou e quase caí de bunda quando ela deu impulso na parede e passou os braços ao meu redor, me deixando em silêncio.

Fiquei lá parado, olhos arregalados, sem respirar. Seus braços se apertaram no meu pescoço, me envolvendo em calor, e fechei os olhos, as batidas aceleradas do meu coração batendo no meu ouvido.

Juliet. Uma lágrima desceu pelo canto do meu olho, descendo pela bochecha. Porra, o que eu estava fazendo?

— Está tudo bem — ela sussurrou, seus lábios trêmulos e molhados contra o meu peito. — Está tudo bem.

Não tinha certeza se ela estava dando garantia a si mesma ou a mim, mas ela não estava correndo. Por que ela não estava correndo?

Apenas fiquei, incapaz de abrir os olhos, incapaz de me mover. O mundo girava ao meu redor e senti que estava balançando e prestes a cair. *Qual era o meu problema?* Eu poderia tê-la machucado. Nunca machuquei uma mulher. Exceto aquela.

Apertei mais os olhos. *Ai, Jesus.* Passei o braço por sua cintura e coloquei a outra mão em seu rosto, segurando-a perto do peito.

— Shhh — pedi, para acalmá-la, passando a mão por seu cabelo. — Sinto muito.

Seu corpo tremia em meus braços conforme ela tentava recuperar a respiração, mas se acalmou e lentamente relaxou o aperto em meu pescoço. Tudo que eu sentia era o calor dos seus lábios na minha pele e eu sabia de uma coisa.

Eu a queria mais do que queria meus segredos.

— Gosto das minhas facas, Juliet — confessei, ainda acariciando seu cabelo. — Quando você vê alguém levando um tiro na TV, eles parecem chocados. Acaba rápido demais. — Forcei minha voz rouca a ficar tranquila. — Um corte é diferente. Como você sabe. É dor, seguida de medo.

Ela recuou, cobrindo seu peito nu, me olhando e ouvindo.

Estiquei a mão e tirei a faca da parede, certificando-me de segurar gentilmente.

— Não preciso nem usá-la — pontuei. — As pessoas sabem que eu a tenho e é o suficiente.

Seus olhos verdes e doloridos mudavam entre mim e a faca.

— Mas houve um momento em que precisei usar a faca, Juliet. Um momento em que estava cansado de estar com fome, cansado de sangrar, cansado de eles me tocarem onde não era para tocarem… cansado de estar com medo e sozinho.

Seus lábios tremeram, mas ela ficou forte e sussurrou:

— O que você fez?

Soltei um risinho.

— Sim, é isso que as pessoas querem saber, não é? O que aconteceu? Como eles te machucaram? Como tocaram em você? Onde tocaram em você? Quantas vezes aconteceu? Porra. — Ri sozinho, meus olhos embaçando e minha mandíbula doendo de segurar as lágrimas.

Mas engoli a dor e travei os olhos nos dela.

— Preciso me lembrar de que sobrevivi. Não de que sofri — disse. — Como eu lutei e não como me feri.

Ela me olhou, tentando entender.

— Não sou mais a criança usando roupas velhas para ir à escola. — Fechei a faca e enfiei no bolso. — Parei de vomitar metade do que como. Não imploro mais para eles pararem. Não fico assustado atrás de paredes, escondido em armários ou com medo de voltar para casa.

Aquilo era tudo de que eu precisava me lembrar. Era tudo que importava.

— Não estou com frio — prossegui. — Não estou com fome. Não estou indefeso. Não estou assustado. E não estou mais sozinho o tempo todo.

Era isso que eu queria que ela entendesse sobre o que passei. Sobre o que ela passou. Quanto mais sofrido, mais você sobreviveu. Moldava as pessoas de maneiras diferentes e como uma pessoa quebrada podia empoderar outra.

Éramos os sortudos.

Ela me encarou com os olhos úmidos e assentiu, finalmente entendendo.

Erguendo as mãos, segurou meu rosto e fez círculos com os polegares.

— O que você fez, Jax? — indagou.

Fechei os olhos, apoiando a testa na dela.

— Eu os fiz parar.

Ela acenou, aceitando.

— Que bom.

— O que você está fazendo?

Estava sentado à mesa da cozinha, vendo Juliet andar de um lado a outro, pegando comida na geladeira, assim como potes e panelas dos armários.

— Fazendo o jantar para você — respondeu. — Não saímos para comer pizza, lembra?

Soltei um suspiro, rolando os olhos.

— Não estou nem aí para a comida — declarei, vendo-a descalça. — Você está com a minha camisa. Podia muito bem estar nua, pelo amor de Jesus Cristo. Quero te tocar.

— Pode comer a sobremesa depois que terminar de jantar.

Joguei a cabeça para trás, apertando o apoio de braço. Isso era ridículo.

Dez minutos atrás estávamos gritando um com o outro, cinco minutos atrás eu tinha puxado a minha faca e agora ela estava toda calma, como se tivéssemos acabado de acordar de uma soneca tranquila.

Era maluquice.

Depois que contei a ela que livrei o planeta de dois abusadores de crianças, ela me beijou, me fez sentar e tirou as roupas rasgadas para colocar minha camisa branca de gola V. Toda calma. Como se eu tivesse acabado de dizer a ela que tinha roubado um doce em vez de enfiado a faca em duas pessoas quando tinha treze anos. Ou ela estava perdendo a porra da cabeça ou tentando me distrair.

E se aquele era o seu objetivo, estava funcionando. A camisa ia até abaixo de sua bunda e eu não conseguia tirar os olhos dela.

— O que você está fazendo? — pressionei, ficando irritado.

— Bife.

— Não quero bife. — Levantei da cadeira. Andando até ela, segurei seu quadril por trás, enquanto ela mexia no fogão. — Pare de agir toda estranha. Ou me fode ou grita comigo. Você tem que ter algo a dizer sobre o que acabei de te contar.

Ela se virou, arqueou a sobrancelha como as mães fazem, e apontou o indicador, me direcionando para a minha cadeira como se eu fosse criança.

— Agora — ordenou.

Gemi, passando a mão pelo cabelo de novo, e caí de bunda na cadeira.

E então meu coração se alojou na garganta quando ela se esticou para pegar xuxinhas no parapeito da janela e sua bunda coberta apenas pela calcinha apareceu por baixo da camisa.

Mordi o canto da boca e a assisti prender o cabelo em duas maria-chiquinhas embaixo de cada orelha. Meu pau inchou, apertando a porra da calça slim que Madoc me disse para comprar.

— Ai, meu Deus — rosnei. — Maria-chiquinha? — explodi. — Linda, por favor. — E fiquei de pé de novo para ir até ela, mas Juliet girou com um olhar assassino.

— Senta! — ordenou, e voltei a me sentar, soltando um grunhido.

Então esperei. Silencioso e dócil pela primeira vez na vida. Quinze minutos de absoluta tortura até que ela terminasse.

Juliet fritou um bife no fogão, cozinhou alguns legumes no vapor e cortou tudo, colocando em uma tigela grande.

Porém, por mais difícil que tivesse sido e por mais que minha boca estivesse cheia d'água por algo além de comida, eu amava vê-la na minha casa. Tinha reformado a cozinha junto do restante do lugar e agora estava feliz. Queria que ela fosse feliz aqui. Que cozinhasse aqui. Que dormisse aqui. Que se sentisse bem aqui.

Seus pés esguios caminhavam pela ardósia escura que eu mesmo escolhi e ela explorava o interior dos novos armários de cerejeira escura que escolhi. Os utensílios de aço inoxidável e as bancadas de granito eram as melhores que o dinheiro poderia comprar, porém, pela primeira vez, eu me perguntava se alguém além de mim tinha curtido. Ela se sentia em casa aqui?

Jared tinha gostado da reforma, mas seu gosto era diferente. Ele e Tate continuavam tentando me convencer a deixar isso ou aquilo preto, mas eu não sentia que era isso. Amava preto, mas minha casa era um assunto diferente. Tinha que ser acolhedora.

Juliet se aproximou, colocou duas garrafas de água na mesa e segurou uma das tigelas e um garfo. Estacionou sua bundinha na mesa à minha frente e começou a mexer na comida.

Aham. Não.

Agarrei seu quadril, deslizei para fora da mesa e a coloquei em meu colo, me montando.

Ela sorriu para si mesma, um tom divertido.

— Okay, agora você pode me tocar.

Com o garfo, pegou um pedaço de carne e brócolis e esticou para mim. Afastei-me.

— Com seus dedos.

Ela assentiu, colocou a comida na própria boca e deixou o garfo na mesa enquanto mastigava. Levando a mão à tigela, pegou um pedaço de carne e levou à minha boca.

Abri, aceitando a porção e fechando os lábios ao redor de seus dedos macios. Suas pálpebras tremeram e sua garganta subiu e desceu enquanto os deslizava para fora. Mal senti o gosto da comida.

Queria poder tocá-la e não sentir o que estava acontecendo no meu peito. Queria olhar para ela e saber que seria fácil deixá-la em algum momento.

Mas, enquanto ela ficava lá sentada, me alimentando com os dedos, vestindo minha camisa, exibindo suas maria-chiquinhas, as pernas espalhadas sobre minhas coxas e os pés flutuando quinze centímetros acima do chão, entendi que estava completamente à mercê de alguém que mal tinha metade do meu tamanho.

Eu era dela.

Juliet me deu outro pedaço e se inclinou na minha mão, quando acariciei seu rosto.

— A polícia sabe sobre o que você fez? — indagou, suave.

— Sim. — Assenti. — Isso foi resolvido — garanti. — Não queria isso servindo de ameaça.

Esta era a vantagem de ter conexões. Ciaran, um traficante de armas e drogas com recursos. O pai de Madoc, um dos melhores advogados de defesa do estado. E a polícia, com quem trabalhei fornecendo favores e recebendo alguns em retorno. Ninguém viria atrás de uma criança que fez o que tinha que fazer em uma situação horrível.

Claro, meu pai pensava que os corpos ainda estavam enterrados em uma cova sem identificação. E, por ora, eu o deixaria pensar assim.

— Seu pai virá atrás de você quando sair? — indagou, e corri as mãos por suas coxas, entendendo sua preocupação.

— É possível — comentei. — Muito possível.

Ela abaixou o pote na mesa e a puxei para mim, beijando seus lábios macios. Não poderia deixar meu pai aparecer aqui. Agora eu entendia qual era a preocupação de Jared. Ele não estava preocupado consigo mesmo. Ele precisava proteger Tate e eu. As pessoas que amava.

E eu precisava proteger Juliet. Até a ideia de meu pai vê-la...

Passei os braços por sua cintura, apertando bem.

— Eles não significam nada, sabe? — falou, no meu pescoço. — Eles não nos merecem.

Ela quer dizer os nossos pais.

— Nada — repeti.

Seus braços circularam meu pescoço e mergulhei no beijo, querendo ficar perdidamente feliz. Ela moveu o quadril no meu e agarrei sua bunda enquanto a provava e cheirava. Meu Deus, ela era incrível.

CAINDO

Respirando com dificuldade, passei a camisa por sua cabeça e larguei no chão. Subi os beijos por seu pescoço quente e espalhei as mãos em suas costas. As pontas dos meus dedos tocavam a pele mais sedosa que já senti.

Mas respirei fundo, tentando me acalmar.

Não tinha feito amor com ela direito ainda. Em uma cama. Mas porra... Ela estava irresistível naquela cadeira, se movendo em cima de mim, sua pele contra a minha.

Ela moveu as mãos, segurando-as sob o queixo, os braços para cima para cobrir os seios. Quando levantei as mãos para abri-la, ela se soltou do beijo, negando com a cabeça.

— Hmm, não. Desculpa — insistiu. — Você tem que lavar a louça.

Oi?

Ela se livrou de mim e ficou de pé, ainda com os braços sobre os seios por uma questão de modéstia.

Estreitei as sobrancelhas em descrença.

— Louça?

Ela assentiu, escondendo um sorriso.

— Louça — repetiu, e virou para sair da cozinha.

Sua bundinha redonda tinha as marcas das minhas mãos e eu me mexi, com dor, vendo aquele fio dental de renda preta que eu queria arrancar dela.

— Eu pago alguém para lavar a louça — resmunguei.

Ela parou na porta, me encarando com um olhar divertido.

— Eu cozinhei, você limpa. É o justo. Estarei lá em cima.

Ela deixou o cômodo.

E eu nunca tinha limpado nada tão rápido na porra da minha vida.

CAPÍTULO VINTE E UM

JULIET

Jax tinha se virado contra mim.

Ele se transformou em um canhão descontrolado e vi o mesmo temperamento feroz que tinha visto em Jared. O mesmo temperamento que vi em meu pai. Porém, estranhamente, nenhum deles me veio à mente.

No momento em que ele puxou a faca, tudo que eu pensava era em como trazê-lo de volta. Não pensei em fugir. Estava com medo *por ele*, não *dele*.

Tudo que eu vi era Jax. O que tinha acontecido com ele e como o ampararia quando ele caísse.

Subi as escadas, sorrindo com o som de pratos batendo e uma panela caindo no chão.

Alguém estava com pressa.

Eu gostava dele. Cara, eu gostava dele!

Lembrei-me de quando o pai da Tate sentou com nós duas para falar sobre sementinhas e cegonhas. Tínhamos catorze ou quinze anos e alguém da escola nos ensinou o que era um boquete. O senhor Brandt considerou que era hora de ter aquela conversa conosco, mesmo que eu não fosse sua filha e não fosse seu papel me educar. Ele disse que quando minha mãe saísse de 1958 ela poderia vir reclamar com ele. Mas até lá...

Enfim, ele nos deu três conselhos irrefutáveis sobre a espécie masculina:

1. Garotos vão mentir, trair e roubar para conseguir tirar sua calcinha. Homens passam pelo teste do tempo. Faça o cara esperar e você vai ver qual dos dois ele é.

2. Vão tentar te dizer que é mais gostoso sem camisinha. É só me dizer onde eles moram.

3. Relacionamentos devem fazer sua vida melhorar. Não é para destruírem um ao outro. Um deve apoiar o outro.

Quando éramos pequenas, pensávamos que o amor verdadeiro era a história de Romeu e Julieta, juntos na vida ou na morte. Eles não puderam lidar com o fato de não ter um ao outro e, quando você é jovem, é romântico pensar no suicídio como resposta. É melhor não viver e coisa e tal.

Quando você cresce, percebe que é tudo besteira. Quero dizer, quem realmente ganha com isso, sabe?

Jax estava feliz de me ver feliz. Eu não precisava dele para sobreviver, mas gostava dele. Minha vida ficava melhor. Mais feliz. Ele também me desafiava a crescer.

Chegando ao segundo andar e me virando para o seu quarto, olhei por trás de mim, notando o cadeado na porta do escritório.

Entrei em seu quarto, ainda desconfortável com tudo que ele fez na minha vida sem o meu conhecimento. E tudo que ele estava fazendo. Ele estava enganado se pensou que continuaria mantendo o olho em mim.

E as pessoas que o feriram e o que fizeram com ele? Eu sabia que deveria ficar nervosa ou até mesmo assustada por sua capacidade de ser violento, mas sabia que ele não tinha se apressado em reagir. A única coisa que me preocupava era quão longe Jax teria que ser pressionado para fazer isso. E ele faria de novo se fosse pressionado o bastante?

Não temia ser a receptora de nada disso, mas não queria me preocupar de ele ter problemas também.

Parei no meio do quarto, levando um minuto para observar ao meu redor. A única vez que estive aqui foi na noite que ele brigou no jardim da frente. Estava escuro e não tive tempo de explorar. Agora, olhando em volta, meus olhos tremiam com o calor que se acumulava em meu estômago e mais embaixo.

Seu quarto.

Tudo era escuro. Amei como os móveis de cerejeira faziam as roupas de cama e cortinas pretas parecerem acolhedoras. E com as cortinas fechadas e uma lampadazinha iluminando a mesa do canto, o quarto inteiro brilhava como uma antiga capela, luxuosa e elegante, com os móveis esculpidos, porém aconchegante e isolado, como se fosse um cômodo qualquer perdido no meio de outros mil quartos enterrados em uma mansão, para nunca ser descoberto.

Eu sentia que, se fechássemos a porta, nunca iria querer sair. Nunca iria querer ser encontrada.

Jax tinha uma cama *king size* e prendi a respiração na mesma hora ao pensar nele. Ali. Comigo. Por horas.

Passando a mão por sua cômoda, saboreei a madeira fria e lisa sob as pontas dos meus dedos, me lembrando dele. Sua pele, tão fluida, mas também tão dura em meus dedos, e fechei os olhos, o desejo me inundando.

Meu peito subia e descia com força, e estiquei a mão, passando-a por um dos meus seios. Meu núcleo começou a pulsar e toquei a carne dura do meu mamilo.

Jax.

Calor cobriu minhas costas e abri a boca para falar, mas fui cortada:

— Não abra os olhos.

Dava para ouvir o sorriso em sua voz.

Ele estava por trás de mim, seu hálito quente no meu pescoço. Seu cheiro almíscar me fazia querer enterrar o nariz em sua pele e esmagar o peito contra o dele. Mantive a mão em meu seio, mas minha cabeça começou a flutuar para longe de mim.

— Eu preferia estar te tocando. — Sorri, ainda de olhos fechados.

— Você ainda gosta de mim? — indagou.

— Sim.

— Que bom — respondeu, calmo. — Gosto de você também.

— Eu sei.

Senti sua risada em meu ombro e apoiei a cabeça contra ele, pegando suas mãos e colocando em meus seios.

Ele os envolveu na hora e começou a mover em círculos.

— Você é tão incrível — falou, mordiscando o lóbulo da minha orelha. — Eu olho para você e não consigo pensar em mais nada além de te ter.

E ele tirou uma das mãos do meu seio e agarrou entre minhas pernas.

— Ai, meu Deus — gemi, animada com a sensação possessiva de sua mão ali. Tocando-me. Tomando-me. — Jax — ofeguei.

— Minha, porra — sussurrou em meu ouvido.

— Sim. — Lambi os lábios, ofegante.

Sua mão ficou mais exigente, incitando todo meu corpo para trás junto com o dele, que me esfregava com força e acariciava meu seio.

— Tenho muitas fantasias com você, Juliet. — Deu para ouvir o limite em sua voz. Aquele que me dizia que ele estava tentando não perder o controle. — Várias maneiras diferentes que quero ver seu corpo se mover — afirmou. — E quero fazer muito disso hoje à noite.

Soava como um aviso. Um aviso que eu definitivamente iria ignorar.

Abri os olhos, vendo sua cabeça abaixar perto da minha, me encarando com aquela porra de intensidade, como se eu fosse seu brinquedo favorito.

Suas mãos se mexiam por trás de mim e, quando percebi, ele estava abrindo o cinto e arrancando da calça, me assustando ao cortar o ar.

CAINDO

Ri, nervosa.

— Você está bem? — provocou, ainda segurando o cinto ao seu lado.

Assenti, falando suavemente:

— Isso, hm... me deixa...

— O quê?

Desviei os olhos, procurando pela palavra.

— Um pouco excitada? — confessei.

Seus olhos divertidos se estreitaram.

— Ela gosta de cintos — falou para si mesmo. — Devidamente anotado.

Meu rosto aqueceu, envergonhada, mas arqueei a sobrancelha.

— Vamos precisar de água — avisei. — Tenho minhas próprias fantasias também, então, hidrate-se.

Soltando-me dele, puxei-o pela mão até a cama. Sentada na ponta com os pés no chão, coloquei as mãos em seu quadril, o segurando no lugar, e joguei a cabeça para trás de leve para olhar para ele.

— Jax? — sussurrei, um sorrisinho brincalhão nos lábios. — Quero te mostrar como é gostoso o meu corpo se movendo. — Mordi suave e lentamente o botão da sua calça. — Quero você na minha boca. — Lambi os lábios, olhando para ele e esfregando a bochecha em sua calça. — Quero te provar. — E coloquei a língua para fora, lambendo sua calça com a ponta, vendo seus olhos brilharem e se tornarem intensos. — Quero você na minha garganta. — Mostrei os dentes, mordiscando a protuberância em sua calça. — Quero você em todo lugar.

Ele prendeu minhas tranças na parte de trás da minha cabeça, e continuei a esfregá-lo com a minha face e meus lábios, sentindo-o ficar mais grosso e duro dentro da calça.

Eu amava vê-lo me observar. Seu abdômen flexionava, os bíceps grossos se apertavam e os piercings de mamilo brilhavam para mim; e mesmo que eu quisesse aquele corpo em cima de mim, eu amava a visão. Poderia apreciar sua beleza, tocá-lo onde quisesse, fazê-lo se sentir bem...

E era aquilo que eu queria. Queria saber que o fiz se sentir bem.

Movendo-me devagar, desabotoei suas calças e deslizei os dedos por baixo do cós, gentilmente puxando as roupas para baixo.

Pude sentir meus olhos se arregalaram ao ver sua ereção ficar livre, exibindo-se dura, completa e pronta para mim.

Eu sabia que era grande. Tinha sentido em suas calças antes. Mas a grossura meio que me assustou.

Ele não foi meu primeiro — mesmo que eu desejasse que tivesse sido —, mas não dava para dizer que era justo compará-lo a Liam também. Jax era muito melhor. Eles estavam em planetas diferentes.

Começou a passar os dedos para trás e para frente no meu cabelo e olhei para cima, umedecendo os lábios.

— Eu quero. — Coloquei a língua para fora e lambi a ponta. Uma e outra vez, bem devagar, saboreando seu gosto quente.

Sua cabeça caiu para trás.

— Ai, Juliet, porra — murmurou, segurando minhas tranças mais forte. — Mais.

Eu o peguei na mão, passando a palma para cima e para baixo em seu eixo, chupando a ponta e o deixando molhado.

E então eu mergulhei, levando-o até o fundo da garganta e segurando seu quadril.

Eu o mantive lá, tentando relaxar e tomar tudo. Queria que ele amasse e queria dar isso a ele. Era quase engraçado. Nunca gostei de fazer isso por Liam, porque sentia que era uma obrigação. Queria mantê-lo, então quando eu não estava com vontade, ele poderia perceber.

Mas eu queria mesmo fazer aquilo por Jax.

Gemi, já molhada pela ideia de tê-lo na boca, me preenchendo em sua espessura e força.

Subi e desci nele, o tomando devagar, sabendo que, se relaxasse, poderia engolir tudo, depois recuava, passando a língua de um lado a outro em sua parte inferior.

— Lindo, você é tão gostoso — gemi, o lambendo da base a ponta, depois o tomando de novo na boca.

— Juliet — ofegou, seu rosto contraído, e comecei a subir e descer mais e mais rápido. — O que você está fazendo comigo?

Suas mãos acariciavam meu rosto e olhei para cima, travando os olhos nos seus. Arrastando os lábios devagar em seu pau, provoquei com a ponta da língua, sustentando seu olhar ao lamber, beijar, chupar e mordiscar.

E quando levantei seu pênis e chupei a carne embaixo na minha boca, ele gritou.

— Porra, linda — exclamou, se afastando de mim e me olhando como se eu tivesse feito algo de errado.

— O-o — gaguejei. — O que houve de errado? — Meu clitóris pulsava muito forte e eu gemi, esfregando uma coxa na outra.

Que merda era essa?

— Nada de errado — resmungou, arrancando as roupas completamente e ficando ali, ereto e pronto.

Fiquei de pé.

— Por que você me parou então?

Ele me puxou para si, esmagando nossos corpos e rosnando com sua boca a poucos centímetros da minha.

— Porque não quero gozar assim ainda. Quero fazer amor com você na cama hoje. Devagar — declarou, me segurando firme.

— Você gostou, né? — pressionei.

— Mas você me deixou excitado demais — reclamou. — Está fodendo com meus planos.

Ele tomou meus lábios e fiquei na ponta dos pés para encontrar sua boca na mesma altura. Seus braços fortes me envolviam apertado e, antes que eu pudesse controlar, comecei a mover o quadril em sua ereção, que tinha deslizado entre as minhas coxas.

— Ai, Deus — suspirei, a forma como ele me provocava me fazendo tremer. — Não consigo esperar, Jax. Por favor — implorei.

Ele afastou a boca e me olhou, carrancudo, seu cabelo suado em diversas direções e seus olhos azuis flamejantes me mirando como a calmaria antes da tempestade.

Sua mão entrou na tira da minha calcinha, por minha cintura, e meu coração acelerou quando ele puxou, rasgando o material direto do meu corpo.

O patético pedaço de renda preta caiu no chão e só tive tempo de passar os braços em seu pescoço antes de ele me pegar e começar a me levar para a cama.

Caímos no colchão e ele não perdeu tempo antes de se colocar entre as minhas coxas e mergulhar os lábios nos meus. Suas mãos estavam em todo lugar e ele se inclinava sobre mim, seu peito a poucos centímetros acima.

— Amo olhar para você — sussurrou, entre beijos, passando a mão sobre o meu mamilo e sobre a minha barriga.

Ergui a cabeça do colchão.

— Quero te sentir dentro de mim, Jax. — Contorci-me, dobrando os joelhos para cima.

— Quer?

Fechei os olhos, trilhando beijos em seu pescoço.

— Sim.

— Diga o que eu quero ouvir — pediu, empurrando seu quadril e me fazendo gemer.

— Você está me deixando maluca — choraminguei, seu membro implacável onde se pressionava contra mim.

— Não é isso que eu quero ouvir. — Sua voz provocativa ria de mim.

— Você é um babaca? — arrisquei, arrastando as unhas sobre a pele macia da sua bunda.

— Não — resmungou, agarrando minhas mãos e prendendo sobre a minha cabeça. — Diga.

Sorri, amando como ele estava excitado. Amando o tanto que ele queria ouvir. E, ao olhar para o seu rosto, me jogando nele com o coração inchando no peito, eu me senti mais em casa, mais segura e mais cuidada do que nunca na vida.

Engoli as lágrimas na minha garganta, tentando sussurrar, mas saiu quase inaudível:

— Só. Você. Sempre. Jaxon Trent.

Paz se instalou em seus olhos e sua mandíbula se contraiu com um sorriso.

Sustentando meu olhar, ele esticou a mão e agarrou uma camisinha na mesa de cabeceira, abriu e colocou. E meus olhos flutuavam quando ele se colocou entre as minhas pernas e lentamente me penetrou, um centímetro agonizante após o outro.

A veia em seu pescoço pulsava e fechei os olhos contra tantas sensações, sentindo-o se esticar e me preencher, depois recuar lentamente.

— Mantenha os olhos em mim — ordenou.

Equilibrando-se em um único braço, ele esticou a mão para segurar minha bunda com a outra e me trouxe para mais perto, afundando em mim mais forte e mais fundo.

— Por favor — ofeguei. — De novo.

Deslizou para fora, me segurando mais forte, e mergulhou cada vez mais fundo.

Apoiei as palmas das mãos em seu peito, esfregando os dedos sobre os círculos do piercing e arqueando o pescoço, conforme ele ia mais e mais fundo, minhas costas queimando por esfregar tão forte no lençol, mas eu nem ligava.

Seu quadril começou a se mexer mais rápido, investidas curtas, depois uma profunda, mantendo o mesmo ritmo até eu estar apertando seu pau, sentindo o calor se alojando em minha barriga como uma tempestade.

Abaixando a mão, agarrei seu quadril e me ergui para tomar sua boca.

Seus lábios. Meu Deus, aquela porra daqueles lábios. Ergui o corpo da cama para passar os braços ao seu redor e segurar sua boca, sem soltar, conforme ele me fodia mais forte e mais rápido.

Movi o quadril, incitando-o, enquanto nos beijávamos e provávamos um ao outro. Nosso suor se misturava, moldando seu peito ao meu, e meu clitóris pulsava com a sensação do seu piercing contra os meus mamilos.

Arranquei os lábios dos seus, zelando pela minha própria vida.

— Me fode, Jax — choraminguei. — Meu Deus, não para.

Ele rosnou contra os meus lábios, seu corpo trabalhando como se estivesse possuído no meu.

— Nem comecei, porra.

Seu quadril se chocava contra o meu, me recebendo, e gemi, o sentindo afundar muito, chegando naquele ponto uma e outra vez.

— Mais forte, Jax. — Puxei o ar rápido e forte, o orgasmo crescendo em meu útero, e não consegui mais me controlar. Voltando com o corpo para a cama, movi o quadril, encontrando suas investidas até o orgasmo me dominar, fazendo meu centro se apertar e pulsar. Gritei, congelando, e ele continuou me fodendo, sem parar ou diminuir.

— Jesus — gemi. — Eu te amo.

Espera. O quê?

Arregalei os olhos, vendo-o sorrir para mim.

— Eu… não… eu… eu. — *Porra!*

— Não se preocupe. — E riu. — Não confio em "eu te amos" pós--orgasmo.

Ele parou os movimentos, saiu de dentro de mim e se levantou da cama. Na mesma hora, cobri a mim mesma, confusa. Porém, antes que eu tivesse a chance de questioná-lo, ele me pegou e guiou minhas pernas ao redor de seu corpo.

— O que você está fazendo? — indaguei, beijando-o.

— Preciso te assistir. — Ele parecia tão desesperado, como se precisasse de mais e mais.

E sentir sua dureza esfregar a área sensível entre as minhas pernas estava me deixando necessitada de novo.

Ele nos levou para a poltrona baixa no canto do quarto. Ligeiramente reclinada para trás e sem descanso de braço no caminho, a cadeira de madeira escura com almofadas pretas parecia algo que poderia ficar do lado de fora da casa, mas combinava perfeitamente com o cômodo.

Sentando-me, entendi sua deixa e soltei as pernas de trás dele, o montando, as deixando penduradas sobre suas coxas e plantando os pés no chão.

— Ah. — Soltei uma risadinha nervosa, agarrando seu rosto para um beijo. — Isso vai ser gostoso.

Ele se apoiou para trás, parecendo relaxado e segurando meu quadril.

— Você vai ser bem gostosa também.

Não perdi tempo.

Erguendo-me, sustentei seu olhar, abaixando-me e levando-o para dentro de mim de novo.

Seus olhos se fecharam.

— Com você pode ainda estar tão apertada?

— Isso é diferente — afirmei, subindo e descendo, encontrando um ritmo constante.

— É mais profundo.

Cavalguei mais rápido, meus seios balançando contra o seu peito, e deixei a cabeça cair para trás.

— Droga olha só você — disse, contemplativo, e agarrei seu rosto, cobrindo seus doces lábios com os meus.

Mas eu precisava de mais. Mais contato.

Comecei a rolar o quadril contra o dele, sentindo sua extensão massagear meu interior, me fazendo gemer ao sair, me deleitando com a sensação de pele contra pele.

Choraminguei, pensativa.

— Eu gosto disso — provoquei. — Vou ter que te montar mais vezes.

Seus olhos estavam fechados, sua cabeça estava caída para trás e seus dentes brancos apareciam em seu sorrisinho.

— Isso sim foi um erro.

E gritei quando ele passou os braços ao meu redor, levantou da cadeira — com uma facilidade surpreendente para quem estava carregando mais 54kg — e disparou para a cama, me jogando de costas.

— Jax! O que...? — deixei no ar, confusa.

Seu sorriso diabólico me prendeu por dois segundos antes de ele agarrar meus joelhos, me puxar para a ponta da cama e me virar.

— Jax! — E ofeguei quando seu pau coroou minha entrada, sua sombra pairando sobre mim.

Ai, merda. Meus músculos se apertaram e pude sentir o calor saindo de mim.

— Nunca vou te machucar — sussurrou em meu ouvido. — Mas você monta em mim quando eu disser que você pode montar em mim.

E me penetrou, afundando profundamente e rápido pra caralho.

— Ah, Jax — gemi, seu membro grosso e quente me preenchendo, me dando o que eu precisava.

Ele bombeava o quadril, indo mais duro e mais rápido, perfurando-me, e tudo que eu podia fazer era ficar lá parada e recebê-lo.

Ou não. Dobrei um joelho e plantei as mãos na cama, arqueando.

— Droga, Juliet — Jax grunhiu, entrando em mim. — Você é tão gostosa.

O orgasmo estava começando a remexer minhas entranhas e eu apenas me segurei, amando a sensação do meu cabelo em seu punho.

Fechei os olhos, meu sexo apertando e então lentamente explodindo em ondas.

— Ah — gritei. — Ai, meu Deus!

E me soltei, sentindo os braços de Jax me envolverem e me segurarem, trêmula.

— Juliet… — Ele se desfez, empurrando de novo e respirando forte no meu pescoço. — Só você sempre.

CAPÍTULO VINTE E DOIS

JAXON

Apertei os braços com força, enrolando-me em uma bola e fechando tanto os olhos que as lágrimas escorriam pelas pálpebras. As rajadas de ar frio cortavam meus ouvidos, os ventiladores soprando em meu rosto.

Eu estava em um freezer.

Um freezer horizontal na casa do meu pai, e não era a primeira vez.

— Por favor. — Só conseguia sussurrar, meus dentes batendo fortes um no outro. — Me deixe sair.

Há quanto tempo eu estava ali? Parecia uma hora, mas eu não achava que era tanto. Ainda conseguia ouvir meu pai gritando com Jared do lado de fora da cozinha. Ai, meu Deus, dói! Balancei para frente e para trás.

Ele tinha batido em nosso pai. Era por isso que eu estava aqui.

Jared soube que eu estava sendo ferido e ficou bravo. Ele se lançou no nosso pai, que estava sentado no sofá, e eles nem demoraram para controlá-lo. Nem queria pensar no que estavam fazendo com ele lá fora. Jared estava bravo com o que nosso pai nos fez fazer, estava bravo com o que aconteceu comigo, e vi meu pai pegar o cinto para puni-lo. Fiquei com medo.

Meu irmão. Ele tentou me proteger.

O ar frio queimava meu nariz, então eu puxava o ar pela boca e sentia os pulmões se encherem de gelo. Tossi, ofegando em respirações rasas.

Esticando a mão, apoiei-me na tampa e empurrei mais e mais forte, os músculos dos meus braços se esticando e doendo, enquanto eu me encurvava e tossia. Respirar doía, meus ouvidos pinicavam como se fossem perfurados por milhões de agulhas, e eu tremia pelo ar congelante em minha pele.

— Por favor — choramingueí. — Por favor!

Ouvi duas pancadas na tampa e tentei abrir os olhos para ver se tinha sido aberta.

— Pai? — Estremeci.

Porém, de olhos abertos, o freezer ainda estava escuro. Sem luz.

Neguei com a cabeça, meu cabelo longo coberto de gelo.

— Por favor, por favor, por favor! — gritei, minha garganta rouca de tanto berrar.

— *Por favor!* — *insisti, colocando as mãos sobre minhas orelhas congeladas. Quei-mando, doendo...* — *Por favor!* — *pedi de novo.* — *Jared! Jared, por favor!* — *Meu corpo tremia pelo choro, o gemido vindo do lugar mais profundo da minha barriga. Era doentio, quase animalesco.* — *Por favor!* — *Debati-me, jogando os braços na parede do freezer, batendo e socando uma e outra vez.* — *Me deixa sair!* — *rosnei, batendo na esquerda, direita, esquerda, direita, de novo e de novo.* — *Me deixa sair!*

A luz iluminou o interior da minha jaula e cerrei os punhos e os dentes. Desce, desce, desce, a raiva descendo por minha garganta, revirando meu estômago.

Ergui o rosto, os olhos queimando em fúria.

A namorada do meu pai e seu amigo me espiavam, sorrindo com o que, sem dúvi-da, tinham planejado.

Sherilynn esticou a mão e acariciou meu cabelo, e eu deixei. Estranhamente, eles não me assustavam. Ela não me assustava.

Por que não me assustavam?

Gordon lambeu os lábios.

— *Porão, Jax* — *ordenou.*

Acenei.

Eu sabia o que aconteceria. Como se não houvesse outra escolha.

A sensação era essa naquela época. Não havia outra escolha. Outra forma de eu sobreviver. Era como se uma cortina tivesse caído em meu cérebro, mostrando que o show agora tinha acabado. Não desci aquelas escadas para o porão sabendo o que aconteceria. Eu simplesmente sabia que não deixaria acontecer.

Com cada músculo do meu corpo, eu sabia que nunca mais aconteceria.

Olhei para Juliet, que não fazia sons ao dormir ao meu lado. O quarto estava escuro, porém, com o brilho do alarme, eu podia ver sua forma. Pernas enroladas e deitadas de um lado. As costas apoiadas no colchão com a cabeça me encarando. Os braços dobrados no cotovelo e as mãos apoiadas na barriga.

E meu coração se alojou com firmeza na garganta.

Soltei um suspiro e passei as mãos pelo cabelo. Por que eu fui atrás dela? Sabia que seria assim, afinal de contas. Sabia que, assim que passasse por sua personalidade difícil, encontraria alguém que fosse meu par e que me deixaria louco. Eu tinha cortado o cabelo, pisado na Abercrombie & Fitch e fiz amor pela primeira vez. Tudo no mesmo dia.

Ela estava quebrando minha rotina. A rotina que me mantinha seguro.

Engoli em seco, assistindo sua forma doce e pacífica de novo. Era simples, não havia escolha. Eu tinha que tê-la.

Inclinando-me, passei os dedos por seu cabelo, beijei sua testa, seu nariz e seus lábios.

Meu pau estremeceu, mas ignorei. Já tínhamos usado quatro camisinhas. Ela era a primeira coisa que eu iria querer de manhã, então a deixei descansar.

Desci da cama, peguei uma calça preta na cômoda e vesti, antes de pegar minha chave extra que estava ali.

Saindo do quarto o mais silenciosamente possível, destranquei a porta do escritório e joguei as chaves na mesa de trabalho, andando ao redor e ligando os monitores. Inclinei a cabeça para a esquerda e para a direita, tirando a tensão do meu pescoço.

Eu estava atrasado.

E-mails se acumulavam, pessoas queriam patrocinar o Loop, sem mencionar as conversas do lacrosse e favores que garanti a essa pessoa por merdas que eu sentia que não tinha tempo para resolver agora.

Coisas que eu tinha tempo para fazer até recentemente.

Joguei-me na cadeira, vendo as luzes acenderem cada canto do quarto com os monitores ganhando vida.

E, subitamente, eu não tinha interesse em nada daquilo. Fiquei sentado, passando o dedo sobre os lábios, tentando reunir coragem para voltar aos negócios. Para ser atraído. Mas tudo que eu conseguia pensar era em Juliet enrolada nas minhas cobertas, sempre quente para mim, e deixei a cabeça cair para trás, empurrando meu pau para baixo de novo.

— Merda — suspirei, meu coração disparando de novo ao encarar o teto.

Queria ir até ela, mas tinha coisas a fazer.

— Jax?

Ergui o rosto, vendo Juliet parada na porta.

Um sorriso brincou no canto dos meus lábios. Ela parecia uma maldita refeição.

Seu cabelo estava preso em um nó, caindo em seu rosto e ombros. Seu corpo nu parecia macio e bronzeado. Seu rosto estava sonolento, os olhos mal abertos. Completamente fodível.

— Estou aqui. — Ergui a mão e ela começou a entrar, esfregando o sono para longe dos olhos.

— Desculpa. — Bocejou. — Só não sabia onde você estava. Você tem que trabalhar? — murmurou.

— Sim. — Mas peguei-a pela cintura e guiei suas pernas ao meu redor, fazendo-a me montar.

Sua cabeça caiu no meu ombro na mesma hora — ela deveria estar exausta e ainda meio sonolenta.

Seus braços circularam meu pescoço e sorri em seu gemidinho pacífico.

— Não queria te perturbar — murmurou, doce, em meu pescoço. — Seu celular estava tocando no quarto.

Passei as mãos em sua lateral, o gosto da sua pele já na minha boca quando inspirei seu ar.

— Ah, sim — respondi, sem dar a mínima para o meu telefone.

Sua cabeça cutucou a minha em um aceno sonolento. Minhas mãos vagaram até sua bunda macia e fechei os olhos, a sentindo começar a se esfregar lentamente no meu pau.

Sua cabeça continuou enterrada em meu pescoço, quase como se ela tivesse caído no sono. Mas aqueles gemidinhos estavam vibrando para fora de seus lábios e na minha pele. Agarrei seus quadris, a trazendo para mais perto…

— O que você está fazendo comigo, garota? — Arrastei os lábios, me mantendo suave e gentil, por seu ombro, sentindo seus movimentos ficarem mais urgentes.

Ela esticou a mão para baixo, na minha calça, e tirou meu pau, subindo e descendo os dedos por ele.

Peguei uma camisinha na gaveta do escritório e assisti — maravilhado — quando ela se inclinou para trás, deslizou em mim com os olhos ainda sonolentos e me colocou em seu corpo quente e apertadinho.

Sua cabeça caiu para trás e ela gemeu, apoiando as mãos nos meus ombros em busca de apoio.

Ela era suave, mais rápida, subindo e descendo no meu pau, me deixando maluco por nunca quebrar o ritmo ou ter que diminuir. Ela não abriu os olhos e seus gemidinhos doces encheram o quarto, quase como se ela estivesse tendo um belo sonho erótico. Espalmei seus seios, abaixando-me no assento para vê-la melhor e, caramba, eu amava tudo que estava vendo. Poderia assisti-la o dia inteiro.

Ela estava usando meu corpo e eu não ligava.

Não ligava por ela estar no controle.

Não ligava por estar me montando como se eu estivesse lá para servi-la.

Não ligava.

Ela veio aqui como se fosse a coisa mais natural do mundo e graças a Deus por isso. Ela gostava de sexo.

As curvas macias e perfeitas de seus seios exibiam-se orgulhosas diante de mim, os mamilos duros como meu pau; quando ela começou a gozar, tomei um na boca.

Ela gritou, erguendo os joelhos em seus espasmos.

Segurei firme, sentindo-a se desfazer e fechando meus olhos, porque eu amei muito aquilo. Cada tremor, cada calafrio, cada gemido era meu.

Minha cama era dela. Minhas camisas eram delas. Minha casa era dela. Meu pau era dela.

Apertei os braços ao seu redor, respirando em seu pescoço. E isso era meu.

Sua boceta pulsava, se apertando ao meu redor conforme tremia no restante do percurso.

Finalmente me inclinei para trás, assumindo o controle quando ela ficou mole, e puxei seus quadris para mim, penetrando cada vez mais forte até sentir cada músculo do meu corpo queimar. Estiquei a mão e me puxei para fora, arrancando a camisinha e me derramando em sua barriga, travando os dentes ao respirar com dificuldade.

Sua barriga se mexeu com o movimento de inspirar e mirei seus olhos, que agora estavam abertos, esperando que ela não estivesse desestimulada pelo ato. Tinha que continuar me lembrando de que ela não era tão experiente. Tudo que estávamos fazendo poderia ser a primeira vez para ela.

Mas ela sorriu e inclinou a cabeça para me beijar.

— Diria que você me sujou, senhor Trent. — Riu na minha boca e mordisquei seu lábio. — Feliz agora? — indagou.

— Nem perto.

Seu rosto se acendeu e ela negou com a cabeça, descendo de mim.

— Você tem uma ligação — lembrou-me. — Quando terminar, volte para a cama.

Ela foi para o banheiro e me levantei, pegando alguns lenços da caixa e me limpando antes de voltar para o quarto.

Meu corpo parecia solto de novo. O orgasmo ajudou. Eu poderia fazer um pouco mais de trabalho agora, desde que ela não se importasse de eu acordá-la de novo daqui a duas horas para a sexta rodada.

CAINDO

Pegando as calças de mais cedo do chão do quarto, procurei no bolso pelo meu telefone e olhei as chamadas perdidas.

Três. Todas de um número que eu reconhecia.

Ligando de volta, esperei que atendesse.

— Jax? — Corvin, o policial com quem eu tinha contato na prisão, atendeu.

— O que houve? — indaguei.

— Foi mal, cara. Liguei assim que fiquei sabendo. O juiz aprovou a soltura do seu pai. Amanhã. Meio-dia.

Cruzei o quarto, batendo a porta.

— Amanhã?! — rebati, fervendo, e travei os dentes. — Não foi esse o tempo de aviso pelo qual eu paguei.

— Liguei assim que soube — afirmou. — É a sua última chance. Ciaran já disse que está resolvido, se você quiser…

— Foda-se. — E desliguei, batendo com as mãos na cômoda e dobrando a cabeça no braço.

Fechei os olhos. *Merda.*

Era para eu ter mais tempo de aviso. Foi para isso que paguei a ele, pelo amor de Jesus Cristo!

Corvin era o homem de Ciaran lá dentro e, quando comecei a trabalhar para o pai de Fallon há um ano, fiz com que fosse meu contato também. Através dele, eu sabia que meu pai estava falando com advogados, entregando antigos contatos e trabalhando em um acordo. Vinha acontecendo há algum tempo e, embora eu esperasse o inevitável, também esperava por mais do que doze horas para me preparar.

— Meio-dia — sussurrei, suor já se acumulando na minha testa.

Ele ficaria livre. Três anos antes, quando ele deveria ser abatido, não solto.

Por seis anos, eu soube exatamente onde ele dormia e comia. Algum lugar em que ele não era uma ameaça para mim. E agora, em questão de horas, eu não teria ideia se ele estaria a quilômetros de distância ou do outro lado da janela.

Ouvi o jato suave do chuveiro escorrendo e minha cabeça se encheu de pavor.

Juliet.

Minha Juliet.

Disquei para Jared.

— Está tarde. O que foi? — atendeu.

Endireitei-me, limpando a garganta.

— Encontre-me no jardim dos fundos. Temos que conversar.

— O q…

E desliguei.

— Para de desligar na porra da minha cara! — Jared exclamou baixinho, saindo pela porta dos fundos da casa de Tate e fechando a calça. — Você sempre faz isso e me deixa puto.

Rolei os olhos.

— Sim, vou anotar aqui para chorar por causa disso mais tarde, meu príncipe.

Atravessei a porta do jardim, o encontrando antes que ele sequer parasse na varanda dos fundos.

— Sim. — Soltou uma risada. — Não sou eu o bonito que agora faz compras no shopping. Belo corte de cabelo — devolveu.

— O seu também, soldado — rebati, provocando. — A próxima coisa é trocar o Boss por uma minivan?

Ele jogou a cabeça para trás, suspirando. Cruzei os braços sobre o peito, tentando tirar o sorriso do rosto.

Meu irmão e eu sempre nos demos bem antes de morarmos na mesma casa. Desde então, dava para nos confundir com menininhos de cinco anos.

Discutíamos, procurávamos um ao outro o tempo inteiro e nenhum de nós recuava quando divergíamos de opinião. Essa merda estava ficando complicada e ainda iria piorar antes de melhorar.

Não pode haver dois alfas no bando, afinal de contas.

Ele me olhou, irritação escrita em todo seu rosto, e colocou as mãos nos quadris.

— O que você quer?

Ergui o queixo, ficando sério de novo.

— Tenho um contato na prisão. Acabei de receber uma ligação de lá — expliquei. — Ele será solto amanhã ao meio-dia.

Suas sobrancelhas se estreitaram.

— Não, nós teríamos sido avisados.

CAINDO

Assenti. *Sim, era de se pensar que sim.*

— Parece que aconteceu bem rápido — ofereci, e ele desceu as escadas, se aproximando.

Seus olhos castanhos analisaram o chão e depois ele me encarou com preocupação óbvia.

— Tem certeza?

— O suficiente.

Corvin pode ter me dado pouco aviso, mas estava passando informação correta. Eu confiava nele e sabia que se ligasse para ele agora e dissesse para ir em frente, meu pai nunca acordaria pela manhã.

Quando comecei a trabalhar para Ciaran, ele descobriu sobre o meu pai. Até se ofereceu para "cuidar" dele por mim, mas eu neguei.

Não sabia se Jared e eu ainda estávamos com medo do nosso pai ou apenas preocupados, mas nenhum de nós queria se perguntar onde ele estava ou o que fazia.

Jared balançou a cabeça, em negação.

— Ele não virá aqui.

— Ele definitivamente virá aqui — respondi, com a voz calma.

— Como você sabe?

— Ele me liga — admiti, sem hesitar.

Ele inclinou a cabeça, me encarando.

— Você fala com ele.

Soltei uma risada.

— Sim, por horas — provoquei. — Compartilhamos receitas sem glúten e spoilers de *Pretty Little Liars.*

Ele passou a mão pelo cabelo curto, discordando com a cabeça de mim.

— Por quê? — Dei de ombros. — Para você perder a cabeça com merdas que não consegue controlar?

Sabia que meu irmão me amava. Sabia que faria qualquer coisa para me proteger. E aquele era o problema. Jared poderia ser desleixado e sempre avançava sem pensar primeiro. Ele se preocupava demais e, embora soubesse que fazia tudo pensando no melhor para mim, não queria ter que limpar qualquer bagunça que ele fez nem lidar com o problema que continuou sem conseguir resolver.

— Precisamos daquela ordem de restrição — comentei.

Ele estreitou os olhos.

— Pensei que você não queria.

— Sim, bem — passei a mão pelo topo da cabeça, olhando para a janela do quarto —, vou tomar qualquer medida necessária para protegê-la.

Ele assentiu, me encarando com conhecimento.

— Agora você entende.

Não assenti nem falei nada. Ele sabia que estava certo. Uma ordem de restrição poderia não ser tão boa, mas toda precaução que pudesse ser tomada precisava ser feita.

— Estamos no fim de semana — pontuou, pensativo. — Jason não deve conseguir fazer merda nenhuma até segunda.

O novo marido de sua mãe — e pai de Madoc, Jason Caruthers — deveria conseguir uma ordem de restrição para nós rapidamente. Mas, por ser sexta à noite, ele pode não encontrar o juiz.

— Tudo bem — soltou, parecendo ter tomado uma decisão. — Apenas vamos. Tate e Fallon estão planejando acampar na próxima semana. Vamos agora, até resolvermos essa situação. — Ele tirou o telefone do jeans, prosseguindo: — Deixamos as garotas dormirem. Vou ligar para avisar ao Madoc para começar a reunir as coisas assim que amanhecer e nós dois vamos sair para comprar as coisas. Vamos para a cachoeira e ficamos fora de contato por alguns dias.

Pensei nisso, sabendo que um longo fim de semana era possível. Eu poderia resolver os e-mails e outros problemas hoje à noite e Ciaran não me mandou nenhum trabalho novo, então deveria ficar tudo bem.

— Temos um plano — concordei. — Vamos à loja às oito.

Virei para sair, mas ele agarrou meu braço.

— Você deveria ter me contado — repetiu, preocupação clara nos olhos.

Sabia que ele não estava tentando se meter na minha vida. Apesar de nos bicarmos, meu irmão queria me apoiar e eu tinha consciência de que ele não gostaria que eu o mantivesse sem saber.

Dei um aceno pensativo a ele, entendendo sua preocupação.

Limpei a garganta.

— E você deveria contar para Tate — aconselhei.

— Contar o quê?

— Que você odeia o ROTC — respondi. — Que não faz nenhuma ideia do que quer fazer com a vida e que está sendo sufocante.

Suas costas endureceram e ele pareceu bravo. Mas eu sabia que estava falando a verdade. Nas ocasiões em que estive em Chicago e o vi com seus colegas de classe, ele parecia fora de prumo. Completamente desconfortável e deslocado. Não era a sua praia e, pelas coisas que ele contou, eu sabia que preferia estar em casa.

Ele se virou para sair e fui eu quem agarrei seu braço dessa vez.

— Ela quer que você seja feliz — pressionei.

— Ela vai fazer medicina, Jax — falou, como se eu fosse burro. — Eu a amo, ok? É a única coisa que eu tenho certeza.

E o vi subir as escadas e desaparecer em sua casa.

Okay, então ela iria para a faculdade de medicina. E daí? Ele pensava que tinha que fazer algo mais profundo ou respeitável em sua vida? Para ser bom o bastante para ela?

Tate não era assim e nunca o tinha encorajado a se juntar aos militares em primeiro lugar. O pai dela sim, mas até o senhor Brandt apoiaria um homem adulto que decidiu ir atrás da vida que realmente queria. No que Jared estava pensando.

Voltei para o meu jardim e entrei na casa, correndo pelo andar inferior e conferindo se estava tudo fechado.

Subindo, me preparei para entrar no escritório, mas entrei no quarto. Juliet estava dormindo de novo e vi a tatuagem em seu pescoço.

Rastejando por trás dela, joguei o braço sobre sua cintura e beijei sua tatuagem.

Só você sempre.

Não tínhamos conversado a respeito e eu nem sabia se ela queria, mas estava certo de que aquelas palavras eram minhas. Ela pode ter pensado e falado, mas eram para mim e mais ninguém.

Funguei em seu pescoço, me lembrando de como fazia isso na camisa de Jared quando éramos crianças.

Eu não estava me abraçando em Juliet. Estava me pendurando a ela. Para salvar minha vida.

— Jax? — Sua voz baixa estava sonolenta.

Tirei o nariz de seu cabelo.

— Sim?

— No meu ano de caloura da faculdade, você trocou a playlist de apreciação do professor com compositores barrocos por *Me So Horny*, de 2 Live Crew?

Meu corpo tremeu em silêncio com a minha risada.

Ai, merda. Ri mais. Tinha esquecido totalmente.

— Você está rindo — acusou. — Foi você que trocou.

Sim, fui eu, pensei, sorrindo para mim mesmo.

— Isso é tão errado — respondeu, brincalhona.

Apertei-a, sorrindo em seu cabelo, meu pai momentaneamente esquecido.

— De nada.

CAPÍTULO VINTE E TRÊS

JULIET

— Jax! Agora!

Nós dois viramos a cabeça para a porta, ouvindo Jared berrar do andar debaixo.

Jax sorriu, me dando um último selinho nos lábios, e pulou da cama.

Seu cabelo ainda estava molhado do banho que tomou enquanto eu estava dormindo, e ainda estava de jeans, porém ainda meio vestido.

Quando ele voltou ao quarto hoje de manhã, dizendo que iria com Jared comprar suprimentos e que iríamos acampar, perdemos o foco. De novo.

Jared estava buzinando há cinco minutos.

Mexendo em suas bolsas de roupas — que acho que eram das compras de ontem com Madoc —, ele agarrou uma blusa preta e vestiu.

— Esteja pronta quando eu voltar, okay? — Pegou o telefone, chaves e carteira, enfiando nos bolsos. — Separe um biquíni e algumas das minhas camisas para vestir. Você não vai precisar de mais nada.

Sorrindo, eu me sentei e me cobri com o lençol.

— Estarei pronta.

Sabia que ele queria sair daqui logo e estava feliz por ele ter confiado em mim. Não sabia quão preocupada deveria estar sobre seu pai, se era mesmo uma ameaça genuína, mas confiava nos instintos de Jax e Jared sobre manter uma distância segura até eles estarem preparados.

E, nossa, se isso significava dividir uma barraca com Jax por três dias, eu estava de boa. A mentoria estava em um hiato de uma semana por conta do feriado da Independência na próxima semana e não começaria meu trabalho no cinema até depois do meio de julho.

Ele voltou para um beijo rápido e então voltou pela porta.

— E não alise o cabelo — mandou, olhando para mim de novo e piscando.

Acenei, o observando sair.

Jogando as pernas para fora da cama, mantive o lençol enrolado em mim e coloquei meus tornozelos e pés para funcionarem de novo. Eu estava praticamente sendo apenas fodida naquele colchão, embora vagamente me lembrasse de ir ao escritório dele na noite passada, montá-lo em sua cadeira e depois retornar para a cama, como se tivesse levantado para tomar um copo d'água.

A porta do quarto se abriu e ergui o rosto para ver Fallon parar subitamente e me encarar de olhos arregalados.

— Ah, uau.

Abaixei a cabeça, gemendo, sem querer nem saber como eu me parecia.

Ouvi um segundo par de passos e vi Tate.

— Bem — arrastou a palavra, sorrindo. — Você está uma bagunça. Desculpa interromper — entrou no quarto —, mas não temos tempo a perder.

Acenei, apertando o lençol.

— Desculpem o atraso. Jax… hm — murmurei. — Energia. Muita energia.

Fallon ficou na porta, enquanto Tate sentou ao meu lado.

— Eu… Eu vou… hm… — Fallon lutava com as palavras. — Vou voltar para a sua casa e encher a banheira para ela.

Ela saiu e Tate gritou atrás de si, começando a fazer círculos nas minhas costas.

— Meus sais de banho estão debaixo da pia! — gritou.

Empurrei sua mão para longe, soltando uma risada nervosa.

— Não é minha primeira vez, Tate. Pare de fazer alarde.

Ela abaixou a mão para o colo, falando séria:

— Mas já fez tantas vezes na mesma noite? — indagou, olhando para o chão, provavelmente se referindo às embalagens de camisinha.

Encarei meus pés, sorrindo para mim mesma e neguei com a cabeça.

— E se Jax for um pouco parecido com o irmão — prosseguiu —, tenho certeza de que não é um cavalheiro na cama.

Mordi os lábios, tentando não rir e parecer que estava perdendo a cabeça. Eu estava mortificada, delirante e feliz, tudo ao mesmo tempo, e provavelmente parecia ter sido atacada por um animal. *Mas definitivamente não por um cavalheiro.*

As cachoeiras de Shelburne Falls não ficavam exatamente em Shelburne Falls. A cidade ganhou o nome "cachoeiras de Shelburne" por causa de três corredeiras que se juntaram em um único rio que alimentava nossa cidade. Mesmo que as cachoeiras de verdade ficassem a uma boa distância, nenhuma cidade era mais próxima que a nossa.

Depois de quarenta e cinco minutos de autoestrada direto, dirigindo em uma inclinação quase irreconhecível, as pastagens verdes de luxo do meio-oeste se tornaram uma floresta mais densa e estradas mais estreitas. Tudo indo para o Lago Blackhawk — também conhecido como Party Cove — e as três cachoeiras de Shelburne.

Madoc guiava o caminho em seu GTO prata, Jared e Tate seguiam no Boss e Jax e eu fomos atrás no Mustang. Mandei mensagem para Shane, dizendo que voltaria em alguns dias e a veria antes que ela fosse para a faculdade, mas não me incomodei de avisar minha mãe sobre nada. Ela nem tentaria entrar em contato.

Jax batucava no volante ao ritmo de *My Demons*, de Starset, enquanto eu tentava escrever no diário em meio à sua condução digna de *Velozes e Furiosos*.

— O que você tanto escreve aí? — Olhou para mim, enfiando seu bíceps grosso no meu rosto e tentando roubar o caderno.

— Para. — Ri, me virando. — Não é nada sobre você. Prometo.

— É melhor ser sobre mim sim — provocou, fingindo se sentir insultado e voltando a dirigir.

Dei um largo sorriso.

— Não consigo te colocar em palavras. É impossível.

Quando ele não disse nada, olhei e vi que sorria sozinho.

É. Ainda não tinha como colocá-lo em palavras. Toda vez que eu *pensava* nele, tudo que queria gritar era "eu te amo!". Toda vez que abria a boca para *falar* com ele, tudo que queria dizer era "eu te amo!".

Não era muito coerente a esta altura. Que droga é o amor mesmo? Eu já o amava? Já deveria amá-lo?

Ou era apenas atração? Quero dizer, ele parecia um semideus. Queria tocá-lo e rastejar sobre ele a cada oportunidade. Seu cheiro, sua personalidade, seu corpo, tudo me intoxicava.

Mas aquilo não era amor. Eu era inteligente o bastante para saber disso. Então por que sempre queria dizer?

— Obrigada pelo relógio — comentei, tentando tirar a cabeça do meu objeto de afeição. Olhei para baixo, passando o polegar sobre o Samsung

Gear branco em meu pulso. Ele comprou enquanto estava fora com Jared conseguindo suprimentos, mas não era apenas um relógio. Era um telefone, câmera, contador de passos e eu podia fazer quase tudo que fazia com meu celular. — Você não colocou um GPS em mim, né? — provoquei.

— Talvez. — E sorriu. — Não, é um simples telefone, que você pode ter sempre com você, se precisar. É seguro.

Mas notei que ele não tinha um para si mesmo. Ele se preocupava demais comigo e queria que não fosse assim.

Nos próximos dez minutos, escrevi uma página inteira com meu nome, Juliet Adrian Carter, seguidamente em meu diário.

Por anos, vim escrevendo e assinando o nome da minha irmã, mesmo que Juliet tenha sempre ficado como meu nome oficial. Escola, médicos e todo resto tratava K.C. como apelido, então eu só assinava Juliet em ocasiões oficiais, mas raramente para outras coisas. Precisava me acostumar a usar o tempo inteiro de novo.

Saímos da estrada principal, pegando a curta distância pela vegetação densa até perto do lago. Tate tinha agendado o espaço para acampamento na semana que vem, mas demos sorte e conseguimos adiantar. Havia outros acampando e dava para ouvir motores de barco, garotas gritando e música, fazendo jus ao nome Party Cove, que podia ser traduzido como enseada de festas.

Embora a praia à frente parecesse rochosa, não havia nada mais bonito. A vista panorâmica das folhas verdes ao redor do lago azul-meia-noite, perturbado apenas pela movimentação dos jet skis e de alguns caiaques, era o epítome de um verão divertido. Ar limpo, céu azul, risadas e música sinalizava uma boa diversão. Eu mal podia esperar.

Só não sabia o que fazer primeiro. Mergulhar no lago ou me perder na floresta.

Depois de estacionarmos, levamos nosso material para o acampamento ao redor da areia e começamos a montar. Os outros campistas da área, cerca de uns dez, já tinham começado a festa, e reparei em um antigo barco a remo de madeira completamente cheio de gelo, refrigerante e todo tipo de cerveja.

Mesmo que fosse cedo, a festa tinha começado. Mas não me preocupei. Madoc se divertiria horrores, mas Fallon colocaria rédeas nele. Jared tinha parado com os exageros do ensino médio, então Tate estaria relaxada e eles curtiriam aquele tempo juntos. Só fiquei bêbada uma vez na vida, passei o dia inteiro de ressaca e fiz um voto de nunca repetir aquilo.

E Jax? Ouvi dizer que Madoc o deixou bêbado uma ou duas vezes, mas eu nunca vi e agora acho que sabia o motivo.

Jax odiava qualquer tipo de vício. Ele não fumava, não usava drogas e eu raramente o via beber álcool. Provavelmente por causa do pai.

Talvez a merda pela qual ele passou tenha servido a algum propósito, afinal de contas. Ajudou a formar o homem que ele se tornou. A sobreviver, não a sofrer.

— A barraca está quase pronta. — Ele veio por trás de mim e me ajudou a levantar o colchão de ar que eu estava tirando do carro. Tate, Fallon e eu tínhamos inflado usando um aspirador ligado no carregador do carro. Molezinha.

Senti a mão de alguém na minha bunda e olhei em volta, quase tropeçando em um galho, vendo Jax me tocando por cima do shorts preto.

— O que você acharia de eu te apalpar em público? — provoquei e o ouvi rir.

— Você tem sorte de eu não arrancar essa alça do seu biquíni. Vermelho é minha cor favorita em você — brincou.

— Bem, não fique tão animado, mocinho — avisei, abaixando a viseira do meu boné. — Quero subir na cachoeira antes de descermos aqui.

— Sua bunda está vibrando. — Mudou de assunto e puxou meu celular do bolso de trás.

— Ei — repreendi, colocando o colchão ao lado da barraca e virando. — Meu telefone, por favor.

Ergui a mão, sorrindo e batendo o pé, mas parei quando vi Jax de cara fechada para a tela.

— Por que Liam está te ligando? — indagou, o aparelho vibrando em sua mão.

Abaixei a minha e estreitei o olhar, pensativa.

— Não sei.

Ele segurou o telefone, endireitando as costas e me olhando de cima.

— Com que frequência ele te liga?

Respirei fundo, sem gostar de seu tom.

— Por que não verifica meu histórico de chamadas para descobrir, Jax?

Abaixando o rosto, coloquei as mãos no quadril e esperei. Não fazia ideia de por que Liam estava ligando. Era a primeira vez e, se ele deixasse mensagem, eu não tinha interesse em ouvir.

Mas Jax não estava perguntando por perguntar. Ele estava me interrogando e não tinha motivo para não confiar em mim.

Entregou-me o celular.

— Não quero invadir sua privacidade.

— Tarde demais — murmurei, me abaixando para pegar o colchão de novo. Mas ele segurou meu braço, me levantando de novo.

— Ei — chamou, suave. — Desculpa. Eu confio em você, tá? — Ergueu meu queixo. — Outros caras não deveriam estar ligando para a minha garota. O que você faria se Cameron ou outra antiga ficante estivesse me ligando?

Torci os lábios para esconder o sorriso, mas ele viu assim mesmo.

— Ah, achou divertido? — brincou.

— Não. — Passei os braços na sua cintura. — Você me chamou de sua garota. — Acenei, balançando as sobrancelhas — E — prossegui — é melhor acreditar que essa planta aqui vai cortar qualquer vadia com uma das suas facas se alguma delas colocar as mãos em você. — Inclinei-me para frente, pegando um dos seus piercings de mamilo com os dentes e chupando.

Ele ofegou, surpreso, e depois riu, passando os braços ao meu redor.

— Nunca imaginei.

— O quê? — brinquei, prendendo a barrinha entre os dentes.

— Não gosto de mulheres agressivas. — Sua voz era baixa e pensativa. — Nunca gostei. Tenho certeza de que você sabe o motivo.

Parei e joguei a cabeça para trás, olhando para ele. *Sim.* Eu sabia. E podia entender.

— Mas você? — Passou o dedo na minha bochecha. — É diferente. Gosto quando você é gentil, mas amo quando você é rude. — Inclinou-se para sussurrar em meu ouvido, enviando arrepios por minha espinha. — Então, só um aviso… se você morder meu piercing mais uma vez, as paredes finas da barraca não vão conseguir esconder quão forte eu vou te foder.

E depois se afastou, tudo em seus olhos me dizendo que sua ameaça de hoje era uma promessa para mais tarde.

— Acho que não estamos indo pelo caminho certo — Madoc reclamou, enquanto avançávamos pela floresta, subindo o caminho.

— Estamos seguindo uma trilha, Einstein — Jared respondeu. — Não é a primeira vez que eu faço isso. Relaxa.

A caminhada intimista que eu esperava que consistisse apenas em Jax e eu não aconteceu. Em vez do passeio tranquilo pela floresta e talvez um mergulho sexy em uma das piscinas abaixo das cachoeiras, estávamos em um forte grupo de seis com Jared na liderança, seguido por Tate, Fallon, Madoc — porque ele queria olhar a bunda da esposa —, depois Jax e eu.

— Bem, Jax deveria estar guiando — Madoc sugeriu. — O povo dele tem habilidades. Tipo sussurrar para os ursos e entender mensagens do vento, essas merdas.

— Nah — Jax brincou. — Mas posso tecer uma bela cesta.

Todo mundo riu, mas eu simplesmente sorri. Estava me sentindo mais e mais como parte do grupo com o passar do tempo, mas eles passavam muito tempo juntos e eu ainda estava tentando encontrar meu lugar.

E — olhando para cima — sorri, gostando do meu lugar até agora.

Jax estava vestindo shorts cargo preto longos, tênis de caminhada e uma mochila cinza escura nas costas nuas. Eu estava bem parecida, só que com a parte de cima do biquíni vermelho, short preto e mochila. Meu boné de beisebol estava sobre o cabelo, que, como uma idiota, eu tinha deixado solto e já estava suando.

Precisávamos nadar. A temperatura a esta altura não era sufocante, mas o esforço certamente ajudou a torná-la insuportável.

— Bem, estou ficando cansado — Madoc continuou. — Disseram que faríamos esportes aquáticos. Na areia. Cervejas e jet skis. Essa é a minha praia.

— Fallon, cuide do seu bebê — Tate pediu. — Ele precisa de um peito para chupar.

— Madoc, pare de reclamar — Fallon repreendeu. — Ainda nem chegamos nos ziguezagues. Acha que isso aqui é difícil?

— Mas o que é esse ziguezague? — Madoc gritou. — Parece uma cobra.

Rimos, mas logo Jared me gritou:

— K.C., ainda está aqui com a gente?

— Juliet — todo mundo gritou, corrigindo. Eu ri.

— Estou aqui — afirmei. — Arrumei as unhas e a maquiagem enquanto esperava por vocês, seus preguiçosos.

— Aaah. — Ouvi algumas provocações com a minha piada e vi Jax sorrindo para mim.

Uma hora depois, finalmente chegamos ao nosso destino. Shelburne Falls tinha três cachoeiras, mas elas desciam juntas. Uma caía, se derramava em uma piscina e alimentava a outra. Que caía em outra piscina e alimentava a última cachoeira. Paramos na piscina que alimentava a cachoeira mais baixa.

Erguendo o rosto, vi a segunda caindo em cascata, estreita, mas rugindo, e deu para sentir o adorável jato frio bater em meu corpo. Pedregulhos e rochas circulavam o riozinho calmo e agarrei as alças da mochila, absorvendo as altas paredes dos penhascos ao nosso redor.

Sorri, sentindo-me gloriosamente pequena. *Acho que eu gosto de estar ao ar livre.*

— Uau. — Parei na beira da piscina, olhando para a queda alta. — Isso é maravilhoso. Podemos nadar aqui? — indaguei Tate, que estava parada ao meu lado.

Ela começou a tirar o short e a regata.

— Sim, é seguro.

— Ei, balanços de pneus! — Apontei para os penhascos mais baixos e comecei a ir para lá.

— Juliet, não — Jared alertou. — Você não tem ideia de há quanto tempo essa merda está lá. Deixa eu conferir primeiro.

Minhas sobrancelhas se ergueram e olhei para Tate, que estava negando com a cabeça e sorrindo.

— O militarismo está deixando-o bem autoritário — explicou. — Segurança em primeiro lugar.

— Você gosta — ele comentou, obviamente ouvindo o que ela tinha dito.

Ela olhou para ele, acenando.

— Sim, eu gosto.

Jared subiu a parede como um profissional, chegando ao local a cerca de quatro, cinco metros de altura e puxou a corda, verificando o peso e se o balanço era seguro para usar. Fallon e Madoc já estavam na piscina e Tate começou a andar até o pneu.

Olhei em volta.

— Jax? — chamei, dando um giro de 360° e olhando para todos. — Onde está Jax?

— Aqui. — Eu o ouvi chamar e me virei para vê-lo ajoelhado na extremidade da piscina, onde ela se derramava na cachoeira.

Escalando algumas pedras, tirei a mochila e coloquei no chão, assim que cheguei ao lado dele. Jax ficou de joelhos, espiando por cima da borda onde a última cachoeira se derramava na última piscina. Depois daquilo, a água seguia em um curso constante que eventualmente chegaria ao rio da nossa cidade.

CAINDO

Aproximando-me da borda, espiei a longa queda até a piscina debaixo, meu coração enchendo minha garganta e o chão se inclinando na minha direção.

— Uau. — Recuei, soltando uma risada nervosa. — É uma baita queda.

— Sim — concordou, parecendo sonhador e olhando pelo lado.

— Ah, não caia! — Madoc se aproximou, empurrando o ombro de Jax, que se afastou.

— Babaca. — Sorriu, se endireitando.

Todo mundo começou a se aproximar para olhar, mas meu foco ficou em Jax. Eu não gostava de como ele estava olhando pela lateral. Parecia, para mim, como se estivesse tentando criar coragem.

— Jax, não. — Neguei com a cabeça, lendo sua mente. — É alto demais.

Torceu os lábios, ainda olhando, e minhas mãos começaram a formigar.

— Mas é tentador — sussurrou.

— Não, não é — Jared rebateu. — Essa cachoeira tem uma queda de vinte e cinco metros, e não sabemos quão funda a piscina é.

— Você não — Jax provocou. — Mas eu sim.

Jared olhou para ele e engoli em seco quando vi a boca de Jax se transformar em um sorriso arrogante.

— Não. — A voz profunda de Jared declarou sua ordem.

— Nunca ouvi falar de ninguém que pulou daqui, Jax — Tate adicionou, voltando para a piscina.

Jared a seguiu.

— E ninguém vai ouvir. — Olhou para o irmão, seu aviso claro.

— Uhuuul! — Madoc gritou, e me virei para ver todo mundo mergulhar entre as rochas na água escura e fria. — Vamos! — Acenou para que eu entrasse, e sorri.

Mas, voltando-me para Jax, senti meu coração despencar e encarei o espaço agora vazio onde ele estava parado.

— Jax? — Suspirei, minha boca se abrindo. E, logo que vi sua mochila apoiada nas rochas da beirada, gritei: — Jax!

Corri até a borda, abaixando as mãos e os joelhos, engolindo o ar e olhando pelo lado.

Mas tudo que vi foram círculos se espalhando na água, me dizendo que alguém tinha entrado na piscina.

Minhas mãos foram para o meu cabelo, segurando minha cabeça, e procurei freneticamente na água por sinais dele.

Não, não, não...

— O que aconteceu? — Jared gritou por trás de mim. — Ele pulou? Maldito!

— Cadê você, lindo? Cadê você? — rezei, examinando a água e vendo apenas o preto das profundezas e o branco do spray. Meus olhos foram para a direita, sem enxergar nada. — Merda, cadê você? — sussurrei para mim mesma, minha voz se partindo. Fechei os olhos, cerrei os punhos e levantei do chão, ficando de pé e contraindo todos os músculos do meu corpo. — Jaxon Hawkins Trent! — berrei, meu rosto pegando fogo de raiva, me lembrando de um professor o chamando assim pelo nome completo no ensino médio.

E então, como se tivesse sido convocado, ele emergiu da água, passando a mão pelo cabelo e nos olhando em sua caminhada tranquila.

Meu corpo relaxou e, mesmo que o alívio tivesse me tomado, minha cabeça inchou de raiva. No que ele estava pensando? E se tivesse se machucado?

Era longe demais para dizer, mas acho que ele estava sorrindo enquanto nadava de costas até a borda, como se não tivesse nos dado um susto do caramba.

— Ai, graças a Deus — Tate exclamou, vindo para trás de mim. — Ele está bem! — gritou, para o restante do grupo.

Enfiei as unhas nas palmas das mãos.

— Não está não — rebati, o vendo subir pela piscina e pelas rochas.

— O que você quer dizer? — Ouvi Tate indagar.

Mas era tarde demais. Eu já tinha ido.

Pulei para o lado, prendendo o ar, e meu coração parou quando saí do chão e mergulhei com os pés para baixo no ar até as profundezas abaixo.

Ai, merda!

Meus braços e pernas formigam e meu coração começou a martelar no peito, adrenalina correndo por mim.

O ar me atravessava, fazendo meu cabelo voar, e aquela emoção subiu pela minha garganta, me fazendo querer rir de medo. O tipo de medo que se tem em uma montanha-russa.

Vagamente ouvi alguém gritar atrás de mim, porém, antes de qualquer coisa, atingi a água e tive tempo só de prender a respiração antes de mergulhar no frio e no escuro silencioso.

Meus braços e pernas se abriram, me parando sem fazer peso, mas não perdi tempo olhando em volta.

Não me importava de ter conseguido. Não me importava de ter acabado de saltar 25 metros.

Chutando as pernas, subi a superfície, puxando o ar e nadando para a lateral.

— Juliet! — Ouvi a voz de Jax. — Jesus, o que você está fazendo?

Subi nas pedras e saí da água, respirando com raiva.

Jax agarrou minha cintura.

— Linda, você está bem?

Olhei para seus olhos azuis celestiais, empurrei o cabelo molhado para trás da cabeça e empurrei seu peito com ambas as mãos, o fazendo tropeçar para trás.

Não ligava de ele estar confuso. Não ligava de ele ter quase caído. Só esperava que tivesse sentido a dor no peito que senti quando pensei que ele podia ter partido.

Filho da puta.

CAPÍTULO VINTE E QUATRO

JAXON

Que droga eu fiz agora? Fiquei lá parado, de olhos arregalados, completamente perdido, conforme ela pisava com força, puta comigo de novo.

Era impossível para nós passarmos vinte e quatro horas sem brigarmos?

Ela tinha acabado de pular da cachoeira como se estivesse comendo um sanduíche, mas quando me bateu com os punhos, pude sentir sua fúria e não sabia por que me senti tão mal do nada.

Não esperei o restante do grupo descer a montanha. Já podia ouvir a risada de Madoc, então assim que consegui limpar minha mente o suficiente para me mover, voltei pela trilha.

Descer foi bem mais rápido do que subir, mas ela tinha que estar correndo, porque minhas pernas longas me levavam rápido e nunca a alcancei.

Quando chegamos ao acampamento, já dava para sentir o cheiro de carne, carvão e álcool para acender o fogo no ar, sem mencionar que a música tinha aumentado um pouco e as pessoas estavam de muito bom humor.

Abri os dois lados da barraca e me abaixei para enfiar a cabeça, mas ela não estava lá. Procurei na de Tate e Jared, e na de Fallon e Madoc, mas nem sinal dela. Fui direto para a floresta na direção do estacionamento, mas parei no meio do caminho.

Ela estava sentada em um galho, inclinada para frente, com a cabeça apoiada na mão.

Seu cabelo, ainda pingando da água, cobria os braços e as costas, e notei o subir e descer rápido e pesado de seu corpo, enquanto ela respirava fundo.

— O que houve? — gritei e vi suas costas endurecerem no mesmo instante. — O que foi que eu fiz agora?

Ela levantou do tronco e girou, pisando forte na minha direção sem olhar nos meus olhos. Achei que ela viria me bater de novo, mas seu rosto sério e expressão desafiadora me disseram que ela não queria nada comigo no momento.

Passou por mim, mas rapidamente segurei seus ombros, a impedindo.

— Qual é o seu problema? O que foi que eu fiz?

Ela afastou minhas mãos, erguendo o rosto para me encarar.

— Você podia ter se machucado! Por que quer assustar todo mundo e simplesmente desaparecer assim? Por quê? — gritou, seu rosto corado de raiva e das lágrimas. — Você inventou uma pegadinha idiota e eu fiquei com medo. Por que você fez isso? — Sua voz tremia e ela tentava conter as lágrimas.

Endireitei-me, olhando para ela, confuso. Não entendia. Pulei do penhasco. Não era como se eu não soubesse que ficaria bem. Ela tinha que saber que eu não teria feito algo que me machucaria.

— Desculpa — gaguejou, fungando. — Mas você não pode fazer coisas assim. Eu me preocupo com você. Jared não teria assustado Tate daquele jeito. E Madoc teria pensado em Fallon primeiro. Você me deixou sozinha lá e não pensou em mim. Não é justo.

Encarei-a, tentando entender.

Ela não sabia que a queda era tão segura quanto eu. E acho que teria ficado bravo se ela tivesse feito sem me avisar. Na verdade, fiquei. Quando a vi saltar, mesmo sabendo que pousaria bem, meu coração ainda saiu pela garganta, porque, por um minuto, conforme caía pelo ar, ela não estava segura.

Mas também não gostava de ter pessoas preocupadas comigo. Dizendo-me o que fazer. Tendo opiniões de como eu vivia minha vida. Estive me saindo bem, sozinho, já há algum tempo. Ela estava avançando e eu não estava acostumado com isso.

Era só um verão divertido. Para nós dois.

Abaixei as mãos de seus ombros, levando minha voz para um sorriso.

— Já te disse há bastante tempo que meu irmão e eu não temos nada a ver. Não crie muitas expectativas. — Era melhor colocar isso na cabeça agora.

Ela assentiu, seus olhos furiosos focados para o lado.

— É, não se preocupe. Eu entendi — cuspiu, se afastando. — E não esquecerei de novo.

O espaço entre nós tinha imediatamente se transformado em uma cratera enorme e, mesmo que eu esticasse meus braços, nunca conseguiria segurá-la.

Qual era o meu problema? Eu a queria — queria hoje, queria amanhã, mas não conseguia pensar no próximo ano, nem mesmo na próxima semana. Queria ela enrolada em mim, entre os lençóis, quente e segura, mas tinha que saber quando me afastar. Tinha que fazer isso antes dela.

Juliet passou por mim.

— Vou ficar na barraca da Tate ou da Fallon.

Meus ombros caíram. *Não.*

Disparei e circulei os braços ao seu redor por trás, a trazendo para perto e enterrando o nariz em seu pescoço.

— Não — implorei. — Por favor, não.

Meus músculos tencionaram, a abraçando com força, e ouvi sua respiração rápida. Girei-a, os braços em sua cintura, e a ergui, lhe dando um beijo profundo e forte.

— Não posso te deixar — ofeguei. — Quero você o tempo todo. Serei insuportável, Juliet. Eles não saberão o que fazer comigo.

Suas mãos apertaram meu pescoço quando ela fitou meus olhos.

— Gosto de você, Jax. — E passou os dedos pelo cabelo sobre minha orelha. — Gosto muito de você. Você é importante.

Fechei os olhos, encontrando sua testa.

— Diga — sussurrei.

Seu hálito doce soprou em meus lábios:

— Só você sempre.

E eu gemi, odiando e amando como aquelas palavras me afetavam.

Nos anos em que a quis, eu pensava que era bom o suficiente. Pensava que ela deveria agradecer à sua estrela da sorte por eu dirigir um momento do meu dia a ela.

Mas agora… havia uma dor no meu peito e culpa no meu coração. Eu não tinha direito a ela. Dormi com várias mulheres e Juliet merecia alguém bom. Alguém limpo. E se eu falhasse?

Olhando em seus olhos, dei o salto.

— Preciso te levar a um lugar. Na terça, depois de sairmos daqui, quero te levar a Chicago — avisei, beijando seus lábios suavemente. — Tem uma coisa que quero que veja. Um lugar que eu vou… à noite.

Ela acenou, sem piscar.

— Ok — falou, baixinho.

Meus lábios estavam próximos dos dela, mas meus olhos nunca vacilaram.

— Eu quero você — sussurrei, mesmo com o nó na minha garganta. — Mais do que qualquer coisa. Você é a primeira coisa que eu penso pela manhã e a última da noite. Você é a pessoa mais importante da minha vida, Juliet. — Não importava o que acontecesse, eu queria que ela lembrasse disso. — Estou tentando te deixar me conhecer, ok?

Ela assentiu de novo.

— Desde que não haja mais saltos de penhasco, ok?

Um sorriso se espalhou no meu rosto.

— Não, não é algo assim tão tranquilo.

Quando a terça-feira chegou, eu não queria ir embora.

Os dias foram divertidos. As noites foram divertidas. E a diversão era fácil.

Percebi como era legal ter uma namorada e aproveitei cada coisinha que ficamos confortáveis o suficiente um com o outro para fazer, como toquezinhos familiares, alguém para envolver em meus braços na fogueira e acordar com a pessoa que eu queria bem ao meu lado de manhã. Alguém quente, macia e feita para mim. Foi consistente e confortável.

E, depois de uma vida inteira sentindo que não tinha um lar de verdade, finalmente tive algo que vinha naturalmente.

Eu tinha beijado cada centímetro de sua pele e chupado e mordido tudo que consegui colocar as mãos. Perdi a conta de seus diferentes sorrisos e minha sensação favorita era a dos seus dentes da minha pele.

Ela tinha entrado em mim, porém, quando diminuí a velocidade o suficiente para pensar, a dúvida surgiu como uma névoa espessa.

Eu não corresponderia às suas expectativas, ela começaria a ficar exigente e nós deixaríamos tudo feio.

Porra. Esfreguei a mão no rosto, focando na estrada enquanto dirigia. *Fodam-se as dúvidas.* Eu era bom o bastante. Era forte o bastante. Era poderoso o bastante. E era digno o bastante.

— Tem certeza de que era para eu me vestir assim? — Juliet questionou, do banco do carona.

Olhei para ela, segurando um sorriso na hora. Ela parecia a coisa mais gostosa que eu já tinha visto e mal podia esperar para mostrar a ela o que tinha que mostrar e depois voltar para o carro e para casa.

Vestia uma saia colegial preta e branca que mal cobria sua bunda e um cropped cinza. Sua maquiagem consistia em sombra preta e batom vermelho mais grosso que uma sopa, e seu cabelo muito liso formava ondas brilhantes em suas costas. Fallon e Tate tinham terminado seu look com botas de combate com fivelas de metal.

PENELOPEDOUGLAS

— Você vai se misturar. Não se preocupe.

— Pareço uma vagabunda — lamentou.

— As roupas são da Tate — apontei.

— Que ela comprou por capricho e nunca usou — rebateu. — E as suas roupas?

Eu usava jeans de lavagem média e camisa de gola V preta e manga curta. Não tinha me arrumado.

— Sou grande e estarei com uma gostosa nos braços. — Sorri. — Eles não vão chorar por eu não ter passado delineador, ok?

Ela rolou os olhos e encarou a janela.

— Odeio você não me contar nada.

— Contei ao Madoc uma vez. Ele quase vomitou — brinquei, mas não totalmente. — Não é algo do qual vou te dar uma chance de fugir.

Ela se virou para mim, olhos arregalados, provavelmente se perguntando se agora era tarde demais para ficar assustada.

Para ser justo, Madoc tem sido um bom amigo nesse quesito. Uma noite, eu o arrastei para Chicago comigo, para o Skull & Feather, porque precisava dividir aquilo com alguém.

E, por algum motivo, não confiava na reação de Jared. Madoc ficou nervoso, e dava para dizer que não era algo que ele estava interessado em experimentar de novo, mas me apoiou. Manteve em segredo e até me acobertou quando Jared suspeitou sobre as longas noites que passei fora no ensino médio.

Estacionamos na garagem do outro lado do clube e peguei sua mão na minha para atravessarmos a rua cheia. O asfalto, que brilhava com a luz dos postes, reluzia a água que tinha caído mais cedo, e o som das buzinas e dos pneus levantando água enchia o ar.

Juliet manteve o ritmo comigo ao passarmos pela porta do clube, o cheiro de cigarro enchendo meu nariz na hora e entreguei duas notas de vinte ao segurança pelo nosso disfarce. Eu vinha aqui quase toda semana e sabia que o cara se lembrava de mim, mas nunca tentei fazer amigos. Nunca falei com ninguém, nem fiquei por muito tempo.

Não queria que essas pessoas me conhecessem.

— Cinco minutos? — confirmei.

Ele assentiu, sabendo o que eu tinha vindo ver.

— Cinco minutos.

Olhei para Juliet, que estava completamente focada no ambiente do clube.

CAINDO

Já que vinha aqui o tempo todo, não era nada novo para mim, porém, da sua perspectiva, eu tinha certeza de que era uma visão interessante.

O clube antigo ficava no primeiro andar de um grande armazém e, embora o prédio em si fosse maciço, com tetos altíssimos, o ambiente atual dava uma atmosfera íntima. Havia dois andares, com o de cima em um formato de U. Andando por lá, dava para ficar nas grades dos três lados e olhar para o piso inferior, onde estávamos agora. Várias mesas altas com banquinhos estavam espalhadas pelo cômodo, junto de um grande bar, que tinha espelhos nas paredes dos fundos, e candelabros góticos pendurados no teto sobre nós.

E tudo era preto. As paredes, os móveis, os equipamentos, o chão, o teto e até os uniformes dos funcionários.

Mas, de longe, a melhor característica era o palco de teatro. O design do velho mundo ainda sobrevivia cravado nas molduras em volta da plataforma larga e alta. Todo em preto, este local parecia uma caverna escondida do resto do mundo, onde a música pesada apontava o dedo do meio para o mundo exterior.

— Quer uma bebida? — indaguei, apoiando a mão em suas costas.

Ela arregalou os olhos, curvando os lábios em um sorriso nervoso.

— Acho que posso precisar de uma.

Sorri para mim mesmo, a guiando para o bar. Ainda não tinha descoberto por que queria trazê-la aqui, mas ela ainda não tinha fugido, então...

Juliet parou no bar, virando-se para mim, e a bartender se aproximou.

— Você não vai receber um cartão — avisei, sabendo no que ela estava pensando.

— Hm. — Segurou a ponta do bar, batucando com os dedos. — Parrot Bay e uma água, por favor — pediu, depois me olhou de imediato. — E cala a boca — repreendeu.

— Não vou rir. — Eu ri. — Te falei. Gosto que você seja feminina.

E gostava. Jared adorava o comportamento sensato e moleca de Tate, mas aquilo nunca foi a minha praia. Juliet me lembrava de que o mundo poderia ser bonito e suave.

Paguei por sua bebida e minha garrafa d'água, e a levei para um dos bancos altos em frente ao palco. *Stupify*, de Disturbed, soava no sistema sonoro e me inclinei, apoiando os braços na mesa e tentando parecer relaxado.

Porém, enquanto todos os outros conversavam e sorriam, se moviam e balançavam as cabeças no ritmo da música, eu sentia minha língua presa na garganta. Era assim toda vez que eu vinha aqui.

Sabendo que *ela* estaria aqui em algum lugar.

Deixei o fluxo de sangue aquecer meu peito e tentei manter as pernas abaixo de mim, porque estava muito nervoso. Pensei que Juliet seria uma distração hoje, mas infelizmente tive que prestar mais atenção à minha respiração do que o normal. Olhei ao redor do salão quando realmente só queria olhar para ela.

Por que estava lhe mostrando isso? Por que, quando não tinha mostrado nem para Jared?

Agarrei a garrafa d'água em vez de passar a mão pelo cabelo. Já tinha sido melhor em me lembrar de que não tinha mais cabelo, então aprendi a me parar antes de passar a mão nos fios curtos que ainda não tinha me acostumado a usar.

Não era ruim, na real. Gostava do corte. Porém, quanto mais Juliet e eu nos aproximávamos, mais eu percebia que estava mudando. Tinha abandonado minha rotina, mudado meu estilo e estava brigando constantemente com Jared. Nada disso era culpa dela, mas ainda me provava que eu estava em uma espiral. De queda ou subida, não tenho certeza.

— Okay. — Suspirou, parecendo frustrada. — Tenho sido paciente há três dias e…

Virei a cabeça para o palco quando as luzes — por mais fracas que fossem — começaram a diminuir.

— Aqui — interrompi, apontando com o queixo para a banda surgindo.

Ela parou de falar e voltou a atenção para os dois guitarristas, o baixista e o baterista aparecendo. Os quatro membros da Skull Feathers — nome claramente tirado do clube ou vice-versa — pegaram seus instrumentos quando a música parou e o público começou a celebrar e gritar.

— Quem…? — Juliet me olhou, confusão escrita em todo seu rosto.

Ergui o dedo, pedindo que esperasse.

O baterista bateu duas vezes, disparando fogo em dois lança-chamas de cada lado do palco, e Juliet riu, provavelmente de choque. Seus olhos vieram para mim, acesos de admiração.

Sorri e a observei. Tinha visto o show antes, afinal de contas. Umas cem vezes.

O brilho das chamas iluminou seu rosto, fazendo seus olhos verdes dançarem com a luz. Sua boca estava levemente aberta e o espanto em sua expressão era a de uma criança vendo fogos de artifício pela primeira vez. Em transe, seguia cada movimento com os olhos.

CAINDO

A banda começou, as vibrações pesadas da bateria zumbindo em nossos corpos, e a multidão foi à loucura. Batendo os pés, balançando as cabeças, pulando e se perdendo. A banda estava fazendo um cover de *Dragula*, de Rob Zombies, e, quando o público comemorou mais alto, eu soube que ela estava no palco, mas não olhei.

Tinha que ver a reação de Juliet vendo-a pela primeira vez. Se ela ficasse enojada, eu a levaria embora e pediria desculpas. Se ela gostasse... bem, eu duvidava que fosse gostar. Esse show não era para muitos.

— O qu... — Ela me olhou, dúvida em seus olhos, mas virou-se apressada para o palco.

Eu a assisti, sabendo o que estava vendo.

Estava observando uma mulher de cabelos escuros, trinta e poucos anos, que não estava na banda. Ela não tocava um instrumento, não cantava e não dançava.

— Ai, meu Deus. — As sobrancelhas de Juliet se estreitaram, e foi quando eu vi.

O entendimento do que estava acontecendo. Seus olhos brilhavam e ela inclinou a cabeça para o lado, observando, completamente interessada.

E fechei os olhos, sorrindo, alívio me inundando. Ela não estava com medo.

Virando o corpo, endireitei-me e engoli metade da garrafa antes de focar na mulher no palco.

Um espartilho preto moldava sua cintura, lhe dando uma curva natural. A calcinha preta de babados chamava a atenção de todos para sua parte de trás quando ela cruzava o palco e a cartola preta alta com a ponta mais baixa na frente, cobria olhos que eu sabia que eram castanhos. Seu cabelo preto caía em cachos abundantes em suas costas, suas botas pretas de cano médio e pérolas pretas ao redor do pescoço completando o estilo gótico/*steampunk*.

Seus lábios cheios eram vermelhos e sua sombra era roxa bem escura, mas aquilo não nos distraía da beleza natural que ela possuía — as maçãs do rosto salientes, os olhos puxados e a pele de oliva.

Ela era absolutamente linda, vibrante e dava vida a este lugar. Tudo e todos giravam ao seu redor.

Sua cabeça balançava e seus pulsos giravam com a música. Ela sorriu, cantou junto das batidas pesadas, convidando o público a gritar mais alto para ela.

E, logo atrás, dois assistentes de palco, que pareciam exatamente como se pertencessem a este lugar em seus dreads longos e shorts, camisas e botas pretas continuavam a agarrar os ganchos de metal pendurados no teto.

PENELOPE DOUGLAS

Meus olhos foram para Juliet. Os seus estavam cheios de espanto e dava para dizer tudo que ela sentia apenas por sua expressão.

Olhos estreitados? Confusão. Olhos arregalados? Uau. Queixo para cima com os olhos estreitados? Interesse.

Voltando-me para o palco, vi a mulher sorrir para a multidão, erguendo os braços e parecendo uma deusa. Não pude ver suas costas, mas sabia o que estava prestes a acontecer. Joguei a cabeça para trás, uma onda batendo em meu peito quando os cabos a levantaram no ar.

— Jax? — Juliet chamou, parecendo não acreditar no que estava vendo. — Ela está pendurada. Nos ganchos.

Um sorriso se espalhou em meu rosto e me inclinei para a mesa de novo.

— É chamado de suspensão corporal. Estranho, né?

Ela acenou.

— Sim. Mas... — inclinou a cabeça para trás, vendo a mulher girar no ar, sua pele esticada onde os quatro ganchos a prendiam — ela... ela meio que parece...

— O quê? — pressionei, incitando-a.

— Um anjo. Ela meio que parece um anjo sombrio, não é?

Olhei para cima, lembrando a primeira vez que vi o que ela estava vendo. A mulher estava suspensa sobre o público, obscura e ameaçadora, mas completamente deslumbrante em seu poder. Ela prendia a atenção, os olhares e o coração de todos neste cômodo.

De quase todos.

— Não sabia que as pessoas faziam coisas assim — Juliet afirmou, pensativa —, mas ela realmente é linda.

Ergui o rosto, as penas roxas, vermelhas e brancas no chapéu da mulher contrastando com todo o preto da sala.

— O nome dela é Storm Cruz — contei. — Ela é dona deste clube.

Os olhos de Juliet deixaram a mulher e se voltaram para mim.

— Você a conhece? — indagou.

Mal neguei com a cabeça, olhando para longe.

— Nunca nos encontramos.

— Mas você vem aqui ver os shows.

— Aqui e em outros lugares onde ela se apresenta — admiti.

Engolindo o nó na garganta, levantei a cabeça para encarar o corpo feminino balançando sobre nós, querendo que só uma vez ela me olhasse.

Minha voz era um sussurro quando falei:

— Ela é minha mãe.

CAINDO

Juliet ficou quieta, mas dava para dizer que estava me esperando dizer alguma coisa. Pisei na embreagem e passei a sexta marcha, respirando fundo.

— Ela tinha dezoito anos quando eu nasci — comecei. — Apesar do uso de drogas e álcool, nasci saudável. Mas ela me deixou. — Passei a mão pelo cabelo, pensando no meu eu bebê. Chorando no hospital. Indefeso. O estado provavelmente se perguntando o que fazer comigo. — Ela me abandonou no hospital. Não preencheu a certidão de nascimento, então eles não sabiam quem era meu pai até que ele me localizou alguns anos depois. — E eu queria que nunca tivesse feito isso. — Ainda levou um tempo e um teste de paternidade para ele ficar comigo, mas ela, por outro lado, nunca olhou para trás.

— Você não sabe, Jax. Tenho certeza de que ela estava confusa na época — Juliet afirmou, tentando me fazer me sentir melhor.

Mas eu não me sentia mal. Não por perder uma mãe que eu nunca tive. Ou um pai que eu odiava. Acho que só queria ser reconhecido.

— Eu não a culpo — admiti. — Quem sabe o que meu pai fez com ela, né? A mulher escapou. Fez o que tinha que fazer. Está feliz, bem-sucedida e vivendo a vida em seus termos… — deixei no ar e logo adicionei: — E limpa. Totalmente no controle das coisas agora. Fiquei feliz de verdade por vê-la feliz.

Era um consolo saber que minha mãe — ou a mulher que me deu à luz — foi cuidada. Merecendo ou não, eu me importava.

— Mas — prossegui — ela não procurou por mim. Disso eu sei.

E se quisesse saber de mim, teria tentado me encontrar. Bem, meu rastro no sistema rivalizava com o do presidente. O governo tinha minha vida inteira documentada, codificada e armazenada. Era o que acontecia quando você crescia em um orfanato.

— O que Jared falou sobre isso? — indagou.

— Jared não sabe. A única pessoa para quem contei foi Madoc. — Olhei para ela, vendo a confusão em sua expressão antes que ela olhasse para longe. Madoc era fácil de conversar e, quando precisei confidenciar a alguém, considerava-o a aposta segura. — Jared acha que tudo vai me machucar — admiti. — Ele não quer que eu me preocupe, que tenha dificuldades ou esteja infeliz. Ele olharia para ela uma vez e pensaria que ela me faz mal. — A roupa, o ambiente, a suspensão corporal... — A mesma coisa que ele pensou de você — provoquei, sorrindo.

— De mim?

Assenti.

— Você sabe que eu te queria no ensino médio. Mas nunca fui atrás de você. Nunca se perguntou por quê?

— Você veio atrás de mim — soltou, rindo. — Você flertava comigo o tempo inteiro.

Soltei uma risada condescendente.

— Linda, se eu tivesse ido atrás de você, teria ficado com você — afirmei, esticando a mão e correndo por sua coxa.

— Jared achava que eu era selvagem demais para K.C. Carter — expliquei. — Achou que nos divertiríamos, depois você cairia na realidade e me largaria.

Um sorriso brilhou em seu rosto e ela desafivelou o cinto, inclinando-se na minha orelha. Meus olhos se fecharam quando ela beijou meu pescoço e os forcei a abrir de novo para ficar focado na estrada.

— Então ele não confiava em mim? — sussurrou, sua respiração fazendo cócegas na minha pele e me fazendo agarrar o volante.

— Está dizendo que ele estava errado? — provoquei.

— Estou dizendo que cansei das pessoas dizerem quem eu sou. — Ela se inclinou mais perto do meu rosto e me deu um selinho decepcionante na bochecha. — Vá para o Black Debs, okay?

A loja de tatuagens que Jared frequenta?

— Por quê? — indaguei.

— Só vai.

Quando voltamos à cidade, estacionamos ao lado da calçada do outro lado da rua da loja, vendo as luzes acesas, mas a placa de "aberto" virada.

Virei-me para dizer isso a ela, mas a porta do seu lado já tinha sido batida e ela já estava circulando a frente do carro, levando o diário preto consigo.

Merda.

Neguei com a cabeça, me perguntando que droga estava acontecendo. Ela precisava de uma tatuagem? Agora?

Mas mesmo assim arranquei minha bunda de dentro do carro.

Correndo para atravessar a rua, eu a segui para dentro da loja e encontrei Aura, artista que tatuava Jared, atacando metade de um sanduíche e se debruçando em alguns esboços.

Ela olhou para cima e parou de mastigar enquanto Juliet desfilava pela meia porta que levava para a parte dos fundos.

— Consegue me encaixar? — Juliet indagou.

Aura olhou além dela para mim, provavelmente esperando que eu explicasse.

Nós nos conhecíamos. Vim aqui com Jared e Aura vinha tentando me convencer a fazer uma tatuagem há anos. *"Você ficaria mais gostoso com algumas tatuagens, garoto"*, dizia.

Sim, porque aquele era um motivo para fazer tatuagens.

Ela deve ter feito as asas de anjo de Juliet também, porque a garota parecia conhecer o caminho.

Aura levou o sanduíche aos lábios, terminando o pedaço.

— A placa na porta diz "fechado", né? — Sua personalidade sarcástica estava sempre lá.

Juliet abriu o diário e passou as páginas, rasgando uma e entregando para Aura.

— Eu quero isso — indicou. — Aqui. — Esfregou o interior do pulso onde a cicatriz ficava. — Por favor? — pediu, tirando o relógio do pulso.

Andei até lá, parando ao lado de Aura e vendo o rascunho que Juliet fez. Na verdade, era uma frase. As letras pretas e grossas em uma fonte intrincada diziam *"Non Domini"*.

— O que significa? — Olhei para Juliet.

— É latim. Significa "sem mestres".

Ela me olhou, sustentando meu olhar, e compreensão passou entre nós. *Sem mãe. Nem pai. Sem vigias. Sem mestres.*

Eu gostava.

Pegando o papel da mão de Aura, sentei em sua cadeira.

— Primeiro eu.

O sorriso de Juliet se espalhou em seu rosto.

— Você? — começou, seus olhos se acendendo. — Você vai fazer uma tatuagem?

Arqueei a sobrancelha.

— Se você vai fazer alarde disso... — avisei.

Ela ergueu as mãos.

— Não, não. Só não quero que tome decisões impulsivas e fique chorando amanhã.

— Sim, bem — expliquei —, eu gosto. Falou comigo.

Na verdade, eu amava. Era eu, era a primeira coisa que eu não me importava de ter como um lembrete toda vez que olhava no espelho. A primeira coisa que sentia que precisava como um lembrete constante.

— Okay. — Acenou, aceitando minha resposta. Vindo até mim, beijou meus lábios e deixou o caderno no meu colo. — Vou ao banheiro. Volto em um minuto.

Ela se afastou, prendendo as mãos às costas para evitar que a saia subisse enquanto andava.

Tremi o corpo com uma risada que ninguém ouviu e relaxei na cadeira.

— Eu gosto dela — Aura disse, suavemente, empurrando a manga da minha camisa e limpando a pele do meu bíceps esquerdo.

— Fico feliz que você aprove — murmurei. E aí olhei para baixo. — Ei, pensei que ela quisesse o dela no interior do pulso. Por que você está limpando meu braço?

— Ela quer o *dela* no interior do pulso. O seu vai ser no bíceps.

Rolei os olhos, sentindo que a mãe de Jared estava falando comigo.

— Você é uma dominadora. Fico surpreso que ainda esteja no mercado. Eu a ouvi bufar.

— Você vai amar e voltar para fazer mais.

— Talvez — concordei, só para calá-la.

Abri a mão na capa do diário de Juliet em meu colo e passei as páginas para ver se ela tinha outras ideias de tatuagem.

Sua caneta, presa no topo do diário, marcava seu lugar e vi uma anotação.

Feche. Feche o caderno.

Eu estava fechando.

Pretendia fechar.

Mas não fechei.

Querida K.C.,

Li uma vez que a melhor coisa que pode acontecer com uma mulher é ter seu coração partido. Antes disso, ela não tem um senso real de si mesma. Não tem um senso real de dor, porque só no amor ela sabe o que é encontrar uma coisa que lhe dá ar e então perder.

Depois daquilo, a mulher sabe que pode sobreviver. Não importa que relacionamentos venham ou vão, ela pode contar consigo mesma para passar por eles e, embora doa, o término é necessário.

Acordei esta manhã antes de Jax e comecei a chorar. Percebi que ele era meu primeiro amor — aquele que deveria partir meu coração — e, quando ele caiu do penhasco, percebi como doeria perdê-lo.

E se ele não me amasse? E se partisse meu coração? Não é com ele que eu quero aprender esta lição.

Nunca chorei por perder Liam. Chorei por como me tratava, mas me recuperei quase imediatamente.

Pensar em perder Jax aperta minha garganta e não consigo evitar. Estou tentando ser casual. Agir como se estivéssemos só nos divertindo, porque eu sei que é isso que ele quer, mas não me sinto assim.

Eu o amo.

Eu o amo muito, e não quero amar, porque não acho que ele está pronto para ouvir isso. Por que meu coração teve que se apaixonar tão rápido?

Fechei os olhos e abaixei o caderno no colo.

CAPÍTULO VINTE E CINCO

JULIET

> **Senti sdds na noite passada.**

Encarei a mensagem que tinha mandado para Jax há duas horas, quando acordei. A mesma que ainda não teve resposta.

— Devo te buscar depois da aula? — Fallon indagou ao meu lado, no banco do motorista.

Agarrei o telefone em meu colo.

— Não sei — murmurei, um desconforto revirando meu estômago. Onde ele estava?

Depois da tatuagem na noite passada — a qual Jax passou boa parte do tempo em silêncio —, ele disse que queria que eu ficasse com Fallon e Madoc até ele melhorar a segurança da casa dele e de Tate. Quando questionei que ela estava ficando em casa, ele devolveu que: "ela é responsabilidade de Jared" e que não correria riscos comigo.

A casa de Madoc e Fallon era fora do radar do pai dele e era segura, ele disse.

Era bobagem, e eu sabia disso na noite passada.

Teria acreditado nele se tivesse me olhado uma única vez durante a tatuagem. Se não tivesse passado a maior parte do tempo na cadeira lá fora, no telefone. Se tivesse sorrido para mim ou me olhado do jeito que sempre olhava.

Mas o calor tinha ido embora e algo estava errado.

E não era seu pai.

Depois que arrumei uma bolsa, ele me levou para a casa de Madoc, me beijou e foi embora. Não tive notícias desde então.

Fallon estava me trazendo para a escola — algo que deve ter sido resolvido sem meu conhecimento, porque não tive que pedir.

Atualizei o telefone, minha cabeça caindo um pouco quando vi que ainda não tinha resposta.

— Sim — suspirei, enfiando o celular na bolsa —, se puder me pegar ao meio-dia, seria maravilhoso. Obrigada.

Não podia caminhar até a casa deles, afinal de contas. E não mandaria mensagem para Jax para ver se ele me daria carona.

Forcei-me a engolir o nó enorme na minha garganta e sequei o suor da minha sobrancelha.

Não precisava de uma garantia a cada duas horas de que ele me queria.

Não precisava estar ao seu lado a todo momento.

E não tinha feito nada de errado.

A última coisa que eu faria era exagerar na reação. Mandei mensagem. Ele sabia que eu estava pensando nele. E tinha um bom motivo para estar distante. Pelo menos eu esperava.

Eu aproveitaria meu dia.

Depois de um longo fim de semana, estava pronta para voltar às aulas. Passar o feriado de 4 de julho na cachoeira provavelmente seria o ponto alto do meu verão, mas eu realmente sentia falta da minha sala e dos meus alunos.

Meus alunos.

Estranho, agora que finalmente os alcancei até certo ponto, até que era divertido estar aqui. Eu ficaria triste quando acabasse em uma semana.

— Aqui estamos, amore. — Fallon parou na frente da escola. — Estarei aqui meio-dia.

— Valeu — agradeci, soltando o cinto. — Lamento que você tenha que bancar a motorista.

— Não tenho mais nada para fazer — afirmou, com naturalidade, sorrindo para mim.

Abri a porta, mas ela agarrou meu braço.

— Tate e eu vamos dar uma corrida hoje de tarde nas minas. Sei que você é mais de academia, mas deveria vir. Uma boa corrida sempre mostra quão fora de forma você não sabia que estava. — Sorriu.

— Ahhh. — Senti seu desafio, meus olhos se arregalando. — Já que você colocou dessa forma…

Sorri, descendo do carro e a vendo se afastar.

Respirei fundo, o peso da bolsa abaixo do meu quadril ficando maior com o telefone que não vibrava. Ergui o pulso, esfregando o polegar sobre a cicatriz e estremecendo com a dor que esqueci que estava lá.

Olhando, vi a nova tatuagem, soltando um sorriso grato pela lembrança.

Non Domini. Sem mestres.

Segurando a alça da bolsa, entrei no prédio.

— Continua! Continua! — Tate resmungou, movendo os braços para frente e para trás como uma máquina.

Puxei o ar — inspirando e expirando, inspirando e expirando — até pensar que morreria.

Puta merda. Isso não era divertido. Não estava nem no mesmo planeta do que era diversão!

Mas eu precisava suar um pouco.

Tinha visto Jax no campo hoje, treinando o futuro time de lacrosse, todo suado, bravo e sexy, porém, quando terminei meu dia, seu carro já tinha ido embora do estacionamento. Era burrice querer chorar por algo tão bobo, mas eu estava me contorcendo.

Ele estava me ignorando.

Poderia até estar ocupado ou preocupado com o pai, só que arrumou tempo para praticar, mas não para me ligar ou mandar mensagem?

Aquele merdinha.

Grunhi, a raiva alimentando meus músculos.

Nós três, incluindo Fallon, estávamos lado a lado, subindo e descendo no step, como se o diabo estivesse nos perseguindo, na escada de madeira de Mines of Spain.

Meu coração batia forte como se um animal gigante pisasse no meu peito, e suor inundava minha barriga, rosto e costas.

E meus ouvidos! A porra dos meus ouvidos estava suando.

— Odeio vocês duas — ofeguei, subindo o degrau com a esquerda, direita e depois voltando. De novo e de novo, de novo e de novo...

Porra!

— Vamos lá — Fallon gritou. — Mais rápido! É bom para a bunda!

— Minha bunda gosta da minha aula de BodyPump! — rosnei, minhas pernas tremendo mais a cada segundo. — Em uma sala com ar-condicionado, música, ventiladores e um bar de vitaminas por perto!

— Pare de reclamar! — A têmpora de Fallon pingava de suor.

— Continuem. — Tate segurava o cronômetro. — Só mais um minuto!

— Ai, meu Deus — gemi, cerrando os dentes. — Nachos, trufas e sorvete, minha nossa! Nachos, trufas e sorvetes, eu quero.

CAINDO

— O que você está fazendo? — Tate exigiu.

Engoli em seco, com a secura da minha boca.

— É o que eu digo quando as coisas ficam difíceis na academia. — Respirei fundo. — É minha motivação. Nachos, trufas e sorvete, minha nossa! Nachos...

— Trufas e sorvetes, eu quero! — Juntaram-se a mim e simultaneamente pegamos o ritmo. — Nachos, trufas e sorvete, minha nossa! Nachos, trufas e sorvetes, eu quero! Nachos...

— E terminamos! — Tate exclamou, nos cortando e sorrindo, mesmo exausta.

Todas desabamos, alívio tomando nossos corpos, nossas cabeças balançando com cada respiração.

Estava cansada demais para me mexer. Cansada demais para não me mexer. Minhas pernas dobravam, depois esticavam, desconfortáveis. Meu peito doía com o esforço pesado e me apoiei nos cotovelos, me vendo ficar enjoada, então fiquei de joelhos de novo, tentando fazer meu coração se acalmar.

Eu estava fora de forma. Nota para mim mesma: preciso fazer mais cardio.

Tomamos o restante da nossa água e fiquei feliz por elas terem me dito para enfiar uma toalha no bolso do short. Tinha suor em todo canto, então sequei a barriga — exposta no sutiã esportivo —, meu rosto, braços e pernas.

— Então, Jared e Jax tem alguma ideia de onde o pai deles está? — Fallon soltou a toalha e agarrou a água de novo, olhando para Tate e para mim.

— Tenho certeza que se alguém tem ideia é Jax — Tate falou, depois me olhou.

Dei de ombros, me sentindo um pouco perdida. Jax era duro quando se tratava do pai. Não me contou muito, mas me acalmava o fato de que ele e o irmão provavelmente não tinham dito o bastante a ninguém.

— Sabem que nunca concordei com os negócios do meu pai — Fallon começou, falando com as mãos —, mas isto é uma situação que Jax deveria ter deixado meu pai cuidar.

— O que você quer dizer? — indaguei.

Ela me fitou com olhos sérios.

— Meu pai se ofereceu para lidar com ele. Jax disse que não.

— Lidar com o quê? — Tate repetiu. — Tipo...

— Tipo... — Fallon se aproximou — colocar um novo par de sapatos de cimento nele e levar para uma caminhada no fundo do Lago Michigan.

Meus olhos se arregalaram.

Do jeito que ela estava confidenciando, eu sabia que aquilo a envergonha um pouco. Agora eu não tinha mais certeza de que queria conhecer seu pai.

— Jesus — Tate murmurou, inclinando-se para trás nas mãos e olhando para o chão.

— Bem — limpei a garganta —, fico feliz por Jax ter dito não então.

— Está mesmo? — Fallon me olhou, achando divertido. — Aqui se faz, aqui se paga, e seu namorado está sempre um passo à frente de todo mundo. — Ela pegou a toalha e jogou sobre o ombro, olhando direto para mim. — Ele não discorda do que meu pai quer fazer, Juliet. Só que ele mesmo quer fazer.

Passei o restante da tarde fazendo um bom trabalho para me distrair. Completei meus planos de aula para a última semana de monitoria, depois fui nadar na piscina com Madoc, Fallon, Tate e Jared. Eles pediram pizza para o jantar, mas afastei-me com a desculpa de lavar roupa.

Precisava ir embora.

Mesmo que Fallon e Madoc fossem receptivos, não éramos próximos. Pelo menos não ainda. Eu me sentia um peso, um móvel que continuava tendo que ser trocado de lugar.

Os pais de Shane poderiam até me receber, mas eu me sentiria do mesmo jeito lá. Eu tinha pouco dinheiro, não tinha onde morar e sem opções reais que eu gostasse, mas tinha que acontecer.

Precisava de um emprego, para ontem, e depois tinha que encontrar alguém que precisasse de uma colega de quarto ou tivesse um quarto para alugar. Eu tinha grana o bastante para começar, mas precisava de um emprego para continuar.

Não me senti desse jeito quando fiquei na casa da Tate — ou de Jax —, mas agora a realidade do que aconteceu nas últimas semanas me fez parar repentinamente. Perdi a mensalidade da minha faculdade, minha mãe — que, mesmo que fosse um demônio de cabelo preso — ainda estava lá para me amparar pelo menos fornecendo o básico e perdi meu futuro cuidadosamente planejado.

Eu estava recomeçando.

Não estava infeliz, porém morria de medo. Ninguém mais estava cuidando de mim.

Levei um cesto cheio de roupas limpas para o antigo quarto de Fallon e vi a luz do meu telefone piscando em cima da cama.

Correndo até lá, franzi o cenho, vendo uma chamada perdida de Shane, em vez de Jax.

Mas aí soltei um suspiro e fechei os olhos, mentalmente me chutando. Discando de volta, nem mesmo disse "oi".

— Cara, foi mal, esqueci de te ligar. Merda. Não fique brava, tá?

Ela ia embora para a Califórnia e era para passarmos um tempo juntas.

— Tudo bem. Tudo bem. — Ela riu. — Sério. Mas vou embora amanhã e quero te ver hoje.

— Okay — soltei, grata por ela não estar gritando comigo por meu esquecimento. — Bem, estou presa na casa de Madoc e Fallon, sem carona nem carteira, então você vai ter que me buscar.

— Espera… você não está na festa do Jax?

Meu rosto se desfez na hora.

Festa do Jax?

Sentei na cama, meu coração lentamente subindo pela garganta.

— Oi? — suspirei, estreitando os olhos para manter minha voz firme.

— Jax está dando uma festa hoje — declarou, seu tom sério. — Começou há uma hora e eu estava indo para lá, mas quis te ligar para confirmar se você já tinha ido.

Neguei com a cabeça, inspirando e expirando o mais calma que consegui.

— Sim, sim. — Engoli o nó na minha garganta. — Tinha esquecido — menti. — Tudo está escapando da minha mente nos últimos dias. Te encontro lá, okay?

— Mas você não pode dirigir! — gritou, mas eu desliguei.

Saí do quarto e desci as escadas, evitando os espelhos pela primeira vez na minha vida. Depois de sair da piscina, tinha colocado shorts jeans rasgado e uma regata fofa, mas meu cabelo ainda estava molhado do banho e eu não tinha passado maquiagem.

— Madoc? — chamei, pegando as chaves no balcão. — Vou pegar seu carro. Já volto.

— O quê? — Ouvi seu grito do quintal, onde todos ainda comiam e brincavam.

Mas eu já tinha saído pela porta antes mesmo de ele ter entrado na casa.

Assim que peguei a rodovia, estava dirigindo como uma profissional. Era apenas a minha terceira vez em um carro manual e, embora minha transição de marchas ainda fosse dura, me segurei muito bem.

Não estava realmente pensando em como dirigir. Ou no carro.

Poderia haver um milhão de motivos para Jax estar distante nas últimas vinte e quatro horas. Motivos que eu entenderia e seria tranquilo. Eu estava de acordo, afinal de contas, e tinha aceitado seu jeito.

Porque confiava nele.

Mas não tinha motivo para dar uma festa e não me contar. Nada tinha sido dito oficialmente em voz alta. Eu era sua namorada? Não era? Quem se importava com como chamávamos isso? Ele tinha me *stalkeado* on-line, dei a ele meu corpo e ele me mostrou uma faca! Essa merda me garantia algum caralho de explicação.

Ele não sabia que eu o amava, mas sabia muito bem que me importava. Qual era o problema dele?

Parei na entrada vazia da casa de Tate, já vendo a rua cheia e o grupo de pessoas festejando em seu gramado.

Desliguei o carro e soltei uma respiração cansada, olhando para sua casa. Estava tudo bem.

Fechei os olhos, ouvindo por um minuto *Good Man*, de Devour the Day, tocando em sua casa.

Estava tudo bem. Eu estava exagerando.

Ele estava preocupado com o pai e queria ficar bêbado ou algo assim, e não queria que eu visse. Só isso.

Ele ainda era meu. Continuaria repetindo aquilo para mim até começar a acreditar.

Desci do carro e não diminuí o ritmo quando Shane correu para o meu lado no jardim da frente.

— Quer que eu vá primeiro? — indagou, sem ar.

— Por quê?

— Ele está dando uma festa e não contou para a namorada. — Ela parecia preocupada, como se fosse haver barraco.

— Não sou a namorada dele — sussurrei.

Sou apenas dele. Esfreguei o frio em meus braços nus, sentindo falta do cobertor quente de sua pele.

Entramos na casa pelas portas escancaradas e assimilei a visão de mais pessoas do que eu já tinha visto em uma festa aqui antes. Ergui o rosto para as escadas, vendo pessoas descendo e subindo, me perguntando onde Jax estava nessa bagunça.

Ele estava bêbado? Estava lá fora com seus brinquedos como da última vez? Ele estava aqui?

Olhando para dentro da sala, o cheiro pesado de fumaça me atingiu e vi dançarinas em cima da mesa de café. Duas garotas — ainda vestidas, graças a Deus.

Mas o cômodo estava destruído. As pessoas tinham tido pouco trabalho, espalhando seus copos por todo lugar, as garrafas de cerveja, derramando bebidas e movendo os móveis. Algumas imagens estavam até tortas.

Estreitei os olhos. Esta festa tinha que estar acontecendo há algum tempo.

Andando até a sala seguinte, procurei por Jax, minha barriga se retorcendo quando não o encontrei.

Um garoto passou por mim, tropeçando nos próprios pés, e um casal no corredor tinha perdido completamente suas inibições.

Os homens rugiam da cozinha, as roupas estavam saindo e todo mundo estava louco.

Todos estavam bêbados.

Prendi o cabelo atrás de uma das orelhas e passei pela cozinha, estremecendo quando reparei em duas garotas de sutiã brincando de um jogo que envolvia bebida na mesa.

Mas que droga é essa? Jax não deixava essa merda acontecer. As pessoas respeitavam sua casa e seus pertences, e ficavam com suas roupas.

Pisei no jardim dos fundos, instantaneamente sorrindo de alívio.

Lá estava ele.

Com seus brinquedos, claro.

Ele estava sorrindo, as calças pretas que eu amava baixas em sua cintura, e seu torso longo e musculoso estava lindo. Seu rosto parecia tranquilo e relaxado, e ele passava a mão pelo cabelo, fazendo minha barriga revirar. Pensei que o tinha visto olhar na minha direção, mas então alguém falou algo que o distraiu.

Estava tudo bem. Ele nem parecia bêbado.

Riu de alguma coisa que um amigo falou e jogou sua chave inglesa na caixa em cima da mesa. Então assisti, meu sorriso se desfazendo, quando ele parou atrás de uma garota...

... puxou o quadril dela para si e enterrou a boca em seu pescoço.

Mas qu...

Minha respiração tremeu e meus olhos foram para o chão, tentando endurecer a expressão, mas as lágrimas se formaram de todo jeito.

Não.

Rapidamente olhei para trás, tentando desesperadamente afastar as lágrimas.

Mas que merda era essa? Meu coração martelava, inundando meu corpo com uma energia nervosa, e fechei minhas mãos trêmulas em punho várias vezes.

Seus dedos seguravam a cintura dela e dava para vê-la esfregar a bunda nele, sua cabeça loira apoiada em seu peito. As mãos dele se espalharam na barriga dela, nuas naquele cropped, e a boca tocou a pele dela.

Agarrei o poste de madeira na minha frente, o assistindo virá-la e deixá-la passar os braços por seu pescoço.

Olhei para longe de novo, estremecendo. Ele não estava fazendo isso. Eu conhecia Jax.

Minha mãe, meu pai, Liam, ninguém me prendeu, mas Jax sim. Melhorávamos um ao outro. Ele nunca faria isso.

— Ai, meu Deus — Shane sussurrou ao meu lado, vendo o que eu vi.

Endireitei-me, a dor no meu peito me fazendo querer desmoronar e chorar.

Descendo as escadas, vi Jax fixar os olhos em mim quase imediatamente. Suas costas se endireitaram e a garota com as mãos nele se virou, seguindo seu olhar.

— Não era para você estar no Madoc? — Parecia puto, se jogando em uma poltrona confortável e levando a garota para o seu colo, como se eu não tivesse importância.

— Seu filho da... — Shane começou, mas ergui o braço, a parando.

Eu me preparei e fiquei lá, olhando para ele.

Só para ele.

Naqueles olhos azuis que foram meus, pelo menos por um tempo.

Ignorei sua mão esfregando a coxa dela. Não doía.

Ele estava tocando outra pessoa e eu não queria, e meu coração não sangrava mil vezes pior do que quando perdi meu pai.

Fechei os punhos e deixei a porra do nó se alojar na minha garganta.

Não doía.

— Ela é sua namorada? — a loira questionou.

Jax me deu aquele sorriso arrogante e tocou sua barriga, o polegar vagando por baixo de sua blusa.

CAINDO

— Bem, se ela for, espero que não se importe de dividir. — E beijou a bochecha dela. — Você é doce demais para eu desistir.

Ela soltou uma risadinha e levou os lábios ao rosto dele.

— Você só gosta de mim porque eu te deixo fazer o que quiser comigo.

Jax sorriu, deixando a cabeça cair para trás ao me encarar.

— Se quiser se juntar a nós, podemos ir lá para o quarto.

Shane imediatamente passou o braço no meu por trás e me puxou, mas me soltei, fechando a cara para Jax.

Sempre disse a mim mesma que merecia coisas boas — que eu era digna —, mas foda-se, nunca acreditei. Não dá para dizer nada a si mesma. Seu coração só acredita no que sente e a experiência é a melhor professora.

Estiquei-me para frente, agarrei o braço da garota e a arranquei do colo de Jax.

— Ei — reclamou, mas plantei as mãos no descanso de braço e olhei para ele.

Seu lindo rosto me observava.

— Por quê? — exigi.

Seus olhos se estreitaram.

— Porque eu posso.

Neguei com a cabeça.

— Esse não é você. Você não é cruel e não a quer. Por que você está me afastando?

— É para ser só um verão divertido — rebateu. — Agora, ou vem me foder ou vai se foder.

Enfiei as unhas na cadeira, procurando algo suave em seus olhos. Algo acolhedor e meu. Algo que eu pudesse reconhecer.

Mas tudo que vi foi seu sorriso doentio.

— Eu mal a vi — sussurrei, expondo meus dentes. — Só vejo você. Seu pai não te deixou sujo. As merdas que você passou não te deixaram sujo. Isso — afirmei, suave, apontando para ele e rosnando baixo — isso, aqui e agora, é o que faz de você a escória do mundo.

Afastei-me da cadeira e recuei, vendo seus olhos ficarem sombrios e querendo o cara que mal podia se controlar na cozinha semana passada, quando fiz o jantar para ele. O cara que sentiu ciúmes quando meu ex-namorado ligou. O cara que me chamou de sua garota.

Queria que ele me carregasse para o seu quarto e fechasse a porta, para podermos nos perder um no outro como se o resto do mundo não existisse.

Mas ele ficou lá sentado.

Lutei por Liam e veja onde aquilo me levou. Era a vez de outra pessoa lutar por mim.

Virei à esquerda, deixando as lágrimas quentes caírem. Doía pra caralho. Meus lábios se apertaram, tentando conter o fluxo, mas não tinha como.

Eu o odiava.

E eu o amava.

E hoje à noite ele dormiria com outra pessoa, ou talvez já tivesse dormido ontem ou hoje, e eu era uma idiota. A porra de um trem desgovernado.

Agarrei a mão de Shane, apertando bem ao nos levar do meio das pessoas para a porta da frente.

Eu o veria de novo. Provavelmente muito. E chorei mais, percebendo aquilo. As lágrimas queimavam minhas bochechas e, mesmo que elas continuassem descendo, meus soluços eram silenciosos. A miséria costumava ser.

— Ei, para onde você está indo?

Parei, vendo Tate em meio aos meus olhos turvos.

E Jared.

E, porra, Madoc e Fallon também. Acho que todo mundo decidiu vir atrás de mim.

Funguei, limpando a garganta.

— Para casa. — Joguei a chave para Madoc e dei um passo, mas Tate me segurou de novo.

— Ei, ei. Para — ordenou, e olhei para ela quando segurou meus ombros. — Você está chorando. O que houve de errado?

Não falei nada. Não precisava falar a respeito. Passei a vida em volta de pessoas que não me ensinaram nada e agora só queria ficar sozinha por um tempo. Só queria ficar orgulhosa de mim mesma.

Eu tinha crescido.

Passei os braços por seus ombros e a apertei com força, meu rosto pinicando com a dor no coração e as lágrimas escorrendo.

— Eu te amo — sussurrei, depois me afastei e falei com Jared: — Desculpa ter te usado no ensino médio — pedi, e me voltei para Tate, cujos olhos brilhavam de preocupação. — E desculpa mesmo por ter te machucado. Eu estava errada e nunca mais vou trair sua confiança de novo.

A voz de Tate estava trêmula.

— Juliet...

Mas eu já tinha me virado e saído.

CAINDO

CAPÍTULO VINTE E SEIS

JAXON

Odiava como Gordon andava atrás de mim na escada. Queria vê-lo chegando e sempre sentia que ele me empurraria. Eu me movi mais rápido do que o normal, o objeto em meu bolso me dando coragem.

— Esse é o meu garoto. — Ouvi, chegando ao pé da escada.

Minha barriga revirou com o som de sua voz. Sherilynn, namorada do meu pai, era sempre a primeira a me tocar, mas não olhei para cima. Seu cabelo vermelho cheio de frizz, loiro na raiz, e o batom vermelho borrado sempre pareciam os mesmos. Suas roupas, pequenas demais para o seu corpo, me lembravam do que ela queria comigo e tudo era sujo.

Tudo.

Se eu não olhasse, poderia imaginar que ela era bonita. Sua pele enrugada seria macia, e poderia fingir que sua voz, rouca dos vários cigarros, era doce.

Eu sabia que havia coisas bonitas no mundo. As garotas na escola. Minhas professoras. As coisas poderiam ser limpas, doces e bonitas. As mães que buscavam meus colegas pareciam ter um cheiro bom.

Nunca fui abraçado por alguém que cheirasse bem.

Torci os dedos dos pés de nervoso dentro do meu tênis velho, rasgado e de segunda mão, e fechei os olhos com as mãos dela no meu cabelo. Meu corpo ficou enojado, como se quisesse respirar, mas não conseguisse, e o mundo inteiro escureceu.

O cheiro molhado e frio de mofo, cigarro e sujeira encheu minhas narinas e quis vomitar.

— Quer o outro? — Gordon indagou, por trás de mim.

O outro?

Sherilynn acariciou meu rosto.

— Sim, acho que chegou a hora. Vá pegá-lo.

Ergui a cabeça, abrindo os olhos.

— Quem?

— Seu irmão, merdinha. — Gordon empurrou meu ombro. — Hora de ele se juntar à diversão.

Girei, empurrando o peito dele.

— Não! — rosnei, e ele se lançou para frente, agarrando meu cabelo no couro.

— Por quê, seu merdinha? — Sua mão voou em meu rosto em um tapa alto que ecoou no cômodo. Minha bochecha queimou, mas não parei.

Chutei-o e balancei os braços.

— Não toque nele! — gritei, meu rosto aquecendo de raiva.

Meu pai tinha dado uma surra nele enquanto eu estava no freezer e hoje à noite eu nos tiraria daqui. Tinha que fazê-lo ir para casa.

Balancei, furioso, sem nem pensar. Não!

— Pegue-o! — Gordon gritou, e fiquei tenso assim que senti o punho de Sherilynn no meu cabelo, pinicando meu couro.

Gordon soltou e seu punho bateu direto no meu rosto. Caí no chão na hora, minhas orelhas zunindo e meu cérebro ficando nublado.

Ouvi passos na escada e peguei a faca no bolso. Aquela que agarrei da bancada antes de me trazerem para cá.

Cortei a perna de Sherilynn e ela gritou, soltando meu cabelo imediatamente. Gordon parou nas escadas e voltou, vindo direto para mim.

Tropecei, tentando ficar de pé, meu corpo pesado, e ergui o punho, disparando para ele.

— Deixe a gente em paz! — gritei.

E enfiei a faca bem no seu pescoço.

Ele parou. Parecia chocado.

Lágrimas borraram minha visão e comecei a ofegar em busca de ar, o assistindo sem piscar.

Ele tropeçou e tocou a faca ainda alojada na lateral do seu pescoço.

E então caiu.

Recuei para a parede, meus olhos arregalados, e o assisti ofegar e cuspir para respirar e as lágrimas secarem. Lembrei que Sherilynn estava no porão, porém em silêncio. Ela deveria gritar. Olhei para ela.

Sherilynn estava deitada no chão, uma poça de sangue ao lado de sua coxa.

Deslizei pela parede e vi os dois pararem de respirar em algum momento. Não procurei ajuda e não chorei.

Uma chuva rápida caiu logo cedo e fiquei apenas encarando, sentado na varanda dos fundos, com os braços apoiados nos joelhos.

CAINDO

Ainda estava com os fones de ouvido, *Better Than Me*, de Hinder, fodendo minha cabeça poeticamente, enquanto eu apertava o maldito pedaço de papel no punho.

Segurando firme as suas palavras. Segurando tudo que tinha me restado dela.

Eu o amo, e não quero. Ele não está pronto.

Carreguei aquela página de diário para todo lugar comigo.

Já se passaram quatro dias. Quatro dias e nove horas desde que ela falou comigo, me olhou ou esteve no mesmo cômodo que eu, e todos os dias que passaram, meu estômago ficou mais e mais vazio e meus músculos ficaram mais fracos. Eu me deleitava com isso. Queria sofrer. Queria sentir dor.

Estava miserável sem ela.

A escola era o único lugar onde a via, mas ela nunca olhava para mim. Sentava na sala, trabalhando com seus alunos e sorria, depois enfiava os fones no ouvido e andava para casa em silêncio — o caminho inteiro até a casa de Madoc. Não a tinha visto no fim de semana e não tinha verificado como estava.

Deixei a cabeça cair, meu estômago roncando de fome.

Encerrei a corrida de hoje de manhã porque não tinha nenhuma energia. Sem energia porque não tinha nenhum apetite. Nenhum apetite porque eu era escória.

Passei a mão sobre a cabeça, empurrando o cabelo molhado para trás e lambendo a chuva em meus lábios.

— O que você está fazendo?

Ergui a cabeça com o som da voz de Jared, camuflando meus olhos cansados.

— Não estou com humor.

— Bem, precisamos conversar sobre nosso pai — pressionou. — Conseguiu encontrá-lo?

Tudo estava cansado, incluindo minha voz, e fiquei de pé, andando em sua direção para a casa.

— Não dou a mínima para ele agora — falei, exausto.

— Jesus — suspirou, agarrando meu queixo para me olhar, mas me afastei do seu toque. — Porra, quando foi a última vez que você dormiu?

Empurrei-o e entrei na cozinha, direto para a geladeira.

— Responde — pressionou.

— Só me deixe em paz, Jared — falei com calma, mas era um aviso.

Ele largou as chaves na mesa e dobrou os braços sobre o peito largo.

— Deixei você em paz por quatro dias, porque Tate me disse para não me meter nos seus problemas, mas olha só para você. — Seus olhos ficaram raivosos ao gesticular comigo. — Você está pálido. Suas bochechas estão secas. Que merda é essa?

A dor no meio da minha cabeça se espalhou pelo meu pescoço e não consegui olhar para ele.

— Por que você a traiu, porra? — indagou, parecendo como se eu tivesse cometido o erro mais idiota da minha vida.

Virei e me apoiei na pia.

— Não traí. — Afastei os olhos dele. — Só queria que ela fosse embora.

A garota da festa era alguém com quem já tinha saído, mas, antes de Juliet, não fiquei com ninguém em um mês. Não dormia por aí e não tinha ficado com ninguém depois dela também.

Ele ficou lá parado em silêncio, provavelmente esperando que eu explicasse mais, porém desistiu.

— Não sou o maior fã da K.C... quero dizer, da Juliet — afirmou, dando um passo à frente —, mas ela te fazia bem, Jax. Não entendo isso.

— Não precisa entender — murmurei. — Não é problema seu. Ela só merece algo melhor, só isso.

— Não tem nada melhor. Não tem nada de errado com você. — E soava defensivo. — Ela tinha sorte de estar contigo.

— Não. — Neguei com a cabeça. — Não tinha sorte não. Eu nunca seria bom o bastante para ela. Juliet estava se apaixonando e eu... — Engoli em seco. — Eu não queria que ela se machucasse mais. Era hora de seguir em frente.

Cruzei os braços sobre o peito nu, sentindo os olhos de Jared me estudarem. Ele fazia aquilo cada vez mais ultimamente. Levando seu tempo para processar e reagir. Porém, quando ergui o olhar, não gostei do que vi no dele.

Confusão e decepção.

— Não — avisei. — Não me olhe desse jeito.

O canto de sua boca se ergueu em um sorriso condescendente.

— Você sempre age como se estivesse de boa, Jax, como se sua vida estivesse resolvida e você soubesse tudo de todo mundo. Mas você não conseguiu nem se endireitar. — Ele negou com a cabeça. — Levei um tempo para ver, mas você realmente não tem ideia de que porra está fazendo, né, Jax?

Meus punhos se fecharam, dobrados sob meu bíceps.

— Não — cuspi, negando com a cabeça para ele.

Jared estava errado. Tudo ficaria em ordem de novo. Arrumado. Organizado. Limpo.

Ele deu um passo à frente, chegando mais perto e me provocando.

— Você faz dinheiro trabalhando para o pai de Fallon, troca favores com a polícia e pensa que pode sentar naquele seu escritório fingindo que é Deus e manda na vida de todo mundo, porque, quando se trata de você — colocou a cabeça para frente, me encarando — e da sua vida, você precisa evitar tudo para controlar as coisas. — Ele se aproximou mais, os olhos em mim. — Pode se gabar do seu poder para todo mundo — prosseguiu —, mas nem você acredita. Pensa de onde você veio e tudo que te aconteceu, aí acha que não merece ter o que quer. Acha que ela vai acabar tendo vergonha de você. Lá no fundo, você acredita que é um merda.

Ergui o rosto, franzindo o cenho para ele.

— Pelo menos eu a afastei antes que fosse tarde demais — rosnei, travando os olhos nos dele. — Algum dia Tate vai te enxergar. Daqui a dez anos, quando estiverem vivendo no subúrbio em uma casa colonial de dois andares com piso de madeira e sancas, tentando colocar as crianças dentro do SUV para não se atrasar para outra festa de aniversário do caralho — acenei —, ela vai ver.

Ele estreitou os olhos, recuando. Eu continuei.

— Ela vai ver, porque você parou de falar com ela, parou de tocá-la e o Boss vai estar debaixo de uma lona há anos, e ela não vai entender porque você não sorri mais. — Segurei sua atenção. — Ela não vai ver que você escolheu uma carreira que odeia, porque quer se sentir merecedor dela. Porque sabe quanto um médico ganha e não quer que sua esposa tenha vergonha de você. E ela vai perceber que, ao longo dos anos, seu coração ficou mais frio, a casa mais silenciosa, e vai chorar à noite, porque viu como a nova vizinha flerta com você e que você gostou. É a primeira coisa em um bom tempo que te faz sentir vivo.

Medo piscou em seus olhos e ele me observava sem respirar.

Abaixei minha voz até que fosse quase um sussurro.

— Você está morrendo por dentro, e a está matando junto com você e nem sabe disso. — Pausei, vendo a dor em seus olhos. — Pelo menos eu libertei Juliet — terminei.

Não havia mais nada a dizer. Nada que ele pudesse me contar que eu já não tivesse dito, e vi a dor em todo seu rosto, porque ele sabia que o que eu disse era verdade.

Nós dois estávamos fodidos.

— Jared?

Ergui os olhos e Jared virou a cabeça, nós dois vendo Tate dar um único passo lento para dentro da cozinha.

Fechei os olhos, soltando um suspiro silencioso.

Merda.

Lágrimas tinham se acumulado em seus tempestuosos olhos azuis, e nós dois sabíamos que ela tinha ouvido tudo.

— Isso é verdade? — indagou, sua voz embargada. — Você está infeliz?

Jared abaixou a cabeça, olhando para longe dela, os músculos de sua mandíbula se flexionando.

— Some daqui, porra — mandou, os dentes cerrados, e eu sabia que ele estava falando comigo. — Puta que pariu, vou arrastar a sua cara na parede. Some daqui.

Ele não estava mentindo. E eu merecia.

Agarrei minha camisa na cadeira da cozinha e saí da casa.

Eu não tinha direito de julgar meu irmão. Talvez ele odiasse a faculdade, talvez odiasse ser militar, mas talvez Tate fosse seu sonho e, por ela, ele aceitaria tudo, porque ela era sua felicidade.

Eu me sentia um merda, e queria que ele se sentisse assim também.

Quando foi que comecei a odiar todo mundo?

Dirigi pelas ruas tranquilas, ainda vazias às sete e meia da manhã, pensando em como minha vida tinha ficado fodida nas últimas semanas. A rotina que eu amava tinha perdido a graça e eu ficaria feliz se nunca mais olhasse para a porra de um computador.

Virando a direita, entrei no estacionamento da escola com apenas uma coisa na cabeça. Correr até a exaustão em volta da pista.

Porém, quando me enfiei em uma vaga, pisei forte no freio, vendo o Camaro de Liam estacionado perto da caminhonete do zelador.

O funcionário abria a escola todas as manhãs às seis e meia. Que merda Liam estava fazendo aqui?

CAINDO

Abri a porta e desci, vestindo a camisa preta antes de bater a porta com força e correr pelos degraus. Indo direto para a escada do segundo andar, subi e fui para o laboratório de química.

Juliet não estaria aqui tão cedo, mas eu ainda precisava confirmar. Meus tênis de corrida chiaram no chão de madeira, mas ouvi a voz dele antes mesmo de chegar à sala.

— Eu te amei — afirmou, soando aflito. — Ainda te amo.

Diminuí, parando do lado de fora.

— Só que nunca senti que você me queria. Não de verdade — continuou. — Fui um babaca. Sei disso, mas — pausou, e pude ouvir sua respiração pesada —, gata, é que odeio te ver com ele.

Ouvi a cadeira arrastar no chão, e Juliet parecia séria.

— Você me traiu. Duas vezes — apontou, soando sem paciência. — Você está traindo aquela lá agora ao vir aqui. Não tenho dúvidas de que sou parcialmente culpada pela falha no nosso relacionamento, mas você é inacreditável. Não me ligue e não tente me ver de novo.

Um leve sorriso ergueu meus lábios.

— Agora vai — pediu Juliet, soando exasperada.

— Gata — ele suspirou, e ouvi pés se arrastando.

— Liam! — gritou. — Não!

Corri para dentro, mas parei na hora.

Liam estava curvado, segurando a lateral do rosto, e Juliet o olhava de cima, cuspindo fogo dos olhos. Ela tinha batido nele.

— Vamos fingir — rosnou para ele — que estamos em uma dimensão paralela onde você tem um cérebro. Acene se você sabe o que vai acontecer contigo se me tocar de novo.

Ele fechou a cara para ela, parecendo totalmente humilhado, e os dois viraram os olhos para mim. Juliet piscou, mas olhou para ele de novo, colocando as mãos no quadril, e Liam se endireitou e esfregou a bochecha.

— Não sei nem porque estou surpreso — comentou, bufando, e caminhou até a porta. — Você me deixou te comer tão rápido, acho que não o fez esperar tanto também.

Estiquei a mão e agarrei seu colarinho, querendo aquele ser desprezível longe dela. Não queria que estivesse nem em suas memórias.

— Jax! — Juliet ordenou e o segurei perto do meu rosto.

Encarei os olhos azuis bravos, porém assustados de Liam e sussurrei:

— Se tocar nela de novo, não vai ter que se preocupar com o que ela fará com você. — E o empurrei para fora da porta, o vendo tropeçar no corredor.

— Por que você está aqui? — Juliet indagou, por trás de mim. — Você não é melhor que ele. Pode cair fora também.

Neguei com a cabeça, sabendo que ela estava certa, mas continuei preso ao chão.

— Não — respondi.

— Jax, que merda você quer de mim? — gritou.

Virei e corri para ela.

— Isso. — E trouxe seu corpo quente contra o meu, mergulhando os lábios nos dela, saboreando sua língua doce.

Ela enfiou os punhos no meu peito e se afastou da minha boca.

— Cai fora — ordenou. — Por que você não vai encontrar aquela garota que você tanto gosta? Ela te deixa fazer de tudo, não é?

Seus lábios irritados e hálito quente me chamavam, e agarrei sua nuca, a segurando perto de mim.

— Não fiquei com nenhuma outra garota depois de você — sussurrei. — E não quero mais ninguém. — Suspirei em sua boca. — Só quero você porque é o único momento que sei que estou exatamente onde quero estar, Juliet.

Ela afastou o rosto, lágrimas descendo por sua bochecha.

— Não.

— Você sente isso também — pressionei, a fazendo ouvir. — Não quero você nos meus braços. — Puxei-a para mim. — E não quero que me ame. Apenas venha quando eu chamar e deite na minha cama quando eu disser.

Seus lábios tremeram e sua respiração também, conforme ela tentava afastar o corpo do meu.

— Vai ser só você — prometi, minha garganta apertada. — Você é a única que eu quero.

Cobri seus lábios com os meus, engolindo seus gemidos e implorando a ela com meu corpo. Minhas mãos agarraram sua bunda, a empurrando para a ponta da mesa, e a beijei rápido e com força. O sal de seu suor tocou minha língua.

Afastei-me, vendo seus olhos assustados me encarando, mas não hesitei. Esticando a mão atrás dela, passei a mão sobre a mesa, jogando todas as merdas de Penley no chão, depois a ergui, reivindicando sua boca novamente.

— Diga — exigi. Precisava ouvir as palavras.

Mas ela simplesmente se afastou e tirou minha camisa, jogando no chão.

Respirei com força, vendo o calor em seus olhos, e abri os botões do meu short, ao mesmo tempo em que ela fazia isso com sua camisa.

Meu pau ficou livre, a pressão de precisar da porra daquele corpo me fazendo sentir dor. Eu estava inchado e duro, e ela estava fazendo aquilo comigo.

Mordi seu lábio inferior, pronto para comê-la, e a prendi pelos joelhos, puxando para a ponta da mesa. Agarrando sua calcinha por baixo da saia, arranquei de sua pele molhada e quente.

— Quando eu ligar. Porra, quando eu disser — ordenei.

E mergulhei dentro dela.

— Ah — gemeu, segurando meu pescoço.

— Droga — rosnei. — Bom pra caralho.

Inclinando-me sobre ela e agarrando seu pescoço, bombeei meu quadril, afundando nela até o talo.

Sua boceta se apertou ao meu redor, me segurando forte, conforme eu deslizava para frente e para trás, cada vez mais rápido.

As rajadas curtas e quentes de sua respiração sopravam em meu pescoço, e entrelacei os dedos em seu cabelo, a prendendo ali.

Bem ali contra mim — fechei os olhos —, onde eu poderia sentir cada tremor, gemido e batida de seu coração.

E quando suas unhas afundaram em meus braços e ela começou a gritar, apertei mais seu corpo, mal percebendo que ela tinha enfiado os dentes na base do meu pescoço.

— Mais forte — implorei, ainda a segurando pelo cabelo e pressionando sua cabeça na minha pele.

Ela mordeu mais forte, seus dentes tentando se fechar na minha pele, e absorvi cada gemido e choramingo que saía de sua doce boca, conforme ela tentava se manter quieta.

— Diga — exigi. — Eu preciso ouvir.

Ela deixou a cabeça cair para trás, me olhou e sussurrou:

— Caramba, lindo, isso é tão bom. Amo ter você dentro de mim.

Estreitei os olhos, endurecendo meu tom.

— Diga — cuspi.

— Hmmm — gemeu, fechando os olhos. — Serei sua boa putinha. Prometo.

Que porra é essa?

O que ela estava fazendo? Por que estava tornando isso algo sujo?

Saí de dentro dela, girei-a e ergui sua saia.

— Você sabe o que eu quero ouvir, Juliet — insisti, deslizando dentro dela de novo. — Diga, porra!

Ela empurrou com as mãos para cima, recebendo o que eu dava a ela, e agarrei seu quadril com uma das mãos e passei a outra na frente de seu pescoço, respirando em sua pele.

— Sim, me fode mais forte — implorou. — É isso, lindo? Eu sou boa? Sou apertada o bastante para você?

Meus olhos queimavam e eu os fechei, sentindo meu estômago girar.

— Não — sussurrei em seu pescoço. — Não fale assim. Essa não é você — afirmei. — Você sabe o que quero ouvir. Três palavras. Por favor — implorei.

Meu peito tremeu, ela estava uma delícia, mas não era isso que eu queria. Assim não.

Queria minha Juliet.

Sua cabeça caiu suavemente contra o meu ombro e senti sua respiração na minha pele.

— Você quer ouvir? — sussurrou.

Uma gota de suor desceu por minhas costas e beijei seu pescoço, sentindo alívio.

— Sim.

Ela virou a cabeça, a respiração batendo no meu rosto, e murmurou:

— Eu te amo.

Abri os olhos.

— Não — falei baixo, investindo mais forte.

— Eu te amo, Jax — continuou, triste. — Eu te amo muito.

— Para.

— Eu te amo. — Sua cabeça caiu para frente, um choro suave. — Eu te amo.

Diminuí o ritmo do quadril, parando quando os músculos das minhas costas ficaram tensos. Fechei os olhos, uma lágrima pendurada no canto.

— Linda, não faça isso — lamentei.

— Eu te amo — repetiu, negando com a cabeça e chorando. — Só. Você. Sempre.

Abaixei a cabeça e lentamente dei um passo atrás, envergonhado demais para olhar para ela. Por que ela me amava? Eu nunca a colocaria acima de mim. Eu nunca a colocaria em primeiro lugar. Ela merecia um homem, não um cara disfarçado de menininho assustado.

Encarei o chão, angústia fervendo sob a minha pele, e cegamente fechei meu short e me afastei dela.

Ela endireitou as costas e se virou, os braços moles ao lado do corpo, mas os ombros retos e a postura firme. Ela estava me encarando, mas meus olhos vagavam, incapazes de chegar ao seu rosto.

Sua saia branca plissada ia até os joelhos e suas sapatilhas brancas estavam plantadas no chão, tudo parado como uma estátua. A blusa azul sem mangas estava pendurada em seus ombros em uma bagunça, mas o sutiã branco contrastava com a pele bronzeada brilhando de suor.

Aquela era a minha garota. Minha. E ela estava me esperando fazer ou dizer alguma coisa, ser um homem, mas eu não encontrava a porra da coragem de reconquistá-la.

Eu a ouvi engolir, a sala muito silenciosa, e fiquei lá parado conforme ela tranquilamente abotoava a blusa, colocava dentro da saia e saía da sala.

Passei a mão pelo cabelo e, pela primeira vez na vida, realmente quis ficar bêbado. Nunca tinha procurado escapar desse jeito.

Fui para a porta, me abaixando para pegar minha blusa e vestir, conforme me encaminhei para fora do prédio.

Casa. Eu iria para casa, ficaria bêbado e pensaria, porque não tinha nenhuma ideia do que faria sem ela ou qual seria meu próximo movimento.

Subindo no carro, segurei o volante em punho e bati a porta, agradecendo pelo estacionamento estar vazio. Pouca gente já tinha me visto bravo e eu gostava assim. É difícil antecipar o que você não entende e eu gostava de me manter no controle. Na maior parte do tempo.

Liguei o motor e aumentei o rádio, o carro vibrando por baixo de mim. Engatei a ré e olhei o retrovisor.

E parei.

Estreitei os olhos, vendo suas marcas no meu pescoço — suas marcas de mordida.

Estiquei a mão, passando os dedos, sentindo a pele afundada onde seus dentes e boca estiveram. Não tinha perfurado, mas estava manchado de vermelho e roxo.

E eu quis sorrir.

Ela me mordeu.

Minha plantinha medrosa e frouxa era selvagem, afinal de contas.

Algum dia, quando ela seguisse em frente e encontrasse outro cara, eu conseguiria olhar para ela e me lembrar de que ela quase foi minha.

Seria capaz de lembrar que, embora ele dormisse com ela toda noite, eu tive seu corpo macio — suado e necessitado — nos braços, me olhando como se eu fosse um anjo.

Eu me lembraria de que um dia ela me amou.

Dirigi até o Black Debs e passei pela porta, tirando a camisa na hora. Sentando na cadeira vazia de Aura, esperei que viesse de sua mesa com as mãos nos quadris, *Slept so long*, de Jay Gordon, tocando no fundo.

— Sabe o que é um agendamento? — rosnou. — Jared faz agendamentos.

Inclinei-me para frente, os cotovelos nos joelhos, e inclinei a cabeça, indicando a marca de mordida.

— Tatua — falei.

Ela empurrou minha cabeça para a esquerda e inspecionou a marca de perto. Ficando de pé, ela me olhou como se eu fosse louco.

— Tem certeza? — indagou, seu lábio arqueando.

Assenti.

— Quero lembrar.

CAPÍTULO VINTE E SETE

Despertei de repente, gritando quando meu corpo subia e descia.

— Bom dia, raio de sol! — Madoc pulou ao pé da cama, me balançando. — Espero que esteja nua.

Procurei as cobertas, trazendo-as até o queixo.

— Madoc! — gritei, cobrindo o rosto com o tecido. Estava de pijama e regata, mas ainda assim!

— Vamos lá, tigresa — Madoc provocou, ainda pulando como um garoto de sete anos de idade. — Hora de parar de roncar. Embora seja supersexy.

Ele estava brincando. Eu não roncava. Ai, meu Deus. Eu roncava?

— Madoc, para! — gritei, surtando por ter um homem seminu (outro homem seminu) pulando na minha cama.

Ele usava calça de pijama Polo — dava para dizer que era Polo Ralph Lauren por causa dos pequenos jogadores de polo estampados por ela. E sem camisa. E ele não deveria estar no meu quarto. No quarto dele. No quarto antigo de Fallon. Meu quarto!

— Fallon! — gritei por sua esposa.

— Madoc! — Eu a ouvi chamar, provavelmente do quarto deles, do outro lado do corredor. — Deixe-a em paz.

— O quê? — Agia como um inocente, mas continuou pulando. — Duas gostosas debaixo do meu teto. Tenho uma cama enorme e Freud disse que todo mundo é bissexual. Digo que vocês duas devem tomar um banho. Eu assisto. Todo mundo ganha.

Ergui a cabeça da cama, raiva queimando meu rosto.

— Cai. Fora. Da. Cama! — berrei, do meu interior.

— Uau! — Seus olhos se arregalaram e ele riu, jogando o corpo todo para se deitar ao meu lado. — Satanás é o seu pai ou ele só te criou?

Rosnei e cobri o rosto com a coberta de novo.

— Odeio reclamar, por causa do quarto de graça e tal, mas...

— Então não reclama — declarou, me recusando com a mão e puxando a coberta do meu rosto. — Sério. Você tem que levantar. Estamos dando uma festa.

— Oi?

— O pai da Tate chegou hoje de manhã — começou a explicar. — O trabalho dele deu uma pausa por algumas semanas. E meu pai e a mãe de Jared estarão na cidade este fim de semana. Todo mundo virá para cá — suspirou, deitando e colocando as mãos sob a cabeça. — Vamos fazer um churrasco e receber uma galera. Precisamos de alguém para limpar o lixo.

Joguei o lençol por cima da cabeça.

— Estou brincando. — Puxou o tecido de novo, sorrindo. — Você sabe que eu amo te provocar.

Rolei os olhos.

Brincando com a bainha da coberta, engoli o nó na garganta.

— Jax vai estar aqui? — indaguei, sem olhar para ele.

— Jax estará no Loop — devolveu. — Adam estará aqui.

Quem…? Ah, certo. Adam, seu amigo mauricinho. Aquele que eu… meio que descartei… quando me "perdi" na casa mal-assombrada. É, bela atitude a minha.

Madoc desceu da cama e andou até a porta, gritando por trás de si.

— Vista-se. De preferência com algo que Fallon possa arrancar com os dentes!

— Madoc! — o grito de Fallon se espalhou pelo quarto, e neguei com a cabeça, enterrando minha risada no travesseiro.

A monitoria acabou ontem, então este era o meu primeiro dia sem nada para fazer ou planejar. Volto ao trabalho no cinema amanhã, recuperando meu primeiro e único emprego do ensino médio; por mais que gostasse do trabalho lá — ei, quem não gostava de ver filme de graça? —, estava com dificuldade de ficar animada. Passar o restante do verão ganhando um salário mínimo como adolescentes que ainda iam para o ensino médio parecia um passo atrás. Mas eu sabia que tinha que ser feito. Não podia viver com Madoc e Fallon para sempre e não precisava apenas de um emprego, mas de dois.

Meu telefone começou a tocar e ergui a cabeça, tirando do carregador na mesinha de cabeceira.

— Alô? — Sentei, sem reconhecer o número.

— K.C.? — uma voz feminina indagou. — Ei, querida. É Meredith Kenney. Amiga da sua mãe.

— Ah, oi, senhora Kenney — saudei, confusa sobre o motivo de ela estar me ligando. — Como vai?

— Bem. Só estou ligando para confirmar se sua mãe está bem — explicou. Ela perdeu as duas últimas reuniões da Rotary e, quando tentei ligar, não obtive resposta.

Abri a boca, mas logo fechei de novo.

Aquilo era estranho. Minha mãe era sempre pontual e com certeza ligaria se precisasse faltar a uma reunião. O que nunca aconteceu.

— Hm, bem — gaguejei —, não sei. Sinto muito, senhora Kenney, mas estou visitando uns amigos agora. — Arrepios se espalharam em meus braços, a preocupação se alojando. — Vou passar pela casa dela, okay?

— Eu fiz isso. Sem resposta — afirmou. — Agora estou preocupada.

Neguei com a cabeça, tentando entender o que poderia ter acontecido. Não deveria estar preocupada com ela. A mulher me ligou desde que fui buscar meu diário? Não, ela me abandonou e eu não deveria me importar.

Mas ela estava sozinha. E eu era diferente agora.

— Vou conferir e te dou resposta. — Acenei, afastando as cobertas e ficando de pé. — Obrigada.

— Vou aguardar. Obrigada, querida. — E desligou.

Pegando um vestido leve e branco do armário, entrei no banheiro, me vesti e arrumei o cabelo.

Pegando a bolsa e prendendo o relógio no pulso, entrei no corredor, tentando colocar as sandálias.

— Madoc? — chamei. — Posso pegar seu carro emprestado?

— Não!

— Valeu — cantarolei, passando pelo corredor e pelas escadas, pegando as chaves do carro na mesa da entrada antes de sair pela porta.

Tinha que agradecer Jax por uma coisa. Fiquei feliz por ele ter me ensinado a dirigir um carro manual. Era a única coisa que essas pessoas dirigiam.

O trajeto até minha casa — até a casa da minha mãe — levava vinte minutos, e mesmo que fosse difícil não acelerar no carro de Madoc, fui no meu tempo.

Não estava realmente preocupada com ela. A mulher sempre cuidava de si mesma.

Mas a verdade era que nunca me preocupei com a minha mãe. Sua presença era constante, como uma lâmpada ou um carro, e não tinha realmente pensado na sua vida pessoal, a menos que eu estivesse lá para ver.

O que ela fazia enquanto eu estava na faculdade? No que pensava quando estava sozinha?

O que a machucou tanto para torná-la tão má?

E agora, pela primeira vez na vida, ela estava causando preocupação aos outros.

Parando do lado de fora da casa, lentamente desci do carro e enfiei as chaves na bolsa. A escada de tijolos da porta da frente surgiu na minha frente.

Eu não ligava. Isso não era minha responsabilidade.

Mas caminhei de todo jeito.

Subi as escadas até o gramado, peguei minha chave e destranquei a porta da frente, vendo imediatamente a correspondência fechada e espalhada na mesa de entrada e no chão.

Estudei a pilha, deixando a porta fechar atrás de mim.

Que merda é essa?

Movi os olhos para a esquerda e a direita, notando que o restante do piso inferior parecia completamente em ordem.

Casa limpa, chão encerado, tudo sempre igual. Exceto o aspirador de pó ligado na tomada e parado no meio do tapete.

Além da correspondência, tudo parecia bem. Ela devia estar fora da cidade e alguém pegava as cartas por ela.

Meus ombros relaxaram.

Bem, já que eu estava aqui... ainda tinha roupas, algumas lembranças do meu pai e... se eu conseguisse carregar... minha coleção vintage dos livros de Nancy Drew que poderia pegar e ainda voltar a tempo da festa de Madoc e Fallon.

Coloquei minhas coisas na mesa redonda da entrada e subi as escadas correndo. Passando pelo corrimão, empurrei a porta do meu quarto e parei bruscamente.

Prendi a respiração.

— Mãe?

Ela estava deitada na minha cama, vestindo seu roupão de seda azul-marinho, em posição fetal, e apenas assisti seus olhos se abrirem.

Por que ela estava na minha cama?

Ela focou na parede, parecendo não me notar em frente a ela, mas depois piscou e olhou para cima.

A tristeza em seus olhos castanhos injetados me paralisou. Essa não era minha mãe.

Seu cabelo despenteado estava preso em um rabo de cavalo bagunçado, mechas caindo em seu rosto, e a superfície normalmente macia de suas maçãs do rosto e mandíbula agora estava mostrando sinais visíveis de idade e estresse.

Ela andou chorando. Bastante.

Seus olhos se abaixaram e observei quando seus braços trêmulos a colocaram em uma posição sentada. Ela mal tinha força para se mexer.

Seus olhos pesados estavam cansados e engoli o caroço na garganta, vendo em seu rosto como estava miserável.

Meus olhos arderam.

— Mãe? — sussurrei.

E então seu rosto se desfez. Ela começou a chorar e escondeu o rosto nas mãos, e eu a observei, me perguntando que droga estava acontecendo e se aquilo era real. Meu coração parecia ter sido partido em dois.

Lágrimas borraram meus olhos quando fechei a cara para ela. Isso não era real. Era atuação.

Ela estava curvada, soluçando nas mãos, e eu neguei com a cabeça, incapaz de acreditar nela. Não tinha ideia de como lidar com isso.

Aí vi minha mesinha de cabeceira. Havia uma foto minha com meu pai.

Eu. Juliet. Não a K.C.

Eu tinha dez anos de idade e ele me levou ao parque de diversões sem minha mãe saber durante uma de suas saídas do hospital. Ele guardava a foto no quarto do hospital, mas nunca soube o que aconteceu depois que ele morreu.

Ela guardou.

E aí vi a outra foto. Rachada e sem brilho, a imagem claramente era velha. Pegando, vi o rosto de uma garotinha, de pé com dois adultos. Era minha mãe quando criança com os pais. O pai usava um terno e se erguia sobre sua mãe, que estava sentada em uma cadeira, dura, as mãos apoiadas no colo. Minha mãe — com uns treze anos — estava parada ao lado, intocada. Ninguém sorria.

Olhei para ela, a vendo colocar as mãos no colo e manter a cabeça abaixada, agarrando o roupão e chorando.

Pisquei, deixando minhas lágrimas silenciosas se derramarem. Não sabia o que fazer.

Não amava minha mãe. Nem a conhecia.

Mas assim que olhei para ela e vi sua vida destruída e o peso de seus erros destruindo sua compostura, senti o desespero que ela deveria estar sentindo. Que horror deve ser perceber que você foi longe demais para voltar. E que dor deve ser ter uma vida cheia de arrependimentos e saber que não haverá anos suficientes para desfazer o erro.

Em meio às suas falhas — o abuso, a negligência, a dor —, ela perdeu tudo e eu fiquei mais feliz sem ela. Não a temia, e poderia sair daqui agora e não perder nada.

Mas não fui.

Sentei ao seu lado na cama e esperei que parasse de chorar.

— Ei, você. — Tate se sentou ao meu lado, na espreguiçadeira onde eu estava. — Por onde você andou?

— Fui no inferno e voltei — murmurei, bebericando meu Jamaican Me Happy. — Sabe, o de sempre.

Depois que minha mãe se acalmou, eu a fiz tomar banho, vestir pijamas limpos e comer um sanduíche.

Ela não falou uma única palavra o tempo inteiro e, depois que ela foi para a cama — em seu quarto, fiquei até ela estar dormindo.

Voltaria amanhã. E se ela finalmente abrisse a boca e dissesse coisas que eu não gostasse, eu iria embora. Mas tinha que voltar para verificá-la. Eu era forte o bastante.

— Como está seu pai? — questionei, olhando para ela e reparando em seu comportamento relaxado.

Tate soltou o ar.

— Com jet lag. Foi para casa agora há pouco.

Estreitei os olhos, estudando seu sorriso leve.

— Está bêbada, Tate?

Ela bufou, como se eu tivesse dito algo engraçado, e olhei para o outro lado e vi Jared, sentado em uma cadeira, olhando para longe e tomando uma dose de bebida. Aura estava perto dele, sentada ao seu lado e desenhando em seu bíceps, aquele que atualmente não tinha uma tatuagem. Já que ela fazia as de todo mundo, não era estranho vê-la aqui. Ela ficou próxima de todos nós. Mas era estranho ver Jared bebendo e Tate...

— Você está bêbada, não está? — provoquei, mas ainda me sentia um pouco preocupada.

— Não estou bêbada! — Fallon quase me derrubou quando caiu do meu outro lado. — Estou séria e ilegalmente tonta com meu pai parado bem ali, porém definitivamente não estou bêbada.

Ela e Tate riram, e eu sorri, espiando pelas portas de vidro o homem que ela apontou. Seu pai, o infame Ciaran Pierce, que era chefe de Jax, não parecia tão intimidante quanto pensei que seria. Com o cabelo castanho-claro e grisalho, mas de aparência distinta, e usando um paletó, camisa aberta no colarinho e calça preta, ele parecia mais um anúncio da Ralph Lauren.

Levando a garrafa aos lábios, ri baixinho.

— Bem, acho que estou atrasada então. É melhor correr.

Tinha voltado para a casa de Madoc há uma hora. Depois de lidar com a minha mãe, a tarde tinha passado e, quando apareci na festa, os "pais" tinham se recolhido para o bar no porão, deixando os jovens usarem a piscina.

— Preciso de outra bebida — falei, ficando de pé. Deixando-as na cadeira, fui até onde estavam as bebidas entre a parede de tijolos e a piscina, ambos com vista para o extenso gramado bem cuidado de Madoc e a área arborizada mais à frente.

A grama verde-esmeralda parecia azul-marinho com o céu iluminado pela lua, e tive inveja de Madoc por ter crescido aqui. Sem dúvidas de porque ele amava a vida. Que pessoa não teria permissão para vagar e explorar a vida do jeito que ele teve? O cara era o único de nós que teve dois pais amorosos. Além de Tate.

— Então, ouvi dizer — a voz de um homem se aproximou por trás de mim — que você não está mais com aquele cara?

Virei, vendo o amigo de Madoc do parque. Adam.

Aquele cara. É. Fechei os olhos e girei, envergonhada. Não tinha realmente pensado no meu arranjo de cinco minutos com o amigo de Madoc, porém, depois do meu desaparecimento na casa mal-assombrada e de ter surgido depois com um Jax seminu, não conseguia imaginar como fiquei parecendo para o cara.

Fácil. *Foi assim que fiquei parecendo.* Ri para mim mesma.

Joguei a garrafa meio vazia e quente no lixo e peguei outra.

— Não — suspirei. — Não estou com ele.

Adam parou ao meu lado tirando a garrafa da minha mão e abrindo a tampa.

— Que bom. — Olhou-me, totalmente sugestivo, e esticou a garrafa de volta.

Virei e me apoiei na ponta da meia parede de tijolos.

— E Madoc disse que você deve ficar por aqui pela cidade para a faculdade — comentou, se apoiando ao meu lado. — Estou em Chicago. Se eu me oferecer para vir aqui em algum momento, você me deixa te levar para sair?

Soltei uma risada nervosa e olhei para longe.

— Acredite em mim, não sou nada divertida no momento.

— Por quê?

Mordi o canto da boca, pensativa. É, por quê?

Porque eu gostava da ideia de estar sozinha agora.

Porque pensar em outro cara me tocando me deixava enjoada.

Porque só então eu olhei para cima e vi Jax vindo pelas portas de vidro e congelei, sentindo cada pelo da minha nuca se arrepiar.

Ele tinha acabado de entrar, seu corpo alto preenchendo o espaço, com Madoc enganchando seu pescoço e gritando sobre a música.

Os dois estavam sorrindo, e reparei nos amigos de Jax — um pequeno grupo — o seguindo. Todos tinham, sem dúvidas, acabado de sair do Loop.

O calor aqui fora aumentou, fazendo meu vestido branco grudar no corpo, e tudo parecia apertado dentro de mim. Assisti-lo feliz e falando com os amigos. Assisti-lo seguir em frente, sem saber que eu estava aqui desmoronando porque ele estava muito perto e também muito longe.

— Você está bem? — Adam indagou, e eu pisquei, voltando à realidade.

Respirei fundo e lhe dei um sorriso de desculpas.

— Peço desculpas por Madoc ter tentado nos juntar e te feito perder tempo. — Levantei. — Não acho que estou interessada em ver ninguém por um tempo.

— Sem relacionamentos então — rebateu, dando de ombros. — Puramente físico. Será difícil, mas eu consigo fazer isso.

Explodi em risos, negando com a cabeça para o seu sorriso.

— Te vejo por aí, Adam. — Apontei com a garrafa para ele e andei para longe.

Não queria ver Jax, e meus amigos já estavam bêbados, então apenas voltei por dentro da cozinha para recolher algumas coisas antes de voltar ao meu quarto.

Peguei minha bolsa da mesa e procurei o telefone, conferindo se não tinha perdido nenhuma ligação da minha mãe.

Não. Se eu desse sorte, ela ainda estaria dormindo. Andei até a geladeira, em busca de uma garrafa d'água, pensando que talvez eu devesse passar a noite com ela. Quem sabe Madoc me deixasse pegar o carro dele de novo.

— Adam — disse uma voz profunda, me assustando. — Ele deve ser um cara bacana se Madoc é amigo dele.

Olhei para cima, vendo Jax assentir gentilmente, do outro lado da ilha cinza-escura de granito, com a camisa jogada por cima do ombro.

Eu me preparei, afastando-me do seu olhar, e enfiei o celular de volta na bolsa.

Seus passos vieram por trás de mim.

— Ele parece ter vindo de uma boa família.

Foquei nos armários em frente, falando com firmeza:

— Qual é a aparência de alguém que veio de uma boa família?

Ele achava que não era bom o bastante? Ou que sua bagagem era pesada demais? Depois de tudo que sabia sobre mim, aquilo não poderia ser o que o preocupava.

Eu o senti roçar nas minhas costas, mas não colocou as mãos em mim. Ele pairava em todas as partes, porém.

— Você o quer? — questionou, quase em um sussurro, e estremeci.

Jesus.

— Sim, eu o quero. — Engoli as lágrimas. — Há cinco dias, eu te deixei me foder em uma mesa enquanto chorava e te dizia que te amava, mas eu o quero.

Virei, travando os olhos nos dele, incapaz de esconder a dor que estava sentindo. Ele me levantou e me derrubou, e eu sabia que aquilo estava aparecendo.

E aí abaixei os olhos, reparando. Ele tirou a camisa dos ombros e minha compostura se desfez. Deixei meu olhar atordoado vagar por seu peito nu, vendo a tatuagem de marca de mordida em seu pescoço e a escrita sobre o seu coração.

"Esses prazeres violentos têm fins violentos."

— Ai, meu Deus — sussurrei, me lembrando das palavras de *Romeu e Julieta.*

"Não ligo tanto assim para nada", foi o que me disse quando perguntei por que ele não tinha tatuagens e agora ele tinha três. Fez as marcas da minha mordida.

Ergui a mão para tocar seu rosto, mas ele se afastou de mim, recuando. Seu rosto parecia muito infantil, confuso e triste, como se ele não soubesse o que fazer a seguir. Seus olhos azuis estonteantes piscaram e ele finalmente me encarou.

— Foi tudo real — murmurou, sua expressão de pedra habitual desaparecida. — Mas ele seria melhor para você, Juliet. Qualquer um seria, menos eu.

Ele se afastou e virou, passando pelas portas do quintal, enquanto eu só fiquei lá o encarando.

Meu rosto doía, tudo doía. Tudo, tudo ao mesmo tempo. Levei a mão de volta ao peito, tentando acalmar meu coração.

Já chega.

Abaixei a garrafa e saí da cozinha, indo para as escadas sem nem olhar para trás. Eu iria para a cama e depois reconstruiria a minha vida.

Fechando a porta do quarto, senti o telefone vibrar e enfiei a mão na bolsa, soltando um suspiro pesado. Este dia precisava terminar.

Vendo um número que não conhecia, atendi e guardei a bolsa.

— Alô?

— Juliet Carter?

— Sim? — Joguei-me na cama.

— Oi, aqui é do First National. Estamos ligando para verificar uma atividade recente na sua conta.

Meu banco? Sentei-me, perguntando-me que atividade recente eles precisavam verificar. Eu não tinha comprado nada além de uma Coca Diet no meu cartão de débito em uma semana.

— Hm, ok — respondi, esperando que ela fosse em frente.

— Tivemos um depósito feito na sua conta corrente — começou — no valor de cinquenta mil dólares…

Cinquenta o quê?

— … depois uma transferência da sua conta — prosseguiu — no valor de vinte e nove mil e quinhentos para a Universidade do Estado do Arizona.

Senti meu coração saltar do meu peito e levantei da cama, travando os dentes. Vinte e nove mil e quinhentos era exatamente o valor da minha mensalidade fora do estado.

Ela falou de novo?

— Você confirma essa atividade, senhora?

Arranquei o telefone da orelha e apertei em "encerrar".

— Filho da puta — rosnei, enfiando os pés no chinelo de novo e jogando o celular na cama.

CAINDO

Descendo as escadas, entrei na cozinha, vendo Jared sentado sozinho à mesa da cozinha, *Here Without You*, de Three Doors Down, soando fora da casa.

— Cadê o Jax? — exigi.

— Acabou de sair — respondeu, apoiando a mão no queixo. — Precisa do meu carro emprestado?

E empurrou as chaves sobre a mesa, me surpreendendo. Ninguém dirigia o carro de Jared.

Mas ele estava com um humor estranho, Tate estava bêbada e tinha alguma merda errada. E eu não consegui pensar nos problemas dos outros no momento, então peguei as chaves e corri.

— Valeu — falei.

Saindo pela porta da frente, entrei no carro de Jared, liguei e soltei a embreagem, pisando no acelerador.

E meus ombros irritados afundaram quando o carro desligou.

Novo carro, novo ponto de embreagem. Eu odiava carros manuais!

Ok, não de verdade. Ligando o motor de novo, troquei o pé, sentindo como Jax havia me ensinado e finalmente andei. Acelerando rapidamente, passei a segunda marcha, depois a terceira, sem parar quando disparei para a rodovia sem nem olhar o trânsito.

Pisando no acelerador, passei a quarta e a quinta, mal notando as árvores passando. Que o Senhor proteja qualquer animal cruzando a estrada, porque a única coisa que acendia a rua eram os meus faróis. De jeito nenhum eu conseguiria parar tão rápido.

Apertei os olhos, vendo as luzes traseiras de outro carro, e imediatamente reconheci a placa de Jax, que dizia "ameríndio".

Acelerando, quase encostei na sua traseira, fazendo com que ele soubesse alto e claro que eu estava lá, antes de desviar e cortar na frente dele na estrada. Ele buzinou e desviou, provavelmente com medo que eu batesse nele.

Mas ele tinha que ter reconhecido o carro de Jared.

Sacudindo o volante, derrapei para o lado da estrada, onde parei. Ouvi o cascalho subir pelos pneus e vi Jax parar bem atrás de mim,

Empurrei o cabelo por trás da orelha e desliguei o carro.

— Que merda você está fazendo? — Eu o vi gritar atrás de mim e abri a porta, desci e bati.

— Quer saber? — gritei, indo até ele. — Eu tinha um namorado limpo e de boa família. A mãe dele fazia brownies e o pai jogava golfe com o prefeito. — Empurrei o peito de Jax. — Ele me traiu!

Ele me encarou de olhos arregalados e invadi seu espaço de novo.

— E Shane namorou o representante de turma — apontei, avançando, e ele recuou. — Ele só tirava nota A, usava abotoaduras na igreja e suas calças estavam sempre passadas. — Empurrei Jax de novo, o vendo tropeçar. — Ele era gay! — gritei. Mostrei os dentes e continuei empurrando-o. — Sabe aquele jogador de futebol americano que está na capa daquela revista? — zombei, empurrando seu peito de novo. — Bem, ele estuprou uma garota na faculdade. E que tal a mãe que você tinha ciúmes de não ter na terceira série? — Empurrei-o novamente. — Sim, ela está tomando todos os antidepressivos que existem!

Ele continuou recuando, sem falar nada, com choque escrito em todo seu rosto.

— Pare de ser um idiota do caralho — rosnei — e quebre o ciclo, babaca! — Empurrei-o de novo. — Isso é tudo ilusão, Jax! Não há nada de errado com você e nada nesse mundo é melhor que você! — gritei, mostrando os dentes e sentindo as lágrimas se acumularem em meu rosto. — Você me salvou e eu te amo! — Cada músculo do meu corpo se aqueceu de fúria. — Você é a melhor coisa que já aconteceu comigo! A melhor coisa da minha vida, otário! — Completamente agitada, dei um tapa no braço dele, o vendo estremecer, mas aceitar. — E se você não me quer — bati de novo — então para de cuidar de mim! — ordenei. — Pega o seu dinheiro da mensalidade — rosnei, empurrando-o de novo com todo o meu peso — e enfia no cu!

E girei, marchando de volta para o carro de Jared e secando a lágrima da minha bochecha com a mão.

Um merdinha de um babaca.

Mas, antes que eu chegasse ao carro, Jax segurou meu cotovelo e me girou.

— Vem cá — rosnou, e me levantou por baixo dos braços, me colocando cima dele.

Ofeguei, olhando para baixo e vendo as veias salientes em seu pescoço.

Ele sorriu, excitação brilhando em seus olhos focados em mim.

— Eu te amo pra caralho, linda.

Meus olhos arregalaram e choraminguei com o arrepio que saiu direto do meu peito e foi para o meu interior.

— Oi? — Minha voz era apenas um pio. *Ai, meu Deus.*

Ele negou com a cabeça, surpresa e alegria escritas por todo seu rosto.

CAINDO

— É sério. Eu te amo, Juliet. E você está certa, okay? — Acenou. — Você está certa. Pensei que não fosse bom o bastante. Pensei que você acabaria se arrependendo por eu estar na sua vida, por não ser o homem que deveria e por não ser capaz de te deixar orgulhosa. Mas eu estava errado. Nós pertencemos um ao outro.

E me abaixou, esmagando os lábios nos meus.

Um gemido veio do fundo da minha garganta e passei os braços ao seu redor, o segurando com força.

Ele beijou o canto da minha boca e me segurou apertado, sussurrando contra o meu pescoço.

— Eu te amo e, se você me ama — suspirou —, e eu estiver te fazendo bem e você não estiver mentindo para mim sobre isso, então vou ficar com você. Vou ficar com você pra caralho.

— Jax — chorei de levinho, deixando a cabeça cair para trás quando ele passou os lábios pela minha bochecha e mandíbula. — Eu te amo muito. Só você sempre.

Seus braços, ainda debaixo dos meus, esticaram-se por trás de mim e se enfiaram no meu cabelo, imobilizando meu rosto.

— Não vá para Arizona — sussurrou contra minha boca. — Você é minha e não te quero a mais de três metros de distância. Nunca mais.

Seus lábios macios derreteram nos meus, me provando em beijos curtos e profundos.

— Okay — murmurei, entre beijos —, mas você precisa parar de pagar as coisas.

Ele me apoiou no carro de Jared, uma mão segurando meu pescoço e a outra descendo para agarrar minha bunda.

— Como você vai pagar a faculdade, hein?

Eu o beijei de novo.

— Empréstimo.

— Empréstimos estudantis são escravidão. — Ele me beijou de novo, se pressionando entre as minhas pernas.

Minhas pálpebras tremeram e a onda do seu calor me atingiu com força.

— Se não dermos certo — ofeguei —, vou ficar te devendo dinheiro. Então, não.

— E se dermos certo — prendeu minhas pernas ao seu redor — vai se tornar uma dívida minha. Então, não.

Sorri, devorando seus lábios rápido e com força.

— Tanto fez, tanto faz.

Disparei uma trilha de beijos em sua mandíbula, passando os dedos pelo piercing em seu mamilo por cima da camisa preta.

— Merda. Você precisa parar. — Virou a cabeça, olhos fechados, parecendo totalmente desmontado. — Você está obcecada com essas coisas.

— Sim. — Mordi seu pescoço de leve, perto da tatuagem da marca de mordida. — Ah, e não vou fazer trios com Cameron — declarei, estabelecendo uma regra minha.

— Eu sei.

Mordisquei seu pescoço.

— Pelo menos não por um tempo — esclareci.

Senti seu peito tremer com uma risada.

— Eu te amo.

— Então me leva para a cama.

CAPÍTULO VINTE E OITO

JAXON

— Não! — Juliet gritou, correndo atrás de mim no corredor, e parei na porta do escritório, bloqueando.

Ergui o queixo, desafiando-a.

— Eu quero entrar! — Colocou as mãos nos quadris, um sorriso repuxando seus lábios sérios.

Neguei com a cabeça, contendo uma risada.

— Eu quero te ver, Jax — ordenou. — Saia!

— Não tem pornô lá dentro, prometo! — Meu peito tremeu quando levantei as mãos sobre a cabeça nos dois lados da moldura da porta. — Mas podemos fazer um pornô se quiser.

Seus olhos se estreitaram e deixei os meus descerem pelo seu corpinho lindo na minha camisa de gola V cinza escura. Já tinha passado de meia-noite, mas não tínhamos dormido ainda.

Ela ficou lá de pé por alguns segundos, me encarando, depois suspirou.

— Bem, eu vou entrar em algum momento. — Abaixou a mão para a boca e fingiu um bocejo. — Estou cansada. Vem para a cama?

Sorri, saindo da frente da porta para segui-la, mas então soltei uma risada quando ela girou, veio para o meu lado e tentou passar por mim de novo.

— Ah, não, não vai mesmo. — Peguei-a, meu peito tremendo com a risada, e ela se contorceu nos meus braços.

— Eu vou entrar lá! — exclamou, curvando-se para tentar se esquivar.

— Claro que vai — sussurrei em sua orelha. — Gostaria de reviver o momento naquela cadeira. E na janela — adicionei. — Hoje à noite.

Ela virou a cabeça para me olhar e senti seu corpo relaxar com um sorriso gentil para mim.

E logo ouvi sua barriga roncar.

— Argh — suspirou, jogando a cabeça para trás. — Claro.

Ri baixinho.

— Você precisa comer mais — afirmei, soltando os braços, e fiquei de pé.

Ela me olhou.

— Comeria, se você parasse de me colocar na dieta de apenas Jax. — Acenou com a mão. — Vai tomar banho. Vou fazer sanduíches. E pipoca — adicionou. Ela deve ter visto todos os diferentes tipos de temperos e sacos de pipoca na minha despensa.

— Okay. — Ergui as mãos mostrando que não interferiria e recuei para o banheiro, me certificando de que ela desceria as escadas em vez de tentar me enganar de novo. Na verdade, eu não me importava de ela entrar no escritório. Só gostava de brincar com ela.

E certamente não encontraria nenhum pornô, então não tinha com que se preocupar lá.

Fechei a porta do banheiro e liguei a luz, inclinando-me para pegar uma toalha da prateleira.

Um grito perfurou o ar e derrubei a toalha, meu coração parando.

— Jax! — Juliet berrou e não perdi tempo.

Abrindo a porta, corri para o corredor e desci as escadas, medo enchendo meu peito quando pulei e parei no hall de entrada.

Correndo para a cozinha, tropecei, sentindo algo atingir minha cabeça, e caí no chão.

Rosnei, puxando e me debatendo nas algemas, sentindo a pele rasgada que puxei contra o metal.

— Você está morto! — Enfureci-me, plantando os pés contra o último degrau, sentado no chão e usando a alavanca para me empurrar contra as algemas presas no corrimão. — É melhor você me matar, porque senão você está morto!

Cerrei os dentes e forcei cada músculo do meu corpo. Enrolei os pulsos e senti o suor escorrer pela minha têmpora, prendendo a respiração e empurrando meu corpo até queimar.

Juliet. Ele estava com ela. O fodido do meu pai estava com ela!

Meu coração trovejava nos ouvidos e, subitamente, fui parar naquele porão de novo. Impotente. Um refém. Sendo forçado.

Quando desci correndo, alguém me bateu na cabeça. Não fui nocauteado, só derrubado, e, quando consegui me estabilizar, fui algemado ao corrimão.

Sangue escorria pelos meus braços onde as algemas cortaram meus pulsos e chutei as escadas, engolindo minha frustração e me debatendo.

— Eu vou te matar!

— Sabe — meu pai começou, como se não tivesse me ouvido —, entre a namorada do seu irmão e a sua, não sei quem ficou com a mais gostosa. — Ele estreitou as sobrancelhas loiro-escuras, pensativo. — A loira é mais atlética. Belas coxas — continuou, as pernas cobertas por jeans passeando até Juliet, sentada em uma cadeira da cozinha no meio do hall. Outro homem, presumo que amigo do meu pai, estava com as mãos nos ombros dela, a mantendo no lugar. — Mas a sua moreninha aqui? — Passou o dedo em seu braço nu e cerrei os punhos, minha barriga ardendo como uma fogueira. — Ela é pequena, mas tem conteúdo em todos os lugares certos. — Sorriu e virou para mim. — Meus filhos sabem bem como escolher.

Travei os olhos em Juliet, vendo o medo em seu rosto que estava quase todo coberto pelo cabelo. Suas bochechas tinham secado, mas dava para dizer pela forma como ela tocava a cicatriz que não estava bem.

O cabelo loiro do meu pai ficou grisalho ao longo dos anos, mas seus olhos azuis ainda perfuravam a escuridão. Mesmo que as rugas mostrassem uma dura vida abusando do próprio corpo, ele ainda era forte e musculoso, e aquilo me deixava mal.

Deveria ter deixado Ciaran matá-lo na prisão.

Inspirei e expirei, abaixando meu tom de voz.

— Tocá-la será o último erro que você jamais vai cometer. Não seja idiota — avisei ao amigo dele, um homem pesado que deveria ter a mesma idade do meu pai, alto com um cabelo preto oleoso.

Juliet começou a chorar e lancei meus olhos preocupados para ela.

— Por favor, não nos machuque — soluçou. — Por favor, senhor Trent! Só... só me deixe ir embora da casa do Jax! Por favor!

Pisquei. Só *me* deixe ir embora?

E foi quando reparei. O relógio que dei a ela.

Juliet não estava segurando o pulso e cutucando a cicatriz. Ela estava segurando o pulso, fingindo se encolher, enquanto usava a porra do telefone.

Puta merda. Não a vi discar e não ouvi nenhum toque — o que teria acontecido, já que era com viva-voz. Graças a Deus ela foi esperta o bastante para colocar no mudo.

Engoli meu orgulho por ela, com medo de que isso não nos delatasse.

— Por favor, não nos machuque! — Seus ombros tremeram quando ela uniu as mãos na frente do peito. — Por favor! Só me deixe ir. Não vou contar a ninguém. Por favor, me deixe sair da casa de Jax!

Sua cabeça estava baixa, os longos fios do cabelo chocolate caindo ao redor dela e cobrindo o fato de que ela estava falando com o relógio.

Meu pai ergueu a faca e eu... *minha faca*. Engoli em seco, compreensão me atingindo. Ele pegou a minha faca. Do meu bolso.

Ele deslizou dentro do V da minha camisa que ela estava usando e traçou sua pele com a lâmina.

Empurrei, lutando contra a porra das algemas.

— Para! — berrei. — Só deixe-a ir e você pode lidar comigo.

Ele virou a cabeça, me olhando.

— O que você acha que eu estou fazendo?

A faca mergulhou sob a bainha da camisa que ia até suas coxas e senti a bile subir por minha garganta.

Não.

Ele estava tocando nela e senti o fogo no meu rosto quando rosnei contra o que me restringia, quase arrancando meus malditos ombros do lugar.

— Porra! — Chutei e puxei.

Lágrimas embaçavam meus olhos e engasguei, desesperado, porque não conseguia me libertar. *Por favor, não com as suas mãos. Não toque nela com suas mãos. Por favor.*

Recuei a cabeça durante a minha ameaça:

— Você não deveria ter vindo aqui. Foi um erro.

— Não, não. — Arrancou Juliet pelo braço e a arrastou até mim. — Seu erro foi me ignorar. — Encarou de cima. — Houve um momento em que você precisou de mim e eu ajudei. Agora eu quero o que você me deve.

— Não te devo nada! — gritei.

E então ele levou a faca à garganta dela e eu prendi a respiração.

— A sua arrogância vai machucá-la — avisou, e vi uma lágrima descer por seu rosto congelado.

— Agora nós vamos subir para o seu quartinho dos computadores. — Ele pegou um pedacinho de papel do bolso e me mostrou. — E você terá exatamente cinco minutos para acessar essa conta e transferir tudo para esta outra. — Apontou com o dedo. — No sexto minuto, ele vai começar a se divertir bastante com ela. — E indicou o amigo atrás deles com o queixo.

Meu pai era muitas coisas, mas definitivamente não fazia ameaças que não pretendia cumprir. Algo que Jared e eu herdamos.

CAINDO

Mudei os olhos para Juliet, vendo que seu relógio ainda estava em chamada e me perguntando quanto tempo eu tinha. Meu pai não me machucaria — não fatalmente, durante o tempo que pudesse me usar —, mas a ela sim. Em um instante ele a machucaria sem hesitação de sua mente doente e retorcida.

E era disso que eu queria que ela fizesse parte? E se eu desse filhos a ela e terminássemos sendo aterrorizados por ele de novo? Ou ele a levasse consigo hoje?

Ele não poderia ter permissão de ir embora.

Juliet gritou e arregalei os olhos, vendo uma linha fina de sangue surgir com a faca trilhando seu pescoço.

— Pare! — Puxei as algemas, chutando o corrimão, sabendo que não quebraria. — Porra! Deixa-a em paz!

— Está pronto então? Hein? — Puxou a faca e gritou: — Caralho, agora você finalmente entendeu, seu bastardinho inútil?

Ao ouvir um dos nomes que ele sempre gostava de me chamar, senti minha garganta doer das lágrimas e logo soltei o ar.

— Beleza — falei, entre dentes. — Só pare de tocá-la.

Eu o vi relaxar e sorrir.

— Viu? — Cutucou Juliet. — Ele te ama. Agora vá sentar essa bundinha e seja uma boa...

Ela deu um soco na cara dele, o cortando.

Ai, não.

Com os dois punhos fechados, ela o acertou na lateral de novo, o fazendo tropeçar, e assisti com medo e fascinação quando ela pegou a faca da mão dele e correu para a cozinha.

Porra.

Comecei a puxar as algemas de novo, mas o outro cara a alcançou antes que ela fosse longe demais. Ele riu, a levando ao chão quando os dois caíram, mas ela chutava as pernas que ele tentava segurar.

— Socorro! — gritou, tentando se soltar. — Socorro! Alguém me ajuda!

— Volte aqui — o outro homem rosnou, rasgando sua camisa enquanto ela se debatia.

— Não toque nela! — gritei, lutando contra meus pulsos doloridos, cortando a pele ferida ainda mais.

— Faça ela parar! — meu pai exclamou e pegou uma arma que eu não tinha visto em suas costas.

Mas aí ouvi o outro homem gritar e disparei os olhos para ele, que segurava o próprio rosto, um corte profundo e vermelho marcando seu rosto.

Juliet correu para trás enquanto ele tropeçava para longe dela, e a vi ficar de pé, segurando minha faca e encarando meu pai.

E seus olhos se arregalaram quando ela viu a arma na minha cabeça.

— Você vai matá-lo — meu pai ameaçou, pressionando o cano na minha têmpora.

Pisquei devagar e com força, dezenas de cenários diferentes do que fazer correndo na minha mente. As algemas cortavam minha pele e me prendiam demais. Eu odiava isso. Porra, eu odiava isso pra caralho!

— Como você pode fazer isso? — Juliet negou com a cabeça. — Ele é seu filho.

— É verdade — meu pai rebateu. — Ele é. Ele é meu filho. — Então me olhou de cima, mostrando os dentes manchados pela fumaça do cigarro em cada palavra. — Sua mãe não te quis, então quem tomou conta de você? Hein? Quem limpou sua bagunça no porão? Eu te criei. Sou tudo que você tem, Jax.

Não. EU tinha uma família. Jared, Katherine, Madoc. Juliet. Eu tinha uma família.

— Saia de perto dele. — Ouvi a voz de Juliet e sustentei os olhos do meu pai.

— Você sabe que é verdade — pressionou, me fitando mais calmo agora. — Ela vai embora. Todas essas piranhas vão. Você não vai ser suficiente. Não vai ganhar dinheiro suficiente. Ela vai encontrar algo de errado com você ou conhecer outro cara.

Não. Ela me ama.

— E Jared se ressente de você — meu pai continuou —, porque você é mais inteligente. Você é mais forte. Ele sempre se colocará em primeiro lugar quando você mais precisar dele.

Abaixei os olhos, sentindo a veia pulsando no meu pescoço.

— Jax, olha para mim! — Juliet apressou.

— E Katherine? — interrompeu, uma risada cobrindo seu tom. — Aquela puta mal ficou sóbria o suficiente para cuidar do próprio filho. Você não significa nada para essas pessoas — declarou, zombando. — Eles não têm conexão com você. Você será a primeira coisa que todos vão abandonar quando a vida ficar muito difícil. Você é o *único* que não faz parte do grupo!

— Cala a boca! — Juliet gritou. — Jax! Olhe para mim!

CAINDO

Neguei com a cabeça, querendo que ele fosse embora. Querendo que todos fossem embora.

Eu era bom o suficiente. E não importava quem fosse embora, quem se esquecesse de mim ou quem me desmerecesse, eu não era mais um merdinha solitário chorando no meu quarto.

Mas aí pisquei, voltando aos meus sentidos. Todos nos endireitamos, ouvindo a parada brusca de pneus do lado de fora.

Uma enxurrada de faróis brilhou pelas janelas da varanda, nos iluminando, e olhei para Juliet, apontando com a cabeça para a porta dos fundos, pedindo para que desse o fora daqui.

Mas ela endireitou os ombros, confiante.

Meu pai estava desesperado para um caralho e todo mundo sabia o que estava lá fora.

E o que viria. Olhei para ela, implorando.

Ouvi mais pneus, reconhecendo os motores de Tate e Madoc como se fossem os meus.

Meu pai se mexeu e rapidamente olhei para o outro cara, curvado ao lado do sofá, ainda segurando o próprio rosto.

Passos soaram na varanda e meu pai pressionou a arma na minha têmpora. Jared chutou a porta, me vendo jogado no chão.

— Fique longe dele! — trovejou para nosso pai.

E ele e Madoc invadiram, correndo até ele e não dando tempo a ninguém de pensar ou avaliar.

Meu pai ergueu a arma. *Merda!*

— Para trás! — gritou, mas Jared recuou e deu um soco em seu rosto, o fazendo derrubar a arma.

O pai de Tate veio correndo — seguido de perto por ela, que deve tê-lo ido buscar na porta ao lado — e foi até o outro cara no chão. Meu irmão empurrou nosso pai contra a parede, ele e Madoc o segurando pelos braços.

Todo mundo invadiu: Tate e Fallon correram para Juliet, Tate levando a mão para o corte no pescoço dela. Katherine e o marido, Jason, vieram, ela correndo até mim, lágrimas já escorrendo em seu rosto.

E o pai de Fallon, que tinha vindo para o churrasco, entrou, parecendo calmo, como se aquilo fosse algo que ele já tinha visto antes.

— Ai, meu Deus — Katherine choramingou, olhando para Jason. — Tire isso dele — implorou, puxando as algemas freneticamente.

— Jared! — Tate gritou, e virei a cabeça para ver meu irmão dando outro soco na barriga do nosso pai, enquanto Madoc o segurava.

— Você está bem? — Katherine indagou, segurando meu queixo para inspecionar meu rosto.

Acenei, respirando com dificuldade.

— Só pegue a chave. Por favor. — Mexi os pulsos, desesperado para me livrar daquilo.

Os olhos de Katherine se ergueram.

— Jared! — gritou para o filho, ficando de pé. — Chega! — E correu até meu pai, seu ex-marido, tirando tudo de seus bolsos até encontrar a chave.

Ela me soltou e Jason me ajudou a ficar de pé, Jared segurando a arma do chão e apontando para o nosso pai, o fazendo permanecer contra a parede.

Joguei as algemas no chão e imediatamente travei os olhos em Juliet. Os seus estavam injetados e a preocupação escrita em todo seu rosto me disseram tudo que eu precisava saber.

Ela correu, soltando um grito ao jogar os braços em meu pescoço. Eu a segurei, a abraçando como se precisasse dela para respirar.

Porque ela preenchia o meu coração e era isso. Tudo que eu precisava ou queria.

Meu pai riu, quebrando o silêncio.

— Você sabe que é verdade, Jax — provocou, quando fechei meus olhos, inalando seu cheiro. — Ninguém quer você além de mim. Eu sou sua família. — Ergueu a voz. — Você é meu filho!

— Ele é *meu* filho. — Ouvi a voz profunda e cheia de lágrimas de Katherine e afastei a cabeça, encarando-a.

Ela encontrou meus olhos e vi suas lágrimas por mim. Seu medo e sua preocupação e, naquele momento, pela primeira vez na vida, eu senti que era verdade. Eu tinha uma mãe.

— E ele é meu filho também.

Virei o rosto, vendo Jason dar um passo à frente, ao lado dela.

— Inferno, meu também. — Ciaran assentiu.

Estreitei os olhos, assustado, observando essas pessoas.

E logo o pai de Tate deu um passo à frente, acenando uma vez, e meu peito se encheu.

Que droga é essa?

Jared abaixou a arma na mesa próxima da escada e deu um passo para trás, olhando para o nosso pai.

— E ele tem a mim.

— E a mim. — Madoc enfrentou meu pai.

CAINDO

— A mim também — Tate falou, e vi Fallon dar um passo à frente também, dobrando os braços sob o peito e fechando a cara para Thomas Trent.

Pisquei para afastar a ardência em meus olhos, mas não consegui engolir o nó na porra da minha garganta.

Não conseguia acreditar.

Nunca tinha pensado que eles não me amavam, ou que no mínimo não gostassem de mim, mas acho que realmente não acreditava até agora.

Aquela era minha família.

— Jax. — Ciaran deu um passo além. — É só dizer.

Olhei para os olhos verdes e brilhantes de Juliet, esfregando seus braços gelados, e soube exatamente o que eu queria. Exatamente o que precisava fazer.

Peguei meu telefone, fazendo uma chamada e parando na frente do meu pai e olhando diretamente para ele.

— Alô — respondi, quando me atenderam. — Aqui é Jaxon Trent. Alameda Fall Away, 1242. Precisamos da polícia. Dois homens invadiram a minha casa. Não precisa de ambulância. — Desliguei e entreguei o telefone para Jared. — Vou para a cama — avisei, andando para longe. — Diga aos policiais que estarei lá de manhã para preencher meu depoimento.

Rodeei a cintura de Juliet, levantei-a pelos joelhos e carreguei-a escada acima, envolvendo-a na minha frente.

Entrando no banheiro, fechei a porta com os pés e a apoiei na pia. Ignorei as luzes e acendi a vela no balcão da pia.

Sua testa imediatamente se apoiou no meu peito e senti seus ombros tremendo.

— Eu te amo — sussurrou.

Segurando sua nuca, beijei seu cabelo.

— Você está bem? — indaguei.

Ela assentiu no meu peito e a empurrei, erguendo seu queixo para ver o corte que meu pai fez.

A fina linha vermelha tinha parado de sangrar, mas a culpa pesou sobre mim.

— Deveríamos ir ao hospital — afirmei, preocupado.

Ela fechou os olhos, negando com a cabeça.

— Estou bem — garantiu. — Não quero sair daqui. Só você e eu. Mais ninguém.

Sim. Eu sentia isso também.

— Vem cá. — Puxei-a para a ponta e ergui a camisa sobre sua cabeça, deixando o tecido fino e cinza no chão.

Apressado, virei para o chuveiro e tirei minhas roupas, voltando até ela. Juliet tirou a calcinha pelas pernas e eu a ergui, prendendo suas pernas ao redor da minha cintura.

Carreguei-nos para a banheira, sentindo nossos corpos se arrepiarem com o toque suave da água quente descendo sobre nós. Sentando, eu a mantive montada em mim e me recostei, trazendo seu corpo junto do meu e a segurando com força. Sua bochecha se apoiava no meu ombro, e fechei os olhos, aproveitando a caverna escura, quente e acolhedora que criamos.

Sim, estávamos fugindo. Por trás de uma porta fechada e sob o pretexto de tomar um banho, mas merecíamos.

Acariciei suas costas em círculos, me lembrando de como ela tinha lutado hoje. Como tinha lutado por mim.

Além de Jared, ninguém nunca tinha feito aquilo.

Eu pretendia virar o mundo de Juliet de cabeça para baixo — revirá-la —, mas, no fim, quem teve o mundo revirado fui eu. Lutei por ela, mas ela lutou por mim também; e mesmo que eu estivesse com medo de deixá-la entrar, tudo valeu a pena.

Nada importava sem ela. Juliet colou os lábios no meu pescoço e apertei os braços em volta de sua cintura.

— Quero ficar aqui para sempre — falou, parecendo calma.

Sorri, gostando daquela ideia.

Beijei sua têmpora.

Para sempre.

CAINDO

CAPÍTULO VINTE E NOVE

JULIET

Não ficamos no banho para sempre. Três dias depois, tínhamos nossas malas arrumadas e passagens de avião nas mãos.

— Você não colocou nada de maquiagem — Tate comentou, quando joguei minha nova mochila de escalada no bagageiro de Jared.

Arrumei a mala, tentando encaixar ao lado da de Jax.

— Eu sei.

— E está usando um boné de beisebol. — Apontou para ele como se esperasse explicação.

Fechei a porta e sorri para ela, compreendendo.

— Não é o fim do mundo, Tate. Minhas unhas do pé ainda estão pintadas de vermelho.

Ela cruzou os braços, parecendo incerta. Estava preocupada comigo. Ou sentiria minha falta. Seja o que fosse, era bom.

Depois que a polícia levou Thomas e o amigo para a cadeia, Jax e eu não deixamos a casa por dois dias. Foram os melhores dois dias da minha vida.

Dormimos, eu cozinhei, nós conversamos e descobri que ele sentia cócegas na parte de dentro do cotovelo; e dificilmente houve um momento quando eu saí de um cômodo sem ele me seguir.

Estávamos apaixonados.

E Jax decidiu que queria um tempo longe sem distrações.

Então entrou na internet uma noite enquanto eu dormia e agendou uma viagem. Para a Nova Zelândia.

Eu surtei, e não de um jeito bom.

Quando acordei, ele já tinha ido em uma loja e comprado nosso equipamento. A sala parecia um acampamento que explodiu. Mochilas, garrafas de água com purificadores embutidos, sacos de dormir, kits de primeiros socorros, roupas e sapatos. Ele escolheu até as minhas roupas e sapatos!

"Garotas levam muito tempo para fazer compras e estamos sem tempo. Eu gosto dessas coisas. Você vai vestir isso."

O único problema era que eu tinha um emprego que deveria estar começando!

"Liguei para eles. Você pode começar no outono. Todo mundo me ama, então não se preocupe."

Oi?

Duas passagens de ida e volta para a Nova Zelândia, sem mencionar o dinheiro que gastaríamos lá? Eu não poderia deixá-lo pagar por isso!

"Bilhetes sem reembolso, amor. Se não usarmos, eles vão para o lixo. E isso me deixaria puto. Não me deixe puto."

E depois que ele desenrolou um saco de dormir e passou a hora seguinte me ajudando a testar, eu finalmente desisti.

Ai, meu Deus, desisti demais! Abanei a mim mesma com a mão, dando a volta no carro até Tate. Jared nos levaria para o aeroporto.

— Quando vocês chegam lá? — indagou.

— Temos uma longa escala em Hong Kong — comentei. — Te ligo de lá.

Ficaríamos fora por três semanas e, quando voltássemos, o semestre estaria prestes a começar. Jax me inscreveu com ele na Clarke, mas insisti em pegar empréstimos. E não tinha certeza ainda de onde iria morar, mas tinha uma sensação de que não teria que me preocupar com isso.

Quando voltei para verificar minha mãe — que pelo menos estava tomando banho e comendo — e pegar meu passaporte, tinha embalado mais roupas e levado para a casa de Jax.

Tate se esticou e me abraçou. Envolvi seu corpo, gostando de seu aperto firme.

— Nova Zelândia — disse, contemplativa. — Você sempre quis ir lá. Eu me lembro das suas revistas *National Geographics*.

Ri um pouco, me afastando.

— Eu queria fazer uma caminhada, na verdade — apontei. — Disse a ele que uma viagem de carro para Yosemite seria maravilhoso também, mas…

— Sim, é o Jax. — Assentiu. — Ele tem uma mente própria. Boa sorte com isso. — Depois negou com a cabeça, maravilhada. — Estou tão feliz por você.

— Estou assustada. — Soltei uma risada nervosa. — Mas estou louca por ele.

— Eu sei. — Seu rosto desmontou um pouco, parecendo pensativo.

Estreitei os olhos, percebendo a tristeza em sua voz.

— Tate? — Inclinei-me para frente. — Você está bem? — perguntei, baixinho. — Digo você e Jared. O churrasco no outro dia… Alguma coisa está errada?

Ela piscou, parecendo desconfortável, mas colou um grande sorriso no rosto.

— Ainda preocupada comigo, né? — brincou. — Relaxa. Não estamos mais no ensino médio. Jared e eu estamos bem.

Eu estava prestes a pressioná-la por mais, porém dei um salto, vendo braços cobrirem minha cabeça, estalando um cinto bem no meu rosto.

— Jax! — Eu ri, meu coração dando um salto até a garganta, e ele andou até o outro lado do carro com um sorriso de autossatisfação no rosto.

Ele estava levando o cinto. *Merda.*

— Okay, sim, não me conte tudo sobre a sua viagem, tá? — Tate provocou. Nós duas nos abraçamos de novo e ela me seguiu, com Jax segurando a porta de trás aberta.

— Os dois se matricularam nas aulas, certo? — Porque vocês vão voltar no laço.

— Tudo resolvido — Jax respondeu, mas logo meu sorriso se desfez.

Por trás de Tate, pude ver minha mãe atravessando a rua.

Ela parecia novinha em folha com sua saia rosa-clara de algodão e blusa branca sem mangas. Seu cabelo estava solto, em ondas, com spray para deixá-lo perfeito.

Minha barriga revirou pela primeira vez em dias, e a encontrei no meio da rua tranquila. Ela foi agradável quando apareci em sua casa, mas olhando suas roupas passadas e rosto perfeito, eu não sabia o que esperar. Não queria que me envergonhasse ou fosse cruel com Jax.

— Está tudo bem? — indaguei, a guarda alta.

Seus olhos desceram e sua respiração ficou entrecortada.

— Sim, tudo bem. Eu só… — Esticou a mão para a bolsa que ela segurava pela alça e tirou um envelope de dentro.

— O dinheiro da sua faculdade. — Entregou-me o envelope, a mão tremendo. — É um cheque administrativo, então mantenha em segurança.

Meu dinheiro da faculdade? Engoli em seco, pegando o envelope; por algum motivo, senti que queria ou chorar ou jogar de volta na sua cara.

Ela estreitou os olhos, ainda focada no chão, os lábios trêmulos.

— E, hm… — Lambeu os lábios. — Eu estava no salão ontem — falou, procurando nervosa na bolsa — e comprei esse shampoo para cabelos danificados pelo sol, protetor solar e labial para você, e não sabia se você sairia à noite na sua viagem, mas, se quisesse… talvez alguns produtos de cabelo ou, hm, maquiagem, eu posso… posso te mandar…

— Mãe. — Toquei seu braço, me inclinando para frente. — Isso está ótimo. Obrigada — disse, vendo seus ombros relaxarem. — Te vejo em algumas semanas. — Peguei a bolsa.

Ela olhou para cima, endireitando os ombros e o rosto.

— Jaxon. — Acenou, de certa forma gentil.

Olhei para o meu lado, vendo Jax lá.

— Senhora Carter. — Sua voz profunda parecia um aviso ao colocar o braço ao meu redor. Torci os lábios para esconder um sorriso. Duvidava que Jax chamaria minha mãe de algo além de "senhora Carter".

Seus olhos tímidos voltaram para os meus e ela me deu um meio-sorriso e andou para longe. Ainda não sei o que pensar. Talvez ela estivesse planejando algo. Talvez devesse ficar em casa e levá-la ao médico.

Ou talvez eu estivesse finalmente feliz e apenas tivesse que seguir em frente.

Jax me puxou.

— Pronta? — provocou. — Hostels e vida selvagem?

— E você? — desafiei, sorrindo para ele. — Eles têm Wi-Fi nessas caminhadas de vários dias e passeios de *rafting* que você nos inscreveu?

Ele me girou, me puxando para o seu peito.

— Sem chuveiros. Sem camas.

— E sem biquíni — cantarolei. Seus olhos arregalaram e acenei, presunçosa. — Sim. Não estou levando.

— E se decidir que quer nadar?

Balancei as sobrancelhas.

— Isso é parte do que me deixa empolgada.

Ele me levantou, encarando os meus olhos ao nos levar para dentro do carro de Jared.

— Você é mesmo selvagem, sabia?

Pressionei os lábios na sua testa, sussurrando:

— Não se preocupe. Você consegue acompanhar.

Por favor, vire a página para ler um trecho da continuação da história de Jared e Tate em *Ardente*.

CAINDO

ARDENTE

TATE

Pisquei, acordada, a brisa fresca do verão acariciando meu rosto. A luz do começo da manhã invadia as portas francesas e estiquei os braços acima da cabeça, ouvindo o barulho do meu telefone na mesinha de cabeceira. O ruído que tinha me acordado.

Sentei, pronta para olhar o telefone, mas parei.

Jared estava sentado na minha poltrona perto da janela. Aparentemente me observando dormir.

Sua presença enchia o quarto, roubando tudo como sempre, e não consegui evitar o peso em meu coração.

Ele parecia diferente.

Seu cabelo estava com gel, muito diferente do estilo militar que ele adotou, e estava vestido de jeans e moletom preto, já que era uma manhã fria.

Uma sensualidade disparou sobre mim e quase sorri. Sentia falta desse olhar perigoso, de presságio nele.

Exceto pelas olheiras e os músculos extras, ele parecia o mesmo cara por quem eu tinha me apaixonado há quase três anos.

Mas estávamos praticamente sem conversar nos últimos dias e eu não fui para casa com ele desde que meu pai voltou à cidade. Mesmo que eu tivesse quase vinte e um anos, meu pai não me permitia trazer visitantes noturnos e optei por ir para a casa de Jared.

Depois do que ouvi Jax dizer, Jared ainda estava se segurando e eu estava com medo.

Meu telefone vibrou de novo e Jared inclinou o queixo, me dizendo para olhar.

Pegando o celular, vi uma foto de Juliet. Sorri, vendo uma selfie feliz dela e de Jax com uma cidade movimentada atrás deles. Tinha um texto que dizia:

Em Auckland, meu amor!

Abaixei o telefone, esfregando os olhos para afastar o sono.

— Eles chegaram — falei, suavemente. — Estão na Nova Zelândia.

Jared ficou parado, estranhamente congelado, e me observava; foi quando reparei na mochila preta no chão.

Agarrei o lençol.

— Para onde você está indo?

Ele hesitou, deixando os olhos caírem, e quase sussurrou:

— Vou embora por um tempo, Tate.

Meu coração continuou a bater, mas minha respiração parou.

— ROTC? — pressionei.

— Não. — Negou com a cabeça e se inclinou para frente, de joelhos. — Eu... — hesitou. — Tate, eu te amo...

Prendi a respiração e afastei as cobertas, fazendo Madman pular da cama quando me virei.

— Jax estava certo — gaguejei, minha garganta subitamente apertada.

— Jax está sempre certo — suspirou. — Continuando assim... — Negou com a cabeça. — Eu te deixaria miserável.

Virei para encará-lo, muitas questões enchendo minha cabeça freneticamente.

— Jared, se você quiser desistir do ROTC, desista — choraminguei. — Eu não ligo. Você pode estudar qualquer coisa. Ou nada. Só...

— Eu não sei o que quero! — explodiu, me interrompendo. — Esse é o problema, Tate. Preciso descobrir as coisas.

— Longe de mim — finalizei.

Ele ficou de pé, correndo as mãos pelo cabelo.

— Você não é o problema, amor. Você é a única coisa de que eu tenho certeza. — Sua voz gentil se encheu de tristeza. — Mas eu preciso crescer e isso não está acontecendo aqui.

— Aqui onde? — indaguei. — Chicago? Shelburne Falls? Ou ao meu redor?

Ele esfregou a mão no rosto, frustrado, e encarou a janela. Nunca me senti tão longe dele. Nem quando éramos inimigos no ensino médio.

Eu não poderia perdê-lo. Fechei os olhos. *Por favor*.

— O apartamento está pago por todo o ano letivo, então você não tem que se preocupar...

— Um ano! — Saltei da cama, virando meus olhos assustados nele. — A porra de um ano! Você está brincando comigo?

— Não sei o que estou fazendo, okay? — gritou, erguendo as mãos. —

Não sinto que me encaixo na faculdade! Sinto que você está se movendo a quilômetros por hora e estou o tempo todo tentando te acompanhar! — Ele respirava com dificuldade, e neguei com a cabeça, descrente.

Como me deixar resolveria o seu problema?

Ele acalmou a voz.

— Você sabe o que está fazendo e o que quer, Tate, e eu... — Endureceu o queixo. — Estou cego pra caralho. Não consigo respirar.

Virei, um sentimento horrível me tomando e as lágrimas descendo.

— Você não consegue respirar — soltei, contemplativa, me abraçando contra o punho fechado em volta do meu coração.

— Baby. — Ele me virou. — Eu te amo. Eu te amo muito mesmo. Eu só... — Ele engoliu em seco. — Só preciso de um tempo. Espaço, para descobrir quem sou e o que eu quero.

Encarei-o, muita dor fervendo sob minha pele.

— Então o que acontece? — indaguei. — O que acontece quando você descobrir a vida que está procurando?

— Ainda não sei.

Assenti, desafiadora.

— Eu sei. Você não veio aqui para me dizer que vai voltar. Que vai ligar ou que vamos trocar mensagens. Você veio para terminar comigo.

E me afastei, dando as costas.

— Baby, venha aqui. — Ele me puxou de volta, mas empurrei seus braços, mandando-os para longe.

— Ah, apenas some daqui! — gritei. — Você afasta todo mundo que te ama. Você é patético. Já deveria estar acostumada com isso agora — engasguei, escondendo as lágrimas.

Ele andou na minha direção.

— Tate...

— Só vai embora! — berrei, andando até a porta e abrindo. — Estou cansada só de olhar para você, Jared — rosnei. — Vai.

Ele negou com a cabeça.

— Não. Preciso que você entenda.

Ergui o queixo.

— Tudo que consigo entender é que você precisa viver uma vida sem mim, então vai em frente com isso.

Ele teve dificuldade com as palavras.

— Eu não quero isso. Não assim. — Deu para ouvir as lágrimas presas em sua garganta. — Não quero te machucar. Apenas sente para podermos conversar. Não posso te deixar desse jeito — insistiu.

Neguei com a cabeça para ele.

— E eu não vou te deixar ficar. — Endureci a voz. — Você precisa ficar livre? Então vai. Some.

Ele ficou congelado, parecendo procurar o que dizer ou como me acalmar, mas era tudo em vão.

Eu poderia ser uma amiga mais solidária, mais compreensiva e reconfortante, enquanto ele ia embora para tentar se encontrar, mas o barco com o restante da minha paciência já tinha partido há muito tempo.

Eu tinha esperado por ele. Por muito tempo esperei, enquanto ele me humilhava e torturava no ensino médio. Ansiava por ele, mesmo quando me abandonou, me deixou sozinha e isolada. Eu o amei ainda que tenha me feito chorar.

E estava enojada comigo mesma.

E, quando cerrei os dentes e Jared virou os olhos embaçados para mim, fiquei forte e implacável.

— Agora — ordenei.

Seus olhos se abaixaram e seus ombros desmoronaram quando ele ficou lá, sendo forçado a honrar sua escolha.

E pegou a bolsa. E andou até a porta.

Não me mexi ao ouvir o Boss ganhar vida e sair pela rua, meus ouvidos se prendendo ao último decibel que pude captar de tê-lo me deixando.

— Não vou mais esperar por você — sussurrei.

Querido leitor,

Sei que foi difícil, mas tinha que acontecer. Jared e Tate seguirão caminhos separados, como costuma ser o caso na vida real, mas eles vão se reunir de novo.

Explosivamente. Podem contar com isso.

E, quando acontecer, finalmente lhes darei aquele epílogo que prometi.

Agradeço por lerem e aguardem a continuação da história de Jared e Tate, *Ardente*, em breve.

PENELOPE DOUGLAS

Penelope Douglas é *best-seller* do New York Times, USA Today e Wall Street Journal.

Seus livros foram traduzidos para catorze idiomas, tendo publicado em português pela The Gift Box as séries *Devil's Night* e *Fall Away* e os livros únicos *Má conduta, Punk 57, Birthday Girl, Credence* e *Tryst Six Venon: venenosas*.

Inscreva-se em seu blog: https://pendouglas.com/subscribe/

Siga suas redes sociais!
BookBub: https://www.bookbub.com/profile/penelope-douglas

Facebook: https://www.facebook.com/PenelopeDouglasAuthor
Twitter: https://www.twitter.com/PenDouglas
Goodreads: http://bit.ly/1xvDwau
Instagram: https://www.instagram.com/penelope.douglas/

Site: https://pendouglas.com/

E-mail: penelopedouglasauthor@hotmail.com

Todas as suas histórias têm painéis no Pinterest, se você gostar de algo visual: https://www.pinterest.com/penelopedouglas/

The GiftBox

EDITORA

A The Gift Box é uma editora brasileira, com publicações de autores nacionais e estrangeiros, que surgiu no mercado em janeiro de 2018. Nossos livros estão sempre entre os mais vendidos da Amazon e já receberam diversos destaques em blogs literários e na própria Amazon.

Somos uma empresa jovem, cheia de energia e paixão pela literatura de romance e queremos incentivar cada vez mais a leitura e o crescimento de nossos autores e parceiros.

Acompanhe a The Gift Box nas redes sociais para ficar por dentro de todas as novidades.

 www.thegiftboxbr.com

 /thegiftboxbr.com

 @thegiftboxbr

 @GiftBoxEditora

Impressão e acabamento

psi7
psi7.com.br | book7
book7.com.br